鲁迅杂文选

鲁迅 著

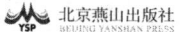

目录

001　序

001　我之节烈观
008　随感录二十五
010　随感录三十八
013　未有天才之前
016　战士和苍蝇
017　论照相之类
023　我们怎样教育儿童的？
025　随感录六十二　恨恨而死
026　随感录六十五　暴君的臣民
027　我们现在怎样做父亲
035　对于批评家的希望
037　咬文嚼字
039　文学救国法
041　再论雷峰塔的倒掉
045　看镜有感
048　赌咒

049　文学上的折扣

051　春末闲谈

055　灯下漫笔

061　杂感

064　导师

066　忽然想到(十、十一)

073　论"他妈的!"

076　论睁了眼看

080　从胡须说到牙齿

087　十四年的"读经"

090　这个与那个

095　古人并不纯厚

097　学界的三魂

100　古书与白话

102　送灶日漫笔

105　一点比喻

107　无花的蔷薇

111　谈皇帝

113　无花的蔷薇之二

116　北京通信

119　无声的中国

123　黄花节的杂感

125　老调子已经唱完

130　读书杂谈

135　扣丝杂感

140　魏晋风度及文章与药及酒之关系

151　略论中国人的脸

155　小杂感

158　文艺与政治的歧途

163　文学和出汗

165　路

166　太平歌诀

168　铲共大观

170　流氓的变迁

172　习惯与改革

174　"丧家的""资本家的乏走狗"

176　黑暗中国的文艺界的现状

179　宣传与做戏

181　风马牛

183　答中学生杂志社问

184　中华民国的新"堂·吉诃德"们

186　关于知识阶级

191　辱骂和恐吓决不是战斗

193　帮忙文学与帮闲文学

195　观斗

197　电的利弊

198　从讽刺到幽默

200　从幽默到正经

201　听说梦

204　言论自由的界限

206　文章与题目

208　新药

210　关于女人

212　由中国女人的脚，推定中国人之非中庸，
　　　又由此推定孔夫子有胃病

216　二丑艺术

218 "抄靶子"
220 谈金圣叹
222 经验
224 谚语
226 夜颂
228 由聋而哑
230 中国的奇想
232 豪语的折扣
234 沙
236 "揩油"
238 爬和撞
240 帮闲法发隐
242 登龙术拾遗
244 现代史
246 推背图
248 上海的少女
250 上海的儿童
252 同意和解释
254 吃教
256 小品文的危机
259 喝茶
261 "滑稽"例解
263 冲
265 野兽训练法
267 难得糊涂
269 世故三昧
271 《看图识字》
273 忆韦素园君

- 277 偶成
- 279 家庭为中国之基本
- 281 上海所感
- 284 女人未必多说谎
- 285 捣鬼心传
- 288 "京派"与"海派"
- 290 我要骗人
- 294 半夏小集
- 298 北人与南人
- 300 运命
- 302 清明时节
- 304 论秦理斋夫人事
- 306 玩具
- 308 零食
- 310 隔膜
- 313 看书琐记
- 315 门外文谈
- 329 中秋二愿
- 331 中国人失掉自信力了吗
- 333 说"面子"
- 336 随便翻翻
- 339 略论梅兰芳及其他(上)
- 341 骂杀与捧杀
- 343 隐士
- 345 病后杂谈
- 353 漫谈"漫画"
- 355 "寻开心"
- 357 论讽刺

- 359 "京派"和"海派"
- 362 论"人言可畏"
- 365 再论"文人相轻"
- 367 在现代中国的孔夫子
- 373 什么是"讽刺"?
- 375 文坛三户
- 378 从帮忙到扯淡
- 380 名人和名言
- 383 几乎无事的悲剧
- 385 "题未定"草
- 389 逃名
- 392 杂谈小品文
- 394 拿破仑与隋那
- 395 白莽作《孩儿塔》序
- 397 "这也是生活"……
- 400 关于太炎先生二三事

序

鲁迅是中国伟大的文学家、思想家,现代文学的奠基人。无论历史的文化筛选多么苛刻,即使整个二十世纪的中国文学史只保留一个人的位置,站在这个位置上的也只能是他。

鲁迅原名周樟寿,后改名周树人,字豫才,一八八一年生于浙江绍兴一个没落的士大夫家庭。一八九八年他到南京求学,其间接触了西方"科学"与"民主"的思想。一九〇二年他东渡日本留学,在此期间弃医从文,立志拯救国人的精神。一九〇九年回国,先后在杭州、绍兴任教,一九一二年到南京临时政府教育部任部员。一九一八年初参加《新青年》编辑工作,并在《新青年》上发表了第一篇白话小说《狂人日记》,此后"一发不可收拾",陆续发表了《孔乙己》、《药》、《阿Q正传》等小说。同时鲁迅创作了许多被称为匕首或投枪的杂文和论文。一九二〇年他先后在北京大学、北京师范大学等校兼课,编定《中国小说史略》等书,并相继出版了小说集《呐喊》、《彷徨》。一九二六年在军阀迫害下,离京到厦门大学和中山大学任教。一九二七年到上海专事著述。一九三〇年他参加发起并组织成立了中国左翼作家联盟,担任"左联"领导工作。在上海期间他陆续出版了九本杂文集和历史小说集《故事新编》,先后编辑过《语丝》、《萌芽》等文学刊物,翻译了许多外国文学作品。一九三六年鲁迅因积劳成疾而病逝。

纵观鲁迅的一生,可以看出他笔耕不辍,为民主革命和现代文学做出了巨大贡献,给人们留下了丰富宝贵的精神遗产。他一生著译约近一千万字,计有小说集三部,杂文集十七部,散文诗集一部,回忆散文集一部,书信一千四百多封,及《中国小说史略》、《汉文学史纲要》等学术著作,翻译了十四个国家将近一百位作家的文学作品和文艺理论,印成了三十三部单行本,此外他还辑录、校勘古籍十八种。而在他众多的作品中,从数量上不难看出,杂文是他创作最多的文体。

虽然鲁迅称杂文在中国是"古已有之"的,但现代杂文的兴起、发展、繁荣,则是和他的创作业绩分不开的。他创作的杂文文体既吸收了英国随笔篇幅简短、绵里藏针、微而显著、小而见大的特色;又借鉴了魏晋散文"清峻、通脱、华丽、壮大"的文风,特别是继承了魏晋的骨力。而且对于杂文写作,鲁迅始终怀着一种目的明确的自觉意识,其中蕴含着他的严肃、崇高而又执着的思想追求和精神追求。他以具有投枪、匕首般锋利的批判力的杂文抗争专制独裁,抨击兽行兽道,直面惨淡人生,正视淋漓鲜血,鄙视委琐人格,憎恶丑恶行径。因此他的杂文以博大精深的思想内涵和独特的艺术形式,登上了中国文学的高峰。

鲁迅曾把自己的杂文统称为社会批评与文明批评。而他从小就饱览中国古代的文化典籍,深受传统文化的熏陶;后来又广泛地接触了西方先进的思潮和文化,因此他观察认识人生、社会的眼光更为深邃。

作为文学家的鲁迅为改变中国人的地位,唤醒中国人的意识,为中国人的思想革命,改造旧人、重建新人而努力奋斗。他毫不留情地批判中国国民性的弱点。他指出国人不敢也不能正视现实、正视人生、正视自我,因而自瞒自骗,互瞒互骗,且创造出种种瞒和骗的奇妙方法,结果只能是国民性愈来愈怯弱、愈懒惰、愈巧滑的现状;国人有权时无所不为,失势时即奴性十足,在主性与奴性的转换之间,卑怯与贪婪尽在其中;国人无独立的人格,无独自的见解,无明确的是非,或有而不坚持,盲从,看风使舵,等等。鲁迅对于国民性的论述是多方面的,深刻的。在他所生存的那个社会里,他坚持从大多数人的生存利益出发,从中华民族的存亡出发,从国家利益出发,他勇敢地正视现实的结果,必然产生批判与否定的结论,而且是根本性的整体性的批判与否定。如《忽然想到》中强调注重实力,《圣武》中的关于新主义与中国的关系,《拿来主义》中指出应如何对待外来文化与传统文化,《习惯与改革》中对习惯的改革等等。但他批评的最终目的还是为了更好地展开社会批评,更好地推动社会改革。他剖析、研究中国国民性的一系列的弱点、缺陷,心情是格外沉重的,但他并没有失去信心,从

《中国人失掉自信力了吗》一文中可以看出他的自信,他热切的希望。

人是现实的人,是历史的人。社会是现实的社会,是历史的社会,也是世界的社会。而不论是关于生命哲学的抽象思考,还是现实人生的切身感受,不同的人有不同的回答。而鲁迅并不特别关注生命的初始源头与终极目标的探究,他更关心的是生命过程。他反复强调:"目下的当务之急,是:一要生存,二要温饱,三要发展。"他从争取人的最基本的生存权利出发,坚决地站在大多数的中国人民的一边。他毫不掩饰对不关心甚至剥夺普通劳动大众的权势者的帮凶、帮忙、帮闲们的鄙视与嘲笑。鲁迅更注重人的精神现象、精神状态,物质的条件是生存的基础,思想、精神状态则显示生存的质量。立国先立人,救国先救人。于是他以全新的价值观念,向当时社会的反人道的价值观念系统发起猛烈攻击,对吃人的思想道德文化体系进行最全面最有力的批判。因此他发出了救救孩子,应从现在开始,从父亲做起的呼声,"从我们起,解放了后来的人",才能够培养教育发展成一个完全的人,即能够清醒地认识到自我的尊严,自我的价值,懂得并能够主宰自我,实现自我的人。从而改变国人的生存意识、生存方式和行为,换一种活法,从整体上提高整个民族的生存质量。

鲁迅曾说,自己的杂文里讲的,"不过是,将我所遇到的,所想到的,所要说的,一任它怎样浅薄,怎样偏激,有时便都用笔墨写了下来"。但他所要说的具体的中国的社会、历史、人生之事,绝不是就事论事。他的杂文对植根于中国历史的中国现实、中国文明的批评,从"具象"中概括出来的"抽象"批评,具有普遍的意义,具有特别认识的价值,能给人以深刻的印象。读者也能从鲁迅的"个别""特殊"之中,感受到其中的"一般"与"普遍",从而联想到自己视野范围内的"一般"与"普遍"。如身份比小丑高,性格比小丑坏,没有义仆的愚笨,又没有恶仆的简单,帮主子作恶的同时又以向别人说主子坏话为退路的二花脸;自己当丑角,把别人也变成丑角的丑角,制造将屠夫的凶残化为一笑的丑角效应的丑角,即旧的新的"帮闲"们;再如惯于使用事出有因查无实据,什么也说了又什么也没说的不测法、模糊法、朦胧法、难懂法的"捣鬼们",在读者的感觉与心目中,已经具体化同时又普遍化为各自生活中的某一类型的人与事了。

改良人的精神比医治人的肉体更重要更迫切——这是鲁迅弃医从文的根本原因。鲁迅虽然看重文艺的社会作用,但绝不会把这种作用强调到不适当的位置。他说"我是不相信文艺的旋乾转坤的力量的",他坚持的是"文艺就是文艺"的独立价值,和文艺应当担负的改良人生和社会的严肃而重大的职责。而文艺所依靠的起作用的仍然是文艺的特殊性,即"文艺是国民精神所发的火光,同时也是引导国民精神的前途的灯火"。正是如此,才有鲁迅个性色彩鲜明,以真诚宏大的精神振奋和激扬中国人的精神的大艺术。

经典文化的品格在于经得起历史老人的淘汰与时间之流的冲刷;经典文化的意义在于对民族成长的作用。相信在今天这样的时代,重读鲁迅,会对人们产生深远的影响。

编　者

我之节烈观①

"世道浇漓,人心日下,国将不国"这一类话,本是中国历来的叹声。不过时代不同,则所谓"日下"的事情,也有迁变:从前指的是甲事,现在叹的或是乙事。除了"进呈御览"的东西不敢妄说外,其余的文章议论里,一向就带这口吻。因为如此叹息,不但针砭世人,还可以从"日下"之中,除去自己。所以君子固然相对慨叹,连杀人放火嫖妓骗钱以及一切鬼混的人,也都乘作恶余暇,摇着头说道:"他们人心日下了。"

世风人心这件事,不但鼓吹坏事,可以"日下";即使未曾鼓吹,只是旁观,只是赏玩,只是叹息,也可以叫他"日下"。所以近一年来,居然也有几个不肯徒托空言的人,叹息一番之后,还要想法子来挽救。第一个是康有为,指手画脚的说"虚君共和"才好,陈独秀便斥他不兴;其次是一班灵学派的人,不知何以起了极古奥的思想,要请"孟圣矣乎"的鬼来画策;陈百年钱玄同刘半农又道他胡说。

这几篇驳论,都是《新青年》里最可寒心的文章。时候已是二十世纪了;人类眼前,早已闪出曙光。假如《新青年》里,有一篇和别人辩地球方圆的文字,读者见了,怕一定要发怔。然而现今所辩,正和说地体不方相差无几。将时代和事实,对照起来,怎能不教人寒心而且害怕?

近来虚君共和是不提了,灵学似乎还在那里捣鬼,此时却又有一群人,不能满足;仍然摇头说道,"人心日下"了。于是又想出一种挽救的方法;

---

① 本篇最初发表于一九一八年八月《新青年》月刊第五卷第二号,署名唐俟。

他们叫作"表彰节烈"!

这类妙法,自从君政复古时代以来,上上下下,已经提倡多年;此刻不过是竖起旗帜的时候。文章议论里,也照例时常出现,都嚷道"表彰节烈"!要不说这件事,也不能将自己提拔,出于"人心日下"之中。

节烈这两个字,从前也算是男子的美德,所以有过"节士","烈士"的名称。然而现在的"表彰节烈",却是专指女子,并无男子在内。据时下道德家的意见,来定界说,大约节是丈夫死了,决不再嫁,也不私奔,丈夫死得愈早,家里愈穷,他便节得愈好。烈可是有两种:一种是无论已嫁未嫁,只要丈夫死了,他也跟着自尽;一种是有强暴来污辱他的时候,设法自戕,或者抗拒被杀,都无不可。这也是死得愈惨愈苦,他便烈得愈好,倘若不及抵御,竟受了污辱,然后自戕,便免不了议论。万一幸而遇着宽厚的道德家,有时也可以略迹原情,许他一个烈字。可是文人学士,已经不甚愿意替他作传;就令勉强动笔,临了也不免加上几个"惜夫惜夫"了。

总而言之:女子死了丈夫,便守着,或者死掉;遇了强暴,便死掉;将这类人物,称赞一通,世道人心便好,中国便得救了。大意只是如此。

康有为借重皇帝的虚名,灵学家全靠着鬼话。这表彰节烈,却是全权都在人民,大有渐进自力之意了。然而我仍有几个疑问,须得提出。还要据我的意见,给他解答。我又认定这节烈救世说,是多数国民的意思;主张的人,只是喉舌。虽然是他发声,却和四肢五官神经内脏,都有关系。所以我这疑问和解答,便是提出于这群多数国民之前。

首先的疑问是:不节烈(中国称不守节作"失节",不烈却并无成语,所以只能合称他"不节烈")的女子如何害了国家?照现在的情形,"国将不国",自不消说:丧尽良心的事故,层出不穷;刀兵盗贼水旱饥荒,又接连而起。但此等现象,只是不讲新道德新学问的缘故,行为思想,全钞旧帐;所以种种黑暗,竟和古代的乱世仿佛,况且政界军界学界商界等等里面,全是男人,并无不节烈的女子夹杂在内。也未必是有权力的男子,因为受了他们蛊惑,这才丧了良心,放手作恶。至于水旱饥荒,便是专拜龙神,迎大王,滥伐森林,不修水利的祸祟,没有新知识的结果;更与女子无关。只有刀兵盗贼,往往造出许多不节烈的妇女。但也是兵盗在先,不节烈在后,并非因为他们不节烈了,才将刀兵盗贼招来。

其次的疑问是:何以救世的责任,全在女子?照着旧派说起来,女子是

"阴类",是主内的,是男子的附属品。然则治世救国,正须责成阳类,全仗外子,偏劳主体。决不能将一个绝大题目,都搁在阴类肩上。倘依新说,则男女平等,义务略同。纵令该担责任,也只得分担。其余的一半男子,都该各尽义务。不特须除去强暴,还应发挥他自己的美德。不能专靠惩劝女子,便算尽了天职。

其次的疑问是:表彰之后,有何效果?据节烈为本,将所有活着的女子,分类起来,大约不外三种:一种是已经守节,应该表彰的人(烈者非死不可,所以除出);一种是不节烈的人;一种是尚未出嫁,或丈夫还在,又未遇见强暴,节烈与否未可知的人。第一种已经很好,正蒙表彰,不必说了。第二种已经不好,中国从来不许忏悔,女子做事一错,补过无及,只好任其羞杀,也不值得说了。最要紧的,只在第三种,现在一经感化,他们便都打定主意道:"倘若将来丈夫死了,决不再嫁;遇着强暴,赶紧自裁!"试问如此立意,与中国男子做主的世道人心,有何关系?这个缘故,已在上文说明。更有附带的疑问是:节烈的人,既经表彰,自是品格最高。但圣贤虽人人可学,此事却有所不能。假如第三种的人,虽然立志极高,万一丈夫长寿,天下太平,他便只好饮恨吞声,做一世次等的人物。

以上是单依旧日的常识,略加研究,便已发见了许多矛盾。若略带二十世纪气息,便又有两层:

一问节烈是否道德?道德这事,必须普遍,人人应做,人人能行,又于自他两利,才有存在的价值。现在所谓节烈,不特除开男子,绝不相干;就是女子,也不能全体都遇着这名誉的机会。所以决不能认为道德,当作法式。上回《新青年》登出的《贞操论》里,已经说过理由。不过贞是丈夫还在,节是男子已死的区别,道理却可类推。只有烈的一件事,尤为奇怪,还须略加研究。

照上文的节烈分类法看来,烈的第一种,其实也只是守节,不过生死不同。因为道德家分类,根据全在死活,所以归入烈类。性质全异的,便是第二种。这类人不过一个弱者(现在的情形,女子还是弱者),突然遇着男性的暴徒,父兄丈夫力不能救,左邻右舍也不帮忙,于是他就死了;或者竟受了辱,仍然死了;或者终于没有死。久而久之,父兄丈夫邻舍,夹着文人学士以及道德家,便渐渐聚集,既不羞自己怯弱无能,也不提暴徒如何惩办,只是七口八嘴,议论他死了没有?受污没有?死了如何好,活着如何不好。

于是造出了许多光荣的烈女,和许多被人口诛笔伐的不烈女。只要平心一想,便觉不像人间应有的事情,何况说是道德。

二问多妻主义的男子,有无表彰节烈的资格?替以前的道德家说话,一定是理应表彰。因为凡是男子,便有点与众不同,社会上只配有他的意思。一面又靠着阴阳内外的古典,在女子面前逞能。然而一到现在,人类的眼里,不免见到光明,晓得阴阳内外之说,荒谬绝伦;就令如此,也证不出阳比阴尊贵,外比内崇高的道理。况且社会国家,又非单是男子造成。所以只好相信真理,说是一律平等。既然平等,男女便都有一律应守的契约。男子决不能将自己不守的事,向女子特别要求。若是买卖欺骗贡献的婚姻,则要求生时的贞操,尚且毫无理由。何况多妻主义的男子,来表彰女子的节烈。

以上,疑问和解答都完了。理由如此支离,何以直到现今,居然还能存在?要对付这问题,须先看节烈这事,何以发生,何以通行,何以不生改革的缘故。

古代的社会,女子多当作男人的物品。或杀或吃,都无不可;男人死后,和他喜欢的宝贝,日用的兵器,一同殉葬,更无不可。后来殉葬的风气,渐渐改了,守节便也渐渐发生。但大抵因为寡妇是鬼妻,亡魂跟着,所以无人敢娶,并非要他不事二夫。这样风俗,现在的蛮人社会里还有。中国太古的情形,现在已无从详考。但看周末虽有殉葬,并非专用女人,嫁否也任便,并无什么裁制,便可知道脱离了这宗习俗,为日已久。由汉至唐也并没有鼓吹节烈。直到宋朝,那一班"业儒"的才说出"饿死事小失节事大"的话,看见历史上"重适"两个字,便大惊小怪起来。出于真心,还是故意,现在却无从推测。其时也正是"人心日下,国将不国"的时候,全国士民,多不像样。或者"业儒"的人,想借女人守节的话,来鞭策男子,也不一定。但旁敲侧击,方法本嫌鬼祟,其意也太难分明,后来因此多了几个节妇,虽未可知,然而吏民将卒,却仍然无所感动。于是"开化最早,道德第一"的中国终于归了"长生天气力里大福荫护助里"的什么"薛禅皇帝,完泽笃皇帝,曲律皇帝"了。此后皇帝换过了几家,守节思想倒反发达。皇帝要臣子尽忠,男人便愈要女人守节。到了清朝,儒者真是愈加利害。看见唐人文章里有公主改嫁的话,也不免勃然大怒道,"这是什么事!你竟不为尊者讳,这还了得!"假使这唐人还活着,一定要斥革功名,"以正人心而端风俗"了。

国民将到被征服的地位,守节盛了;烈女也从此着重。因为女子既是男子所有,自己死了,不该嫁人,自己活着,自然更不许被夺。然而自己是被征服的国民,没有力量保护,没有勇气反抗了,只好别出心裁,鼓吹女人自杀。或者妻女极多的阔人,婢妾成行的富翁,乱离时候,照顾不到,一遇"逆兵"(或是"天兵"),就无法可想。只得救了自己,请别人都做烈女;变成烈女,"逆兵"便不要了。他便待事定以后,慢慢回来,称赞几句。好在男子再娶,又是天经地义,别讨女人,便都完事。因此世上遂有了"双烈合传","七姬墓志",甚而至于钱谦益的集中,也布满了"赵节妇""钱烈女"的传记和歌颂。

只有自己不顾别人的民情,又是女应守节男子却可多妻的社会,造出如此畸形道德,而且日见精密苛酷,本也毫不足怪。但主张的是男子,上当的是女子。女子本身,何以毫无异言呢?原来"妇者服也",理应服事于人。教育固可不必,连开口也都犯法。他的精神,也同他体质一样,成了畸形。所以对于这畸形道德,实在无甚意见。就令有了异议,也没有发表的机会。做几首"闺中望月""园里看花"的诗,尚且怕男子骂他怀春,何况竟敢破坏这"天地间的正气"?只有说部书上,记载过几个女人,因为境遇上不愿守节。据做书的人说:可是他再嫁以后,便被前夫的鬼捉去,落了地狱;或者世人个个唾骂,做了乞丐,也竟求乞无门,终于惨苦不堪而死了!

如此情形,女子便非"服也"不可。然而男子一面,何以也不主张真理,只是一味敷衍呢?汉朝以后,言论的机关,都被"业儒"的垄断了。宋元以来,尤其利害。我们几乎看不见一部非业儒的书,听不到一句非士人的话。除了和尚道士,奉旨可以说话以外,其余"异端"的声音,决不能出他卧房一步。况且世人大抵受了"儒者柔也"的影响;不述而作,最为犯忌。即使有人见到,也不肯用性命来换真理。即如失节一事,岂不知道必须男女两性,才能实现。他却专责女性;至于破人节操的男子,以及造成不烈的暴徒,便都含糊过去。男子究竟较女性难惹,惩罚也比表彰为难。其间虽有过几个男人,实觉于心不安,说些室女不应守志殉死的平和话,可是社会不听;再说下去,便要不容,与失节的女人一样看待。他便也只好变了"柔也",不再开口了。所以节烈这事,到现在不生变革。

(此时,我应声明:现在鼓吹节烈派的里面,我颇有知道的人。敢说确有好人在内，居心也好。可是救世的方法是不对，要向西走了北了。但也不能因为他是好人，便竟能从正西直走到北。所以我又愿他回转身来。）

其次还有疑问：

节烈难么？答道，很难。男子都知道极难，所以要表彰他。社会的公意，向来以为贞淫与否，全在女性。男子虽然诱惑了女人，却不负责任。譬如甲男引诱乙女，乙女不允，便是贞节，死了，便是烈；甲男并无恶名，社会可算淳古。倘若乙女允了，便是失节；甲男也无恶名，可是世风被乙女败坏了！别的事情，也是如此。所以历史上亡国败家的原因，每每归咎女子，糊糊涂涂的代担全体的罪恶，已经三千多年了。男子既然不负责任，又不能自己反省，自然放心诱惑；文人著作，反将他传为美谈。所以女子身旁，几乎布满了危险。除却他自己的父兄丈夫以外，便都带点诱惑的鬼气。所以我说很难。

节烈苦么？答道，很苦。男子都知道很苦，所以要表彰他。凡人都想活；烈是必死，不必说了。节妇还要活着。精神上的惨苦，也姑且弗论。单是生活一层，已是大宗的痛楚。假使女子生计已能独立，社会也知道互助，一人还可勉强生存。不幸中国情形，却正相反。所以有钱尚可，贫人便只能饿死。直到饿死以后，间或得了旌表，还要写入志书。所以各府各县志书传记类的末尾，也总有几卷"烈女"。一行一人，或是一行两人，赵钱孙李，可是从来无人翻读。就是一生崇拜节烈的道德大家，若问他贵县志书里烈女们的前十名是谁？也怕不能说出。其实他是生前死后，竟与社会漠不相关的。所以我说很苦。

照这样说，不节烈便不苦么？答道，也很苦。社会公意，不节烈的女人，既然是下品；他在这社会里，是容不住的。社会上多数古人模模糊糊传下来的道理，实在无理可讲；能用历史和数目的力量，挤死不合意的人。这一类无主名无意识的杀人团里，古来不晓得死了多少人物；节烈的女子，也就死在这里。不过他死后间有一回表彰，写入志书。不节烈的人，便生前也要受随便什么人的唾骂，无主名的虐待。所以我说也很苦。

女子自己愿意节烈么？答道，不愿。人类总有一种理想，一种希望。虽然高下不同，必须有个意义。自他两利固好，至少也得有益本身。节烈很难很苦，既不利人，又不利己。说是本人愿意，实在不合人情。所以假如遇着少年女人，诚心祝赞他将来节烈，一定发怒；或者还要受他父兄丈夫的尊拳。然而仍旧牢不可破，便是被这历史和数目的力量挤着。可是无论何人，都怕这节烈。怕他竟钉到自己和亲骨肉的身上。所以我说不愿。

我依据以上的事实和理由，要断定节烈这事是：极难，极苦，不愿身受，然而不利自他，无益社会国家，于人生将来又毫无意义的行为，现在已经失了存在的生命和价值。

临了还有一层疑问：

节烈这事，现代既然失了存在的生命和价值；节烈的女人，岂非白苦一番么？

可以答他说：还有哀悼的价值。他们是可怜人；不幸上了历史和数目的无意识的圈套，做了无主名的牺牲。可以开一个追悼大会。

我们追悼了过去的人，还要发愿：要自己和别人，都纯洁聪明勇猛向上。要除去虚伪的脸谱。要除去世上害己害人的昏迷和强暴。

我们追悼了过去的人，还要发愿：要除去于人生毫无意义的苦痛。要除去制造并赏玩别人苦痛的昏迷和强暴。

我们还要发愿：要人类都受正当的幸福。

一九一八年七月。

随感录二十五[1]

我一直从前曾见严又陵在一本什么书上发过议论,书名和原文都忘记了。大意是:"在北京道上,看见许多孩子,辗转于车轮马足之间,很怕把他们碰死了,又想起他们将来怎样得了,很是害怕。"其实别的地方,也都如此,不过车马多少不同罢了。现在到了北京,这情形还未改变,我也时时发起这样的忧虑;一面佩服严又陵究竟是"做"过赫胥黎《天演论》的,的确与众不同:是一个十九世纪末年中国感觉锐敏的人。

穷人的孩子蓬头垢面的在街上转,阔人的孩子妖形妖势娇声娇气的在家里转。转得大了,都昏天黑地的在社会上转,同他们的父亲一样,或者还不如。

所以看十来岁的孩子,便可以逆料二十年后中国的情形;看二十多岁的青年,——他们大抵有了孩子,尊为爹爹了,——便可以推测他儿子孙子,晓得五十年后七十年后中国的情形。

中国的孩子,只要生,不管他好不好,只要多,不管他才不才。生他的人,不负教他的责任。虽然"人口众多"这一句话,很可以闭了眼睛自负,然而这许多人口,便只在尘土中辗转,小的时候,不把他当人,大了以后,也做不了人。

中国娶妻早是福气,儿子多也是福气。所有小孩,只是他父母福气的材料,并非将来的"人"的萌芽,所以随便辗转,没人管他,因为无论如何,

---

[1] 本篇最初发表于一九一八年九月十五日北京《新青年》第五卷第三号,署名唐俟。

数目和材料的资格,总还存在。即使偶尔送进学堂,然而社会和家庭的习惯,尊长和伴侣的脾气,却多与教育反背,仍然使他与新时代不合。大了以后,幸而生存,也不过"仍旧贯如之何",照例是制造孩子的家伙,不是"人"的父亲,他生了孩子,便仍然不是"人"的萌芽。

最看不起女人的奥国人华宁该尔(Otto Weininger)曾把女人分成两大类:一是"母妇",一是"娼妇"。照这分法,男人便也可以分作"父男"和"嫖男"两类了。但这父男一类,却又可以分成两种:其一是孩子之父,其一是"人"之父。第一种只会生,不会教,还带点嫖男的气息。第二种是生了孩子,还要想怎样教育,才能使这生下来的孩子,将来成一个完全的人。

前清末年,某省初开师范学堂的时候,有一位老先生听了,很为诧异,便发愤说:"师何以还须受教,如此看来,还该有父范学堂了!"这位老先生,便以为父的资格,只要能生。能生这件事,自然便会,何须受教呢。却不知中国现在,正须父范学堂;这位先生便须编入初等第一年级。

因为我们中国所多的是孩子之父;所以以后是只要"人"之父!

一九一八年。

随感录三十八[1]

中国人向来有点自大。——只可惜没有"个人的自大",都是"合群的爱国的自大"。这便是文化竞争失败之后,不能再见振拔改进的原因。

"个人的自大",就是独异,是对庸众宣战。除精神病学上的夸大狂外,这种自大的人,大抵有几分天才,——照 Nordau 等说,也可说就是几分狂气。他们必定自己觉得思想见识高出庸众之上,又为庸众所不懂,所以愤世疾俗,渐渐变成厌世家,或"国民之敌"。但一切新思想,多从他们出来,政治上宗教上道德上的改革,也从他们发端。所以多有这"个人的自大"的国民,真是多福气!多幸运!

"合群的自大","爱国的自大",是党同伐异,是对少数的天才宣战;——至于对别国文明宣战,却尚在其次。他们自己毫无特别才能,可以夸示于人,所以把这国拿来做个影子;他们把国里的习惯制度抬得很高,赞美的了不得;他们的国粹,既然这样有荣光,他们自然也有荣光了!倘若遇见攻击,他们也不必自去应战,因为这种蹲在影子里张目摇舌的人,数目极多,只须用 mob 的长技,一阵乱噪,便可制胜。胜了,我是一群中的人,自然也胜了;若败了时,一群中有许多人,未必是我受亏:大凡聚众滋事时,多具这种心理,也就是他们的心理。他们举动,看似猛烈,其实却很卑怯。至于所生结果,则复古,尊王,扶清灭洋等等,已领教得多了。所以多有这"合群的爱国的自大"的国民,真是可哀,真是不幸!

---

[1] 本篇最初发表于一九一八年十一月十五日《新青年》第五卷第五号,署名迅。

不幸中国偏只多这一种自大:古人所作所说的事,没一件不好,遵行还怕不及,怎敢说到改革?这种爱国的自大家的意见,虽各派略有不同,根柢总是一致,计算起来,可分作下列五种:

甲云:"中国地大物博,开化最早;道德天下第一。"这是完全自负。

乙云:"外国物质文明虽高,中国精神文明更好。"

丙云:"外国的东西,中国都已有过;某种科学,即某子所说的云云",这两种都是"古今中外派"的支流;依据张之洞的格言,以"中学为体西学为用"的人物。

丁云:"外国也有叫化子,——(或云)也有草舍,——娼妓,——臭虫。"这是消极的反抗。

戊云:"中国便是野蛮的好。"又云:"你说中国思想昏乱,那正是我民族所造成的事业的结晶。从祖先昏乱起,直要昏乱到子孙;从过去昏乱起,直要昏乱到未来。……(我们是四万万人,)你能把我们灭绝么?"这比"丁"更进一层,不去拖人下水,反以自己的丑恶骄人;至于口气的强硬,却很有《水浒传》中牛二的态度。

五种之中,甲乙丙丁的话,虽然已很荒谬,但同戊比较,尚觉情有可原,因为他们还有一点好胜心存在。譬如衰败人家的子弟,看见别家兴旺,多说大话,摆出大家架子;或寻求人家一点破绽,聊给自己解嘲。这虽然极是可笑,但比那一种掉了鼻子,还说是祖传老病,夸示于众的人,总要算略高一步了。

戊派的爱国论最晚出,我听了也最寒心;这不但因其居心可怕,实因他所说的更为实在的缘故。昏乱的祖先,养出昏乱的子孙,正是遗传的定理。民族根性造成之后,无论好坏,改变都不容易的。法国 G. Le Bon 著《民族进化的心理》中,说及此事道(原文已忘,今但举其大意)——"我们一举一动,虽似自主,其实多受死鬼的牵制。将我们一代的人,和先前几百代的鬼比较起来,数目上就万不能敌了。"我们几百代的祖先里面,昏乱的人,定然不少:有讲道学的儒生,也有讲阴阳五行的道士,有静坐炼丹的仙人,也有打脸耍把子的戏子。所以我们现在虽想好好做"人",难保血管里的昏乱分子不来作怪,我们也不由自主,一变而为研究丹田脸谱的人物:这真是大可寒心的事。但我总希望这昏乱思想遗传的祸害,不至于有梅毒那样猛烈,竟至百无一免。即使同梅毒一样,现在发明了六百零六,肉体上的病,既可医治；我希望也有一种七百零七的药，可以医治思想上的病。这药原来也已发明，就是"科学"一味。只希望那班精神上掉了鼻子的朋友，不要又打着"祖传老病"的旗号来反对吃药，中国的昏乱病，便也总有全愈的一天。祖先的势力虽大，但如从现代起，立意改变：扫除了昏乱的心思，和助成昏乱的物事（儒道两派的文书），再用了对症的药，即使不能立刻奏效，也可把那病毒略略羼淡。如此几代之后待我们成了祖先的时候，就可以分得昏乱祖先的若干势力，那时便有转机，Le Bon 所说的事，也不足怕了。

以上是我对于"不长进的民族"的疗救方法；至于"灭绝"一条，那是全不成话，可不必说。"灭绝"这两个可怕的字，岂是我们人类应说的？只有张献忠这等人曾有如此主张，至今为人类唾骂；而且于实际上发生出什么效验呢？但我有一句话，要劝戊派诸公。"灭绝"这句话，只能吓人，却不能吓倒自然。他是毫无情面：他看见有自向灭绝这条路走的民族，便请他们灭绝，毫不客气。我们自己想活，也希望别人都活；不忍说他人的灭绝，又怕他们自己走到灭绝的路上，把我们带累了也灭绝，所以在此着急。倘使不改现状，反能兴旺，能得真实自由的幸福生活，那就是做野蛮也很好。——但可有人敢答应说"是"么？

一九一八年。

未有天才之前[1]
——一九二四年一月十七日在北京师范大学附属中学校友会讲

我自己觉得我的讲话不能使诸君有益或者有趣,因为我实在不知道什么事,但推托拖延得太长久了,所以终于不能不到这里来说几句。

我看现在许多人对于文艺界的要求的呼声之中,要求天才的产生也可以算是很盛大的了,这显然可以反证两件事:一是中国现在没有一个天才,二是大家对于现在的艺术的厌薄。天才究竟有没有?也许有着罢,然而我们和别人都没有见。倘使据了见闻,就可以说没有;不但天才,还有使天才得以生长的民众。

天才并不是自生自长在深林荒野里的怪物,是由可以使天才生长的民众产生,长育出来的,所以没有这种民众,就没有天才。有一回拿破仑过Alps山[2],说,"我比Alps山还要高!"这何等英伟,然而不要忘记他后面跟着许多兵;倘没有兵,那只有被山那面的敌人捉住或者赶回,他的举动,言语,都离了英雄的界线,要归入疯子一类了。所以我想,在要求天才的产生之前,应该先要求可以使天才生长的民众。——譬如想有乔木,想看好花,一定要有好土;没有土,便没有花木了;所以土实在较花木还重要。花木非有土不可,正同拿破仑非有好兵不可一样。

然而现在社会上的论调和趋势,一面固然要求天才,一面却要他灭亡,

---

[1] 发表于一九二四年北京师范大学附属中学《校友会刊》。
[2] Alps山:阿尔卑斯山。

连预备的土也想扫尽。举出几样来说：

其一就是"整理国故"①。自从新思潮来到中国以后，其实何尝有力，而一群老头子，还有少年，却已丧魂失魄的来讲国故了，他们说，"中国自有许多好东西，都不整理保存，倒去求新，正如放弃祖宗遗产一样不肖。"抬出祖宗来说法，那自然是极威严的，然而我总不信在旧马褂未曾洗净叠好之前，便不能做一件新马褂。就现状而言，做事本来还随各人的自便，老先生要整理国故，当然不妨去埋在南窗下读死书，至于青年，却自有他们的活学问和新艺术，各干各事，也还没有大妨害的，但若拿了这面旗子来号召，那就是要中国永远与世界隔绝了。倘以为大家非此不可，那更是荒谬绝伦！我们和古董商人谈天，他自然总称赞他的古董如何好，然而他决不痛骂画家，农夫，工匠等类，说是忘记了祖宗：他实在比许多国学家聪明得远。

其一是"崇拜创作"。从表面上看来，似乎这和要求天才的步调很相合，其实不然。那精神中，很含有排斥外来思想，异域情调的分子，所以也就是可以使中国和世界潮流隔绝的。许多人对于托尔斯泰，都介涅夫②，陀思妥夫斯奇的名字，已经厌听了，然而他们的著作，有什么译到中国来？眼光囚在一国里，听谈彼得和约翰就生厌，定须张三李四才行，于是创作家出来了，从实说，好的也离不了剽取点外国作品的技术和神情，文笔或者漂亮，思想往往赶不上翻译品，甚者还要加上些传统思想，使他适合于中国人的老脾气，而读者却已为他所牢笼了，于是眼界便渐渐的狭小，几乎要缩进旧圈套里去。作者和读者互相为因果，排斥异流，抬上国粹，那里会有天才产生？即使产生了，也是活不下去的。

这样的风气的民众是灰尘，不是泥土，在他这里长不出好花和乔木来！

还有一样是恶意的批评。大家的要求批评家的出现，也由来已久了，到目下就出了许多批评家。可惜他们之中很有不少是不平家，不像批评家，作品才到面前，便恨恨地磨墨，立刻写出很高明的结论道，"唉，幼稚得很。中国要天才！"到后来，连并非批评家也这样叫喊了，他是听来的。其实即使天才，在生下来的时候的第一声啼哭，也和平常的儿童的一样，决不

---

① "整理国故"：胡适所提倡的一种主张。
② 都介涅夫：今译屠格涅夫（И. С. Тургенев，1818—1883），俄国作家。

会就是一首好诗。因为幼稚,当头加以戕贼,也可以萎死的。我亲见几个作者,都被他们骂得寒噤了。那些作者大约自然不是天才,然而我的希望是便是常人也留着。

恶意的批评家在嫩苗的地上驰马,那当然是十分快意的事;然而遭殃的是嫩苗——平常的苗和天才的苗。幼稚对于老成,有如孩子对于老人,决没有什么耻辱;作品也一样,起初幼稚,不算耻辱的。因为倘不遭了戕贼,他就会生长,成熟,老成;独有老衰和腐败,倒是无药可救的事!我以为幼稚的人,或者老大的人,如有幼稚的心,就说幼稚的话,只为自己要说而说,说出之后,至多到印出之后,自己的事就完了,对于无论打着什么旗子的批评,都可以置之不理的!

就是在座的诸君,料来也十之九愿有天才的产生罢,然而情形是这样,不但产生天才难,单是有培养天才的泥土也难。我想,天才大半是天赋的;独有这培养天才的泥土,似乎大家都可以做。做土的功效,比要求天才还切近;否则,纵有成千成百的天才,也因为没有泥土,不能发达,要像一碟子绿豆芽。

做土要扩大了精神,就是收纳新潮,脱离旧套,能够容纳,了解那将来产生的天才;又要不怕做小事业,就是能创作的自然是创作,否则翻译,介绍,欣赏,读,看,消闲都可以。以文艺来消闲,说来似乎有些可笑,但究竟较胜于戕贼他。

泥土和天才比,当然是不足齿数的,然而不是坚苦卓绝者,也怕不容易做;不过事在人为,比空等天赋的天才有把握。这一点,是泥土的伟大的地方,也是反有大希望的地方。而且也有报酬,譬如好花从泥土里出来,看的人固然欣然的赏鉴,泥土也可以欣然的赏鉴,正不必花卉自身,这才心旷神怡的——假如当作泥土也有灵魂的说。

一九二四年。

战士和苍蝇[①]

Schopenhauer说过这样的话:要估定人的伟大,则精神上的大和体格上的大,那法则完全相反。后者距离愈远即愈小,前者却见得愈大。

正因为近则愈小,而且愈看见缺点和创伤,所以他就和我们一样,不是神道,不是妖怪,不是异兽。他仍然是人,不过如此。但也惟其如此,所以他是伟大的人。

战士战死了的时候,苍蝇们所首先发现的是他的缺点和伤痕,嘬着,营营地叫着,以为得意,以为比死了的战士更英雄。但是战士已经战死了,不再来挥去他们。于是乎苍蝇们即更其营营地叫,自以为倒是不朽的声音,因为它们的完全,远在战士之上。

的确的,谁也没有发见过苍蝇们的缺点和创伤。

然而,有缺点的战士终竟是战士,完美的苍蝇也终竟不过是苍蝇。

去罢,苍蝇们!虽然生着翅子,还能营营,总不会超过战士的。你们这些虫豸们!

一九二五年三月二十一日。

---

① 发表于一九二五年三月北京《京报》附刊《民众文艺周刊》。

论照相之类[①]

一　材料之类

我幼小时候,在S城[②],——所谓幼小时候者,是三十年前,但从进步神速的英才看来,就是一世纪;所谓S城者,我不说他的真名字,何以不说之故,也不说。总之,是在S城,常常旁听大大小小男男女女谈论洋鬼子挖眼睛。曾有一个女人,原在洋鬼子家里佣工,后来出来了,据说她所以出来的原因,就因为亲见一坛盐渍的眼睛,小鲫鱼似的一层一层积叠着,快要和坛沿齐平了。她为远避危险起见,所以赶紧走。

S城有一种习惯,就是凡是小康之家,到冬天一定用盐来腌一缸白菜,以供一年之需,其用意是否和四川的榨菜相同,我不知道。但洋鬼子之腌眼睛,则用意当然别有所在,惟独方法却大受了S城腌白菜法的影响,相传中国对外富于同化力,这也就是一个证据罢。然而状如小鲫鱼者何?答曰:此确为S城人之眼睛也。S城庙宇中常有一种菩萨,号曰眼光娘娘。有眼病的,可以去求祷;愈,则用布或绸做眼睛一对,挂神龛上或左右,以答神庥[③]。所以只要看所挂眼睛的多少,就知道这菩萨的灵不灵。而所挂的眼睛,则正是两头尖尖,如小鲫鱼,要录一对和洋鬼子生理图上所画似的圆

---

① 发表于一九二五年一月《语丝》。
② S城:指绍兴。
③ 庥:树荫,引申为庇荫。

球形者,决不可得。黄帝岐伯①尚矣;王莽诛翟义党②,分解肢体,令医生们察看,曾否绘图不可知,纵使绘过,现在已佚,徒令"古已有之"而已。宋的《析骨分经》③,相传也据目验,《说郛》④中有之,我曾看过它,多是胡说,大约是假的。否则,目验尚且如此胡涂,则S城人之将眼睛理想化为小鲫鱼,实也无足深怪了。

然而洋鬼子是吃腌眼睛来代腌菜的么?是不然,据说是应用的。一,用于电线,这是根据别一个乡下人的话,如何用法,他没有谈,但云用于电线罢了;至于电线的用意,他却说过,就是每年加添铁丝,将来鬼兵到时,使中国人无处逃走。二,用于照相,则道理分明,不必多赘,因为我们只要和别人对立,他的瞳子里一定有我的一个小照相的。

而且洋鬼子又挖心肝,那用意,也是应用。我曾旁听过一位念佛的老太太说明理由:他们挖了去,熬成油,点了灯,向地下各处去照去。人心总是贪财的,所以照到埋着宝贝的地方,火头便弯下去了。他们当即掘开来,取了宝贝去,所以洋鬼子都这样的有钱。

道学先生之所谓"万物皆备于我"的事,其实是全国,至少是S城的"目不识丁"的人们都知道,所以人为"万物之灵"。所以月经精液可以延年,毛发爪甲可以补血,大小便可以医许多病,臂膊上的肉可以养亲。然而这并非本论的范围,现在姑且不说。况且S城人极重体面,有许多事不许说;否则,就要用阴谋来惩治的。

二　形式之类

要之,照相似乎是妖术。咸丰年间,或一省里,还有因为能照相而家产被乡下人捣毁的事情。但当我幼小的时候,——即三十年前,S城却已有照相馆了,大家也不甚疑惧。虽然当闹"义和拳民"时,——即二十五年前,或一省里,还以罐头牛肉当作洋鬼子所杀的中国孩子的肉看。然而这

---

① 黄帝岐伯:此处指《黄帝内经》。
② 王莽诛翟义党:西汉末年王莽篡权时,东郡太守翟义等人起兵讨伐,兵败后悉被杀。
③ 《析骨分经》:明人宁一玉撰,文中说为"宋",疑有误。
④ 《说郛》:元代陶宗仪所编纂的笔记丛书。辑录汉至元各种笔记数百种,经史诸子、诗话文论也有收录。

是例外，万事万物，总不免有例外的。

要之，S城早有照相馆了，这是我每一经过，总须流连赏玩的地方，但一年中也不过经过四五回。大小长短不同颜色不同的玻璃瓶，又光滑又有刺的仙人掌，在我都是珍奇的物事；还有挂在壁上的框子里的照片：曾大人，李大人，左中堂，鲍军门。一个族中的好心的长辈，曾经借此来教育我，说这许多都是当今的大官，平"长毛"①的功臣，你应该学学他们。我那时也很愿意学，然而想，也须赶快仍复为"长毛"。

但是，S城人却似乎不甚爱照相，因为精神要被照去的，所以运气正好的时候，尤不宜照，而精神则一名"威光"：我当时所知道的只有这一点。直到近年来，才又听到世上有因为怕失了元气而永不洗澡的名士，元气大约就是威光罢，那么，我所知道的就更多了：中国人的精神一名威光即元气，是照得去，洗得下的。

然而虽然不多，那时却又确有光顾照相的人们，我也不明白是什么人物，或者运气不好之徒，或者是新党罢。只是半身像是大抵避忌的，因为像腰斩。自然，清朝是已经废去腰斩的了，但我们还能在戏文上看见包爷爷的铡包勉，一刀两段，何等可怕，则即使是国粹乎，而亦不欲人之加诸我也，诚然也以不照为宜。所以他们所照的多是全身，旁边一张大茶几，上有帽架，茶碗，水烟袋，花盆，几下一个痰盂，以表明这人的气管枝中有许多痰，总须陆续吐出。人呢，或立或坐，或者手执书卷，或者大襟上挂一个很大的时表，我们倘用放大镜一照，至今还可以知道他当时拍照的时辰，而且那时还不会用镁光，所以不必疑心是夜里。

然而名士风流，又何代蔑有呢？雅人早不满于这样千篇一律的呆鸟了，于是也有赤身露体装作晋人②的，也有斜领丝绦装作X人的，但不多。较为通行的是先将自己照下两张，服饰态度各不同，然后合照为一张，两个自己即或如宾主，或如主仆，名曰"二我图"。但设若一个自己傲然地坐着，一个自己卑劣可怜地，向了坐着的那一个自己跪着的时候，名色便又两样了："求己图"。这类"图"晒出之后，总须题些诗，或者词如"调寄满庭芳""摸鱼儿"之类，然后在书房里挂起。至于贵人富户，则因为属于呆鸟

---

① "长毛"：对太平天国起义军的蔑称。
② 晋人：指晋代文人刘伶等。

一类,所以决计想不出如此雅致的花样来,即有特别举动,至多也不过自己坐在中间,膝下排列着他的一百个儿子,一千个孙子和一万个曾孙(下略)照一张"全家福"。

Th. Lipps① 在他那《伦理学的根本问题》中,说过这样意思的话。就是凡是人主,也容易变成奴隶,因为他一面既承认可做主人,一面就当然承认可做奴隶,所以威力一坠,就死心塌地,俯首帖耳于新主人之前了。那书可惜我不在手头,只记得一个大意,好在中国已经有了译本,虽然是节译,这些话应该存在的罢。用事实来证明这理论的最显著的例是孙皓②,治吴时候,如此骄纵酷虐的暴主,一降晋,却是如此卑劣无耻的奴才。中国常语说,临下骄者事上必谄,也就是看穿了这把戏的话。但表现得最透澈的却莫如"求己图",将来中国如要印《绘图伦理学的根本问题》,这实在是一张极好的插画,就是世界上最伟大的讽刺画家也万万想不到,画不出的。

但现在我们所看见的,已没有卑劣可怜地跪着的照相了,不是什么会纪念的一群,即是什么人放大的半个,都很凛凛地。我愿意我之常常将这些当作半张"求己图"看,乃是我的杞忧。

三　无题之类

照相馆选定一个或数个阔人的照相,放大了挂在门口,似乎是北京特有,或近来流行的。我在S城所见的曾大人之流,都不过六寸或八寸,而且挂着的永远是曾大人之流,也不像北京的时时掉换,年年不同。但革命以后,也许撤去了罢,我知道得不真确。

至于近十年北京的事,可是略有所知了,无非其人阔,则其像放大,其人"下野",则其像不见,比电光自然永久得多。倘若白昼明烛,要在北京城内寻求一张不像那些阔人似的缩小放大挂起挂倒的照相,则据鄙陋所知,实在只有一位梅兰芳君。而该君的麻姑③一般的"天女散花""黛玉葬花"像,也确乎比那些缩小放大挂起挂倒的东西标致,即此就足以证明中

---

① Th. Lipps:李普斯(1851—1914),德国心理学家、哲学家。
② 孙皓(243—283):三国吴政权的末代帝王。
③ 麻姑:神话传说中的长寿仙女。旧时常以"麻姑献寿"为题材作画。

国人实有审美的眼睛,其一面又放大挺胸凸肚的照相者,盖出于不得已。

我在先只读过《红楼梦》,没有看见"黛玉葬花"的照片的时候,是万料不到黛玉的眼睛如此之凸,嘴唇如此之厚的。我以为她该是一副瘦削的痨病脸,现在才知道她有些福相,也像一个麻姑。然而只要一看那些继起的模仿者们的拟天女照相,都像小孩子穿了新衣服,拘束得怪可怜的苦相,也就会立刻悟出梅兰芳君之所以永久之故了,其眼睛和嘴唇,盖出于不得已,即此也就足以证明中国人实有审美的眼睛。

印度的诗圣泰戈尔先生光临中国之际,像一大瓶好香水似地很熏上了几位先生们以文气和玄气,然而够到陪坐祝寿的程度的却只有一位梅兰芳君:两国的艺术家的握手。待到这位老诗人改姓换名,化为"竺震旦"①,离开了近于他的理想境的这震旦之后,震旦诗贤头上的印度帽也不大看见了,报章上也很少记他的消息,而装饰这近于理想境的震旦者,也仍旧只有那巍然地挂在照相馆玻璃窗里的一张"天女散花图"或"黛玉葬花图"。

惟有这一位"艺术家"的艺术,在中国是永久的。

我所见的外国名伶美人的照相并不多,男扮女的照相没有见过,别的名人的照相见过几十张。托尔斯泰,伊孛生,罗丹都老了,尼采一脸凶相,勖本华尔②一脸苦相,淮尔特③穿上他那审美的衣装的时候,已经有点呆相了,而罗曼罗兰似乎带点怪气,戈尔基又简直像一个流氓。虽说都可以看出悲哀和苦斗的痕迹来罢,但总不如天女的"好"得明明白白。假使吴昌硕④翁的刻印章也算雕刻家,加以作画的润格如是之贵,则在中国确是一位艺术家了,但他的照相我们看不见。林琴南翁负了那么大的文名,而天下也似乎不甚有热心于"识荆"⑤的人,我虽然曾在一个药房的仿单⑥上见过他的玉照,但那是代表了他的"如夫人"⑦函谢丸药的功效,所以印上的,并不因为他的文章。更就用了"引车卖浆者流"⑧的文字来做文章的诸君

---

① "竺震旦":泰戈尔在中国的中文名字。
② 勖本华尔:今译叔本华。
③ 淮尔特:今译王尔德(O. Wilde,1854—1900)。
④ 吴昌硕(1844—1927):浙江安吉人,近代书画家、篆刻家。
⑤ "识荆":两人初次见面的敬辞。
⑥ 仿单:旧时介绍商品性质、用途和用法的广告性说明书。
⑦ "如夫人":旧时对他人之妾的敬称,从字面解即"如同夫人一样"。
⑧ "引车卖浆者流":指卑贱的行业。此处讥刺林琴南。

而言,南亭亭长①我佛山人②往矣,且从略;近来则虽是奋战恶斗,做了这许多作品的如创造社诸君子,也不过印过很小的一张三人的合照③,而且是铜板而已。

我们中国的最伟大最永久的艺术是男人扮女人。

异性大抵相爱。太监只能使别人放心,决没有人爱他,因为他是无性了,——假使我用了这"无"字还不算什么语病。然而也就可见虽然最难放心,但是最可贵的是男人扮女人了,因为从两性看来,都近于异性,男人看见"扮女人",女人看见"男人扮",所以这就永远挂在照相馆的玻璃窗里,挂在国民的心中。外国没有这样的完全的艺术家,所以只好任凭那些捏锤凿,调采色,弄墨水的人们跋扈。

我们中国的最伟大最永久,而且最普遍的艺术也就是男人扮女人。

一九二四年十一月十一日。

---

① 南亭亭长:李宝嘉(1867—1906),字伯元,清末小说家。著有长篇小说《官场现形记》、《文明小史》等。
② 我佛山人:吴沃尧(1866—1910),字趼人,清末小说家。著有长篇小说《二十年目睹之怪现状》、《恨海》等。
③ 三人的合照:指郭沫若、郁达夫和成仿吾三人的合照。

我们怎样教育儿童的？①

看见了讲到"孔乙己",就想起中国一向怎样教育儿童来。

现在自然是各式各样的教科书,但在村塾里也还有《三字经》和《百家姓》。清朝末年,有些人读的是"天子重英豪,文章教尔曹,万般皆下品,惟有读书高"的《神童诗》,夸着"读书人"的光荣;有些人读的是"混沌初开,乾坤始奠,轻清者上浮而为天,重浊者下凝而为地"的《幼学琼林》,教着做古文的滥调。再上去我可不知道了,但听说,唐末宋初用过《太公家教》②,久已失传,后来才从敦煌石窟中发现,而在汉朝,是读《急就篇》③之类的。

就是所谓"教科书",在近三十年中,真不知变化了多少。忽而这么说,忽而那么说,今天是这样的宗旨,明天又是那样的主张,不加"教育"则已,一加"教育",就从学校里造成了许多矛盾冲突的人,而且因为旧的社会关系,一面也还是"混沌初开,乾坤始奠"的老古董。

中国要作家,要"文豪",但也要真正的学究。倘有人作一部历史,将中国历来教育儿童的方法,用书,作一个明确的记录,给人明白我们的古人以至我们,是怎样的被熏陶下来的,则其功德,当不在禹(虽然他也许不过是一条虫)下。

---

① 发表于一九三三年八月《申报·自由谈》,署名旅隼。
② 《太公家教》:旧时学童初级读物。太公即曾祖或高祖。
③ 《急就篇》:又名《急就章》,旧时学童识字读物,西汉史游撰。内容涉及按姓名、衣服、饮食、器用等分类编成韵语,多数为七字一句。

《自由谈》的投稿者,常有博古通今的人,我以为对于这工作,是很有胜任者在的。不知亦有有意于此者乎?现在提出这问题,盖亦知易行难,遂只得空口说白话,而望垦辟于健者也。

一九三三年八月十四日。

随感录六十二　恨恨而死[①]

古来很有几位恨恨而死的人物。他们一面说些"怀才不遇""天道宁论"的话，一面有钱的便狂嫖滥赌，没钱的便喝几十碗酒，——因为不平的缘故，于是后来就恨恨而死了。

我们应该趁他们活着的时候问他：诸公！您知道北京离昆仑山几里，弱水去黄河几丈么？火药除了做鞭爆，罗盘除了看风水，还有什么用处么？棉花是红的还是白的？谷子是长在树上，还是长在草上？桑间濮上如何情形，自由恋爱怎样态度？您在半夜里可忽然觉得有些羞，清早上可居然有点悔么？四斤的担，您能挑么？三里的道，您能跑么？

他们如果细细的想，慢慢的悔了，这便很有些希望。万一越发不平，越发愤怒，那便"爱莫能助"。——于是他们终于恨恨而死了。

中国现在的人心中，不平和愤恨的分子太多了。不平还是改造的引线，但必须先改造了自己，再改造社会，改造世界；万不可单是不平。至于愤恨，却几乎全无用处。

愤恨只是恨恨而死的根苗，古人有过许多，我们不要蹈他们的覆辙。

我们更不要借了"天下无公理，无人道"这些话，遮盖自暴自弃的行为，自称"恨人"，一副恨恨而死的脸孔，其实并不恨恨而死。

一九一九年。

[①] 本篇最初发表于一九一九年十一月一日《新青年》第六卷第六号，署名唐俟。

随感录六十五　暴君的臣民①

从前看见清朝几件重案的记载,"臣工"拟罪很严重,"圣上"常常减轻,便心里想:大约因为要博仁厚的美名,所以玩这些花样罢了。后来细想,殊不尽然。

暴君治下的臣民,大抵比暴君更暴;暴君的暴政,时常还不能餍足暴君治下的臣民的欲望。

中国不要提了罢。在外国举一个例:小事件则如 Gogol 的剧本《按察使》,众人都禁止他,俄皇却准开演;大事件则如巡抚想放耶稣,众人却要求将他钉上十字架。

暴君的臣民,只愿暴政暴在他人的头上,他却看着高兴,拿"残酷"做娱乐,拿"他人的苦"做赏玩,做慰安。

自己的本领只是"幸免"。

从"幸免"里又选出牺牲,供给暴君治下的臣民的渴血的欲望,但谁也不明白。死的说"阿呀",活的高兴着。

一九一九年。

---

① 本篇最初发表于一九一九年十一月一日《新青年》第六卷第六号,署名唐俟。

我们现在怎样做父亲[①]

我作这一篇文的本意,其实是想研究怎样改革家庭;又因为中国亲权重,父权更重,所以尤想对于从来认为神圣不可侵犯的父子问题,发表一点意见。总而言之:只是革命要革到老子身上罢了。但何以大模大样,用了这九个字的题目呢?这有两个理由:

第一,中国的"圣人之徒",最恨人动摇他的两样东西。一样不必说,也与我辈绝不相干;一样便是他的伦常,我辈却不免偶然发几句议论,所以株连牵扯,很得了许多"铲伦常""禽兽行"之类的恶名。他们以为父对于子,有绝对的权力和威严;若是老子说话,当然无所不可,儿子有话,却在未说之前早已错了。但祖父子孙,本来各各都只是生命的桥梁的一级,决不是固定不易的。现在的子,便是将来的父,也便是将来的祖。我知道我辈和读者,若不是现任之父,也一定是候补之父,而且也都有做祖宗的希望,所差只在一个时间。为想省却许多麻烦起见,我们便该无须客气,尽可先行占住了上风,摆出父亲的尊严,谈谈我们和我们子女的事;不但将来着手实行,可以减少困难,在中国也顺理成章,免得"圣人之徒"听了害怕,总算是一举两得之至的事了。所以说,"我们怎样做父亲"。

第二,对于家庭问题,我在《新青年》的《随感录》(二五,四十,四九)中,曾经略略说及,总括大意,便只是从我们起,解放了后来的人。论到解放子女,本是极平常的事,当然不必有什么讨论。但中国的老年,中了旧习

[①] 本篇最初发表于一九一九年十一月《新青年》月刊第六卷第六号,署名唐俟。

惯旧思想的毒太深了,决定悟不过来。譬如早晨听到乌鸦叫,少年毫不介意,迷信的老人,却总须颓唐半天。虽然很可怜,然而也无法可救。没有法,便只能先从觉醒的人开手,各自解放了自己的孩子。自己背着因袭的重担,肩住了黑暗的闸门,放他们到宽阔光明的地方去;此后幸福的度日,合理的做人。

还有,我曾经说,自己并非创作者,便在上海报纸的《新教训》里,挨了一顿骂。但我辈评论事情,总须先评论了自己,不要冒充,才能像一篇说话,对得起自己和别人。我自己知道,不特并非创作者,并且也不是真理的发见者。凡有所说所写,只是就平日见闻的事理里面,取了一点心以为然的道理;至于终极究竟的事,却不能知。便是对于数年以后的学说的进步和变迁,也说不出会到如何地步,单相信比现在总该还有进步还有变迁罢了。所以说,"我们现在怎样做父亲"。

我现在心以为然的道理,极其简单。便是依据生物界的现象,一,要保存生命;二,要延续这生命;三,要发展这生命(就是进化)。生物都这样做,父亲也就是这样做。

生命的价值和生命价值的高下,现在可以不论。单照常识判断,便知道既是生物,第一要紧的自然是生命。因为生物之所以为生物,全在有这生命,否则失了生物的意义。生物为保存生命起见,具有种种本能,最显著的是食欲。因有食欲才摄取食品,因有食品才发生温热,保存了生命。但生物的个体,总免不了老衰和死亡,为继续生命起见,又有一种本能,便是性欲。因性欲才有性交,因有性交才发生苗裔,继续了生命。所以食欲是保存自己,保存现在生命的事;性欲是保存后裔,保存永久生命的事。饮食并非罪恶,并非不净;性交也就并非罪恶,并非不净。饮食的结果,养活了自己,对于自己没有恩;性交的结果,生出子女,对于子女当然也算不了恩。——前前后后,都向生命的长途走去,仅有先后的不同,分不出谁受谁的恩典。

可惜的是中国的旧见解,竟与这道理完全相反。夫妇是"人伦之中",却说是"人伦之始";性交是常事,却以为不净;生育也是常事,却以为天大的大功。人人对于婚姻,大抵先夹带着不净的思想。亲戚朋友有许多戏谑,自己也有许多羞涩,直到生了孩子,还是躲躲闪闪,怕敢声明;独有对于孩子,却威严十足。这种行径,简直可以说是和偷了钱发迹的财主,不相上下了。我并不是说,——如他们攻击者所意想的,——人类的性交也应如别种动物,随便举行;或如无耻流氓,专做些下流举动,自鸣得意。是说,此后觉醒的人,应该先洗净了东方固有的不净思想,再纯洁明白一些,了解夫妇是伴侣,是共同劳动者,又是新生命创造者的意义。所生的子女,固然是受领新生命的人,但他也不永久占领,将来还要交付子女,像他们的父母一般。只是前前后后,都做一个过付的经手人罢了。

生命何以必需继续呢?就是因为要发展,要进化。个体既然免不了死亡,进化又毫无止境,所以只能延续着,在这进化的路上走。走这路须有一种内的努力,有如单细胞动物有内的努力,积久才会繁复,无脊椎动物有内的努力,积久才会发生脊椎。所以后起的生命,总比以前的更有意义,更近完全,因此也更有价值,更可宝贵;前者的生命,应该牺牲于他。

但可惜的是中国的旧见解,又恰恰与这道理完全相反。本位应在幼者,却反在长者;置重应在将来,却反在过去。前者做了更前者的牺牲,自己无力生存,却苛责后者又来专做他的牺牲,毁灭了一切发展本身的能力。我也不是说,——如他们攻击者所意想的,——孙子理应终日痛打他的祖父,女儿必须时时咒骂他的亲娘。是说,此后觉醒的人,应该先洗净了东方古传的谬误思想,对于子女,义务思想须加多,而权利思想却大可切实核减,以准备改作幼者本位的道德。况且幼者受了权利,也并非永久占有,将来还要对于他们的幼者,仍尽义务。只是前前后后,都做一切过付的经手人罢了。

"父子间没有什么恩"这一个断语,实是招致"圣人之徒"面红耳赤的一大原因。他们的误点,便在长者本位与利己思想,权利思想很重,义务思想和责任心却很轻。以为父子关系,只须"父兮生我"一件事,幼者的全部,便应为长者所有。尤其堕落的,是因此责望报偿,以为幼者的全部,理该做长者的牺牲。殊不知自然界的安排,却件件与这要求反对,我们从古以来,逆天行事,于是人的能力,十分萎缩,社会的进步,也就跟着停顿。我们虽不能说停顿便要灭亡,但较之进步,总是停顿与灭亡的路相近。

自然界的安排,虽不免也有缺点,但结合长幼的方法,却并无错误。他并不用"恩",却给与生物以一种天性,我们称他为"爱"。动物界中除了生子数目太多——爱不周到的如鱼类之外,总是挚爱他的幼子,不但绝无利益心情,甚或至于牺牲了自己,让他的将来的生命,去上那发展的长途。

人类也不外此,欧美家庭,大抵以幼者弱者为本位,便是最合于这生物学的真理的办法。便在中国,只要心思纯白,未曾经过"圣人之徒"作践的人,也都自然而然的能发现这一种天性。例如一个村妇哺乳婴儿的时候,决不想到自己正在施恩;一个农夫娶妻的时候,也决不以为将要放债。只是有了子女,即天然相爱,愿他生存;更进一步的,便还要愿他比自己更好,就是进化。这离绝了交换关系利害关系的爱,便是人伦的索子,便是所谓"纲"。倘如旧说,抹煞了"爱",一味说"恩",又因此责望报偿,那便不但败坏了父子间的道德,而且也大反于做父母的实际的真情,播下乖剌的种子。有人做了乐府,说是"劝孝",大意是什么"儿子上学堂,母亲在家磨杏仁,豫备回来给他喝,你还不孝么"之类,自以为"拚命卫道"。殊不知富翁的杏酪和穷人的豆浆,在爱情上价值同等,而其价值却正在父母当时并无求报的心思;否则变成买卖行为,虽然喝了杏酪,也不异"人乳喂猪",无非要猪肉肥美,在人伦道德上,丝毫没有价值了。

所以我现在心以为然的,便只是"爱"。

无论何国何人,大都承认"爱己"是一件应当的事。这便是保存生命的要义,也就是继续生命的根基。因为将来的运命,早在现在决定,故父母的缺点,便是子孙灭亡的伏线,生命的危机。易卜生做的《群鬼》(有潘家洵君译本,载在《新潮》一卷五号)虽然重在男女问题,但我们也可以看出遗传的可怕。欧士华本是要生活,能创作的人,因为父亲的不检,先天得了病毒,中途不能做人了。他又很爱母亲,不忍劳他服侍,便藏着吗啡,想待发作时候,由使女瑞琴帮他吃下,毒杀了自己;可是瑞琴走了。他于是只好托他母亲了。

欧　"母亲,现在应该你帮我的忙了。"

阿夫人　"我吗?"

欧　"谁能及得上你。"

阿夫人　"我!你的母亲!"

欧　"正为那个。"

阿夫人　"我,生你的人!"

欧　"我不曾教你生我。并且给我的是一种什么日子?我不要他!你拿回去罢!"

这一段描写,实在是我们做父亲的人应该震惊戒惧佩服的;决不能昧了良心，说儿子理应受罪。这种事情，中国也很多，只要在医院做事，便能时时看见先天梅毒性病儿的惨状；而且傲然的送来的，又大抵是他的父母。但可怕的遗传，并不只是梅毒；另外许多精神上体质上的缺点，也可以传之子孙，而且久而久之，连社会都蒙着影响。我们且不高谈人群，单为子女说，便可以说凡是不爱己的人，实在欠缺做父亲的资格。就令硬做了父亲，也不过如古代的草寇称王一般，万万算不了正统。将来学问发达，社会改造时，他们侥幸留下的苗裔，恐怕总不免要受善种学（Eugenics）者的处置。

倘若现在父母并没有将什么精神上体质上的缺点交给子女，又不遇意外的事，子女便当然健康，总算已经达到了继续生命的目的。但父母的责任还没有完，因为生命虽然继续了，却是停顿不得，所以还须教这新生命去发展。凡动物较高等的，对于幼雏，除了养育保护以外，往往还教他们生存上必需的本领。例如飞禽便教飞翔，鸷兽便教搏击。人类更高几等，便也有愿意子孙更进一层的天性。这也是爱，上文所说的是对于现在，也是对于将来。只要思想未遭锢蔽的人，谁也喜欢子女比自己更强，更健康，更聪明高尚，——更幸福；就是超越了自己，超越了过去。超越便须改变，所以子孙对于祖先的事，应该改变，"三年无改于父之道可谓孝矣"，当然是曲说，是退婴的病根。假使古代的单细胞动物，也遵着这教训，那便永远不敢分裂繁复，世界上再也不会有人类了。

幸而这一类教训，虽然害过许多人，却还未能完全扫尽了一切人的天性。没有读过"圣贤书"的人，还能将这天性在名教的斧钺底下，时时流露，时时萌蘖；这便是中国人虽然凋落萎缩，却未灭绝的原因。

所以觉醒的人，此后应将这天性的爱，更加扩张，更加醇化；用无我的爱，自己牺牲于后起新人。开宗第一，便是理解。往昔的欧人对于孩子的误解，是以为成人的预备；中国人的误解，是以为缩小的成人。直到近来，经过许多学者的研究，才知道孩子的世界，与成人截然不同；倘不先行理解，一味蛮做，便大碍于孩子的发达。所以一切设施，都应该以孩子为本位，日本近来，觉悟的也很不少；对于儿童的设施，研究儿童的事业，都非常兴盛了。第二，便是指导。时势既有改变，生活也必须进化；所以后起的人物，一定尤异于前，决不能用同一模型，无理嵌定。长者须是指导者协商者，却不该是命令者。不但不该责幼者供奉自己；而且还须用全副精神，专为他们自己，养成他们有耐劳作的体力，纯洁高尚的道德，广博自由能容纳新潮流的精神，也就是能在世界新潮流中游泳，不被淹没的力量。第三，便是解放。子女是即我非我的人，但既已分立，也便是人类中的人。因为即我，所以更应该尽教育的义务，交给他们自立的能力；因为非我，所以也应同时解放，全部为他们自己所有，成一个独立的人。

这样，便是父母对于子女，应该健全的产生，尽力的教育，完全的解放。

但有人会怕，仿佛父母从此以后，一无所有，无聊之极了。这种空虚的恐怖和无聊的感想，也即从谬误的旧思想发生；倘明白了生物学的真理，自然便会消灭。但要做解放子女的父母，也应预备一种能力。便是自己虽然已经带着过去的色采，却不失独立的本领和精神，有广博的趣味，高尚的娱乐。要幸福么？连你的将来的生命都幸福了。要"返老还童"，要"老复丁"么？子女便是"复丁"，都已独立而且更好了。这才是完了长者的任务，得了人生的慰安。倘若思想本领，样样照旧，专以"勃谿"为业，行辈自豪，那便自然免不了空虚无聊的苦痛。

或者又怕，解放之后，父子间要疏隔了。欧美的家庭，专制不及中国，早已大家知道；往者虽有人比之禽兽，现在却连"卫道"的圣徒，也曾替他们辩护，说并无"逆子叛弟"了。因此可知：惟其解放，所以相亲；惟其没有"拘挛"子弟的父兄，所以也没有反抗"拘挛"的"逆子叛弟"。若威逼利诱，便无论如何，决不能有"万年有道之长"。例便如我中国，汉有举孝，唐有孝悌力田科，清末也还有孝廉方正，都能换到官做。父恩谕之于先，皇恩施之于后，然而割股的人物，究属寥寥。足可证明中国的旧学说旧手段，实在从古以来，并无良效，无非使坏人增长些虚伪，好人无端的多受些人我都无利益的苦痛罢了。

独有"爱"是真的。路粹引孔融说，"父之于子，当有何亲？论其本意，实为情欲发耳。子之于母，亦复奚为，譬如寄物瓶中，出则离矣。"（汉末的孔府上，很出过几个有特色的奇人，不像现在这般冷落，这话也许确是北海先生所说；只是攻击他的偏是路粹和曹操，教人发笑罢了。）虽然也是一种对于旧说的打击，但实于事理不合。因为父母生了子女，同时又有天性的爱，这爱又很深广很长久，不会即离。现在世界没有大同，相爱还有差等，子女对于父母，也便最爱，最关切，不会即离。所以疏隔一层，不劳多虑。至于一种例外的人，或者非爱所能钩连。但若爱力尚且不能钩连，那便任凭什么"恩威，名分，天经，地义"之类，更是钩连不住。

或者又怕，解放之后，长者要吃苦了。这事可分两层：第一，中国的社会，虽说"道德好"，实际却太缺乏相爱相助的心思。便是"孝""烈"这类道德，也都是旁人毫不负责，一味收拾幼者弱者的方法。在这样社会中，不独老者难于生活，即解放的幼者，也难于生活。第二，中国的男女，大抵未老先衰，甚至不到二十岁，早已老态可掬，待到真实衰老，便更须别人扶持。所以我说，解放子女的父母，应该先有一番预备；而对于如此社会，尤应该改造，使他能适于合理的生活。许多人预备着，改造着，久而久之，自然可望实现了。单就别国的往时而言，斯宾塞未曾结婚，不闻他侘傺无聊；瓦特早没有了子女，也居然"寿终正寝"，何况在将来，更何况有儿女的人呢？

或者又怕，解放之后，子女要吃苦了。这事也有两层，全如上文所说，不过一是因为老而无能，一是因为少不更事罢了。因此觉醒的人，愈觉有改造社会的任务。中国相传的成法，谬误很多：一种是锢闭，以为可以与社会隔离，不受影响。一种是教给他恶本领，以为如此才能在社会中生活。用这类方法的长者，虽然也含有继续生命的好意，但比照事理，却决定谬误。此外还有一种，是传授些周旋方法，教他们顺应社会。这与数年前讲"实用主义"的人，因为市上有假洋钱，便要在学校里遍教学生看洋钱的法子之类，同一错误。社会虽然不能不偶然顺应，但决不是正当办法。因为社会不良，恶现象便很多，势不能一一顺应；倘都顺应了，又违反了合理的生活，倒走了进化的路。所以根本方法，只有改良社会。

就实际上说，中国旧理想的家族关系父子关系之类，其实早已崩溃。这也非"于今为烈"，正是"在昔已然"。历来都竭力表彰"五世同堂"，便足见实际上同居的为难；拚命的劝孝，也足见事实上孝子的缺少。而其原因，便全在一意提倡虚伪道德，蔑视了真的人情。我们试一翻大族的家谱，便知道始迁祖宗，大抵是单身迁居，成家立业；一到聚族而居，家谱出版，却已在零落的中途。况在将来，迷信破了，便没有哭竹，卧冰；医学发达了，也不必尝秽，割股。又因为经济关系，结婚不得不迟，生育因此也迟，或者子女才能自存，父母已经衰老，不及依赖他们供养，事实上也就是父母反尽了义务。世界潮流逼拶着，这样做的可以生存，不然的便都衰落；无非觉醒者多，加些人力，便危机可望较少就是了。

但既如上言，中国家庭，实际久已崩溃，并不如"圣人之徒"纸上的空谈，则何以至今依然如故，一无进步呢？这事很容易解答。第一，崩溃者自崩溃，纠缠者自纠缠，设立者又自设立；毫无戒心，也不想到改革，所以如故。第二，以前的家庭中间，本来常有勃谿，到了新名词流行之后，便都改称"革命"，然而其实也仍是讨嫖钱至于相骂，要赌本至于相打之类，与觉醒者的改革，截然两途。这一类自称"革命"的勃谿子弟，纯属旧式，待到自己有了子女，也决不解放；或者毫不管理，或者反要寻出《孝经》，勒令诵读，想他们"学于古训"，都做牺牲。这只能全归旧道德旧习惯旧方法负责，生物学的真理决不能妄任其咎。

既如上言，生物为要进化，应该继续生命，那便"不孝有三无后为大"，三妻四妾，也极合理了。这事也很容易解答。人类因为无后，绝了将来的生命，虽然不幸，但若用不正当的方法手段，苟延生命而害及人群，便该比一人无后，尤其"不孝"。因为现在的社会，一夫一妻制最为合理，而多妻主义，实能使人群堕落。堕落近于退化，与继续生命的目的，恰恰完全相反。无后只是灭绝了自己，退化状态的有后，便会毁到他人。人类总有些为他人牺牲自己的精神，而况生物自发生以来，交互关联，一人的血统，大抵总与他人有多少关系，不会完全灭绝。所以生物学的真理，决非多妻主义的护符。

总而言之，觉醒的父母，完全应该是义务的，利他的，牺牲的，很不易做；而在中国尤不易做。中国觉醒的人，为想随顺长者解放幼者，便须一面清结旧账，一面开辟新路。就是开首所说的"自己背着因袭的重担，肩住了黑暗的闸门，放他们到宽阔光明的地方去；此后幸福的度日，合理的做人"。这是一件极伟大的要紧的事，也是一件极困苦艰难的事。

但世间又有一类长者，不但不肯解放子女，并且不准子女解放他们自己的子女；就是并要孙子曾孙都做无谓的牺牲。这也是一个问题；而我是愿意平和的人，所以对于这问题，现在不能解答。

一九一九年十月。

对于批评家的希望[1]

前两三年的书报上,关于文艺的大抵只有几篇创作(姑且这样说)和翻译,于是读者颇有批评家出现的要求,现在批评家已经出现了,而且日见其多了。

以文艺如此幼稚的时候,而批评家还要发掘美点,想扇起文艺的火焰来,那好意实在很可感。即不然,或则叹息现代作品的浅薄,那是望著作家更其深,或则叹息现代作品之没有血泪,那是怕著作界复归于轻佻。虽然似乎微辞过多,其实却是对于文艺的热烈的好意,那也实在是很可感谢的。

独有靠了一两本"西方"的旧批评论,或则捞一点头脑板滞的先生们的唾余,或则仗着中国固有的什么天经地义之类的,也到文坛上来践踏,则我以为委实太滥用了批评的权威。试将粗浅的事来比罢:譬如厨子做菜,有人品评他坏,他固不应该将厨刀铁釜交给批评者,说道你试来做一碗好的看;但他却可以有几条希望,就是望吃菜的没有"嗜痂之癖"[2],没有喝醉了酒,没有害着热病,舌苔厚到二三分。

我对于文艺批评家的希望却还要小。我不敢望他们于解剖裁判别人的作品之前,先将自己的精神来解剖裁判一回,看本身有无浅薄卑劣荒谬之处,因为这事情是颇不容易的。我所希望的不过愿其有一点常识,例如知道裸体画和春画的区别,接吻和性交的区别,尸体解剖和戮尸的区别,出

---

[1] 发表于一九二二年十一月《晨报副刊》,署名风声。
[2] "嗜痂之癖":病态的、反常的嗜好。

洋留学和"放诸四夷"的区别,笋和竹的区别,猫和老虎的区别,老虎和番菜馆的区别……。更进一步,则批评以英美的老先生学说为主,自然是悉听尊便的,但尤希望知道世界上不止英美两国;看不起托尔斯泰,自然也自由的,但尤希望先调查一点他的行实,真看过几本他所做的书。

还有几位批评家,当批评译本的时候,往往诋为不足齿数的劳力,而怪他何不去创作。创作之可尊,想来翻译家该是知道的,然而他竟止于翻译者,一定因为他只能翻译,或者偏爱翻译的缘故。所以批评家若不就事论事,而说些应当去如此如彼,是溢出于事权以外的事,因为这类言语,是商量教训而不是批评。现在还将厨子来比,则吃菜的只要说出品味如何就尽够,苦于此之外,又怪他何以不去做裁缝或造房子,那是无论怎样的呆厨子,也难免要说这位客官是痰迷心窍的了。

一九二二年十一月九日。

咬文嚼字[1]

一

　　以摆脱传统思想的束缚而来主张男女平等的男人,却偏喜欢用轻靓艳丽字样来译外国女人的姓氏:加些草头,女旁,丝旁。不是"思黛儿",就是"雪琳娜"。西洋和我们虽然远哉遥遥,但姓氏并无男女之别,却和中国一样的,——除掉斯拉夫民族在语尾上略有区别之外。所以如果我们周家的姑娘不另姓绸,陈府上的太太也不另姓蔯,则欧文的小姐正无须改作姻纹,对于托尔斯泰夫人也不必格外费心,特别写成妥奶丝苔也。

　　以摆脱传统思想的束缚而来介绍世界文学的文人,却偏喜欢使外国人姓中同姓:Gogol 姓郭;Wilde 姓王;D'Annunzio 姓段,一姓唐;Holz 姓何;Gorky 姓高;Galsworthy 也姓高,假使他谈到 Gorky,大概是称他"吾家 rky"的了。我真万料不到一本《百家姓》,到现在还有这般伟力。

一月八日。

二

　　古时候,咱们学化学,在书上很看见许多"金"旁和非"金"旁的古怪

---

[1] 本篇最初分两次发表于一九二五年一月十一日、二月十二日北京《京报副刊》。

字,据说是原质名目,偏旁是表明"金属"或"非金属"的,那一边大概是译音。但是,镭,锶,锡,锗,矽,连化学先生也讲得很费力,总须附加道:"这回是熟悉的悉。这回是休息的息了。这回是常见的锡。"而学生们为要记得符号,仍须另外记住腊丁字。现在渐渐译起有机化学来,因此这类怪字就更多了,也更难了,几个字拼合起来,像贴在商人帐桌面前的将"黄金萬两"拼成一个的怪字一样。中国的化学家多能兼做新仓颉。我想,倘若就用原文,省下造字的功夫来,一定于本职的化学上更其大有成绩,因为中国人的聪明是决不在白种人之下的。

在北京常看见各样好地名:辟才胡同,乃兹府,丞相胡同,协资庙,高义伯胡同,贵人关。但探起底细来,据说原是劈柴胡同,奶子府,绳匠胡同,蝎子庙,狗尾巴胡同,鬼门关。字面虽然改了,涵义还依旧。这很使我失望;否则,我将鼓吹改奴隶二字为"弩理",或是"努礼",使大家可以永远放心打盹儿,不必再愁什么了。但好在似乎也并没有什么人愁着,爆竹毕毕剥剥地都祀过财神了。

二月十日。

文学救国法[1]

我似乎实在愚陋,直到现在,才知道中国之弱,是新诗人叹弱的。为救国的热忱所驱策,于是连夜揣摩,作文学救国策。可惜终于愚陋,缺略之处很多,尚希博士学者,进而教之,幸甚。

一,取所有印刷局的感叹符号的铅粒和铜模,全数销毁;并禁再行制造。案此实为长吁短叹的发源地,一经正本清源,即虽欲"缩小为细菌放大为炮弹"而不可得矣。

二,禁止扬雄《方言》,并将《春秋公羊传》《谷梁传》订正。案扬雄作《方言》而王莽篡汉,公谷解《春秋》间杂土话而嬴秦亡周,方言之有害于国,明验彰彰哉。扬雄叛臣,著作应即禁止,公谷传拟仍准通行,但当用雅言,代去其中胡说八道之土话。

三,应仿元朝前例,禁用衰飒字样三十字,仍请学者用心理测验及统计法,加添应禁之字,如"哩""哪"等等;连用之字,亦须明定禁例,如"糟"字准与"粕"字连用,不准与"糕"字连用;"阿"字可用于"房"字之上或"东"字之下,而不准用于"呀"字之上等等;至于"糟鱼糟蟹",则在雅俗之间,用否听便,但用者仍不得称为上等强国诗人。案言为心声,岂可衰飒而俗气乎?

四,凡太长,太矮,太肥,太瘦,废疾,老弱者均不准做诗。案健全之精神,宿于健全之身体,身体不强,诗文必弱,诗文既弱,国运随之,故即使善

---

[1] 发表于一九二四年十月《晨报副刊》,署名风声。

于欢呼,为防微杜渐计,亦应禁止妄作。但如头痛发热,伤风咳嗽等,则只须暂时禁止之。

五,有多用感叹符号之诗文,虽不出版,亦以巧避检疫或私藏军火论。案即防其缩小而传病,或放大而打仗也。

一九二四年。

再论雷峰塔的倒掉[1]

从崇轩先生的通信(二月份《京报副刊》)里,知道他在轮船上听到两个旅客谈话,说是杭州雷峰塔之所以倒掉,是因为乡下人迷信那塔砖放在自己的家中,凡事都必平安,如意,逢凶化吉,于是这个也挖,那个也挖,挖之久久,便倒了。一个旅客并且再三叹息道:西湖十景这可缺了呵!

这消息,可又使我有点畅快了,虽然明知道幸灾乐祸,不像一个绅士,但本来不是绅士的,也没有法子来装潢。

我们中国的许多人,——我在此特别郑重声明:并不包括四万万同胞全部!——大抵患有一种"十景病",至少是"八景病",沉重起来的时候大概在清朝。凡看一部县志,这一县往往有十景或八景,如"远村明月""萧寺清钟""古池好水"之类。而且,"十"字形的病菌,似乎已经侵入血管,流布全身,其势力早不在"!"形惊叹亡国病菌之下了。点心有十样锦,菜有十碗,音乐有十番,阎罗有十殿,药有十全大补,猜拳有全福手福手全,连人的劣迹或罪状,宣布起来也大抵是十条,仿佛犯了九条的时候总不肯歇手。现在西湖十景可缺了呵!"凡为天下国家有九经",九经固古已有之,而九景却颇不习见,所以正是对于十景病的一个针砭,至少也可以使患者感到一种不平常,知道自己的可爱的老病,忽而跑掉了十分之一了。

但仍有悲哀在里面。

其实,这一种势所必至的破坏,也还是徒然的。畅快不过是无聊的自

---

[1] 本篇最初发表于一九二五年二月二十三日《语丝》周刊第十五期。

欺。雅人和信士和传统大家,定要苦心孤诣巧语花言地再来补足了十景而后已。

　　无破坏即无新建设,大致是的;但有破坏却未必即有新建设。卢梭,斯谛纳尔,尼采,托尔斯泰,伊孛生等辈,若用勃兰兑斯的话来说,乃是"轨道破坏者"。其实他们不单是破坏,而且是扫除,是大呼猛进,将碍脚的旧轨道不论整条或碎片,一扫而空,并非想挖一块废铁古砖挟回家去,预备卖给旧货店。中国很少这一类人,即使有之,也会被大众的唾沫淹死。孔丘先生确是伟大,生在巫鬼势力如此旺盛的时代,偏不肯随俗谈鬼神;但可惜太聪明了,"祭如在祭神如神在",只用他修《春秋》的照例手段以两个"如"字略寓"俏皮刻薄"之意,使人一时莫明其妙,看不出他肚皮里的反对来。他肯对子路赌咒,却不肯对鬼神宣战,因为一宣战就不和平,易犯骂人——虽然不过骂鬼——之罪,即不免有《衡论》(见一月份《晨报副镌》)作家TY先生似的好人,会替鬼神来奚落他道:为名乎?骂人不能得名。为利乎?骂人不能得利。想引诱女人乎?又不能将蚩尤的脸子印在文章上。何乐而为之也欤?

孔丘先生是深通世故的老先生,大约除脸子付印问题以外,还有深心,犯不上来做明目张胆的破坏者,所以只是不谈,而决不骂,于是乎俨然成为中国的圣人,道大,无所不包故也。否则,现在供在圣庙里的,也许不姓孔。

不过在戏台上罢了,悲剧将人生的有价值的东西毁灭给人看,喜剧将那无价值的撕破给人看。讥讽又不过是喜剧的变简的一支流。但悲壮滑稽,却都是十景病的仇敌,因为都有破坏性,虽然所破坏的方面各不同。中国如十景病尚存,则不但卢梭他们似的疯子决不产生,并且也决不产生一个悲剧作家或喜剧作家或讽刺诗人。所有的,只是喜剧底人物或非喜剧非悲剧底人物,在互相模造的十景中生存,一面各各带了十景病。

然而十全停滞的生活,世界上是很不多见的事,于是破坏者到了,但并非自己的先觉的破坏者,却是狂暴的强盗,或外来的蛮夷。獯狁早到过中原,五胡来过了,蒙古也来过了;同胞张献忠杀人如草,而满洲兵的一箭,就钻进树丛中死掉了。有人论中国说,倘使没有带着新鲜的血液的野蛮的侵入,真不知自身会腐败到如何!这当然是极刻毒的恶谑,但我们一翻历史,怕不免要有汗流浃背的时候罢。外寇来了,暂一震动,终于请他作主子,在他的刀斧下修补老例;内寇来了,也暂一震动,终于请他做主子,或者别拜一个主子,在自己的瓦砾中修补老例。再来翻县志,就看见每一次兵燹之后,所添上的是许多烈妇烈女的氏名。看近来的兵祸,怕又要大举表扬节烈了罢。许多男人们都那里去了?

凡这一种寇盗式的破坏,结果只能留下一片瓦砾,与建设无关。

但当太平时候,就是正在修补老例,并无寇盗时候,即国中暂时没有破坏么?也不然的,其时有奴才式的破坏作用常常活动着。

雷峰塔砖的挖去,不过是极近的一条小小的例。龙门的石佛,大半肢体不全,图书馆中的书籍,插图须谨防撕去,凡公物或无主的东西,倘难于移动,能够完全的即很不多。但其毁坏的原因,则非如革除者的志在扫除,也非如寇盗的志在掠夺或单是破坏,仅因目前极小的自利,也肯对于完整的大物暗暗的加一个创伤。人数既多,创伤自然极大,而倒败之后,却难于知道加害的究竟是谁。正如雷峰塔倒掉以后,我们单知道由于乡下人的迷信。共有的塔失去了,乡下人的所得,却不过一块砖,这砖,将来又将为别一自利者所藏,终究至于灭尽。倘在民康物阜时候,因为十景病的发作,新的雷峰塔也会再造的罢。但将来的运命,不也就可以推想而知么?如果乡下人还是这样的乡下人,老例还是这样的老例。

这一种奴才式的破坏,结果也只能留下一片瓦砾,与建没无关。

岂但乡下人之于雷峰塔,日日偷挖中华民国的柱石的奴才们,现在正不知有多少!

瓦砾场上还不足悲,在瓦砾场上修补老例是可悲的。我们要革新的破坏者,因为他内心有理想的光。我们应该知道他和寇盗奴才的分别;应该留心自己堕入后两种。这区别并不烦难,只要观人,省己,凡言动中,思想中,含有借此据为己有的朕兆者是寇盗,含有借此占些目前的小便宜的朕兆者是奴才,无论在前面打着的是怎样鲜明好看的旗子。

一九二五年二月六日。

看镜有感①

因为翻衣箱,翻出几面古铜镜子来,大概是民国初年初到北京时候买在那里的,"情随事迁",全然忘却,宛如见了隔世的东西了。

一面圆径不过二寸,很厚重,背面满刻蒲陶,还有跳跃的鼯鼠,沿边是一圈小飞禽。古董店家都称为"海马葡萄镜"。但我的一面并无海马,其实和名称不相当。记得曾见过别一面,是有海马的,但贵极,没有买。这些都是汉代的镜子;后来也有模造或翻沙者,花纹可粗拙得多了。汉武通大宛安息,以致天马蒲萄,大概当时是视为盛事的,所以便取作什器的装饰。古时,于外来物品,每加海字,如海榴,海红花,海棠之类。海即现在之所谓洋,海马译成今文,当然就是洋马。镜鼻是一个虾蟆,则因为镜如满月,月中有蟾蜍之故,和汉事不相干了。

遥想汉人多少闳放,新来的动植物,即毫不拘忌,来充装饰的花纹。唐人也还不算弱,例如汉人的墓前石兽,多是羊,虎,天禄,辟邪,而长安的昭陵上,却刻着带箭的骏马,还有一匹鸵鸟,则办法简直前无古人。现今在坟墓上不待言,即平常的绘画,可有人敢用一朵洋花一只洋鸟,即私人的印章,可有人肯用一个草书一个俗字么?许多雅人,连记年月也必是甲子,怕用民国纪元。不知道是没有如此大胆的艺术家;还是虽有而民众都加迫害,他于是乎只得萎缩,死掉了?

宋的文艺,现在似的国粹气味就熏人。然而辽金元陆续进来了,这消

---

① 本篇最初发表于一九二五年三月二日《语丝》周刊第十六期。

息很耐寻味。汉唐虽然也有边患,但魄力究竟雄大,人民具有不至于为异族奴隶的自信心,或者竟毫未想到,凡取用外来事物的时候,就如将彼俘来一样,自由驱使,绝不介怀。一到衰弊陵夷之际,神经可就衰弱过敏了,每遇外国东西,便觉得仿佛彼来俘我一样,推拒,惶恐,退缩,逃避,抖成一团,又必想一篇道理来掩饰,而国粹遂成为孱王和孱奴的宝贝。

无论从那里来的,只要是食物,壮健者大抵就无需思索,承认是吃的东西。惟有衰病的,却总常想到害胃,伤身,特有许多禁条,许多避忌;还有一大套比较利害而终于不得要领的理由,例如吃固无妨,而不吃尤稳,食之或当有益,然究以不吃为宜云云之类。但这一类人物总要日见其衰弱的,因为他终日战战兢兢,自己先已失了活气了。

不知道南宋比现今如何,但对外敌,却明明已经称臣,惟独在国内特多繁文缛节以及唠叨的碎话。正如倒霉人物,偏多忌讳一般,豁达闳大之风消歇净尽了。直到后来,都没有什么大变化。我曾在古物陈列所所陈列的古画上看见一颗印文,是几个罗马字母。但那是所谓"我圣祖仁皇帝"的印,是征服了汉族的主人,所以他敢;汉族的奴才是不敢的。便是现在,便是艺术家,可有敢用洋文的印的么?

清顺治中,时宪书上印有"依西洋新法"五个字,痛哭流涕来劾洋人汤若望的偏是汉人杨光先。直到康熙初,争胜了,就教他做钦天监正去,则又叩阍以"但知推步之理不知推步之数"辞。不准辞,则又痛哭流涕地来做《不得已》,说道"宁可使中夏无好历法,不可使中夏有西洋人"。然而终于连闰月都算错了,他大约以为好历法专属于西洋人,中夏人自己是学不得,也学不好的。但他竟论了大辟,可是没有杀,放归,死于途中了。汤若望入中国还在明崇祯初,其法终未见用;后来阮元论之曰:"明季君臣以大统寖疏,开局修正,既知新法之密,而讫未施行。圣朝定鼎,以其法造时宪书,颁行天下。彼十余年辩论翻译之劳,若以备我朝之采用者,斯亦奇矣!……我国家圣圣相传,用人行政,惟求其是,而不先设成心。即是一端,可以仰见如天之度量矣!"(《畴人传》四十五)

现在流传的古镜们,出自冢中者居多,原是殉葬品。但我也有一面日用镜,薄而且大,规抚汉制,也许是唐代的东西。那证据是:一,镜鼻已多磨损;二,镜面的沙眼都用别的铜来补好了。当时在妆阁中,曾照唐人的额黄和眉绿,现在却监禁在我的衣箱里,它或者大有今昔之感罢。

但铜镜的供用,大约道光咸丰时候还与玻璃镜并行;至于穷乡僻壤,也许至今还用着。我们那里,则除了婚丧仪式之外,全被玻璃镜驱逐了。然而也还有余烈可寻,倘街头遇见一位老翁,肩了长凳似的东西,上面缚着一块猪肝色石和一块青色石,试仔听他的叫喊,就是"磨镜,磨剪刀!"

宋镜我没有见过好的,什九并无藻饰,只有店号或"正其衣冠"等类的迂铭词,真是"世风日下"。但是要进步或不退步,总须时时自出新裁,至少也必取材异域,倘若各种顾忌,各种小心,各种唠叨,这么做即违了祖宗,那么做又像了夷狄。终生惴惴如在薄冰上,发抖尚且来不及,怎么会做出好东西来。所以事实上"今不如古"者,正因为有许多唠叨着"今不如古"的诸位先生们之故。现在情形还如此。倘再不放开度量,大胆地,无畏地,将新文化尽量地吸收,则杨光似的向西洋主人沥陈中夏的精神文明的时候,大概是不劳久待的罢。

但我向来没有遇见过一个排斥玻璃镜子的人。单知道咸丰年间,汪曰桢先生却在他的大著《湖雅》里攻击过的。他加以比较研究之后,终于决定还是铜镜好。最不可解的是:他说,照起面貌来,玻璃镜不如铜镜之准确。莫非那时的玻璃镜当真坏到如此,还是因为他老先生又戴上了国粹眼镜之故呢?我没有见过古玻璃镜。这一点终于猜不透。

一九二五年二月九日。

赌　咒[①]

"天诛地灭,男盗女娼"——是中国人赌咒的经典,几乎像诗云子曰一样。现在的宣誓,"誓杀敌,誓死抵抗,誓……"似乎不用这种成语了。

但是,赌咒的实质还是一样,总之是信不得。他明知道天不见得来诛他,地也不见得来灭他,现在连人参都"科学化地"含起电气来了,难道"天地"还不科学化么!至于男盗和女娼,那是非但无害,而且有益:男盗——可以多刮几层地皮,女娼——可以多弄几个"裙带官儿"的位置。

我的老朋友说:你这个"盗"和"娼"的解释都不是古义。我回答说——你知道现在是什么时代!现在是盗也摩登,娼也摩登,所以赌咒也摩登,变成宣誓了。

一九三三年二月九日。

[①]　发表于一九三三年二月《申报·自由谈》,署名干。

文学上的折扣[1]

有一种无聊小报,以登载诬蔑一部分人的小说自鸣得意,连姓名也都给以影射的,忽然对于投稿,说是"如含攻讦个人或团体性质者恕不揭载"了,便不禁想到了一些事——

凡我所遇见的研究中国文学的外国人中,往往不满于中国文章之夸大。这真是虽然研究中国文学,恐怕到死也还不会懂得中国文学的外国人。倘是我们中国人,则只要看过几百篇文章,见过十来个所谓"文学家"的行径,又不是刚刚"从民间来"的老实青年,就决不会上当。因为我们惯熟了,恰如钱店伙计的看见钞票一般,知道什么是通行的,什么是该打折扣的,什么是废票,简直要不得。

譬如说罢,称赞贵相是"两耳垂肩",这时我们便至少将他打一个对折,觉得比通常也许大一点,可是决不相信他的耳朵像猪猡一样。说愁是"白发三千丈",这时我们便至少将他打一个二万扣,以为也许有七八尺,但决不相信它会盘在顶上像一个大草囤。这种尺寸,虽然有些模胡,不过总不至于相差太远。反之,我们也能将少的增多,无的化有,例如戏台上走出四个拿刀的瘦伶仃的小戏子,我们就知道这是十万精兵;刊物上登载一篇俨乎其然的像煞有介事的文章,我们就知道字里行间还有看不见的鬼把戏。

又反之,我们并且能将有的化无,例如什么"枕戈待旦"呀,"卧薪尝

---

[1] 发表于一九三三月三月《申报·自由谈》,署名何家干。

胆"呀,"尽忠报国"呀,我们也就即刻会看成白纸,恰如还未定影的照片,遇到了日光一般。

但这些文章,我们有时也还看。苏东坡贬黄州时,无聊之至,有客来,便要他谈鬼。客说没有。东坡道:"你姑且胡说一通罢。"我们的看,也不过这意思。但又可知道社会上有这样的东西,是费去了多少无聊的眼力。人们往往以为打牌,跳舞有害,实则这种文章的害还要大,因为一不小心,就会给它教成后天的低能儿的。

《颂》诗早已拍马,《春秋》已经隐瞒,战国时谈士蜂起,不是以危言耸听,就是以美词动听,于是夸大,装腔,撒谎,层出不穷。现在的文人虽然改著了洋服,而骨髓里却还埋着老祖宗,所以必须取消或折扣,这才显出几分真实。

"文学家"倘不用事实来证明他已经改变了他的夸大,装腔,撒谎……的老脾气,则即使对天立誓,说是从此要十分正经,否则天诛地灭,也还是徒劳的。因为我们也早已看惯了许多家都钉着"假冒王麻子灭门三代"的金漆牌子的了,又何况他连小尾巴也还在摇摇摇呢。

            一九三三年三月十二日。

春末闲谈[1]

北京正是春末,也许我过于性急之故罢,觉着夏意了,于是突然记起故乡的细腰蜂。那时候大约是盛夏,青蝇密集在凉棚索子上。铁黑色的细腰蜂就在桑树间或墙角的蛛网左近往来飞行,有时衔一只小青虫去了,有时拉一个蜘蛛。青虫或蜘蛛先是抵抗着不肯去,但终于乏力,被衔着腾空而去了,坐了飞机似的。

老前辈们开导我,那细腰蜂就是书上所说的果蠃,纯雌无雄,必须捉螟蛉去做继子的。她将小青虫封在窠里,自己在外面日日夜夜敲打着,祝道"像我像我",经过若干日,——我记不清了,大约七七四十九日罢,——那青虫也就成了细腰蜂了,所以《诗经》里说:"螟蛉有子,果蠃负之。"螟蛉就是桑上小青虫。蜘蛛呢?他们没有提。我记得有几个考据家曾经立过异说,以为她其实自能生卵;其捉青虫,乃是填在窠里,给孵化出来的幼蜂做食料的。但我所遇见的前辈们都不采用此说,还道是拉去做女儿。我们为存留天地间的美谈起见,倒不如这样好。当长夏无事,遣暑林阴,瞥见二虫一拉一拒的时候,便如睹慈母教女,满怀好意,而青虫的宛转抗拒,则活像一个不识好歹的毛鸦头。

但究竟是夷人可恶,偏要讲什么科学。科学虽然给我们许多惊奇,但也搅坏了我们许多好梦。自从法国的昆虫学大家发勃耳(Fabre)仔细观察之后,给幼蜂做食料的事可就证实了。而且,这细腰蜂不但是普通的凶手,

---

[1] 本篇最初发表于一九二五年四月二十四日北京《莽原》周刊第一期,署名冥昭。

还是一种很残忍的凶手,又是一个学识技术都极高明的解剖学家。她知道青虫的神经构造和作用,用了神奇的毒针,向那运动神经球上只一螫,它便麻痹为不死不活状态,这才在它身上生下蜂卵,封入窠中。青虫因为不死不活,所以不动,但也因为不活不死,所以不烂,直到她的子女孵化出来的时候,这食料还和被捕当日一样的新鲜。

三年前,我遇见神经过敏的俄国的E君,有一天他忽然发愁道,不知道将来的科学家,是否不至于发明一种奇妙的药品,将这注射在谁的身上,则这人即甘心永远去做服役和战争的机器了?那时我也就皱眉叹息,装作一齐发愁的模样,以示"所见略同"之至意,殊不知我国的圣君,贤臣,圣贤,圣贤之徒,却早已有过这一种黄金世界的理想了。不是"唯辟作福,唯辟作威,唯辟玉食"么?不是"君子劳心,小人劳力"么?不是"治于人者食(去声)人,治人者食于人"么?可惜理论虽已卓然,而终于没有发明十全的好方法。要服从作威就须不活,要贡献玉食就须不死;要被治就须不活,要供养治人者又须不死。人类升为万物之灵,自然是可贺的,但没有了细腰蜂的毒针,却很使圣君,贤臣,圣贤,圣贤之徒,以至现在的阔人,学者,教育家觉得棘手。将来未可知,若已往,则治人者虽然尽力施行过各种麻痹术,也还不能十分奏效,与果蠃并驱争先。即以皇帝一伦而言,便难免时常改姓易代,终没有"万年有道之长";《二十四史》而多至二十四,就是可悲的铁证。现在又似乎有些别开生面了,世上诞生了一种所谓"特殊知识阶级"的留学生,在研究室中研究之结果,说医学不发达是有益于人种改良的,中国妇女的境遇是极其平等的,一切道理都已不错,一切状态都已够好。E君的发愁,或者也不为无因罢,然而俄国是不要紧的,因为他们不像我们中国,有所谓"特别国情",还有所谓"特殊知识阶级"。

但这种工作,也怕终于像古人那样,不能十分奏效的罢,因为这实在比细腰蜂所做的要难得多。她于青虫,只须不动,所以仅在运动神经球上一螫,即告成功。而我们的工作,却求其能运动,无知觉,该在知觉神经中枢,加以完全的麻醉的。但知觉一失,运动也就随之失却主宰,不能贡献玉食,恭请上自"极峰"下至"特殊知识阶级"的赏收享用了。就现在而言,窃以为除了遗老的圣经贤传法,学者的进研究室主义,文学家和茶摊老板的莫谈国事律,教育家的勿视勿听勿言勿动论之外,委实还没有更好,更完全,更无流弊的方法。便是留学生的特别发见,其实也并未轶出了前贤的范围。

那么,又要"礼失而求诸野"了。夷人,现在因为想去取法,姑且称之为外国,他那里,可有较好的法子么?可惜,也没有。所有者,仍不外乎不准集会,不许开口之类,和我们中华并没有什么很不同。然亦可见至道嘉猷,人同此心,心同此理,固无华夷之限也。猛兽是单独的,牛羊则结队;野牛的大队,就会排角成城以御强敌了,但拉开一匹,定只能牟牟地叫。人民与牛马同流,——此就中国而言,夷人别有分类法云,——治之之道,自然应该禁止集会:这方法是对的。其次要防说话。人能说话,已经是祸胎了,而况有时还要做文章。所以仓颉造字,夜有鬼哭。鬼且反对,而况于官?猴子不会说话,猴界即向无风潮,——可是猴界中也没有官,但这又作别论,——确应该虚心取法,反朴归真,则口且不开,文章自灭:这方法也是对的。然而上文也不过就理论而言,至于实效,却依然是难说。最显著的例,是连那么专制的俄国,而尼古拉二世"龙御上宾"之后,罗马诺夫氏竟已"覆宗绝祀"了。要而言之,那大缺点就在虽有二大良法,而还缺其一,便是:无法禁止人们的思想。

于是我们的造物主——假如天空真有这样的一位"主子"——就可恨了:一恨其没有永远分清"治者"与"被治者";二恨其不给治者生一枝细腰蜂那样的毒针;三恨其不将被治者造得即使砍去了藏着的思想中枢的脑袋而还能动作——服役。三者得一,阔人的地位即永久稳固,统御也永久省了气力,而天下于是乎太平。今也不然,所以即使单想高高在上,暂时维持阔气,也还得日施手段,夜费心机,实在不胜其委屈劳神之至……

假使没有了头颅,却还能做服役和战争的机械,世上的情形就何等地醒目呵!这时再不必用什么制帽勋章来表明阔人和窄人了,只要一看头之有无,便知道主奴,官民,上下,贵贱的区别。并且也不至于再闹什么革命,共和,会议等等的乱子了,单是电报,就要省下许多许多来。古人毕竟聪明,仿佛早想到过这样的东西,《山海经》上就记载着一种名叫"刑天"的怪物。他没有了能想的头,却还活着,"以乳为目,以脐为口",——这一点想得很周到,否则他怎么看,怎么吃呢,——实在是很值得奉为师法的。假使我们的国民都能这样,阔人又何等安全快乐?但他又"执干戚而舞",则似乎还是死也不肯安分,和我那专为阔人图便利而设的理想底好国民又不同。陶潜先生又有诗道:"刑天舞干戚,猛志固常在。"连这位貌似旷达的老隐士也这么说,可见无头也会仍有猛志,阔人的天下一时总怕难得太平的了。但有了太多的"特殊知识阶级"的国民,也许有特在例外的希望;况且精神文明太高了之后,精神的头就会提前飞去,区区物质的头的有无也算不得什么难问题。

一九二五年四月二十二日。

灯下漫笔[1]

一

有一时,就是民国二三年时候,北京的几个国家银行的钞票,信用日见其好了,真所谓蒸蒸日上。听说连一向执迷于现银的乡下人,也知道这既便当,又可靠,很乐意收受,行使了。至于稍明事理的人,则不必是"特殊知识阶级",也早不将沉重累坠的银元装在怀中,来自讨无谓的苦吃。想来,除了多少对于银子有特别嗜好和爱情的人物之外,所有的怕大都是钞票了罢,而且多是本国的。但可惜后来忽然受了一个不小的打击。

就是袁世凯想做皇帝的那一年,蔡松坡先生溜出北京,到云南去起义。这边所受的影响之一,是中国和交通银行的停止兑现。虽然停止兑现,政府勒令商民照旧行用的威力却还有的;商民也自有商民的老本领,不说不要,却道找不出零钱。假如拿几十几百的钞票去买东西,我不知道怎样,但倘使只要买一枝笔,一盒烟卷呢,难道就付给一元钞票么?不但不甘心,也没这许多票。那么,换铜元,少换几个罢,又都说没有铜元。那么,到亲戚朋友那里借现钱去罢,怎么会有?于是降格以求,不讲爱国了,要外国银行的钞票。但外国银行的钞票这时就等于现银,他如果借给你这钞票,也就借给你真的银元了。

我还记得那时我怀中还有三四十元的中交票,可是忽而变了一个穷

---

[1] 本篇最初两次发表于一九二五年五月一日、二十二日《莽原》周刊第二期和第五期。

人,几乎要绝食,很有些恐慌。俄国革命以后的藏着纸卢布的富翁的心情,恐怕也就这样的罢;至多,不过更深更大罢了。我只得探听,钞票可能折价换到现银呢?说是没有行市。幸而终于,暗暗地有了行市了:六折几。我非常高兴,赶紧去卖了一半。后来又涨到七折了,我更非常高兴,全去换了现银,沉垫垫地坠在怀中,似乎这就是我的性命的斤两。倘在平时,钱铺子如果少给我一个铜元,我是决不答应的。

但我当一包现银塞在怀中,沉垫垫地觉得安心,喜欢的时候,却突然起了另一思想,就是:我们极容易变成奴隶,而且变了之后,还万分喜欢。

假如有一种暴力,"将人不当人",不但不当人,还不及牛马,不算什么东西;待到人们羡慕牛马,发生"乱离人,不及太平犬"的叹息的时候,然后给与他略等于牛马的价格,有如元朝定律,打死别人的奴隶,赔一头牛,则人们便要心悦诚服,恭颂太平的盛世。为什么呢?因为他虽不算人,究竟已等于牛马了。

我们不必恭读《钦定二十四史》,或者入研究室,审察精神文明的高超。只要一翻孩子所读的《鉴略》,——还嫌烦重,则看《历代纪元编》,就知道"三千余年古国古"的中华,历来所闹的就不过是这一个小玩艺。但在新近编纂的所谓"历史教科书"一流东西里,却不大看得明白了,只仿佛说:咱们向来就很好的。

但实际上,中国人向来就没有争到过"人"的价格,至多不过是奴隶,到现在还如此,然而下于奴隶的时候,却是数见不鲜的。中国的百姓是中立的,战时连自己也不知道属于那一面,但又属于无论那一面。强盗来了,就属于官,当然该被杀掠;官兵既到,该是自家人了罢,但仍然要被杀掠,仿佛又属于强盗似的。这时候,百姓就希望有一个一定的主子,拿他们去做百姓,——不敢,是拿他们去做牛马,情愿自己寻草吃,只求他决定他们怎样跑。

假使真有谁能够替他们决定,定下什么奴隶规则来,自然就"皇恩浩荡"了。可惜的是往往暂时没有谁能定。举其大者,则如五胡十六国的时候,黄巢的时候,五代时候,宋末元末时候,除了老例的服役纳粮以外,都还要受意外的灾殃。张献忠的脾气更古怪了,不服役纳粮的要杀,服役纳粮的也要杀,敌他的要杀,降他的也要杀:将奴隶规则毁得粉碎。这时候,百姓就希望来一个另外的主子,较为顾及他们的奴隶规则的,无论仍旧,或者新颁,总之是有一种规则,使他们可上奴隶的轨道。

"时日曷丧,予及汝偕亡!"愤言而已,决心实行的不多见。实际上大概是群盗如麻,纷乱至极之后,就有一个较强,或较聪明,或较狡滑,或是外族的人物出来,较有秩序地收拾了天下。厘定规则:怎样服役,怎样纳粮,怎样磕头,怎样颂圣。而且这规则是不像现在那样朝三暮四的。于是便"万姓胪欢"了;用成语来说,就叫作"天下太平"。

任凭你爱排场的学者们怎样铺张,修史时候设些什么"汉族发祥时代,""汉族发达时代""汉族中兴时代"的好题目,好意诚然是可感的,但措辞太绕湾子了。有更其直捷了当的说法在这里——

一,想做奴隶而不得的时代;

二,暂时做稳了奴隶的时代。

这一种循环,也就是"先儒"之所谓"一治一乱";那些作乱人物,从后日的"臣民"看来,是给"主子"清道辟路的,所以说:"为圣天子驱除云尔。"

现在入了那一时代,我也不了然。但看国学家的崇奉国粹,文学家的赞叹固有文明,道学家的热心复古,可见现状都已不满了。然而我们究竟正向着那一条路走呢?百姓是一遇到莫名其妙的战争,稍富的迁进租界,妇孺则避入教堂里去了,因为那些地方都比较的"稳",暂不至于想做奴隶而不得。总而言之,复古的,避难的,无智愚贤不肖,似乎都已神往于三百年前的太平盛世,就是"暂时做稳了奴隶的时代"了。

但我们也就都像古人一样,永久满足于"古已有之"的时代么?都像复古家一样,不满于现在,就神往于三百年前的太平盛世么?

自然,也不满于现在的,但是,无须反顾,因为前面还有道路在。而创造这中国历史上未曾有过的第三样时代,则是现在的青年的使命!

二

但是赞颂中国固有文明的人们多起来了,加之以外国人。我常常想,凡有来到中国的,倘能疾首蹙额而憎恶中国,我敢诚意地捧献我的感谢,因为他一定是不愿意吃中国人的肉的!

鹤见祐辅氏在《北京的魅力》中,记一个白人将到中国,预定的暂住时候是一年,但五年之后,还在北京,而且不想回去了。有一天,他们两人一同吃晚饭——

在圆的桃花心木的食桌前坐定,川流不息地献着山海的珍味,谈话就从古董,画,政治这些开头。电灯上罩着支那式的灯罩,淡淡的光洋溢于古物罗列的屋子中。什么无产阶级呀,Proletariat呀那些事,就像不过在什么地方刮风。

我一面陶醉在支那生活的空气中,一面深思着对于外人有着"魅力"的这东西。元人也曾征伐支那,而被征服于汉人种的生活美了;满人也征伐支那,而被征服于汉人种的生活美了。现在西洋人也一样,嘴里虽然说着Democracy呀,什么什么呀,而却被魅于支那人费六千年而建筑起来的生活的美。一经住过北京,就忘不掉那生活的味道。大风时候的万丈的沙尘,每三月一回的督军们的开战游戏,都不能抹去这支那生活的魅力。

这些话我现在还无力否认他。我们的古圣先贤既给与我们保古守旧的格言,但同时也排好了用子女玉帛所做的奉献于征服者的大宴。中国人的耐劳,中国人的多子,都就是办酒的材料,到现在还为我们的爱国者所自诩的。西洋人初入中国时,被称为蛮夷,自不免个个蹙额,但是,现在则时机已至,到了我们将曾经献于北魏,献于金,献于元,献于清的盛宴,来献给他们的时候了。出则汽车,行则保护;虽遇清道,然而通行自由的;虽或被劫,然而必得赔偿的;孙美瑶掳去他们站在军前,还使官兵不敢开火。何况在华屋中享用盛宴呢?待到享受盛宴的时候,自然也就是赞颂中国固有文明的时候;但是我们的有些乐观的爱国者,也许反而欣然色喜,以为他们将要开始被中国同化了罢。古人曾以女人作苟安的城堡,美其名以自欺曰"和亲",今人还用子女玉帛为作奴的赞敬,又美其名曰"同化"。所以倘有外国的谁,到了已有赴宴的资格的现在,而还替我们诅咒中国的现状者,这才是真有良心的真可佩服的人!

但我们自己是早已布置妥帖了,有贵贱,有大小,有上下。自己被人凌虐,但也可以凌虐别人;自己被人吃,但也可以吃别人。一级一级的制驭着,不能动弹,也不想动弹了。因为倘一动弹,虽或有利,然而也有弊。我们且看古人的良法美意罢——

> 天有十日，人有十等。下所以事上，上所以共神也。故王臣公，公臣大夫，大夫臣士，士臣皂，皂臣舆，舆臣隶，隶臣僚，僚臣仆，仆臣台。（《左传》昭公七年）

但是"台"没有臣，不是太苦了么？无须担心的，有比他更卑的妻，更弱的子在。而且其子也很有希望，他日长大，升而为"台"，便又有更卑更弱的妻子，供他驱使了。如此连环，各得其所，有敢非议者，其罪名曰不安分！

虽然那是古事，昭公七年离现在也太辽远了，但"复古家"尽可不必悲观的。太平的景象还在：常有兵燹，常有水旱，可有谁听到大叫唤么？打的打，革的革，可有处士来横议么？对国民如何专横，向外人如何柔媚，不犹是差等的遗风么？中国固有的精神文明，其实并未为共和二字所埋没，只有满人已经退席，和先前稍不同。

因此我们在目前，还可以亲见各式各样的筵宴，有烧烤，有翅席，有便饭，有西餐。但茅檐下也有淡饭，路傍也有残羹，野上也有饿莩；有吃烧烤的身价不资的阔人，也有饿得垂死的每斤八文的孩子（见《现代评论》二十一期）。所谓中国的文明者，其实不过是安排给阔人享用的人肉的筵宴。所谓中国者，其实不过是安排这人肉的筵宴的厨房。不知道而赞颂者是可恕的，否则，此辈当得永远的诅咒！

外国人中，不知道而赞颂者，是可恕的；占了高位，养尊处优，因此受了蛊惑，昧却灵性而赞叹者，也还可恕的。可是还有两种，其一是以中国人为劣种，只配悉照原来模样，因而故意称赞中国的旧物。其一是愿世间人各不相同以增自己旅行的兴趣，到中国看辫子，到日本看木屐，到高丽看笠子，倘若服饰一样，便索然无味了，因而来反对亚洲的欧化。这些都可憎恶。至于罗素在西湖见轿夫含笑，便赞美中国人，则也许别有意思罢。但是，轿夫如果能对坐轿的人不含笑，中国也早不是现在似的中国了。

这文明，不但使外国人陶醉，也早使中国一切人们无不陶醉而且至于含笑。因为古代传来而至今还在的许多差别，使人们各各分离，遂不能再感到别人的痛苦；并且因为自己各有奴使别人，吃掉别人的希望，便也就忘却自己同有被奴使被吃掉的将来。于是大小无数的人肉的筵宴，即从有文明以来一直排到现在,人们就在这会场中吃人,被吃,以凶人的愚妄的欢呼,将悲惨的弱者的呼号遮掩,更不消说女人和小儿。

这人肉的筵宴现在还排着,有许多人还想一直排下去。扫荡这些食人者,掀掉这筵席,毁坏这厨房,则是现在的青年的使命!

一九二五年四月二十九日。

杂　感[1]

人们有泪,比动物进化,但即此有泪,也就是不进化,正如已经只有盲肠,比鸟类进化,而究竟还有盲肠,终不能很算进化一样。凡这些,不但是无用的赘物,还要使其人达到无谓的灭亡。

现今的人们还以眼泪赠答,并且以这为最上的赠品,因为他此外一无所有。无泪的人则以血赠答,但又各各拒绝别人的血。

人大抵不愿意爱人下泪。但临死之际,可能也不愿意爱人为你下泪么?无泪的人无论何时,都不愿意爱人下泪,并且连血也不要:他拒绝一切为他的哭泣和灭亡。

人被杀于万众聚观之中,比被杀在"人不知鬼不觉"的地方快活,因为他可以妄想,博得观众中的或人的眼泪。但是,无泪的人无论被杀在什么所在,于他并无不同。

杀了无泪的人,一定连血也不见。爱人不觉他被杀之惨,仇人也终于得不到杀他之乐:这是他的报恩和复仇。

死于敌手的锋刃,不足悲苦;死于不知何来的暗器,却是悲苦。但最悲苦的是死于慈母或爱人误进的毒药,战友乱发的流弹,病菌的并无恶意的侵入,不是我自己制定的死刑。

---

[1]　本篇最初发表于一九二五年五月八日北京《莽原》周刊第三期。

　仰慕往古的,回往古去罢！想出世的,快出世罢！想上天的,快上天罢！灵魂要离开肉体的,赶快离开罢！现在的地上,应该是执着现在,执着地上的人们居住的。

　但厌恶现世的人们还住着。这都是现世的仇仇,他们一日存在,现世即一日不能得救。

　先前,也曾有些愿意活在现世而不得的人们,沉默过了,呻吟过了,叹息过了,哭泣过了,哀求过了,但仍然愿意活在现世而不得,因为他们忘却了愤怒。

勇者愤怒，抽刃向更强者；怯者愤怒，却抽刃向更弱者。不可救药的民族中，一定有许多英雄，专向孩子们瞪眼。这些屠头们！

孩子们在瞪眼中长大了，又向别的孩子们瞪眼，并且想：他们一生都过在愤怒中。因为愤怒只是如此，所以他们要愤怒一生，——而且还要愤怒二世，三世，四世，以至末世。

无论爱什么，——饭，异性，国，民族，人类等等，——只有纠缠如毒蛇，执着如怨鬼，二六时中，没有已时者有望。但太觉疲劳时，也无妨休息一会罢；但休息之后，就再来一回罢，而且两回，三回……。血书，章程，请愿，讲学，哭，电报，开会，挽联，演说，神经衰弱，则一切无用。

血书所能挣来的是什么？不过就是你的一张血书，况且并不好看。至于神经衰弱，其实倒是自己生了病，你不要再当作宝贝了，我的可敬爱而讨厌的朋友呀！

我们听到呻吟，叹息，哭泣，哀求，无须吃惊。见了酷烈的沉默，就应该留心了；见有什么像毒蛇似的在尸林中婉蜒，怨鬼似的在黑暗中奔驰，就更应该留心了：这在豫告"真的愤怒"将要到来。那时候，仰慕往古的就要回往古去了，想出世的要出世去了，想上天的要上天了，灵魂要离开肉体的就要离开了！……

五月五日。

导　师[1]

近来很通行说青年;开口青年,闭口也是青年。但青年又何能一概而论？有醒着的,有睡着的,有昏着的,有躺着的,有玩着的,此外还多。但是,自然也有要前进的。

要前进的青年们大抵想寻求一个导师。然而我敢说,他们将永远寻不到。寻不到倒是运气;自知的谢不敏,自许的果真识路么？凡自以为识路者,总过了"而立"之年,灰色可掬了,老态可掬了,圆稳而已,自己却误以为识路。假如真识路,自己就早进向他的目标,何至于还在做导师。说佛法的和尚,卖仙药的道士,将来都与白骨是"一丘之貉",人们现在却向他听生西的大法,求上升的真传,岂不可笑！

但是我并非敢将这些人一切抹杀;和他们随便谈谈,是可以的。说话的也不过能说话,弄笔的也不过能弄笔;别人如果希望他打拳,则是自己错。他如果能打拳,早已打拳了,但那时,别人大概又要希望他翻筋斗。

有些青年似乎也觉悟了,我记得《京报副刊》征求青年必读书时,曾有一位发过牢骚,终于说:只有自己可靠！我现在还想斗胆转一句,虽然有些杀风景,就是:自己也未必可靠的。

我们都不大有记性。这也无怪,人生苦痛的事太多了,尤其是在中国。记性好的,大概都被厚重的苦痛压死了;只有记性坏的,适者生存,还能欣然活着。但我们究竟还有一点记忆,回想起来,怎样的"今是昨非"呵,怎

---

[1]　本篇最初发表于一九二五年五月十五日《莽原》周刊第四期。

样的"口是心非"呵,怎样的"今日之我与昨日之我战"呵。我们还没有正在饿得要死时于无人处见别人的饭,正在穷得要死时于无人处见别人的钱,正在性欲旺盛时遇见异性,而且很美的。我想,大话不宜讲得太早,否则,倘有记性,将来想到时会脸红。

或者还是知道自己之不甚可靠者,倒较为可靠罢。

青年又何须寻那挂着金字招牌的导师呢?不如寻朋友,联合起来,同向着似乎可以生存的方向走。你们所多的是生力,遇见深林,可以辟成平地的,遇见旷野,可以栽种树木的,遇见沙漠,可以开掘井泉的。问什么荆棘塞途的老路,寻什么乌烟瘴气的鸟导师!

五月十一日。

忽然想到（十、十一）①

十

无论是谁，只要站在"辩诬"的地位的，无论辩白与否，都已经是屈辱。更何况受了实际的大损害之后，还得来辩诬。

我们的市民被上海租界的英国巡捕击杀了，我们并不还击，却先来赶紧洗刷牺牲者的罪名。说道我们并非"赤化"，因为没有受别国的煽动；说道我们并非"暴徒"，因为都是空手，没有兵器的。我不解为什么中国人如果真使中国赤化，真在中国暴动，就得听英捕来处死刑？记得新希腊人也曾用兵器对付过国内的土耳其人，却并不被称为暴徒；俄国确已赤化多年了，也没有得到别国开枪的惩罚。而独有中国人，则市民被杀之后，还要皇皇然辩诬，张着含冤的眼睛，向世界搜求公道。

其实，这原由是很容易了然的，就因为我们并非暴徒，并未赤化的缘故。

因此我们就觉得含冤，大叫着伪文明的破产。可是文明是向来如此的，并非到现在才将假面具揭下来。只因为这样的损害，以前是别民族所受，我们不知道，或者是我们原已屡次受过，现在都已忘却罢了。公道和武力合为一体的文明，世界上本未出现，那萌芽或者只在几个先驱者和几群被迫压民族的脑中。但是，当自己有了力量的时候，却往往离而为二了。

---

① 发表于一九二五年六月《民众文艺周刊》及《民众周刊》(《民众文艺周刊》改名)。

但英国究竟有真的文明人存在。今天,我们已经看见各国无党派智识阶级劳动者所组织的国际工人后援会,大表同情于中国的《致中国国民宣言》了。列名的人,英国就有培那特萧(Bernard Shaw),中国的留心世界文学的人大抵知道他的名字;法国则巴尔布斯(Henri Barbusse)①,中国也曾译过他的作品。他的母亲却是英国人;或者说,因此他也富有实行的质素,法国作家所常有的享乐的气息,在他的作品中是丝毫也没有的。现在都出而为中国鸣不平了,所以我觉得英国人的品性,我们可学的地方还多着,——但自然除了捕头,商人,和看见学生的游行而在屋顶拍手嘲笑的娘儿们。

我并非说我们应该做"爱敌若友"的人,不过说我们目下委实并没有认谁作敌。近来的文字中,虽然偶有"认清敌人"这些话,那是行文过火的毛病。倘有敌人,我们就早该抽刃而起,要求"以血偿血"了。而现在我们所要求的是什么呢?辩诬之后,不过想得点轻微的补偿;那办法虽说有十几条,总而言之,单是"不相往来",成为"路人"而已。虽是对于本来极密的友人,怕也不过如此罢。

然而将实话说出来,就是:因为公道和实力还没有合为一体,而我们只抓得了公道,所以满眼是友人,即使他加了任意的杀戮。

如果我们永远只有公道,就得永远着力于辩诬,终身空忙碌。这几天有些纸贴在墙上,仿佛叫人勿看《顺天时报》②似的。我从来就不大看这报,但也并非"排外",实在因为它的好恶,每每和我的很不同。然而也间有很确,为中国人自己不肯说的话。大概两三年前,正值一种爱国运动的时候罢,偶见一篇它的社论,大意说,一国当衰弊之际,总有两种意见不同的人。一是民气论者,侧重国民的气概,一是民力论者,专重国民的实力。前者多则国家终亦渐弱,后者多则将强。我想,这是很不错的;而且我们应该时时记得的。

可惜中国历来就独多民气论者,到现在还如此。如果长此不改,"再而衰,三而竭",将来会连辩诬的精力也没有了。所以在不得已而空手鼓舞民气时,尤必须同时设法增长国民的实力,还要永远这样的干下去。

---

① 巴尔布斯:今译巴比塞(1873—1935):法国作家。
② 《顺天时报》:日本帝国主义者在北京创办的中文报纸。

因此，中国青年负担的烦重，就数倍于别国的青年了。因为我们的古人将心力大抵用到玄虚漂渺平稳圆滑上去了，便将艰难切实的事情留下，都待后人来补做，要一人兼做两三人，四五人，十百人的工作，现在可正到了试练的时候了。对手又是坚强的英人，正是他山的好石，大可以借此来磨练。假定现今觉悟的青年的平均年龄为二十，又假定照中国人易于衰老的计算，至少也还可以共同抗拒，改革，奋斗三十年。不够，就再一代，二代……。这样的数目，从个体看来，仿佛是可怕的，但倘若这一点就怕，便无药可救，只好甘心灭亡。因为在民族的历史上，这不过是一个极短时期，此外实没有更快的捷径。我们更无须迟疑，只是试练自己，自求生存，对谁也不怀恶意的干下去。

但足以破灭这运动的持续的危机，在目下就有三样：一是日夜偏注于表面的宣传，鄙弃他事；二是对同类太操切，稍有不合，便呼之为国贼，为洋奴；三是有许多巧人，反利用机会，来猎取自己目前的利益。

六月十一日。

十一

1 急不择言

"急不择言"的病源，并不在没有想的工夫，而在有工夫的时候没有想。

上海的英国捕头残杀市民之后，我们就大惊愤，大嚷道：伪文明人的真面目显露了！那么，足见以前还以为他们有些真文明。然而中国有枪阶级的焚掠平民，屠杀平民，却向来不很有人抗议。莫非因为动手的是"国货"，所以连残杀也得欢迎；还是我们原是真野蛮，所以自己杀几个自家人就不足为奇呢？

自家相杀和为异族所杀当然有些不同。譬如一个人，自己打自己的嘴巴，心平气和，被别人打了，就非常气忿。但一个人而至于乏到自己打嘴巴，也就很难免为别人所打，如果世界上"打"的事实还没有消除。

我们确有点慌乱了,反基督教的叫喊的尾声还在,而许多人已颇佩服那教士的对于上海事件的公证;并且还有去向罗马教皇诉苦的。一流血,风气就会这样的转变。

2　一致对外

甲:"喂,乙先生!你怎么趁我忙乱的时候,又将我的东西拿走了?现在拿出来,还我罢!"

乙:"我们要一致对外!这样危急时候,你还只记得自己的东西么?亡国奴!"

3　"同胞同胞!"

我愿意自首我的罪名:这回除硬派的不算外,我也另捐了极少的几个钱,可是本意并不在以此救国,倒是为了看见那些老实的学生们热心奔走得可感,不好意思给他们碰钉子。

学生们在演讲的时候常常说,"同胞,同胞!……"但你们可知道你们所有的是怎样的"同胞",这些"同胞"是怎样的心么?

不知道的。即如我的心,在自己说出之前,募捐的人们大概就不知道。

我的近邻有几个小学生,常常用几张小纸片,写些幼稚的宣传文,用他们弱小的腕,来贴在电杆或墙壁上。待到第二天,我每见多被撕掉了。虽然不知道撕的是谁,但未必是英国人或日本人罢。

"同胞,同胞!……"学生们说。

我敢于说,中国人中,仇视那真诚的青年的眼光,有的比英国或日本人还凶险。为"排货"①复仇的,倒不一定是外国人!

要中国好起来,还得做别样的工作。

这回在北京的演讲和募捐之后,学生们和社会上各色人物接触的机会已经很不少了,我希望有若干留心各方面的人,将所见,所受,所感的都写出来,无论是好的,坏的,像样的,丢脸的,可耻的,可悲的,全给它发表,给

---

①　"排货":指当时的抵制英国货和日本货。

大家看看我们究竟有着怎样的"同胞"。

明白以后,这才可以计画别样的工作。

而且也无须掩饰。即使所发见的并无所谓同胞,也可以从头创造的;即使所发见的不过完全黑暗,也可以和黑暗战斗的。

而且也无须掩饰了,外国人的知道我们,常比我们自己知道得更清楚。试举一个极近便的例,则中国人自编的《北京指南》,还是日本人做的《北京》精确!

4　断指和晕倒

又是砍下指头,又是当场晕倒。

断指是极小部分的自杀,晕倒是极暂时中的死亡。我希望这样的教育不普及;从此以后,不再有这样的现象。

5　文学家有什么用?

因为沪案发生以后,没有一个文学家出来"狂喊",就有人发了疑问了,曰:"文学家究竟有什么用处?"

今敢敬谨答曰:文学家除了诌几句所谓诗文之外,实在毫无用处。

中国现下的所谓文学家又作别论;即使是真的文学大家,然而却不是"诗文大全",每一个题目一定有一篇文章,每一回案件一定有一通狂喊。他会在万籁无声时大呼,也会在金鼓喧阗中沉默。Leonardo da Vinci[①] 非常敏感,但为要研究人的临死时的恐怖苦闷的表情,却去看杀头。中国的文学家固然并未狂喊,却还不至于如此冷静。况且有一首《血花缤纷》,不是早经发表了么? 虽然还没有得到是否"狂喊"的定评。

文学家也许应该狂喊了。查老例,做事的总不如做文的有名。所以,即使上海和汉口的牺牲者的姓名早已忘得干干净净,诗文却往往更久地存在,或者还要感动别人,启发后人。

---

① Leonardo da Vinci:即莱奥那多·达·芬奇(1452—1519)。

这倒是文学家的用处。血的牺牲者倘要讲用处,或者还不如做文学家。

6 "到民间去"

但是,好许多青年要回去了。

从近时的言论上看来,旧家庭仿佛是一个可怕的吞噬青年的新生命的妖怪,不过事实上,却似乎还不失为到底可爱的东西,比无论什么都富于摄引力。儿时的钓游之地,当然很使人怀念的,何况在和大都会隔绝的城乡中,更可以暂息大半年来努力向上的疲劳呢。

更何况这也可以算是"到民间去"。

但从此也可以知道:我们的"民间"怎样;青年单独到民间时,自己的力量和心情,较之在北京一同大叫这一个标语时又怎样?

将这经历牢牢记住,倘将来从民间来,在北京再遇到一同大叫这一个标语的时候,回忆起来,就知道自己是在说真还是撒谎。

那么,就许有若干人要沉默,沉默而苦痛,然而新的生命就会在这苦痛的沉默里萌芽。

7 魂灵的断头台

近年以来,每个夏季,大抵是有枪阶级的打架季节,也是青年们的魂灵的断头台。

到暑假,毕业的都走散了,升学的还未进来,其余的也大半回到家乡去。各样同盟于是暂别,喊声于是低微,运动于是销沉,刊物于是中辍。好像炎热的巨刃从天而降,将神经中枢突然斩断,使这首都忽而成为尸骸。但独有狐鬼却仍在死尸上往来,从从容容地竖起它占领一切的大纛。

待到秋高气爽时节,青年们又聚集了,但不少是已经新陈代谢。他们在未曾领略过的首善之区①的使人健忘的空气中,又开始了新的生活,正如毕业的人们在去年秋天曾经开始过的新的生活一般。

---

① 首善之区:指首都。这里指当时北洋军阀统治下的北京。

于是一切古董和废物,就都使人觉得永远新鲜;自然也就觉不出周围是进步还是退步,自然也就分不出遇见的是鬼还是人。不幸而又有事变起来,也只得还在这样的世上,这样的人间,仍旧"同胞同胞"的叫喊。

8　还是一无所有

中国的精神文明,早被枪炮打败了,经过了许多经验,已经要证明所有的还是一无所有。讳言这"一无所有",自然可以聊以自慰;倘更铺排得好听一点,还可以寒天烘火炉一样,使人舒服得要打盹儿。但那报应是永远无药可医,一切牺牲全都白费,因为在大家打着盹儿的时候,狐鬼反将牺牲吃尽,更加肥胖了。

大概,人必须从此有记性,观四向而听八方,将先前一切自欺欺人的希望之谈全都扫除,将无论是谁的自欺欺人的假面全都撕掉,将无论是谁的自欺欺人的手段全都排斥,总而言之,就是将华夏传统的所有小巧的玩艺儿全都放掉,倒去屈尊学学枪击我们的洋鬼子,这才可望有新的希望的萌芽。

一九二五年六月十八日。

论"他妈的!"[1]

无论是谁,只要在中国过活,便总得常听到"他妈的"或其相类的口头禅。我想:这话的分布,大概就跟着中国人足迹之所至罢;使用的遍数,怕也未必比客气的"您好呀"会更少。假使依或人所说,牡丹是中国的"国花",那么,这就可以算是中国的"国骂"了。

我生长于浙江之东,就是西滢先生之所谓"某籍"。那地方通行的"国骂"却颇简单:专一以"妈"为限,决不牵涉余人。后来稍游各地,才始惊异于国骂之博大而精微:上溯祖宗,旁连姊妹,下递子孙,普及同姓,真是"犹河汉而无极也"。而且,不特用于人,也以施之兽。前年,曾见一辆煤车的只轮陷入很深的辙迹里,车夫便愤然跳下,出死力打那拉车的骡子道:"你姊姊的!你姊姊的!"

别的国度里怎样,我不知道。单知道诺威人 Hamsun 有一本小说叫《饥饿》,粗野的口吻是很多的,但我并不见这一类话。Gorky 所写的小说中多无赖汉,就我所看过的而言,也没有这骂法。惟独 Artzybashev 在《工人绥惠略夫》里,却使无抵抗主义者亚拉借夫骂了一句"你妈的"。但其时他已经决计为爱而牺牲了,使我们也失却笑他自相矛盾的勇气。这骂的翻译,在中国原极容易的,别国却似乎为难,德文译本作"我使用过你的妈",日文译本作"你的妈是我的母狗"。这实在太费解,——由我的眼光看起来。

---

[1] 本篇最初发表于一九二五年七月二十七日《语丝》周刊第三十七期。

那么，俄国也有这类骂法的了，但因为究竟没有中国似的精博，所以光荣还得归到这边来。好在这究竟又并非什么大光荣，所以他们大约未必抗议；也不如"赤化"之可怕，中国的阔人，名人，高人，也不至于骇死的。但是，虽在中国，说的也独有所谓"下等人"，例如"车夫"之类，至于有身分的上等人，例如"士大夫"之类，则决不出之于口，更何况笔之于书。"予生也晚"，赶不上周朝，未为大夫，也没有做士，本可以放笔直干的，然而终于改头换面，从"国骂"上削去一个动词和一个名词，又改对称为第三人称者，恐怕还因为到底未曾拉车，因而也就不免"有点贵族气味"之故。那用途，既然只限于一部分，似乎又有些不能算作"国骂"了；但也不然，阔人所赏识的牡丹，下等人又何尝以为"花之富贵者也"？

这"他妈的"的由来以及始于何代，我也不明白。经史上所见骂人的话，无非是"役夫"，"奴"，"死公"；较厉害的，有"老狗"，"貉子"；更厉害，涉及先代的，也不外乎"而母婢也"，"赘阉遗丑"罢了！还没见过什么"妈的"怎样，虽然也许是士大夫讳而不录。但《广弘明集》（七）记北魏邢子才"以为妇人不可保。谓元景曰，'卿何必姓王？'元景变色。子才曰，'我亦何必姓邢；能保五世耶？'"则颇有可以推见消息的地方。

晋朝已经是大重门第，重到过度了；华胄世业，子弟便易于得官；即使是一个酒囊饭袋，也还是不失为清品。北方疆土虽失于拓跋氏，士人却更其发狂似的讲究阀阅，区别等等，守护极严。庶民中纵有俊才，也不能和大姓比并。至于大姓，实不过承祖宗余荫，以旧业骄人，空腹高心，当然使人不耐。但士流既然用祖宗做护符，被压迫的庶民自然也就将他们的祖宗当作仇敌。邢子才的话虽然说不定是否出于愤激，但对于躲在门第下的男女，却确是一个致命的重伤。势位声气，本来仅靠了"祖宗"这惟一的护符而存，"祖宗"倘一被毁，便什么都倒败了。这是倚赖"余荫"的必得的果报。

同一的意思，但没有邢子才的文才，而直出于"下等人"之口的，就是"他妈的！"

要攻击高门大族的坚固的旧堡垒，却去瞄准他的血统，在战略上，真可谓奇谲的了。最先发明这一句"他妈的"的人物，确要算一个天才，——然而是一个卑劣的天才。

唐以后，自夸族望的风气渐渐消除；到了金元，已奉夷狄为帝王，自不妨拜屠沽作卿士,"等"的上下本该从此有些难定了,但偏还有人想辛辛苦苦地爬进"上等"去。刘时中的曲子里说:"堪笑这没见识街市匹夫,好打那好顽劣。江湖伴侣,旋将表德官名相体呼,声音多厮称,字样不寻俗。听我一个个细数:粜米的唤子良;卖肉的呼仲甫……开张卖饭的呼君宝;磨面登罗底叫德夫:何足云乎?!"(《乐府新编阳春白雪》三)这就是那时的暴发户的丑态。

"下等人"还未暴发之先,自然大抵有许多"他妈的"在嘴上,但一遇机会,偶窃一位,略识几字,便即文雅起来:雅号也有了;身分也高了;家谱也修了,还要寻一个始祖,不是名儒便是名臣。从此化为"上等人",也如上等前辈一样,言行都很温文尔雅。然而愚民究竟也有聪明的,早已看穿了这鬼把戏,所以又有俗谚,说:"口上仁义礼智,心里男盗女娼!"他们是很明白的。

于是他们反抗了,曰:"他妈的!"

但人们不能蔑弃扫荡人我的余泽和旧荫,而硬要去做别人的祖宗,无论如何,总是卑劣的事。有时,也或加暴力于所谓"他妈的"的生命上,但大概是乘机,而不是造运会,所以无论如何,也还是卑劣的事。

中国人至今还有无数"等",还是依赖门第,还是倚仗祖宗。倘不改造,即永远有无声的或有声的"国骂"。就是"他妈的",围绕在上下和四旁,而且这还须在太平的时候。

但偶尔也有例外的用法:或表惊异,或表感服。我曾在家乡看见乡农父子一同午饭,儿子指一碗菜向他父亲说:"这不坏,妈的你尝尝看!"那父亲回答道:"我不要吃。妈的你吃去罢!"则简直已经醇化为现在时行的"我的亲爱的"的意思了。

一九二五年七月十九日。

论睁了眼看[1]

虚生先生所做的时事短评中,曾有一个这样的题目:《我们应该有正眼看各方面的勇气》(《猛进》十九期)。诚然,必须敢于正视,这才可望敢想,敢说,敢作,敢当。倘使并正视而不敢,此外还能成什么气候。然而,不幸这一种勇气,是我们中国人最所缺乏的。

但现在我所想到的是别一方面——

中国的文人,对于人生,——至少是对于社会现象,向来就多没有正视的勇气。我们的圣贤,本来早已教人"非礼勿视"的了;而这"礼"又非常之严,不但"正视",连"平视""斜视"也不许。现在青年的精神未可知,在体质,却大半还是弯腰曲背,低眉顺眼,表示着老牌的老成的子弟,驯良的百姓,——至于说对外却有大力量,乃是近一月来的新说,还不知道究竟是如何。

再回到"正视"问题去:先既不敢,后便不能,再后,就自然不视,不见了。一辆汽车坏了,停在马路上,一群人围着呆看,所得的结果是一团乌油油的东西。然而由本身的矛盾或社会的缺陷所生的苦痛,虽不正视,却要身受的。文人究竟是敏感人物,从他们的作品上看来,有些人确也早已感到不满,可是一到快要显露缺陷的危机一发之际,他们总即刻连说"并无其事",同时便闭上了眼睛。这闭着的眼睛便看见一切圆满,当前的苦痛不过是"天之将降大任于是人也,必先苦其心志,劳其筋骨,饿其体肤,空

---

[1] 本篇最初发表于一九二五年八月三日《语丝》周刊第三十八期。

乏其身,行拂乱其所为。"于是无问题,无缺陷,无不平,也就无解决,无改革,无反抗。因为凡事总要"团圆",正无须我们焦躁;放心喝茶,睡觉大吉。再说费话,就有"不合时宜"之咎,免不了要受大学教授的纠正了。呸!

我并未实验过,但有时候想:倘将一位久蛰洞房的老太爷抛在夏天正午的烈日底下,或将不出闺门的千金小姐拖到旷野的黑夜里,大概只好闭了眼睛,暂续他们残存的旧梦,总算并没有遇到暗或光,虽然已经是绝不相同的现实。中国的文人也一样,万事闭眼睛,聊以自欺,而且欺人,那方法是:瞒和骗。

中国婚姻方法的缺陷,才子佳人小说作家早就感到了,他于是使一个才子在壁上题诗,一个佳人便来和,由倾慕——现在就得称恋爱——而至于有"终身之约"。但约定之后,也就有了难关。我们都知道,"私订终身"在诗和戏曲或小说上尚不失为美谈(自然只以与终于中状元的男人私订为限),实际却不容于天下的,仍然免不了要离异。明末的作家便闭上眼睛,并这一层也加以补救了,说是:才子及第,奉旨成婚。"父母之命媒妁之言"经这大帽子来一压,便成了半个铅钱也不值,问题也一点没有了。假使有之,也只在才子的能否中状元,而决不在婚姻制度的良否。

(近来有人以为新诗人的做诗发表,是在出风头,引异性;且迁怒于报章杂志之滥登。殊不知即使无报,墙壁实"古已有之",早做过发表机关了;据《封神演义》,纣王已曾在女娲庙壁上题诗,那起源实在非常之早。报章可以不取白话,或排斥小诗,墙壁却拆不完,管不及的;倘一律刷成黑色,也还有破磁可划,粉笔可书,真是穷于应付。做诗不刻木板,去藏之名山,却要随时发表,虽然很有流弊,但大概是难以杜绝的罢。)

《红楼梦》中的小悲剧,是社会上常有的事,作者又是比较的敢于实写的,而那结果也并不坏。无论贾氏家业再振,兰桂齐芳,即宝玉自己,也成了个披大红猩猩毡斗篷的和尚。和尚多矣,但披这样阔斗篷的能有几个,已经是"入圣超凡"无疑了。至于别的人们,则早在册子里一一注定,末路不过是一个归结:是问题的结束,不是问题的开头。读者即小有不安,也终于奈何不得。然而后来或续或改,非借尸还魂,即冥中另配,必令"生旦当场团圆",才肯放手者,乃是自欺欺人的瘾太大,所以看了小小骗局,还不甘心,定须闭眼胡说一通而后快。赫克尔(E. Haeckel)说过:人和人之差,有时比类人猿和原人之差还远。我们将《红楼梦》的续作者和原作者一比较，就会承认这话大概是确实的。

"作善降祥"的古训，六朝人本已有些怀疑了，他们作墓志，竟会说"积善不报，终自欺人"的话。但后来的昏人，却又瞒起来。元刘信将三岁痴儿抛入醮纸火盆，妄希福祐，是见于《元典章》的；剧本《小张屠焚儿救母》却道是为母延命，命得延，儿亦不死了。一女愿侍痼疾之夫，《醒世恒言》中还说终于一同自杀的；后来改作的却道是有蛇坠入药罐里，丈夫服后便全愈了。凡有缺陷，一经作者粉饰，后半便大抵改观，使读者落诬妄中，以为世间委实尽够光明，谁有不幸，便是自作，自受。

有时遇到彰明的史实，瞒不下，如关羽岳飞的被杀，便只好别设骗局了。一是前世已造凶因，如岳飞；一是死后使他成神，如关羽。定命不可逃，成神的善报更满人意，所以杀人者不足责，被杀者也不足悲，冥冥中自有安排，使他们各得其所，正不必别人来费力了。

中国人的不敢正视各方面，用瞒和骗，造出奇妙的逃路来，而自以为正路。在这路上，就证明着国民性的怯弱，懒惰，而又巧滑。一天一天的满足着，即一天一天的堕落着，但却又觉得日见其光荣。在事实上，亡国一次，即添加几个殉难的忠臣，后来每不想光复旧物，而只去赞美那几个忠臣；遭劫一次，即造成一群不辱的烈女，事过之后，也每每不思惩凶，自卫，却只顾歌咏那一群烈女。仿佛亡国遭劫的事，反而给中国人发挥"两间正气"的机会，增高价值，即在此一举，应该一任其至，不足忧悲似的。自然，此上也无可为，因为我们已经借死人获得最上的光荣了。沪汉烈士的追悼会中，活的人们在一块很可景仰的高大的木主下互相打骂，也就是和我们的先辈走着同一的路。

文艺是国民精神所发的火光，同时也是引导国民精神的前途的灯火。这是互为因果的，正如麻油从芝麻榨出，但以浸芝麻，就使它更油。倘以油为上，就不必说；否则，当参入别的东西，或水或碱去。中国人向来因为不敢正视人生，只好瞒和骗，由此也生出瞒和骗的文艺来，由这文艺，更令中国人更深地陷入瞒和骗的大泽中，甚而至于已经自己不觉得。世界日日改变，我们的作家取下假面，真诚地，深入地，大胆地看取人生并且写出他的血和肉来的时候早到了；早就应该有一片崭新的文场，早就应该有几个凶猛的闯将！

现在，气象似乎一变，到处听不见歌吟花月的声音了，代之而起的是铁和血的赞颂。然而倘以欺瞒的心，用欺瞒的嘴，则无论说 A 和 O，或 Y 和 Z，一样是虚假的；只可以吓哑了先前鄙薄花月的所谓批评家的嘴，满足地以为中国就要中兴。可怜他在"爱国"的大帽子底下又闭上了眼睛了——或者本来就闭着。

没有冲破一切传统思想和手法的闯将，中国是不会有真的新文艺的。

一九二五年七月二十二日。

从胡须说到牙齿[1]

一

一翻《呐喊》,才又记得我曾在中华民国九年双十节的前几天做过一篇《头发的故事》;去年,距今快要一整年了罢,那时是《语丝》出世未久,我又曾为它写了一篇《说胡须》。实在似乎很有些章士钊之所谓"每况愈下"了,——自然,这一句成语,也并不是章士钊首先用错的,但因为他既以擅长旧学自居,我又正在给他打官司,所以就栽在他身上。当时就听说,——或者也是时行的"流言",——一位北京大学的名教授就愤慨过,以为从胡须说起,一直说下去,将来就要说到屁股,则于是乎便和上海的《晶报》一样了。为什么呢?这须是熟精今典的人们才知道,后进的"束发小生"是不容易了然的。因为《晶报》上曾经登过一篇《太阳晒屁股赋》,屁股和胡须又都是人身的一部分,既说此部,即难免不说彼部,正如看见洗脸的人,敏捷而聪明的学者即能推见他一直洗下去,将来一定要洗到屁股。所以有志于做 gentleman 者,为防微杜渐起见,应该在背后给一顿奚落的。——如果说此外还有深意,那我可不得而知了。

昔者窃闻之:欧美的文明人讳言下体以及和下体略有渊源的事物。假如以生殖器为中心而画一正圆形,则凡在圆周以内者均在讳言之列;而圆之半径,则美国者大于英。中国的下等人,是不讳言的;古之上等人似乎也

---

[1] 本篇最初发表于一九二五年十一月九日《语丝》周刊第五十二期。

不讳,所以虽是公子而可以名为黑臀。讳之始,不知在什么时候;而将英美的半径放大,直至于口鼻之间或更在其上,则昉于一千九百二十四年秋。

文人墨客大概是感性太锐敏了之故罢,向来就很娇气,什么也给他说不得,见不得,听不得,想不得。道学先生于是乎从而禁之,虽然很像背道而驰,其实倒是心心相印。然而他们还是一看见堂客的手帕或者姨太太的荒冢就要做诗。我现在虽然也弄弄笔墨做做白话文,但才气却仿佛早经注定是该在"水平线"之下似的,所以看见手帕或荒冢之类,倒无动于中;只记得在解剖室里第一次要在女性的尸体上动刀的时候,可似乎略有做诗之意,——但是,不过"之意"而已,并没有诗,读者幸勿误会,以为我有诗集将要精装行世,传之其人,先在此预告。后来,也就连"之意"都没有了,大约是因为见惯了的缘故罢,正如下等人的说惯一样。否则,也许现在不但不敢说胡须,而且简直非"人之初性本善论"或"天地玄黄赋"便不屑做。遥想土耳其革命后,撕去女人的面幕,是多么下等的事?呜呼,她们已将嘴巴露出,将来一定要光着屁股走路了!

二

虽然有人数我为"无病呻吟"党之一,但我以为自家有病自家知,旁人大概是不很能够明白底细的。倘没有病,谁来呻吟? 如果竟要呻吟,那就已经有了呻吟病了,无法可医。——但模仿自然又是例外。即如自胡须直至屁股等辈,倘使相安无事,谁爱去纪念它们;我们平居无事时,从不想到自己的头,手,脚以至脚底心。待到慨然于"头颅谁斫","髀肉(又说下去了,尚希绅士淑女恕之)复生"的时候,是早已别有缘故的了,所以,"呻吟"。而批评家们曰:"无病"。我实在艳羡他们的健康。

譬如腋下和胯间的毫毛,向来不很肇祸,所以也没有人引为题目,来呻吟一通。头发便不然了,不但白发数茎,能使老先生揽镜慨然,赶紧拔去;清初还因此杀了许多人。民国既经成立,辫子总算剪定了,即使保不定将来要翻出怎样的花样来,但目下总不妨说是已经告一段落。于是我对于自己的头发,也就淡然若忘,而况女子应否剪发的问题呢,因为我并不预备制造桂花油或贩卖烫剪:事不干己,是无所容心于其间的。但到民国九年,寄住在我的寓里的一位小姐考进高等女子师范学校去了,而她是剪了头发的，再没有法可梳盘龙髻或S髻。到这时，我才知道虽然已是民国九年，而有些人之嫉视剪发的女子，竟和清朝末年之嫉视剪发的男子相同；校长M先生虽被天夺其魄，自己的头顶秃到近乎精光了，却偏以为女子的头发可系千钧，示意要她留起。设法去疏通了几回，没有效，连我也听得麻烦起来，于是乎"感慨系之矣"了，随口呻吟了一篇《头发的故事》。但是，不知怎的，她后来竟居然并不留长，现在还是蓬蓬松松的在北京道上走。

本来，也可以无须说下去了，然而连胡须样式都不自由，也是我平生的一件感愤，要时时想到的。胡须的有无，式样，长短，我以为除了直接受着影响的人以外，是毫无容喙的权利和义务的，而有些人们偏要越俎代谋，说些无聊的废话，这真和女子非梳头不可的教育，"奇装异服"者要抓进警厅去办罪的政治一样离奇。要人没有反拨，总须不加刺激；乡下人捉进知县衙门去，打完屁股之后，叩一个头道："谢大老爷！"这情形是特异的中国民族所特有的。

不料恰恰一周年，我的牙齿又发生问题了，这当然就要说牙齿。这回虽然并非说下去，而是说进去，但牙齿之后是咽喉，下面是食道，胃，大小肠，直肠，和吃饭很有相关，仍将为大雅所不齿；更何况直肠的邻近还有膀胱呢，呜呼！

三

中华民国十四年十月二十七日，即夏历之重九，国民因为主张关税自主，游行示威了。但巡警却断绝交通，至于发生冲突，据说两面"互有死伤"。次日，几种报章（《社会日报》，《世界日报》，《舆论报》，《益世报》，《顺天时报》等）的新闻中就有这样的话：

> 学生被打伤者，有吴兴身（第一英文学校）。头部刀伤甚重……周树人（北大教员）齿受伤，脱门牙二。其他尚未接有报告。……

这样还不够，第二天，《社会日报》，《舆论报》，《黄报》，《顺天时报》又道：

……游行群众方面,北大教授周树人(即鲁迅)门牙确落二个。……

舆论也好,指导社会机关也好,"确"也好,不确也好,我是没有修书更正的闲情别致的。但被害苦的是先有许多学生们,次日我到L学校去上课,缺席的学生就有二十余,他们想不至于因为我被打落门牙,即以为讲义也跌了价的,大概是预料我一定请病假。还有几个尝见和未见的朋友,或则面问,或则函问;尤其是朋其君,先行肉薄中央医院,不得,又到我的家里,目睹门牙无恙,这才重回东城,而"昊天不吊",竟刮起大风来了。

假使我真被打落两个门牙,倒也大可以略平"整顿学风"者和其党徒之气罢;或者算是说了胡须的报应,——因为有说下去之嫌,所以该得报应,——依博爱家言,本来也未始不是一举两得的事。但可惜那一天我竟不在场。我之所以不到场者,并非遵了胡适教授的指示在研究室里用功,也不是从了江绍原教授的忠告在推敲作品,更不是依着易卜生博士的遗训正在"救出自己";惭愧我全没有做那些大工作,从实招供起来,不过是整天躺在窗下的床上而已。为什么呢?曰:生些小病,非有他也。

然而我的门牙,却是"确落二个"的。

四

这也是自家有病自家知的一例,如果牙齿健全的,决不会知道牙痛的人的苦楚,只见他歪着嘴角吸风,模样着实可笑。自从盘古开辟天地以来,中国就未曾发明过一种止牙痛的好方法,现在虽然很有些什么"西法镶牙补眼"的了,但大概不过学了一点皮毛,连消毒去腐的粗浅道理也不明白。以北京而论,以中国自家的牙医而论,只有几个留美出身的博士是好的,但是,yes,贵不可言。至于穷乡僻壤,却连皮毛家也没有,倘使不幸而牙痛,又不安本分而想医好,怕只好去叩求城隍土地爷爷罢。

我从小就是牙痛党之一,并非故意和牙齿不痛的正人君子们立异,实在是"欲罢不能"。听说牙齿的性质的好坏,也有遗传的,那么,这就是我的父亲赏给我的一份遗产,因为他牙齿也很坏。于是或蛀,或破,……终于牙龈上出血了,无法收拾;住的又是小城,并无牙医。那时也想不到天下有所谓"西法……"也者,惟有《验方新编》是唯一的救星;然而试尽"验方"都不验。后来,一个善士传给我一个秘方:择日将栗子风干,日日食之,神效。应择那一日,现在已经忘却了,好在这秘方的结果不过是吃栗子,随时可以风干的,我们也无须再费神去查考。自此之后,我才正式看中医,服汤药,可惜中医仿佛也束手了,据说这是叫"牙损",难治得很呢。还记得有一天一个长辈斥责我,说,因为不自爱,所以会生这病的;医生能有什么法?我不解,但从此不再向人提起牙齿的事了,似乎这病是我的一件耻辱。如此者久而久之,直至我到日本的长崎,再去寻牙医,他给我刮去了牙后面的所谓"齿垽",这才不再出血了,化去的医费是两元,时间是约一小时以内。

我后来也看看中国的医药书,忽而发现触目惊心的学说了。它说,齿是属于肾的,"牙损"的原因是"阴亏"。我这才顿然悟出先前的所以得到申斥的原因来,原来是它们在这里这样诬陷我。到现在,即使有人说中医怎样可靠,单方怎样灵,我还都不信。自然,其中大半是因为他们耽误了我的父亲的病的缘故罢,但怕也很挟带些切肤之痛的自己的私怨。

事情还很多哩,假使我有 Victor Hugo 先生的文才,也许因此可以写出一部 Les Misérables 的续集。然而岂但没有而已,遭难的又是自家的牙齿,向人分送自己的冤单,是不大合式的,虽然所有文章,几乎十之九是自身的暗中的辩护。现在还不如迈开大步一跳,一径来说"门牙确落二个"的事罢:

袁世凯也如一切儒者一样,最主张尊孔。做了离奇的古衣冠,盛行祭孔的时候,大概是要做皇帝以前的一两年。自此以来,相承不废,但也因秉政者的变换,仪式上,尤其是行礼之状有些不同:大概自以为维新者出则西装而鞠躬,尊古者兴则古装而顿首。我曾经是教育部的佥事,因为"区区",所以还不入鞠躬或顿首之列的;但届春秋二祭,仍不免要被派去做执事。执事者,将所谓"帛"或"爵"递给鞠躬或顿首之诸公的听差之谓也。民国十一年秋,我"执事"后坐车回寓去,既是北京,又是秋,又是清早,天气很冷,所以我穿着厚外套,带了手套的手是插在衣袋里的。那车夫,我相信他是因为瞌睡,胡涂,决非章士钊党;但他却在中途用了所谓"非常处分",以"迅雷不及掩耳之手段",自己跌倒了,并将我从车上摔出。我手在袋里,来不及抵按,结果便自然只好和地母接吻,以门牙为牺牲了。于是无门牙而讲书者半年,补好于十二年之夏,所以现在使朋其君一见放心,释然回去的两个,其实却是假的。

五

孔二先生说,"虽有周公之才之美,使骄且吝,其余,不足观也矣。"这话,我确是曾经读过的,也十分佩服。所以如果打落了两个门牙,借此能给若干人们从旁快意,"痛快",倒也毫无吝惜之心。而无如门牙,只有这几个,而且早经脱落何?但是将前事拉成今事,却也是不甚愿意的事,因为有些事情,我还要说真实,便只好将别人的"流言"抹杀了,虽然这大抵也以有利于己,至少是无损于己者为限。准此,我便顺手又要将章士钊的将后事拉成前事的胡涂账揭出来。

又是章士钊。我之遇到这个姓名而摇头,实在由来已久;但是,先前总算是为"公",现在却像憎恶中医一样,仿佛也挟带一点私怨了,因为他"无故"将我免了官,所以,在先已经说过:我正在给他打官司。近来看见他的古文的答辩书了,很斤斤于"无故"之辩,其中有一段:

> ……又该伪校务维持会擅举该员为委员,该员又不声明否认,显系有意抗阻本部行政,既情理之所难容,亦法律之所不许。……不得已于八月十二日,呈请执政将周树人免职,十三日由　执政明令照准……

于是乎我也"之乎者也"地驳掉他:

> 查校务维持会公举树人为委员,系在八月十三日,而该总长呈请免职,据称在十二日。岂先预知将举树人为委员而先为免职之罪名耶?……

其实,那些什么"答辩书"也不过是中国的胡牵乱扯的照例的成法,章士钊未必一定如此胡涂;假使真只胡涂,倒还不失为胡涂人,但他是知道舞文玩法的。他自己说过:"晚近政治。内包甚复。一端之起。其真意往往难于迹象求之。执法抗争。不过迹象间事。……"所以倘若事不干已,则与其听他说政法,谈逻辑,实在远不如看《太阳晒屁股赋》,因为欺人之意,这些赋里倒没有的。

离题愈说愈远了:这并不是我的身体的一部分。现在即此收住,将来说到那里,且看民国十五年秋罢。

一九二五年十月三十日。

十四年的"读经"①

自从章士钊主张读经以来,论坛上又很出现了一些论议,如谓经不必尊,读经乃是开倒车之类。我以为这都是多事的,因为民国十四年的"读经",也如民国前四年,四年,或将来的二十四年一样。主张者的意思,大抵并不如反对者所想像的那么一回事。

尊孔,崇儒,专经,复古,由来已经很久了。皇帝和大臣们,向来总要取其一端,或者"以孝治天下",或者"以忠诏天下"而且又"以贞节励天下"。但是,二十四史不现在么?其中有多少孝子,忠臣,节妇和烈女?自然,或者是多到历史上装不下去了;那么,去翻专夸本地人物的府县志书去。我可以说,可惜男的孝子和忠臣也不多的,只有节烈的妇女的名册却大抵有一大卷以至几卷。孔子之徒的经,真不知读到那里去了;倒是不识字的妇女们能实践。还有,欧战时候的参战,我们不是常常自负的么?但可曾用《论语》感化过德国兵,用《易经》咒翻了潜水艇呢?儒者们引为劳绩的,倒是那大抵目不识丁的华工!

所以要中国好,或者倒不如不识字罢,一识字,就有近乎读经的病根了。"畋亡往拜""出疆载质"的最巧玩艺儿,经上都有,我读熟过的。只有几个胡涂透顶的笨牛,真会诚心诚意地来主张读经。而且这样的脚色,也不消和他们讨论。他们虽说什么经,什么古,实在不过是空嚷嚷。问他们经可是要读到像颜回,子思,孟轲,朱熹,秦桧(他是状元),王守仁,徐世

---

① 本篇最初发表于一九二五年十一月二十七《猛进》周刊第三十九期。

昌，曹锟；古可是要复到像清（即所谓"本朝"），元，金，唐，汉，禹汤文武周公，无怀氏，葛天氏？他们其实都没有定见。他们也知不清颜回以至曹锟为人怎样，"本朝"以至葛天氏情形如何；不过像苍蝇们失掉了垃圾堆，自不免嗡嗡地叫。况且既然是诚心诚意主张读经的笨牛，则决无钻营，取巧，献媚的手段可知，一定不会阔气；他的主张，自然也决不会发生什么效力的。

至于现在的能以他的主张，引起若干议论的，则大概是阔人。阔人决不是笨牛，否则，他早已伏处牖下，老死田间了。现在岂不是正值"人心不古"的时候么？则其所以得阔之道，居然可知。他们的主张，其实并非那些笨牛一般的真主张，是所谓别有用意；反对者们以为他真相信读经可以救国，真是"谬以千里"了！

我总相信现在的阔人都是聪明人；反过来说，就是倘使老实，必不能阔是也。至于所挂的招牌是佛学，是孔道，那倒没有什么关系。总而言之，是读经已经读过了，很悟到一点玩意儿，这种玩意儿，是孔二先生的先生老聃的大著作里就有的，此后的书本子里还随时可得。所以他们都比不识字的节妇，烈女，华工聪明；甚而至于比真要读经的笨牛还聪明。何也？曰："学而优则仕"故也。倘若"学"而不"优"，则以笨牛没世，其读经的主张，也不为世间所知。

孔子岂不是"圣之时者也"么，而况"之徒"呢？现在是主张"读经"的时候了。武则天做皇帝，谁敢说"男尊女卑"？多数主义虽然现称过激派，如果在列宁治下，则共产之合于葛天氏，一定可以考据出来的。但幸而现在英国和日本的力量还不弱，所以，主张亲俄者，是被卢布换去了良心。

我看不见读经之徒的良心怎样，但我觉得他们大抵是聪明人，而这聪明，就是从读经和古文得来的。我们这曾经文明过而后来奉迎过蒙古人满洲人大驾了的国度里，古书实在太多，倘不是笨牛，读一点就可以知道，怎样敷衍，偷生，献媚，弄权，自私，然而能够假借大义，窃取美名。再进一步，并可以悟出中国人是健忘的，无论怎样言行不符，名实不副，前后矛盾，撒诳造谣，蝇营狗苟，都不要紧，经过若干时候，自然被忘得干干净净；只要留下一点卫道模样的文字，将来仍不失为"正人君子"。况且即使将来没有"正人君子"之称，于目下的实利又何损哉？

这一类的主张读经者，是明知道读经不足以救国的，也不希望人们都读成他自己那样的;但是,耍些把戏,将人们作笨牛看则有之,"读经"不过是这一回耍把戏偶尔用到的工具。抗议的诸公倘若不明乎此,还要正经老实地来评道理,谈利害,那我可不再客气,也要将你们归入诚心诚意主张读经的笨牛类里去了。

以这样文不对题的话来解释"俨乎其然"的主张,我自己也知道有不恭之嫌,然而我又自信我的话,因为我也是从"读经"得来的。我几乎读过十三经。

衰老的国度大概就免不了这类现象。这正如人体一样,年事老了,废料愈积愈多,组织间又沉积下矿质,使组织变硬,易就于灭亡。一面,则原是养卫人体的游走细胞(Wanderzelle)渐次变性,只顾自己,只要组织间有小洞,它便钻,蚕食各组织,使组织耗损,易就于灭亡。俄国有名的医学者梅契尼珂夫(Elias Metschnikov)特地给他别立了一个名目:大嚼细胞(Fresserzelle)。据说,必须扑灭了这些,人体才免于老衰;要扑灭这些,则须每日服用一种酸性剂。他自己就实行着。

古国的灭亡,就因为大部分的组织被太多的古习惯教养得硬化了,不再能够转移,来适应新环境。若干分子又被太多的坏经验教养得聪明了,于是变性,知道在硬化的社会里,不妨妄行。单是妄行的可与论议的,故意妄行的却无须再与谈理。惟一的疗救,是在另开药方:酸性剂,或者简直是强酸剂。

不提防临末又提到了一个俄国人,怕又有人要疑心我收到卢布了罢。我现在郑重声明:我没有收过一张纸卢布。因为俄国还未赤化之前,他已经死掉了,是生了别的急病,和他那正在实验的药的有效与否这问题无干。

十一月十八日。

这个与那个①

一　读经与读史

一个阔人说要读经,嗡的一阵一群狭人也说要读经。岂但"读"而已矣哉,据说还可以"救国"哩。"学而时习之,不亦说乎?"那也许是确凿的罢,然而甲午战败了,——为什么独独要说"甲午"呢,是因为其时还在开学校,废读经以前。

我以为伏案还未功深的朋友,现在正不必埋头来哼线装书。倘其咿唔日久,对于旧书有些上瘾了,那么,倒不如去读史,尤其是宋朝明朝史,而且尤须是野史;或者看杂说。

现在中西的学者们,几乎一听到"钦定四库全书"这名目就魂不附体,膝弯总要软下来似的。其实呢,书的原式是改变了,错字是加添了,甚至于连文章都删改了,最便当的是《琳琅秘室丛书》中的两种《茅亭客话》,一是宋本,一是四库本,一比较就知道。"官修"而加以"钦定"的正史也一样,不但本纪咧,列传咧,要摆"史架子";里面也不敢说什么。据说,字里行间是也含着什么褒贬的,但谁有这么多的心眼儿来猜闷壶卢。至今还道"将平生事迹宣付国史馆立传",还是算了罢。

野史和杂说自然也免不了有讹传,挟恩怨,但看往事却可以较分明,因为它究竟不像正史那样地装腔作势。看宋事,《三朝北盟汇编》已经变成

---

① 本篇最初分三次发表于一九二五年十二月十日、十二日、二十二日北京《国民新报副刊》。

古董,太贵了,新排印的《宋人说部丛书》却还便宜。明事呢,《野获编》原也好,但也化为古董了,每部数十元;易于入手的是《明季南北略》,《明季稗史汇编》,以及新近集印的《痛史》。

史书本来是过去的陈帐簿,和急进的猛士不相干。但先前说过,倘若还不能忘情于咿唔,倒也可以翻翻,知道我们现在的情形,和那时的何其神似,而现在的昏妄举动,胡涂思想,那时也早已有过,并且都闹糟了。

试到中央公园去,大概总可以遇见祖母带着她孙女儿在玩的。这位祖母的模样,就预示着那娃儿的将来。所以倘有谁要预知令夫人后日的丰姿,也只要看丈母。不同是当然要有些不同的,但总归相去不远。我们查帐的用处就在此。

但我并不说古来如此,现在遂无可为,劝人们对于"过去"生敬畏心,以为它已经铸定了我们的运命。Le Bon 先生说,死人之力比生人大,诚然也有一理的,然而人类究竟进化着。又据章士钊总长说,则美国的什么地方已在禁讲进化论了,这实在是吓死我也,然而禁只管禁,进却总要进的。

总之:读史,就愈可以觉悟中国改革之不可缓了。虽是国民性,要改革也得改革,否则,杂史杂说上所写的就是前车。一改革,就无须怕孙女儿就要像点祖母那些事,譬如祖母的脚是三角形,步履维艰的,小姑娘的却是天足,能飞跑;丈母老太太出过天花,脸上有些缺点的,令夫人却种的是牛痘,所以细皮白肉:这也就大差其远了。

十二月八日。

二 捧与挖

中国的人们,遇见带有会使自己不安的朕兆的人物,向来就用两样法:将他压下去,或者将他捧起来。

压下去就用旧习惯和旧道德,或者凭官力,所以孤独的精神的战士,虽然为民众战斗,却往往反为这"所为"而灭亡。到这样,他们这才安心了。压不下时,则于是乎捧,以为抬之使高,厌之使足,便可以于己稍稍无害,得以安心。

伶俐的人们,自然也有谋利而捧的,如捧阔老,捧戏子,捧总长之类;但在一般粗人,——就是未尝"读经"的,则凡有捧的行为的"动机",大概是不过想免害。即以所奉祀的神道而论,也大抵是凶恶的,火神瘟神不待言,连财神也是蛇呀刺蝟呀似的骇人的畜类;观音菩萨倒还可爱,然而那是从印度输入的,并非我们的"国粹"。要而言之:凡有被捧者,十之九不是好东西。

既然十之九不是好东西,则被捧而后,那结果便自然和捧者的希望适得其反了。不但能使不安,还能使他们很不安,因为人心本来不易餍足。然而人们终于至今没有悟,还以捧为苟安之一道。

记得有一部讲笑话的书,名目忘记了,也许是《笑林广记》罢,说,当一个知县的寿辰,因为他是子年生,属鼠的,属员们便集资铸了一个金老鼠去作贺礼。知县收受之后,另寻了机会对大众说道:明年又恰巧是贱内的整寿;她比我小一岁,是属牛的。其实,如果大家先不送金老鼠,他决不敢想金牛。一送开手,可就难于收拾了,无论金牛无力致送,即使送了,怕他的姨太太也会属象,象不在十二生肖之内,似乎不近情理罢,但这是我替他设想的法子罢了,知县当然别有我们所莫测高深的妙法在。

民元革命时候,我在S城,来了一个都督。他虽然也出身绿林大学,未尝"读经",但倒是还算顾大局,听舆论的,可是自绅士以至于庶民,又用了祖传的捧法群起而捧之了。这个拜会,那个恭维,今天送衣料,明天送翅席,捧得他连自己也忘其所以,结果是渐渐变成老官僚一样,动手刮地皮。

最奇怪的是北几省的河道,竟捧得河身比屋顶高得多了。当初自然是防其溃决,所以壅上一点土;殊不料愈壅愈高,一旦溃决,那祸害就更大。于是就"抢堤"咧,"护堤"咧,"严防决堤"咧,花色繁多,大家吃苦。如果当初见河水泛滥,不去增堤,却去挖底,我以为决不至于这样。

有贪图金牛者,不但金老鼠,便是死老鼠也不给。那么,此辈也就连生日都未必做了。单是省却拜寿,已经是一件大快事。

中国人的自讨苦吃的根苗在于捧,"自求多福"之道却在于挖。其实,劳力之量是差不多的,但从惰性太多的人们看来,却以为还是捧省力。

十二月十日。

三　最先与最后

《韩非子》说赛马的妙法,在于"不为最先,不耻最后"。这虽是从我们这样外行的人看起来，也觉得很有理。因为假若一开首便拚命奔驰，则马力易竭。但那第一句是只适用于赛马的，不幸中国人却奉为人的处世金铖了。

中国人不但"不为戎首"，"不为祸始"，甚至于"不为福先"。所以凡事都不容易有改革；前驱和闯将，大抵是谁也怕得做。然而人性岂真能如道家所说的那样恬淡；欲得的却多。既然不敢径取，就只好用阴谋和手段。以此，人们也就日见其卑怯了，既是"不为最先"，自然也不敢"不耻最后"，所以虽是一大堆群众，略见危机，便"纷纷作鸟兽散"了。如果偶有几个不肯退转，因而受害的，公论家便异口同声，称之曰傻子。对于"锲而不舍"的人们也一样。

我有时也偶尔去看看学校的运动会。这种竞争，本来不像两敌国的开战，挟有仇隙的，然而也会因了竞争而骂，或者竟打起来。但这些事又作别论。竞走的时候，大抵是最快的三四个人一到决胜点，其余的便松懈了，有几个还至于失了跑完豫定的圈数的勇气，中途挤入看客的群集中；或者佯为跌倒，使红十字队用担架将他抬走。假若偶有虽然落后，却尽跑，尽跑的人，大家就嗤笑他。大概是因为他太不聪明，"不耻最后"的缘故罢。

所以中国一向就少有失败的英雄，少有韧性的反抗，少有敢单身鏖战的武人，少有敢抚哭叛徒的吊客；见胜兆则纷纷聚集，见败兆则纷纷逃亡。战具比我们精利的欧美人，战具未必比我们精利的匈奴蒙古满洲人，都如入无人之境。"土崩瓦解"这四个字，真是形容得有自知之明。

多有"不耻最后"的人的民族，无论什么事，怕总不会一下子就"土崩瓦解"的，我每看运动会时，常常这样想：优胜者固然可敬，但那虽然落后而仍非跑至终点不止的竞技者，和见于这样竞技者而肃然不笑的看客，乃正是中国将来的脊梁。

四　流产与断种

近来对于青年的创作，忽然降下一个"流产"的恶谥，哄然应和的就有一大群。我现在相信，发明这话的是没有什么恶意的，不过偶尔说一说；应和的也是情有可原的，因为世事本来大概就这样。

我独不解中国人何以于旧状况那么心平气和，于较新的机运就这么疾首蹙额;于已成之局那么委曲求全,于初兴之事就这么求全责备?

智识高超而眼光远大的先生们开导我们:生下来的倘不是圣贤,豪杰,天才,就不要生;写出来的倘不是不朽之作,就不要写;改革的事倘不是一下子就变成极乐世界,或者,至少能给我有更多的好处,就万万不要动!……

那么,他是保守派么?据说:并不然的。他正是革命家。惟独他有公平,正当,稳健,圆满,平和,毫无流弊的改革法;现下正在研究室里研究着哩,——只是还没有研究好。

什么时候研究好呢?答曰:没有准儿。

孩子初学步的第一步,在成人看来,的确是幼稚,危险,不成样子,或者简直是可笑的。但无论怎样的愚妇人,却总以恳切的希望的心,看他跨出这第一步去,决不会因为他的走法幼稚,怕要阻碍阔人的路线而"逼死"他;也决不至于将他禁在床上,使他躺着研究到能够飞跑时再下地。因为她知道:假如这么办,即使长到一百岁也还是不会走路的。

古来就这样,所谓读书人,对于后起者却反而专用彰明较著的或改头换面的禁锢。近来自然客气些,有谁出来,大抵会遇见学士文人们挡驾:且住,请坐。接着是谈道理了:调查,研究,推敲,修养,……结果是老死在原地方。否则,便得到"捣乱"的称号。我也曾有如现在的青年一样,向已死和未死的导师们问过应走的路。他们都说:不可向东,或西,或南,或北。但不说应该向东,或西,或南,或北。我终于发见他们心底里的蕴蓄了:不过是一个"不走"而已。

坐着而等待平安,等待前进,倘能,那自然是很好的,但可虑的是老死而所等待的却终于不至;不生育,不流产而等待一个英伟的宁馨儿,那自然也很可喜的,但可虑的是终于什么也没有。

倘以为与其所得的不是出类拔萃的婴儿,不如断种,那就无话可说。但如果我们永远要听见人类的足音,则我以为流产究竟比不生产还有望,因为这已经明明白白地证明着能够生产的了。

十二月二十日。

古人并不纯厚①

老辈往往说:古人比今人纯厚,心好,寿长。我先前也有些相信,现在这信仰可是动摇了。达赖啦嘛总该比平常人心好,虽然"不幸短命死矣"②,但广州开的耆英会,却明明收集过一大批寿翁寿媪,活了一百零六岁的老太太还能穿针,有照片为证。

古今的心的好坏,较为难以比较,只好求教于诗文。古之诗人,是有名的"温柔敦厚"的,而有的竟说:"时日曷丧,予及汝偕亡!"你看够多么恶毒? 更奇怪的是孔子"校阅"之后,竟没有删,还说什么"诗三百,一言以蔽之,曰:思无邪"哩,好像圣人也并不以为可恶。

还有现存的最通行的《文选》,听说如果青年作家要丰富语汇,或描写建筑,是总得看它的,但我们倘一调查里面的作家,却至少有一半不得好死,当然;就因为心不好。经昭明太子一挑选,固然好像变成语汇祖师了,但在那时,恐怕还有个人的主张,偏激的文字。否则,这人是不传的,试翻唐以前的史上的文苑传,大抵是禀承意旨,草檄作颂的人,然而那些作者的文章,流传至今者偏偏少得很。

由此看来,翻印整部的古书,也就不无危险了。近来偶尔看见一部石印的《平斋文集》,作者,宋人也,不可谓之不古,但其诗就不可为训。如咏《狐鼠》云:"狐鼠擅一窟,虎蛇行九逵,不论天有眼,但管地无皮……。"又

---

① 发表于一九三四年四月《中华日报·动向》,署名翁隼。
② "不幸短命死矣":出自《论语·雍也》,是孔丘惋惜门徒颜渊早死的话。

咏《荆公①》云:"养就祸胎身始去,依然钟阜向人青"。那指斥当路的口气,就为今人所看不惯。"八大家"中的欧阳修,是不能算作偏激的文学家的罢,然而那《读李翱文》中却有云:"呜呼,在位而不肯自忧,又禁它人使皆不得忧,可叹也夫!"也就悻悻得很。

但是,经后人一番选择,却就纯厚起来了。后人能使古人纯厚,则比古人更为纯厚也可见。清朝曾有钦定的《唐宋文醇》和《唐宋诗醇》②,便是由皇帝将古人做得纯厚的好标本,不久也许会有人翻印,以"挽狂澜于既倒"的。

一九三四年四月十五日。

---

① 荆公:王安石。
② 《唐宋文醇》:清代乾隆三年(1738)"御定",包括唐宋八大家及李翱、孙樵等十人的文章。《唐宋诗醇》,乾隆十五年(1750)"御定",包括唐代李白、杜甫、白居易、韩愈,宋代苏轼、陆游等六人的诗作。

学界的三魂[1]

从《京报副刊》上知道有一种叫《国魂》的期刊,曾有一篇文章说章士钊固然不好,然而反对章士钊的"学匪"们也应该打倒。我不知道大意是否真如我所记得?但这也没有什么关系,因为不过引起我想到一个题目,和那原文是不相干的。意思是,中国旧说,本以为人有三魂六魄,或云七魄;国魂也该这样。而这三魂之中,似乎一是"官魂",一是"匪魂",还有一个是什么呢?也许是"民魂"罢,我不很能够决定。又因为我的见闻很偏隘,所以未敢悉指中国全社会,只好缩而小之曰"学界"。

中国人的官瘾实在深,汉重孝廉而有埋儿刻木,宋重理学而有高帽破靴,清重帖括而有"且夫""然则"。总而言之:那魂灵就在做官,——行官势,摆官腔,打官话。顶着一个皇帝做傀儡,得罪了官就是得罪了皇帝,于是那些人就得了雅号曰"匪徒"。学界的打官话是始于去年,凡反对章士钊的都得了"土匪","学匪","学棍"的称号,但仍然不知道从谁的口中说出,所以还不外乎一种"流言"。

但这也足见去年学界之糟了,竟破天荒的有了学匪。以大点的国事来比罢,太平盛世,是没有匪的;待到群盗如毛时,看旧史,一定是外戚,宦官,奸臣,小人当国,即使大打一通官话,那结果也还是"呜呼哀哉"。当这"呜呼哀哉"之前,小民便大抵相率而为盗,所以我相信源增先生的话:"表面上看只是些土匪与强盗,其实是农民革命军。"(《国民新报副刊》四三)那

---

[1] 本篇最初发表于一九二六年二月一日《语丝》周刊第六十四期。

么,社会不是改进了么?并不,我虽然也是被谥为"土匪"之一,却并不想为老前辈们饰非掩过。农民是不来夺取政权的,源增先生又道:"任三五热心家将皇帝推倒,自己过皇帝瘾去。"但这时候,匪便被称为帝,除遗老外,文人学者却都来恭维,又称反对他的为匪了。

所以中国的国魂里大概总有这两种魂:官魂和匪魂。这也并非硬要将我辈的魂挤进国魂里去,贪图与教授名流的魂为伍,只因为事实仿佛是这样。社会诸色人等,爱看《双官诰》,也爱看《四杰村》,望偏安巴蜀的刘玄德成功,也愿意打家劫舍的宋公明得法;至少,是受了官的恩惠时候则艳羡官僚,受了官的剥削时候便同情匪类。但这也是人情之常;倘使连这一点反抗心都没有,岂不就成为万劫不复的奴才了?

然而国情不同,国魂也就两样。记得在日本留学时候,有些同学问我在中国最有大利的买卖是什么,我答道:"造反。"他们便大骇怪。在万世一系的国度里,那时听到皇帝可以一脚踢落,就如我们听说父母可以一棒打杀一般。为一部分士女所心悦诚服的李景林先生,可就深知此意了,要是报纸上所传非虚。今天的《京报》即载着他对某外交官的谈话道:"予预计于旧历正月间,当能与君在天津晤谈;若天津攻击竟至失败,则拟俟三四月间卷土重来,若再失败,则暂投土匪,徐养兵力,以待时机"云。但他所希望的不是做皇帝,那大概是因为中华民国之故罢。

所谓学界,是一种发生较新的阶级,本该可以有将旧魂灵略加湔洗之望了,但听到"学官"的官话,和"学匪"的新名,则似乎还走着旧道路。那末,当然也得打倒的。这来打倒他的是"民魂",是国魂的第三种。先前不很发扬,所以一闹之后,终不自取政权,而只"任三五热心家将皇帝推倒,自己过皇帝瘾去"了。

惟有民魂是值得宝贵的,惟有他发扬起来,中国才有真进步。但是,当此连学界也倒走旧路的时候,怎能轻易地发挥得出来呢?在乌烟瘴气之中,有官之所谓"匪"和民之所谓匪;有官之所谓"民"和民之所谓民;有官以为"匪"而其实是真的国民,有官以为"民"而其实是衙役和马弁。所以貌似"民魂"的,有时仍不免为"官魂",这是鉴别魂灵者所应该十分注意的。

话又说远了,回到本题去。去年,自从章士钊提了"整顿学风"的招牌,上了教育总长的大任之后,学界里就官气弥漫,顺我者"通",逆我者

"匪",官腔官话的余气,至今还没有完。但学界却也幸而因此分清了颜色;只是代表官魂的还不是章士钊,因为上头还有"减膳"执政在,他至多不过做了一个官魂;现在是在天津"徐养兵力,以待时机"了。我不看《甲寅》,不知道说些什么话:官话呢,匪话呢,民话呢,衙役马弁话呢?……

一月二十四日。

古书与白话[①]

记得提倡白话那时,受了许多谣诼诬谤,而白话终于没有跌倒的时候,就有些人改口说:然而不读古书,白话是做不好的。我们自然应该曲谅这些保古家的苦心,但也不能不悯笑他们这祖传的成法。凡有读过一点古书的人都有这一种老手段:新起的思想,就是"异端",必须歼灭的,待到它奋斗之后,自己站住了,这才寻出它原来与"圣教同源";外来的事物,都要"用夷变夏"[②],必须排除的,但待到这"夷"入主中夏,却考订出来了,原来连这"夷"也还是黄帝的子孙。这岂非出人意料之外的事呢?无论什么,在我们的"古"里竟无不包函了!

用老手段的自然不会长进,到现在仍是说非"读破几百卷书者"即做不出好白话文,于是硬拉吴稚晖先生为例。可是竟又会有"肉麻当有趣",述说得津津有味的,天下事真是千奇百怪。其实吴先生的"用讲话体为文",即"其貌"也何尝与"黄口小儿所作若同"。不是"纵笔所之,辄万数千言"么?其中自然有古典,为"黄口小儿"所不知,尤有新典,为"束发小生"所不晓。清光绪末,我初到日本东京时,这位吴稚晖先生已在和公使蔡钧大战了,其战史就有这么长,则见闻之多,自然非现在的"黄口小儿"所能企及。所以他的遣辞用典,有许多地方是惟独熟于大小故事的人物才能够了然,从青年看来,第一是惊异于那文辞的滂沛。这或者就是名流学

---

① 发表于一九二六年二月《国民新报副刊》。
② "用夷变夏":出自《孟子·滕文公》,这里指用外来文化同化中国的意思。

者们所认为长处的罢,但是,那生命却不在于此。甚至于竟和名流学者们所拉拢恭维的相反,而在自己并不故意显出长处,也无法灭去名流学者们的所谓长处;只将所说所写,作为改革道中的桥梁,或者竟并不想到作为改革道中的桥梁。

愈是无聊赖,没出息的脚色,愈想长寿,想不朽,愈喜欢多照自己的照相,愈要占据别人的心,愈善于摆臭架子。但是,似乎"下意识"里,究竟也觉得自己之无聊的罢,便只好将还未朽尽的"古"一口咬住,希图做着肠子里的寄生虫,一同传世;或者在白话文之类里找出一点古气,反过来替古董增加宠荣。如果"不朽之大业"不过这样,那未免太可怜了罢。而且,到了二九二五年,"黄口小儿"们还要看什么《甲寅》之流,也未免过于可惨罢,即使它"自从孤桐先生下台之后,……也渐渐的有了生气了"。

菲薄古书者,惟读过古书者最有力,这是的确的。因为他洞知弊病,能"以子之矛攻子之盾",正如要说明吸雅片的弊害,大概惟吸过雅片者最为深知,最为痛切一般。但即使"束发小生",也何至于说,要做戒绝雅片的文章,也得先吸尽几百两雅片才好呢。

古文已经死掉了;白话文还是改革道上的桥梁,因为人类还在进化。便是文章,也未必独有万古不磨的典则。虽然据说美国的某处已经禁讲进化论了,但在实际上,恐怕也终于没有效的。

一九二六年一月二十五日。

送灶日漫笔[1]

坐听着远远近近的爆竹声,知道灶君先生们都在陆续上天,向玉皇大帝讲他的东家的坏话去了,但是他大概终于没有讲,否则,中国人一定比现在要更倒楣。

灶君升天的那日,街上还卖着一种糖,有柑子那么大小,在我们那里也有这东西,然而扁的,像一个厚厚的小烙饼。那就是所谓"胶牙饧"了。本意是在请灶君吃了,粘住他的牙,使他不能调嘴学舌,对玉帝说坏话。我们中国人意中的神鬼,似乎比活人要老实些,所以对鬼神要用这样的强硬手段,而于活人却只好请吃饭。

今之君子往往讳言吃饭,尤其是请吃饭。那自然是无足怪的,的确不大好听。只是北京的饭店那么多,饭局那么多,莫非都在食蛤蜊,谈风月,"酒酣耳热而歌呜呜"么?不尽然的,的确也有许多"公论"从这些地方播种,只因为公论和请帖之间看不出蛛丝马迹,所以议论便堂哉皇哉了。但我的意见,却以为还是酒后的公论有情。人非木石,岂能一味谈理,碍于情面而偏过去了,在这里正有着人气息。况且中国是一向重情面的。何谓情面?明朝就有人解释过,曰:"情面者,面情之谓也。"自然不知道他说什么,但也就可以懂得他说什么。在现今的世上,要有不偏不倚的公论,本来是一种梦想;即使是饭后的公评,酒后的宏议,也何尝不可姑妄听之呢。然而,倘以为那是真正老牌的公论,却一定上当,——但这也不能独归罪于公

---

[1] 本篇最初发表于一九二六年二月十一日《国民新报副刊》。

论家,社会上风行请吃饭而讳言请吃饭,使人们不得不虚假,那自然也应该分任其咎的。

记得好几年前,是"兵谏"之后,有枪阶级专喜欢在天津会议的时候,有一个青年愤愤地告诉我道:他们那里是会议呢,在酒席上,在赌桌上,带着说几句就决定了。他就是受了"公论不发源于酒饭说"之骗的一个,所以永远是愤然,殊不知他理想中的情形,怕要到二九二五年才会出现呢,或者竟许到三九二五年。

然而不以酒饭为重的老实人,却是的确也有的,要不然,中国自然还要坏。有些会议,从午后二时起,讨论问题,研究章程,此问彼难,风起云涌,一直到七八点,大家就无端觉得有些焦躁不安,脾气愈大了,议论愈纠纷了,章程愈渺茫了,虽说我们到讨论完毕后才散罢,但终于一哄而散,无结果。这就是轻视了吃饭的报应,六七点钟时分的焦躁不安,就是肚子对于本身和别人的警告,而大家误信了吃饭与讲公理无关的妖言,毫不瞅睬,所以肚子就使你演说也没精采,宣言也——连草稿都没有。

但我并不说凡有一点事情,总得到什么太平湖饭店,撷英番菜馆之类里去开大宴;我于那些店里都没有股本,犯不上替他们来拉主顾,人们也不见得都有这么多的钱。我不过说,发议论和请吃饭,现在还是有关系的;请吃饭之于发议论,现在也还是有益处的;虽然,这也是人情之常,无足深怪的。

顺便还要给热心而老实的青年们进一个忠告,就是没酒没饭的开会,时候不要开得太长,倘若时候已晚了,那么,买几个烧饼来吃了再说。这么一办,总可以比空着肚子的讨论容易有结果,容易得收场。

胶牙饧的强硬办法,用在灶君身上我不管它怎样,用之于活人是不大好的。倘是活人,莫妙于给他醉饱一次,使他自己不开口,却不是胶住他。中国人对人的手段颇高明,对鬼神却总有些特别,二十三夜的捉弄灶君即其一例,但说起来也奇怪,灶君竟至于到了现在,还仿佛没有省悟似的。

道士们的对付"三尸神",可是更利害了。我也没有做过道士,详细是不知道的,但据"耳食之言",则道士们以为人身中有三尸神,到有一日,便乘人熟睡时,偷偷地上天去奏本身的过恶。这实在是人体本身中的奸细,《封神传演义》常说的"三尸神暴躁,七窍生烟"的三尸神,也就是这东西。但据说要抵制他却不难,因为他上天的日子是有一定的,只要这一日不睡觉,他便无隙可乘,只好将过恶都放在肚子里,再看明年的机会了。连胶牙饧都没得吃,他实在比灶君还不幸,值得同情。

三尸神不上天,罪状都放在肚子里;灶君虽上天,满嘴是糖,在玉皇大帝面前含含胡胡地说了一通,又下来了。对于下界的情形,玉皇大帝一点也听不懂,一点也不知道,于是我们今年当然还是一切照旧,天下太平。

我们中国人对于鬼神也有这样的手段。

我们中国人虽然敬信鬼神;却以为鬼神总比人们傻,所以就用了特别的方法来处治他。至于对人,那自然是不同的了,但还是用了特别的方法来处治,只是不肯说;你一说,据说你就是卑视了他了。诚然,自以为看穿了的话,有时也的确反不免于浅薄。

二月五日。

一点比喻[1]

在我的故乡不大通行吃羊肉,阖城里,每天大约不过杀几匹山羊。北京真是人海,情形可大不相同了,单是羊肉铺就触目皆是。雪白的群羊也常常满街走,但都是胡羊,在我们那里称绵羊的。山羊很少见;听说这在北京却颇名贵了,因为比胡羊聪明,能够率领羊群,悉依它的进止,所以畜牧家虽然偶而养几匹,却只用作胡羊们的领导,并不杀掉它。

这样的山羊我只见过一回,确是走在一群胡羊的前面,脖子上还挂着一个小铃铎,作为智识阶级的徽章。通常,领的赶的却多是牧人,胡羊们便成了一长串,挨挨挤挤,浩浩荡荡,凝着柔顺有余的眼色,跟定他匆匆地竞奔它们的前程。我看见这种认真的忙迫的情形时,心里总想开口向它们发一句愚不可及的疑问——

"往那里去?!"

人群中也很有这样的山羊,能领了群众稳妥平静地走去,直到他们应该走到的所在。袁世凯明白一点这种事,可惜用得不大巧,大概因为他是不很读书的,所以也就难于熟悉运用那些奥妙。后来的武人可更蠢了,只会自己乱打乱割,乱得哀号之声,洋洋盈耳,结果是除了残虐百姓之外,还加上轻视学问,荒废教育的恶名。然而"经一事,长一智",二十世纪已过了四分之一,脖子上挂着小铃铎的聪明人是总要交到红运的,虽然现在表面上还不免有些小挫折。

那时候,人们,尤其是青年,就都循规蹈矩,既不嚣张,也不浮动,一心

---

[1] 本篇最初发表于一九二六年二月二十五日《莽原》半月刊第四期。

向着"正路"前进了,只要没有人问——

"往那里去?!"

君子若曰:"羊总是羊,不成了一长串顺从地走,还有什么别的法子呢?君不见夫猪乎?拖延着,逃着,喊着,奔突着,终于也还是被捉到非去不可的地方去,那些暴动,不过是空费力气而已矣。"

这是说:虽死也应该如羊,使天下太平,彼此省力。

这计划当然是很妥帖,大可佩服的。然而,君不见夫野猪乎?它以两个牙,使老猎人也不免于退避。这牙,只要猪脱出了牧豕奴所造的猪圈,走入山野,不久就会长出来。

Schopenhauer 先生曾将绅士们比作豪猪,我想,这实在有些失体统。但在他,自然是并没有什么别的恶意的,不过拉扯来作一个比喻。《Parerga und Paralipomena》里有着这样意思的话:有一群豪猪,在冬天想用了大家的体温来御寒冷,紧靠起来了,但它们彼此即刻又觉得刺的疼痛,于是乎又离开。然而温暖的必要,再使它们靠近时,却又吃了照样的苦。但它们在这两种困难中,终于发见了彼此之间的适宜的间隔,以这距离,它们能够过得最平安。人们因为社交的要求,聚在一处,又因为各有可厌的许多性质和难堪的缺陷,再使他们分离。他们最后所发见的距离——使他们得以聚在一处的中庸的距离,就是"礼让"和"上流的风习"。有不守这距离的,在英国就这样叫,"Keep your distance!"

但即使这样叫,恐怕也只能在豪猪和豪猪之间才有效力罢,因为它们彼此的守着距离,原因是在于痛而不在于叫的。假使豪猪们中夹着一个别的,并没有刺,则无论怎么叫,它们总还是挤过来。孔子说:礼不下庶人。照现在的情形看,该是并非庶人不得接近豪猪,却是豪猪可以任意刺着庶人而取得温暖。受伤是当然要受伤的,但这也只能怪你自己独独没有刺,不足以让他守定适当的距离。孔子又说:刑不上大夫。这就又难怪人们的要做绅士。

这些豪猪们,自然也可以用牙角或棍棒来抵御的,但至少必须拚出背一条豪猪社会所制定的罪名:"下流"或"无礼"。

一月二十五日。

无花的蔷薇[①]

1

又是 Schopenhauer 先生的话——

"无刺的蔷薇是没有的。——然而没有蔷薇的刺却很多。"

题目改变了一点,较为好看了。

"无花的蔷薇"也还是爱好看。

2

去年,不知怎的这位叔本华尔先生忽然合于我们国度里的绅士们的脾胃了,便拉扯了他的一点《女人论》;我也就夹七夹八地来称引了好几回,可惜都是刺,失了蔷薇,实在大煞风景,对不起绅士们。

记得幼小时候看过一出戏,名目忘却了,一家正在结婚,而勾魂的无常鬼已到,夹在婚仪中间,一同拜堂,一同进房,一同坐床……实在大煞风景,我希望我还不至于这样。

3

有人说我是"放冷箭者"。

[①] 发表于一九二六年三月《语丝》。

我对于"放冷箭"的解释,颇有些和他们一流不同,是说有人受伤,而不知这箭从什么地方射出。所谓"流言"者,庶几近之。但是我,却明明站在这里。

但是我,有时虽射而不说明靶子是谁,这是因为初无"与众共弃"之心,只要该靶子独自知道,知道有了洞,再不要面皮鼓得急绷绷,我的事就完了。

4

蔡子民先生一到上海,《晨报》就据国闻社电报郑重地发表他的谈话,而且加以按语,以为"当为历年潜心研究与冷眼观察之结果,大足诏示国人,且为知识阶级所注意也。"

我很疑心那是胡适之先生的谈话,国闻社的电码有些错误了。

5

豫言者,即先觉,每为故国所不容,也每受同时人的迫害,大人物也时常这样。他要得人们的恭维赞叹时,必须死掉,或者沉默,或者不在面前。

总而言之,第一要难于质证。

如果孔丘,释迦,耶稣基督还活着,那些教徒难免要恐慌。对于他们的行为,真不知道教主先生要怎样慨叹。

所以,如果活着,只得迫害他。

待到伟大的人物成为化石,人们都称他伟人时,他已经变了傀儡了。

有一流人之所谓伟大与渺小,是指他可给自己利用的效果的大小而言。

6

法国罗曼罗兰先生今年满六十岁了。晨报社为此征文,徐志摩先生于介绍之余,发感慨道:"……但如其有人拿一些时行的口号,什么打倒帝国主义等等,或是分裂与猜忌的现象,去报告罗兰先生说这是新中国,我再也

不能预料他的感想了。"(《晨副》一二九九)

他住得远,我们一时无从质证,莫非从"诗哲"的眼光看来,罗兰先生的意思,是以为新中国应该欢迎帝国主义的么?

"诗哲"又到西湖看梅花去了,一时也无从质证。不知孤山的古梅,著花也未,可也在那里反对中国人"打倒帝国主义"?

7

志摩先生曰:"我很少夸奖人的。但西滢就他学法郎士的文章说,我敢说,已经当得起一句天津话:'有根'了。"而且"像西滢这样,在我看来,才当得起'学者'的名词。"(《晨副》一四二三)

西滢教授曰:"中国的新文学运动,方在萌芽,可是稍有贡献的人,如胡适之,徐志摩,郭沫若,郁达夫,丁西林,周氏兄弟等等都是曾经研究过他国文学的人。尤其是志摩他非但在思想方面,就是在体制方面,他的诗及散文,都已经有一种中国文学里从来不曾有过的风格。"(《现代》六三)

虽然抄得麻烦,但中国现今"有根"的"学者"和"尤其"的思想家及文人,总算已经互相选出了。

8

志摩先生曰:"鲁迅先生的作品,说来大不敬得很,我拜读过很少,就只《呐喊》集里两三篇小说,以及新近因为有人尊他是中国的尼采他的《热风》集里的几页。他平常零星的东西,我即使看也等于白看,没有看进去或是没有看懂。"(《晨副》一四三三)

西滢教授曰:"鲁迅先生一下笔就构陷人家的罪状。……可是他的文章,我看过了就放进了应该去的地方——说句体己话,我觉得它们就不应该从那里出来——手边却没有。"(同上)

虽然抄得麻烦,但我总算已经被中国现在"有根"的"学者"和"尤其"的思想家及文人协力踏倒了。

9

但我愿奉还"曾经研究过他国文学"的荣名。"周氏兄弟"之一,一定又是我了。我何尝研究过什么呢,做学生时候看几本外国小说和文人传记,就能算"研究过他国文学"么?

该教授——恕我打一句"官话"——说过,我笑别人称他们为"文士",而不笑"某报天天鼓吹"我是"思想界的权威者"。现在不了,不但笑,简直唾弃它。

10

其实呢,被毁则报,被誉则默,正是人情之常。谁能说人的左颊既受爱人接吻而不作一声,就得援此为例,必须默默地将右颊给仇人咬一口呢?

我这回的竟不要那些西滢教授所颁赏陪衬的荣名,"说句体己话"罢,实在是不得已。我的同乡不是有"刑名师爷"的么?他们都知道,有些东西,为要显示他伤害你的时候的公正,在不相干的地方就称赞你几句,似乎有赏有罚,使别人看去,很像无私……。

"带住!"又要"构陷人家的罪状"了。只是这一点,就已经够使人"即使看也等于白看",或者"看过了就放进了应该去的地方"了。

一九二六年二月二十七日。

谈皇帝[①]

中国人的对付鬼神,凶恶的是奉承,如瘟神和火神之类,老实一点的就要欺侮,例如对于土地或灶君。待遇皇帝也有类似的意思。君民本是同一民族,乱世时"成则为王败则为贼",平常是一个照例做皇帝,许多个照例做平民;两者之间,思想本没有什么大差别。所以皇帝和大臣有"愚民政策",百姓们也自有其"愚君政策。"

往昔的我家,曾有一个老仆妇,告诉过我她所知道,而且相信的对付皇帝的方法。她说——

  皇帝是很可怕的。他坐在龙位上,一不高兴,就要杀人;不容易对付的。所以吃的东西也不能随便给他吃,倘是不容易办到的,他吃了又要,一时办不到;——譬如他冬天想到瓜,秋天要吃桃子,办不到,他就生气,杀人了。现在是一年到头给他吃菠菜,一要就有,毫不为难。但是倘说是菠菜,他又要生气的,因为这是便宜货,所以大家对他就不称为菠菜,另外起一个名字,叫作"红嘴绿鹦哥"。

在我的故乡,是通年有菠菜的,根很红,正如鹦哥的嘴一样。

这样的连愚妇人看来,也是呆不可言的皇帝,似乎大可以不要了。然

[①] 本篇最初发表于一九二六年三月九日《国民新报副刊》。

而并不,她以为要有的,而且应该听凭他作威作福。至于用处,仿佛在靠他来镇压比自己更强梁的别人,所以随便杀人,正是非备不可的要件。然而倘使自己遇到,且须侍奉呢?可又觉得有些危险了,因此只好又将他练成傻子,终年耐心地专吃着"红嘴绿鹦哥"。

其实利用了他的名位,"挟天子以令诸侯"的,和我那老仆妇的意思和方法都同,不过一则又要他弱,一则又要他愚。儒家的靠了"圣君"来行道也就是这玩意,因为要"靠",所以要他威重,位高;因为要便于操纵,所以又要他颇老实,听话。

皇帝一自觉自己的无上威权,这就难办了。既然"普天之下,莫非皇土",他就胡闹起来,还说是"自我得之,自我失之,我又何恨"哩!于是圣人之徒也只好请他吃"红嘴绿鹦哥"了,这就是所谓"天"。据说天子的行事,是都应该体帖天意,不能胡闹的;而这"天意"也者,又偏只有儒者们知道着。

这样,就决定了:要做皇帝就非请教他们不可。

然而不安分的皇帝又胡闹起来了。他对他说"天"么,他却道,"我生不有命在天?!"岂但不仰体上天之意而已,还逆天,背天,"射天",简直将国家闹完,使靠天吃饭的圣贤君子们,哭不得,也笑不得。

于是乎他们只好去著书立说,将他骂一通,豫计百年之后,即身殁之后,大行于时,自以为这就了不得。

但那些书上,至多就止记着"愚民政策"和"愚君政策"全都不成功。

二月十七日。

无花的蔷薇之二[1]

一

英国勃尔根贵族曰:"中国学生只知阅英文报纸,而忘却孔子之教。英国之大敌,即此种极力诅咒帝国而幸灾乐祸之学生。……中国为过激党之最好活动场……"(一九二五年六月三十日伦敦路透电。)

南京通信云:"基督教城中会堂聘金大教授某神学博士讲演,中有谓孔子乃耶稣之信徒,因孔子吃睡时皆祷告上帝。当有听众……质问何所据而云然;博士语塞。时乃有教徒数人,突紧闭大门,声言'发问者,乃苏俄卢布买收来者'。当呼警捕之。……"(三月十一日《国民公报》。)

苏俄的神通真是广大,竟能买收叔梁纥,使生孔子于耶稣之前,则"忘却孔子之教"和"质问何所据而云然"者,当然都受着卢布的驱使无疑了。

二

西滢教授曰:"听说在'联合战线'中,关于我的流言特别多,并且据说我一个人每月可以领到三千元。'流言'是在口上流的,在纸上到也不大见。"(《现代》六十五。)

该教授去年是只听到关于别人的流言的,却由他在纸上发表;据说今

---

[1] 本篇最初发表于一九二六年三月二十九日《语丝》周刊第七十二期。

年却听到关于自己的流言了,也由他在纸上发表。"一个人每月可以领到三千元",实在特别荒唐,可见关于自己的"流言"都不可信。但我以为关于别人的似乎倒是近理者居多。

三

据说"孤桐先生"下台之后,他的什么《甲寅》居然渐渐的有了活气了。可见官是做不得的。

然而他又做了临时执政府秘书长了,不知《甲寅》可仍然还有活气?如果还有,官也还是做得的……。

四

已不是写什么"无花的蔷薇"的时候了。

虽然写的多是刺,也还要些和平的心。

现在,听说北京城中,已经施行了大杀戮了。当我写出上面这些无聊的文字的时候,正是许多青年受弹饮刃的时候。呜呼,人和人的魂灵,是不相通的。

五

中华民国十五年三月十八日,段祺瑞政府使卫兵用步枪大刀,在国务院门前包围虐杀徒手请愿,意在援助外交之青年男女,至数百人之多。还要下令,诬之曰"暴徒"!

如此残虐险狠的行为,不但在禽兽中所未曾见,便是在人类中也极少有的,除却俄皇尼古拉二世使可萨克兵击杀民众的事,仅有一点相像。

六

中国只任虎狼侵食,谁也不管。管的只有几个年青的学生,他们本应该安心读书的,而时局漂摇得他们安心不下。假如当局者稍有良心,应如何反躬自责,激发一点天良?

然而竟将他们虐杀了!

七

假如这样的青年一杀就完,要知道屠杀者也决不是胜利者。

中国要和爱国者的灭亡一同灭亡。屠杀者虽然因为积有金资,可以比较长久地养育子孙,然而必至的结果是一定要到的。"子孙绳绳"又何足喜呢?灭亡自然较迟,但他们要住最不适于居住的不毛之地,要做最深的矿洞的矿工,要操最下贱的生业……

八

如果中国还不至于灭亡,则已往的史实示教过我们,将来的事便要大出于屠杀者的意料之外——

这不是一件事的结束,是一件事的开头。

墨写的谎说,决掩不住血写的事实。

血债必须用同物偿还。拖欠得愈久,就要付更大的利息!

九

以上都是空话。笔写的,有什么相干?

实弹打出来的却是青年的血。血不但不掩于墨写的谎语,不醉于墨写的挽歌;威力也压它不住,因为它已经骗不过,打不死了。

三月十八日,民国以来最黑暗的一天,写。

北京通信[1]

蕴儒,培良[2]两兄:

　　昨天收到两份《豫报》,使我非常快活,尤其是见了那《副刊》。因为它那蓬勃的朝气,实在是在我先前的豫想以上。你想:从有着很古的历史的中州,传来了青年的声音,仿佛在豫告这古国将要复活,这是一件如何可喜的事呢?

　　倘使我有这力量,我自然极愿意有所贡献于河南的青年。但不幸我竟力不从心,因为我自己也正站在歧路上,——或者,说得较有希望些:站在十字路口。站在歧路上是几乎难于举足,站在十字路口,是可走的道路很多。我自己,是什么也不怕的,生命是我自己的东西,所以我不妨大步走去,向着我自以为可以走去的路;即使前面是深渊,荆棘,狭谷,火坑,都由我自己负责。然而向青年说话可就难了,如果盲人瞎马,引入危途,我就该得谋杀许多人命的罪孽。

　　所以,我终于还不想劝青年一同走我所走的路;我们的年龄,境遇,都不相同,思想的归宿大概总不能一致的罢。但倘若一定要问我青年应当向怎样的目标,那么,我只可以说出我为别人设计的话,就是:一要生存,二要

---

[1]　发表于一九二五年五月开封《豫报副刊》。
[2]　蕴儒:姓吕,名琦,河南人,鲁迅在北京世界语专门学校任教时的学生。培良,即向培良(1905—1959),湖南黔阳人,狂飙社主要成员。

温饱,三要发展。有敢来阻碍这三事者,无论是谁,我们都反抗他,扑灭他!

可是还得附加几句话以免误解,就是:我之所谓生存,并不是苟活;所谓温饱,并不是奢侈;所谓发展,也不是放纵。

中国古来,一向是最注重于生存的,什么"知命者不立于岩墙之下"①咧,什么"千金之子坐不垂堂"咧,什么"身体发肤受之父母不敢毁伤"咧,竟有父母愿意儿子吸鸦片的,一吸,他就不至于到外面去,有倾家荡产之虞了。可是这一流人家,家业也决不能长保,因为这是苟活。苟活就是活不下去的初步,所以到后来,他就活不下去了。意图生存,而太卑怯,结果就得死亡。以中国古训中教人苟活的格言如此之多,而中国人偏多死亡,外族偏多侵入,结果适得其反,可见我们蔑弃古训,是刻不容缓的了。这实在是无可奈何,因为我们要生活,而且不是苟活的缘故。

中国人虽然想了各种苟活的理想乡,可惜终于没有实现。但我却替他们发见了,你们大概知道罢,就是北京的第一监狱。这监狱在宣武门外的空地里,不怕邻家的火灾;每日两餐,不虑冻馁;起居有定,不会伤生;构造坚固,不会倒塌;禁卒管着,不会再犯罪;强盗是决不会来抢。住在里面,何等安全,真真是"千金之子坐不垂堂"了。但阙少的就有一件事:自由。

古训所教的就是这样的生活法,教人不要动。不动,失错当然就较少了,但不活的岩石泥沙,失错不是更少么?我以为人类为向上,即发展起见,应该活动,活动而有若干失错,也不要紧。惟独半死半生的苟活,是全盘失错的。因为他挂了生活的招牌,其实却引人到死路上去!

我想,我们总得将青年从牢狱里引出来,路上的危险,当然是有的,但这是求生的偶然的危险,无从逃避。想逃避,就须度那古人所希求的第一监狱式生活了,可是真在第一监狱里的犯人,都想早些释放,虽然外面并不比狱里安全。

北京暖和起来了;我的院子里种了几株丁香,活了;还有两株榆叶梅,至今还未发芽,不知道他是否活着。

---

① "知命者不立于岩墙之下":意思是有钱的人不坐在屋檐下(以免被坠瓦击中)。

昨天闹了一个小乱子①,许多学生被打伤了;听说还有死的,我不知道确否。其实,只要听他们开会,结果不过是开会而已,因为加了强力的迫压,遂闹出开会以上的事来。俄国的革命,不就是从这样的路径出发的么?

夜深了,就此搁笔,后来再谈罢。

鲁迅。五月八日夜。
一九二五年

---

① 指北京学生纪念国耻的集会遭压迫一事。

无声的中国[1]

——二月十六日在香港青年会[2]讲

以我这样没有什么可听的无聊的讲演,又在这样大雨的时候,竟还有这许多来听的诸君,我首先应当声明我的郑重的感谢。

我现在所讲的题目是:《无声的中国》。

现在,浙江,陕西,都在打仗,那里的人民哭着呢还是笑着呢,我们不知道。香港似乎很太平,住在这里的中国人,舒服呢还是不很舒服呢,别人也不知道。

发表自己的思想,感情给大家知道的是要用文章的,然而拿文章来达意,现在一般的中国人还做不到。这也怪不得我们;因为那文字,先就是我们的祖先留传给我们的可怕的遗产。人们费了多年的工夫,还是难于运用。因为难,许多人便不理它了,甚至于连自己的姓也写不清是张还是章,或者简直不会写,或者说道:Chang。虽然能说话,而只有几个人听到,远处的人们便不知道,结果也等于无声。又因为难,有些人便当作宝贝,像玩把戏似的,之乎者也,只有几个人懂,——其实是不知道可真懂,而大多数的人们却不懂得,结果也等于无声。

文明人和野蛮人的分别,其一,是文明人有文字,能够把他们的思想,感情,藉此传给大众,传给将来。中国虽然有文字,现在却已经和大家不相

---

[1] 刊载于香港某报纸,一九二七年三月二十三日汉口《中央日报》副刊转载。
[2] 青年会:基督教进行社会文化活动的机构之一。

干,用的是难懂的古文,讲的是陈旧的古意思,所有的声音,都是过去的,都就是只等于零的。所以,大家不能互相了解,正像一大盘散沙。

将文章当作古董,以不能使人认识,使人懂得为好,也许是有趣的事罢。但是,结果怎样呢?是我们已经不能将我们想说的话说出来。我们受了损害,受了侮辱,总是不能说出些应说的话。拿最近的事情来说,如中日战争,拳匪事件,民元革命这些大事件,一直到现在,我们可有一部像样的著作?民国以来,也还是谁也不作声。反而在外国,倒常有说起中国的,但那都不是中国人自己的声音,是别人的声音。

这不能说话的毛病,在明朝是还没有这样厉害的;他们还比较地能够说些要说的话。待到满洲人以异族侵入中国,讲历史的,尤其是讲宋末的事情的人被杀害了,讲时事的自然也被杀害了。所以,到乾隆年间,人民大家便更不敢用文章来说话了。所谓读书人,便只好躲起来读经,校刊古书,做些古时的文章,和当时毫无关系的文章。有些新意,也还是不行的;不是学韩,便是学苏。韩愈苏轼他们,用他们自己的文章来说当时要说的话,那当然可以的。我们却并非唐宋时人,怎么做和我们毫无关系的时候的文章呢。即使做得像,也是唐宋时代的声音,韩愈苏轼的声音,而不是我们现代的声音。然而直到现在,中国人却还耍着这样的旧戏法。人是有的,没有声音,寂寞得很。——人会没有声音的么?没有,可以说:是死了。倘要说得客气一点,那就是:已经哑了。

要恢复这多年无声的中国,是不容易的,正如命令一个死掉的人道:"你活过来!"我虽然并不懂得宗教,但我以为正如想出现一个宗教上之所谓"奇迹"一样。

首先来尝试这工作的是"五四运动"前一年,胡适之先生所提倡的"文学革命"。"革命"这两个字,在这里不知道可害怕,有些地方是一听到就害怕的。但这和文学两字连起来的"革命",却没有法国革命的"革命"那么可怕,不过是革新,改换一个字,就很平和了,我们就称为"文学革命"罢,中国文字上,这样的花样是很多的。那大意也并不可怕,不过说:我们不必再去费尽心机,学说古代的死人的话,要说现代的活人的话;不要将文章看作古董,要做容易懂得的白话文章。然而,单是文学革新是不够的,因为腐败思想,能用古文做,也能用白话做。所以后来就有人提倡思想革新。思想革新的结果,是发生社会革新运动。这运动一发生,自然一面就发生反动，于是便酿成战斗……。

但是，在中国，刚刚提起文学革新，就有反动了。不过白话文却渐渐风行起来，不大受阻碍。这是怎么一回事呢？就因为当时又有钱玄同先生提倡废止汉字，用罗马字母来替代。这本也不过是一种文字革新，很平常的，但被不喜欢改革的中国人听见，就大不得了了，于是便放过了比较的平和的文学革命，而竭力来骂钱玄同。白话乘了这一个机会，居然减去了许多敌人，反而没有阻碍，能够流行了。

中国人的性情是总喜欢调和，折中的。譬如你说，这屋子太暗，须在这里开一个窗，大家一定不允许的。但如果你主张拆掉屋顶，他们就会来调和，愿意开窗了。没有更激烈的主张，他们总连平和的改革也不肯行。那时白话文之得以通行，就因为有废掉中国字而用罗马字母的议论的缘故。

其实，文言和白话的优劣的讨论，本该早已过去了，但中国是总不肯早早解决的，到现在还有许多无谓的议论。例如，有的说：古文各省人都能懂，白话就各处不同，反而不能互相了解了。殊不知这只要教育普及和交通发达就好，那时就人人都能懂较为易解的白话文；至于古文，何尝各省人都能懂，便是一省里，也没有许多人懂得的。有的说：如果都用白话文，人们便不能看古书，中国的文化就灭亡了。其实呢，现在的人们大可以不必看古书，即使古书里真有好东西，也可以用白话来译出的，用不着那么心惊胆战。他们又有人说，外国尚且译中国书，足见其好，我们自己倒不看么？殊不知埃及的古书，外国人也译，非洲黑人的神话，外国人也译，他们别有用意，即使译出，也算不了怎样光荣的事的。

近来还有一种说法，是思想革新紧要，文字改革倒在其次，所以不如用浅显的文言来做作思想的文章，可以少招一重反对。这话似乎也有理。然而我们知道，连他长指甲都不肯剪去的人，是决不肯剪去他的辫子的。

因为我们说着古代的话，说着大家不明白，不听见的话，已经弄得像一盘散沙，痛痒不相关了。我们要活过来，首先就须由青年们不再说孔子孟子和韩愈柳宗元们的话。时代不同，情形也两样，孔子时代的香港不这样，孔子口调的"香港论"是无从做起的，"吁嗟阔哉香港也"，不过是笑话。

我们要说现代的，自己的话；用活着的白话，将自己的思想，感情直白地说出来。但是，这也要受前辈先生非笑的。他们说白话文卑鄙，没有价值；他们说年青人作品幼稚，贻笑大方。我们中国能做文言的有多少呢，其余的都只能说白话,难道这许多中国人,就都是卑鄙,没有价值的么?至于幼稚,尤其没有什么可羞,正如孩子对于老人,毫没有什么可羞一样。幼稚是会生长,会成熟的,只不要衰老,腐败,就好。倘说待到纯熟了才可以动手,那是虽是村妇也不至于这样蠢。她的孩子学走路,即使跌倒了,她决不至于叫孩子从此躺在床上,待到学会了走法再下地面来的。

青年们先可以将中国变成一个有声的中国。大胆地说话,勇敢地进行,忘掉了一切利害,推开了古人,将自己的真心的话发表出来。——真,自然是不容易的。譬如态度,就不容易真,讲演时候就不是我的真态度,因为我对朋友,孩子说话时候的态度是不这样的。——但总可以说些较真的话,发些较真的声音。只有真的声音,才能感动中国的人和世界的人;必须有了真的声音,才能和世界的人同在世界上生活。

我们试想现在没有声音的民族是那几种民族。我们可听到埃及人的声音?可听到安南①,朝鲜的声音?印度除了泰戈尔,别的声音可还有?

我们此后实在只有两条路:一是抱着古文而死掉,一是舍掉古文而生存。

一九二七年。

---

① 安南:越南的旧称。

黄花节的杂感[1]

黄花节将近了,必须做一点所谓文章。但对于这一个题目的文章,教我做起来,实在近于先前的在考场里"对空策"。因为,——说出来自己也惭愧,——黄花节这三个字,我自然明白它是什么意思的;然而战死在黄花冈头的战士们呢,不但姓名,连人数也不知道。

为寻些材料,好发议论起见,只得查《辞源》。书里面有是有的,可不过是:

> 黄花冈。地名,在广东省城北门外白云山之麓。清宣统三年三月二十九日,革命党数十人,攻袭督署,不成而死,丛葬于此。

轻描淡写,和我所知道的差不多,于我并不能有所裨益。

我又愿意知道一点十七年前的三月二十九日的情形,但一时也找不到目击耳闻的耆老。从别的地方——如北京,南京,我的故乡——的例子推想起来,当时大概有若干人痛惜,若干人快意,若干人没有什么意见,若干人当作酒后茶余的谈助的罢。接着便将被人们忘却。久受压制的人们,被压制时只能忍苦,幸而解放了便只知道作乐,悲壮剧是不能久留在记忆里的。

---

[1] 本篇最初发表于一九二七年三月二十九日广州中山大学政治训育部编印的《政治训育》第七期"黄花节特号"。

但是三月二十九日的事却特别,当时虽然失败,十月就是武昌起义,第二年,中华民国便出现了。于是这些失败的战士,当时也就成为革命成功的先驱,悲壮剧刚要收场,又添上一个团圆剧的结束。这于我们是很可庆幸的,我想,在纪念黄花节的时候便可以看出。

我还没有亲自遇见过黄花节的纪念,因为久在北方。不过,中山先生的纪念日却遇见过了:在学校里,晚上来看演剧的特别多,连凳子也踏破了几条,非常热闹。用这例子来推断,那么,黄花节也一定该是极其热闹的罢。

当三月十二日那天的晚上,我在热闹场中,便深深地更感得革命家的伟大。我想,恋爱成功的时候,一个爱人死掉了,只能给生存的那一个以悲哀。然而革命成功的时候,革命家死掉了,却能每年给生存的大家以热闹,甚而至于欢欣鼓舞。惟独革命家,无论他生或死,都能给大家以幸福。同是爱,结果却有这样地不同,正无怪现在的青年,很有许多感到恋爱和革命的冲突的苦闷。

以上的所谓"革命成功",是指暂时的事而言;其实是"革命尚未成功"的。革命无止境,倘使世上真有什么"止于至善",这人间世便同时变了凝固的东西了。不过,中国经了许多战士的精神和血肉的培养,却的确长出了一点先前所没有的幸福的花果来,也还有逐渐生长的希望。倘若不像有,那是因为继续培养的人们少,而赏玩,攀折这花,摘食这果实的人们倒是太多的缘故。

我并非说,大家都须天天去痛哭流涕,以凭吊先烈的"在天之灵",一年中有一天记起他们也就可以了。但就广东的现在而论,我却觉得大家对于节日的办法,还须改良一点。黄花节很热闹,热闹一天自然也好;热闹得疲劳了,回去就好好地睡一觉。然而第二天,元气恢复了,就该加工做一天自己该做的工作。这当然是劳苦的,但总比枪弹从致命的地方穿过去要好得远;何况这也算是在培养幸福的花果,为着后来的人们呢。

三月二十四日夜。

老调子已经唱完[1]
——二月十九日在香港青年会讲演

今天我所讲的题目是"老调子已经唱完":初看似乎有些离奇,其实是并不奇怪的。

凡老的,旧的,都已经完了!这也应该如此。虽然这一句话实在对不起一般老前辈,可是我也没有别的法子。

中国人有一种矛盾思想,即是:要子孙生存,而自己也想活得很长久,永远不死;及至知道没法可想,非死不可了,却希望自己的尸身永远不腐烂。但是,想一想罢,如果从有人类以来的人们都不死,地面上早已挤得密密的,现在的我们早已无地可容了,如果从有人类以来的人们的尸身都不烂,岂不是地面上的死尸早已堆得比鱼店里的鱼还要多,连掘井,造房子的空地都没有了么?所以,我想,凡是老的,旧的,实在倒不如高高兴兴的死去的好。

在文学上,也一样,凡是老的和旧的,都已经唱完,或将要唱完。举一个最近的例来说,就是俄国。他们当俄皇专制的时代,有许多作家很同情于民众,叫出许多惨痛的声音,后来他们又看见民众有缺点,便失望起来,不很能怎样歌唱,待到革命以后,文学上便没有什么大作品了。只有几个旧文学家跑到外国去,作了几篇作品,但也不见得出色,因为他们已经失掉

---

[1] 本篇最初发表于一九二七年三月广州《国民新闻》副刊《新时代》,同年五月十一日汉口《中央日报》副刊第四十八号曾予转载。

了先前的环境了,不再能照先前似的开口。

在这时候,他们的本国是应该有新的声音出现的,但是我们还没有很听到。我想,他们将来是一定要有声音的。因为俄国是活的,虽然暂时没有声音,但他究竟有改造环境的能力,所以将来一定也会有新的声音出现。

再说欧美的几个国度罢。他们的文艺是早有些老旧了,待到世界大战时候,才发生了一种战争文学。战争一完结,环境也改变了,老调子无从再唱,所以现在文学上也有些寂寞。将来的情形如何,我们实在不能预测。但我相信,他们是一定也会有新的声音的。

现在来想一想我们中国是怎样。中国的文章是最没有变化的,调子是最老的,里面的思想是最旧的。但是,很奇怪,却和别国不一样。那些老调子,还是没有唱完。

这是什么缘故呢?有人说,我们中国是有一种"特别国情"。——中国人是否真是这样"特别",我是不知道,不过我听得有人说,中国人是这样。——倘使这话是真的,那么,据我看来,这所以特别的原因,大概有两样。

第一,是因为中国人没记性,因为没记性,所以昨天听过的话,今天忘记了,明天再听到,还是觉得很新鲜。做事也是如此,昨天做坏了的事,今天忘记了,明天做起来,也还是"仍旧贯"的老调子。

第二,是个人的老调子还未唱完,国家却已经灭亡了好几次了。何以呢?我想,凡有老旧的调子,一到有一个时候,是都应该唱完的,凡是有良心,有觉悟的人,到一个时候,自然知道老调子不该再唱,将它抛弃。但是,一般以自己为中心的人们,却决不肯以民众为主体,而专图自己的便利,总是三翻四复的唱不完。于是,自己的老调子固然唱不完,而国家却已被唱完了。

宋朝的读书人讲道学,讲理学,尊孔子,千篇一律。虽然有几个革新的人们,如王安石等等,行过新法,但不得大家的赞同,失败了。从此大家又唱老调子,和社会没有关系的老调子,一直到宋朝的灭亡。

宋朝唱完了,进来做皇帝的是蒙古人——元朝。那么,宋朝的老调子也该随着宋朝完结了罢,不,元朝起初虽然看不起中国人,后来却觉得我们的老调子,倒也新奇,渐渐生了羡慕,因此元人也跟着唱起我们的调子来了,一直到灭亡。

这个时候,起来的是明太祖。元朝的老调子,到此应该唱完了罢,可是也还没有唱完。明太祖又觉得还有些意趣,就又教大家接着唱下去。什么八股啊,道学啊,和社会,百姓都不相干,就只向着那条过去的旧路走,一直到明亡。

清朝又是外国人。中国的老调子,在新来的外国主人的眼里又见得新鲜了,于是又唱下去。还是八股,考试,做古文,看古书。但是清朝完结,已经有十六年了,这是大家都知道的。他们到后来,倒也略略有些觉悟,曾经想从外国学一点新法来补救,然而已经太迟,来不及了。

老调子将中国唱完,完了好几次,而它却仍然可以唱下去。因此就发生一点小议论。有人说:"可见中国的老调子实在好,正不妨唱下去。试看元朝的蒙古人,清朝的满洲人,不是都被我们同化了么?照此看来,则将来无论何国。中国都会这样地将他们同化的。"原来我们中国就如生着传染病的病人一般,自己生了病,还会将病传到别人身上去,这倒是一种特别的本领。

殊不知这种意见,在现在是非常错误的。我们为甚么能够同化蒙古人和满洲人呢?是因为他们的文化比我们的低得多。倘使别人的文化和我们的相敌或更进步,那结果便要大不相同了。他们倘比我们更聪明,这时候,我们不但不能同化他们,反要被他们利用了我们的腐败文化,来治理我们这腐败民族。他们对于中国人,是毫不爱惜的,当然任凭你腐败下去。现在听说又很有别国人在尊重中国的旧文化了,那里是真在尊重呢,不过是利用!

从前西洋有一个国度,国名忘记了,要在非洲造一条铁路。顽固的非洲土人很反对,他们便利用了他们的神话来哄骗他们道:"你们古代有一个神仙,曾从地面造一道桥到天上。现在我们所造的铁路,简直就和你们的古圣人的用意一样。"非洲人不胜佩服,高兴,铁路就造起来。——中国人是向来排斥外人的,然而现在却渐渐有人跑到他那里去唱老调子了,还说道:"孔夫子也说过,'道不行,乘桴浮于海。'所以外人倒是好的。"外国人也说道:"你家圣人的话实在不错。"

倘照这样下去,中国的前途怎样呢?别的地方我不知道,只好用上海来类推。上海是:最有权势的是一群外国人,接近他们的是一圈中国的商人和所谓读书的人,圈子外面是许多中国的苦人,就是下等奴才。将来呢,倘使还要唱着老调子,那么,上海的情状会扩大到全国,苦人会多起来。因为现在是不像元朝清朝时候,我们可以靠着老调子将他们唱完,只好反而唱完自己了。这就因为,现在的外国人,不比蒙古人和满洲人一样,他们的文化并不在我们之下。

那么,怎么好呢?我想,唯一的方法,首先是抛弃了老调子。旧文章,旧思想,都已经和现社会毫无关系了,从前孔子周游列国的时代,所坐的是牛车。现在我们还坐牛车么?从前尧舜的时候,吃东西用泥碗,现在我们所用的是甚么?所以,生在现今的时代,捧着古书是完全没有用处的了。

但是,有些读书人说,我们看这些古东西,倒并不觉得于中国怎样有害,又何必这样决绝地抛弃呢?是的。然而古老东西的可怕就正在这里。倘使我们觉得有害,我们便能警戒了,正因为并不觉得怎样有害,我们这才总是觉不出这致死的毛病来。因为这是"软刀子"。这"软刀子"的名目,也不是我发明的,明朝有一个读书人,叫做贾凫西的,鼓词里曾经说起纣王,道:"几年家软刀子割头不觉死,只等得太白旗悬才知道命有差。"我们的老调子,也就是一把软刀子。

中国人倘被别人用钢刀来割,是觉得痛的,还有法子想;倘是软刀子,那可真是"割头不觉死",一定要完。

我们中国被别人用兵器来打,早有过好多次了。例如,蒙古人满洲人用弓箭,还有别国人用枪炮。用枪炮来打的后几次,我已经出了世了,但是年纪轻。我仿佛记得那时大家倒还觉得一点苦痛的,也曾经想有些抵抗,有些改革。用枪炮来打我们的时候,听说是因为我们野蛮;现在,倒不大遇见有枪炮来打我们了,大约是因为我们文明了罢。现在也的确常常有人说,中国的文化好得很,应该保存。那证据,是外国人也常在赞美。这就是软刀子。用钢刀,我们也许还会觉得的,于是就改用软刀子。我想:叫我们用自己的老调子唱完我们自己的时候,是已经要到了。

中国的文化,我可是实在不知道在那里。所谓文化之类,和现在的民众有甚么关系,甚么益处呢?近来外国人也时常说,中国人礼仪好,中国人肴馔好。中国人也附和着。但这些事和民众有甚么关系?车夫先就没有钱来做礼服,南北的大多数的农民最好的食物是杂粮。有什么关系?

中国的文化,都是侍奉主子的文化,是用很多的人的痛苦换来的。无论中国人,外国人,凡是称赞中国文化的,都只是以主子自居的一部分。

以前,外国人所作的书籍,多是嘲骂中国的腐败;到了现在,不大嘲骂了,或者反而称赞中国的文化了。常听到他们说:"我在中国住得很舒服呵!"这就是中国人已经渐渐把自己的幸福送给外国人享受的证据。所以他们愈赞美,我们中国将来的苦痛要愈深的!

这就是说:保存旧文化,是要中国人永远做侍奉主子的材料,苦下去,苦下去。虽是现在的阔人富翁,他们的子孙也不能逃。我曾经做过一篇杂感,大意是说:"凡称赞中国旧文化的,多是住在租界或安稳地方的富人,因为他们有钱,没有受到国内战争的痛苦,所以发出这样的赞赏来。殊不知将来他们的子孙,营业要比现在的苦人更其贱,去开的矿洞,也要比现在的苦人更其深。"这就是说,将来还是要穷的,不过迟一点。但是先穷的苦人,开了较浅的矿,他们的后人,却须开更深的矿了。我的话并没有人注意。他们还是唱着老调子,唱到租界去,唱到外国去。但从此以后,不能像元朝清朝一样,唱完别人了,他们是要唱完了自己。

这怎么办呢? 我想,第一,是先请他们从洋楼、卧室、书房里踱出来,看一看身边怎么样,再看一看社会怎么样,世界怎么样。然后自己想一想,想得了方法,就做一点。"跨出房门,是危险的。"自然,唱老调子的先生们又要说。然而,做人是总有些危险的,如果躲在房里,就一定长寿,白胡子的老先生应该非常多;但是我们所见的有多少呢? 他们也还是常常早死,虽然不危险,他们也胡涂了。

要不危险,我倒曾经发现了一个很合式的地方。这地方,就是:牢狱。人坐在监牢里,便不至于再捣乱,犯罪了;救火机关也完全,不怕失火;也不怕盗劫,到牢狱里去抢东西的强盗是从来没有的。坐监是实在最安稳。

但是,坐监却独独缺少一件事,这就是:自由。所以,贪安稳就没有自由,要自由就总要历些危险。只有这两条路。那一条好,是明明白白的,不必待我来说了。

现在我还要谢诸位今天到来的盛意。

读书杂谈[1]
——七月十六日在广州知用中学[2]讲

　　因为知用中学的先生们希望我来演讲一回,所以今天到这里和诸君相见。不过我也没有什么东西可讲。忽而想到学校是读书的所在,就随便谈谈读书。是我个人的意见,姑且供诸君的参考,其实也算不得什么演讲。

　　说到读书,似乎是很明白的事,只要拿书来读就是了,但是并不这样简单。至少,就有两种:一是职业的读书,一是嗜好的读书。所谓职业的读书者,譬如学生因为升学,教员因为要讲功课,不翻翻书,就有些危险的就是。我想在座的诸君之中一定有些这样的经验,有的不喜欢算学,有的不喜欢博物[3],然而不得不学,否则,不能毕业,不能升学,和将来的生计便有妨碍了。我自己也这样,因为做教员,有时即非看不喜欢看的书不可,要不这样,怕不久便会于饭碗有妨。我们习惯了,一说起读书,就觉得是高尚的事情,其实这样的读书,和木匠的磨斧头,裁缝的理针线并没有什么分别,并不见得高尚,有时还很苦痛,很可怜。你爱做的事,偏不给你做,你不爱做的,倒非做不可。这是由于职业和嗜好不能合一而来的。倘能够大家去做爱做的事,而仍然各有饭吃,那是多么幸福。但现在的社会上还做不到,所以读书的人们的最大部分,大概是勉勉强强的,带着苦痛的为职业的读书。

---

[1] 发表于一九二七年八月《民国日报》副刊《现代青年》。
[2] 知用中学:一九二四年由广州知用学社创办的一所学校,在当时较有进步倾向。
[3] 博物:旧中学的一门课程,涵盖矿物、动物、植物等多种学科。

现在再讲嗜好的读书罢。那是出于自愿,全不勉强,离开了利害关系的。——我想,嗜好的读书,该如爱打牌的一样,天天打,夜夜打,连续的去打,有时被公安局捉去了,放出来之后还是打。诸君要知道真打牌的人的目的并不在赢钱,而在有趣。牌有怎样的有趣呢,我是外行,不大明白。但听得爱赌的人说,它妙在一张一张的摸起来,永远变化无穷。我想,凡嗜好的读书,能够手不释卷的原因也就是这样。他在每一叶每一叶里,都得着深厚的趣味。自然,也可以扩大精神,增加智识的,但这些倒都不计及,一计及,便等于意在赢钱的博徒了,这在博徒之中,也算是下品。

不过我的意思,并非说诸君应该都退了学,去看自己喜欢看的书去,这样的时候还没有到来;也许终于不会到,至多,将来可以设法使人们对于非做不可的事发生较多的兴味罢了。我现在是说,爱看书的青年,大可以看看本分以外的书,即课外的书,不要只将课内的书抱住。但请不要误解,我并非说,譬如在国文讲堂上,应该在抽屉里暗看《红楼梦》之类;乃是说,应做的功课已完而有余暇,大可以看各样的书,即使和本业毫不相干的,也要泛览。譬如学理科的,偏看看文学书,学文学的,偏看看科学书,看看别个在那里研究的,究竟是怎么一回事。这样子,对于别人,别事,可以有更深的了解。现在中国有一个大毛病,就是人们大概以为自己所学的一门是最好,最妙,最要紧的学问,而别的都无用,都不足道的,弄这些不足道的东西的人,将来该当饿死。其实是,世界还没有如此简单,学问都各有用处,要定什么是头等还很难。也幸而有各式各样的人,假如世界上全是文学家,到处所讲的不是"文学的分类"便是"诗之构造",那倒反而无聊得很了。

不过以上所说的,是附带而得的效果,嗜好的读书,本人自然并不计及那些,就如游公园似的,随随便便去,因为随随便便,所以不吃力,因为不吃力,所以会觉得有趣。如果一本书拿到手,就满心想道,"我在读书了!""我在用功了!"那就容易疲劳,因而减掉兴味,或者变成苦事了。

我看现在的青年,为兴味的读书的是有的,我也常常遇到各样的询问。此刻就将我所想到的说一点,但是只限于文学方面,因为我不明白其他的。

第一,是往往分不清文学和文章。甚至于已经来动手做批评文章的,也免不了这毛病。其实粗粗的说,这是容易分别的。研究文章的历史或理论的,是文学家,是学者;做做诗,或戏曲小说的,是做文章的人,就是古时候所谓文人,此刻所谓创作家。创作家不妨毫不理会文学史或理论,文学家也不妨做不出一句诗。然而中国社会上还很误解,你做几篇小说,便以为你一定懂得小说概论,做几句新诗,就要你讲诗之原理。我也尝见想做小说的青年,先买小说法程和文学史来看。据我看来,是即使将这些书看烂了,和创作也没有什么关系的。

事实上,现在有几个做文章的人,有时也确去做教授。但这是因为中国创作不值钱,养不活自己的缘故。听说美国小名家的一篇中篇小说,时价是二千美金;中国呢,别人我不知道,我自己的短篇寄给大书铺,每篇卖过二十元。当然要寻别的事,例如教书,讲文学。研究是要用理智,要冷静的,而创作须情感,至少总得发点热,于是忽冷忽热,弄得头昏,——这也是职业和嗜好不能合一的苦处。苦倒也罢了,结果还是什么都弄不好,那证据,是试翻世界文学史,那里面的人,几乎没有兼做教授的。

还有一种坏处,是一做教员,未免有顾忌;教授有教授的架子,不能畅所欲言。这或者有人要反驳:那么,你畅所欲言就是了,何必如此小心。然而这是事前的风凉话,一到有事,不知不觉地他也要从众来攻击的。而教授自身,纵使自以为怎样放达,下意识里总不免有架子在。所以在外国,称为"教授小说"的东西倒并不少,但是不大有人说好,至少,是总难免令人发烦的炫学的地方。

所以我想,研究文学是一件事,做文章又是一件事。

第二,我常被询问:要弄文学,应该看什么书?这实在是一个极难回答的问题。先前也曾有几位先生给青年开过一大篇书目①。但从我看来,这是没有什么用处的,因为我觉得那都是开书目的先生自己想要看或者未必想要看的书目。我以为倘要弄旧的呢,倒不如姑且靠着张之洞的《书目答问》②去摸门径去。倘是新的,研究文学,则自己先看看各种的小本子,如本间久雄的《新文学概论》③,厨川白村的《苦闷的象征》,瓦浪斯基们的

---

① 指一九二三年胡适所开的《一个最低限度的国学书目》、梁启超《国学入门书要目及其读法》、吴宓《西洋文学入门必读书目》。
② 《书目答问》:系张之洞任四川学政时为成都尊经学院学生开列的参考阅读书目,为后来初学文史者常用。
③ 《新文学概论》:作者本间久雄,日本文艺理论家。

《苏俄的文艺论战》①之类,然后自己再想想,再博览下去。因为文学的理论不像算学,二二一定得四,所以议论很纷歧。如第三种,便是俄国的两派的争论,——我附带说一句,近来听说连俄国的小说也不大有人看了,似乎一看见"俄"字就吃惊,其实苏俄的新创作何尝有人绍介,此刻译出的几本,都是革命前的作品,作者在那边都已经被看作反革命的了。倘要看看文艺作品呢,则先看几种名家的选本,从中觉得谁的作品自己最爱看,然后再看这一个作者的专集,然后再从文学史上看看他在史上的位置;倘要知道得更详细,就看一两本这人的传记,那便可以大略了解了。如果专是请教别人,则各人的嗜好不同,总是格不相入的。

第三,说几句关于批评的事。现在因为出版物太多了,——其实有什么呢,而读者因为不胜其纷纭,便渴望批评,于是批评家也便应运而起。批评这东西,对于读者,至少对于和这批评家趣旨相近的读者,是有用的。但中国现在,似乎应该暂作别论。往往有人误以为批评家对于创作是操生杀之权,占文坛的最高位的,就忽而变成批评家;他的灵魂上挂了刀。但是怕自己的立论不周密,便主张主观,有时怕自己的观察别人不看重,又主张客观;有时说自己的作文的根柢全是同情,有时将校对者骂得一文不值。凡中国的批评文字,我总是越看越胡涂,如果当真,就要无路可走。印度人是早知道的,有一个很普通的比喻。他们说:一个老翁和一个孩子用一匹驴子驮着货物去出卖,货卖去了,孩子骑驴回来,老翁跟着走。但路人责备他了,说是不晓事,叫老年人徒步。他们便换了一个地位,而旁人又说老人忍心;老人忙将孩子抱到鞍鞯上,后来看见的人却说他们残酷;于是都下来,走了不久,可又有人笑他们了,说他们是呆子,空着现成的驴子却不骑。于是老人对孩子叹息道,我们只剩了一个办法了,是我们两人抬着驴子走。无论读,无论做,倘若旁征博访,结果是往往会弄到抬驴子走的。

不过我并非要大家不看批评,不过说看了之后,仍要看看本书,自己思索,自己做主。看别的书也一样,仍要自己思索,自己观察。倘只看书,便变成书厨,即使自己觉得有趣,而那趣味其实是已在逐渐硬化,逐渐死去

---

① 《苏俄的文艺论战》:主要收录一九二三年至一九二四年间苏联文艺理论家瓦浪斯基等人关于本国文艺的一些观点。

了。我先前反对青年躲进研究室①,也就是这意思,至今有些学者,还将这话算作我的一条罪状哩。

听说英国的培那特萧(Bernard Shaw)②,有过这样意思的话:世间最不行的是读书者。因为他只能看别人的思想艺术,不用自己。这也就是勖本华尔(Schopenhauer)之所谓脑子里给别人跑马。较好的是思索者。因为能用自己的生活力了,但还不免是空想,所以更好的是观察者,他用自己的眼睛去读世间这一部活书。

这是的确的,实地经验总比看,听,空想确凿。我先前吃过干荔支,罐头荔支,陈年荔支,并且由这些推想过新鲜的好荔支。这回吃过了,和我所猜想的不同,非到广东来吃就永不会知道。但我对于萧的所说,还要加一点骑墙的议论。萧是爱尔兰人,立论也不免有些偏激的。我以为假如从广东乡下找一个没有历练的人,叫他从上海到北京或者什么地方,然后问他观察所得,我恐怕是很有限的,因为他没有练习过观察力。所以要观察,还是先要经过思索和读书。

总之,我的意思是很简单的:我们自动的读书,即嗜好的读书,请教别人是大抵无用;只好先行泛览,然后决择而入于自己所爱的较专的一门或几门;但专读书也有弊病,所以必须和实社会接触,使所读的书活起来。

---

① 躲进研究室:暗讽胡适。
② 培那特萧:萧伯纳。

扣丝杂感[1]

以下这些话,是因为见了《语丝》(一四七期)的《随感录》(二八)而写的。

这半年来,凡我所看的期刊,除《北新》外,没有一种完全的:《莽原》,《新生》,《沉钟》。甚至于日本文的《斯文》,里面所讲的都是汉学,末尾附有《西游记传奇》,我想和演义来比较一下,所以很切用,但第二本即缺少,第四本起便杳然了。至于《语丝》,我所没有收到的统共有六期,后来多从市上的书铺里补得,惟有一二六和一四三终于买不到,至今还不知道内容究竟是怎样。

这些收不到的期刊,是遗失,还是没收的呢?我以为两者都有。没收的地方,是北京,天津,还是上海,广州呢?我以为大约也各处都有。至于没收的缘故,那可是不得而知了。

我所确切知道的,有这样几件事。是《莽原》也被扣留过一期,不过这还可以说,因为里面有俄国作品的翻译。那时只要一个"俄"字,已够惊心动魄,自然无暇顾及时代和内容。但韦丛芜的《君山》,也被扣留。这一本诗,不但说不到"赤",并且也说不到"白",正和作者的年纪一样,是"青"的,而竟被禁锢在邮局里。黎锦明先生早有来信,说送我《烈火集》,一本是托书局寄的,怕他们忘记,自己又寄了一本。但至今已将半年,一本也没有到。我想,十之九都被没收了,因为火色既"赤",而况又"烈"乎,当然通

---

[1] 本篇最初发表于一九二七年十月二十二日《语丝》周刊第一五四期。

不过的。

《语丝》一三二期寄到我这里的时候是出版后约六星期，封皮上写着两个绿色大字道："扣留"，另外还有检查机关的印记和封条。打开看时，里面是《猩猩人的创世记》，《无题》，《寂寞札记》，《撒园荽》，《苏曼殊及其友人》，都不像会犯禁。我便看《来函照登》，是讲"情死""情杀"的，不要紧，目下还不管这些事。只有《闲话拾遗》了。这一期特别少，共只两条。一是讲日本的，大约也还不至于犯禁。一是说来信告诉"清党"的残暴手段，《语丝》此刻不想登。莫非因为这一条么？但不登何以又不行呢？莫明其妙。然而何以"扣留"而又放行了呢？也莫明其妙。

这莫明其妙的根源，我以为在于检查的人员。

中国近来一有事，首先就检查邮电。这检查的人员，有的是团长或区长，关于论文诗歌之类，我觉得我们不必和他多谈。但即使是读书人，其实还是一样的说不明白，尤其是在所谓革命的地方。直截痛快的革命训练弄惯了，将所有革命精神提起，如油的浮在水面一般，然而顾不及增加营养。所以，先前是刊物的封面上画一个工人，手捏铁铲或鹤嘴锹，文中有"革命！革命！""打倒！打倒！"者，一帆风顺，算是好的。现在是要画一个少年军人拿旗骑在马上，里面"严办！严办！"这才庶几免于罪戾，至于什么"讽刺"，"幽默"，"反语"，"闲谈"等类，实在还是格不相入。从格不相入，而成为视之憎然，结果即不免有些弄得乱七八糟，谁也莫明其妙。

还有一层，是终日检查刊物，不久就会头昏眼花，于是讨厌，于是生气，于是觉得刊物大抵可恶——尤其是不容易了然的——而非严办不可。我记得书籍不切边，我也是作俑者之一，当时实在是没有什么恶意的。后来看见方传宗先生的通信（见本《丝》一二九），竟说得要毛边装订的人有如此可恶，不觉满肚子冤屈。但仔细一想，方先生似乎是图书馆员，那么，要他老是裁那并不感到兴趣的毛边书，终于不免生气而大骂毛边党，正是毫不足怪的事。检查员也同此例，久而久之，就要发火，开初或者看得详细点，但后来总不免《烈火集》也可怕，《君山》也可疑，——只剩了一条最稳当的路，扣留。

两个月前罢，看见报上记着某邮局因为扣下的刊物太多，无处存放了，一律焚毁。我那时实在感到心痛，仿佛内中很有几本是我的东西似的。呜呼哀哉！我的《烈火集》呵。我的《西游记传奇》呵。我的……

附带还要说几句关于毛边的牢骚。我先前在北京参与印书的时候,自己暗暗地定下了三样无关紧要的小改革,来试一试。一,是首页的书名和著者的题字,打破对称式;二,是每篇的第一行之前,留下几行空白;三,就是毛边。现在的结果,第一件已经有恢复香炉烛台式的了;第二件有时无论怎样叮嘱,而临印的时候,工人终于将第一行的字移到纸边,用"迅雷不及掩耳的手段",使你无可挽救;第三件被攻击最早,不久我便有条件的降伏了。与李老板约:别的不管,只是我的译著,必须坚持毛边到底!但是,今竟如何?老板送给我的五部或十部,至今还确是毛边。不过在书铺里,我却发见了毫无"毛"气,四面光滑的《彷徨》之类。归根结蒂,他们都将彻底的胜利。所以说我想改革社会,或者和改革社会有关,那是完全冤枉的,我早已瘟头瘟脑,躺在板床上吸烟卷——彩凤牌——了。

言归正传。刊物的暂时要碰钉子,也不但遇到检查员,我恐怕便是读书的青年,也还是一样。先已说过,革命地方的文字,是要直截痛快,"革命!革命!"的,这才是"革命文学"。我曾经看见一种期刊上登载一篇文章,后有作者的附白,说这一篇没有谈及革命,对不起读者,对不起对不起。但自从"清党"以后,这"直截痛快"以外,却又增添了一种神经过敏。"命"自然还是要革的,然而又不宜太革,太革便近于过激,过激便近于共产党,变了"反革命"了。所以现在的"革命文学",是在顽固这一种反革命和共产党这一种反革命之间。

于是又发生了问题,便是"革命文学"站在这两种危险物之间,如何保持她的纯正——正宗。这势必至于必须防止近于赤化的思想和文字,以及将来有趋于赤化之虑的思想和文字。例如,攻击礼教和白话,即有趋于赤化之忧。因为共产派无视一切旧物,而白话则始于《新青年》,而《新青年》乃独秀所办。今天看见北京教育部禁止白话的消息,我逆料《语丝》必将有几句感慨,但我实在是无动于中。我觉得连思想文字,也到处都将窒息,几句白话黑话,已经没有什么大关系了。

那么,谈谈风月,讲讲女人,怎样呢?也不行。这是"不革命"。"不革命"虽然无罪,然而是不对的!

现在在南边,只剩了一条"革命文学"的独木小桥,所以外来的许多刊物,便通不过,扑通!扑通!都掉下去了。

但这直截痛快和神经过敏的状态,其实大半也还是视指挥刀的指挥而转移的。而此时刀尖的挥动,还是横七竖八。方向有个一定之后,或者可以好些罢。然而也不过是"好些",内中的骨子,恐怕还不外乎窒息,因为这是先天性的遗传。

先前偶然看见一种报上骂郁达夫先生,说他《洪水》上的一篇文章,是不怀好意,恭维汉口。我就去买《洪水》来看,则无非说旧式的崇拜一个英雄,已和现代潮流不合,倒也看不出什么恶意来。这就证明着眼光的钝锐,我和现在的青年文学家已很不同了。所以《语丝》的莫明其妙的失踪,大约也许只是我们自己莫明其妙,而上面的检查员云云,倒是假设的恕词。

至于一四五期以后,这里是全都收到的,大约惟在上海者被押。假如真的被押,我却以为大约也与吴老先生无关。"打倒……打倒……严办……严办……",固然是他老先生亲笔的话,未免有些责任,但有许多动作却并非他的手脚了。在中国,凡是猛人(这是广州常用的话,其中可以包括名人,能人,阔人三种),都有这种的运命。

无论是何等样人,一成为猛人,则不问其"猛"之大小,我觉得他的身边便总有几个包围的人们,围得水泄不透。那结果,在内,是使该猛人逐渐变成昏庸,有近乎傀儡的趋势。在外,是使别人所看见的并非该猛人的本相,而是经过了包围者的曲折而显现的幻形。至于幻得怎样,则当视包围者是三棱镜呢,还是凸面或凹面而异。假如我们能有一种机会,偶然走到一个猛人的近旁,便可以看见这时包围者的脸面和言动,和对付别的人们的时候有怎样地不同。我们在外面看见一个猛人的亲信,谬妄骄恣,很容易以为该猛人所爱的是这样的人物。殊不知其实是大谬不然的。猛人所看见的他是娇嫩老实,非常可爱,简直说话会口吃,谈天要脸红。老实说一句罢,虽是"世故的老人"如不佞者,有时从旁看来也觉得倒也并不坏。

但同时也就发生了胡乱的矫诏和过度的巴结,而晦气的人物呀,刊物呀,植物呀,矿物呀,则于是乎遭灾。但猛人大抵是不知道的。凡知道一点北京掌故的,该还记得袁世凯做皇帝时候的事罢。要看日报,包围者连报纸都会特印了给他看,民意全部拥戴,舆论一致赞成。直要待到蔡松坡云南起义,这才阿呀一声,连一连吃了二十多个馒头都自己不知道。但这一出戏也就闭幕,袁公的龙驭上宾于天了。

包围者便离开了这一株已倒的大树,去寻求别一个新猛人。

我曾经想做过一篇《包围新论》,先述包围之方法,次论中国之所以永是走老路,原因即在包围,因为猛人虽有起仆兴亡,而包围者永是这一伙。次更论猛人倘能脱离包围,中国就有五成得救。结末是包围脱离法。——然而终于想不出好的方法来,所以这新论也还没有敢动笔。

爱国志士和革命青年幸勿以我为懒于筹画,只开目录而没有文章。我思索是也在思索的,曾经想到了两样法子,但反复一想,都无用。一,是猛人自己出去看看外面的情形,不要先"清道"。然而虽不"清道",大家一遇猛人,大抵也会先就改变了本然的情形,再也看不出真模样。二,是广接各样的人物,不为一定的若干人所包围。然而久而久之,也终于有一群制胜,而这最后胜利者的包围力则最强大,归根结蒂,也还是古已有之的运命:龙驭上宾于天。

世事也还是像螺旋。但《语丝》今年特别碰钉子于南方,仿佛得了新境遇,这又是什么缘故呢? 这一点,我自以为是容易解答的。

"革命尚未成功",是这里常见的标语。但由我看来,这仿佛已经成了一句谦虚话,在后方的一大部分的人们的心里,是"革命已经成功"或"将近成功"了。既然已经成功或将近成功,自己又是革命家,也就是中国的主人翁,则对于一切,当然有管理的权利和义务。刊物虽小事,自然也在看管之列。有近于赤化之虑者无论矣,而要说不吉利语,即可以说是颇有近于"反革命"的气息了,至少,也很令人不欢。而《语丝》,是每有不肯凑趣的坏脾气的,则其不免于有时失踪也,盖犹其小焉者耳。

九月十五日。

魏晋风度及文章与药及酒之关系[①]

——九月间在广州夏期学术演讲会讲

我今天所讲的,就是黑板上写着的这样一个题目。

中国文学史,研究起来,可真不容易,研究古的,恨材料太少,研究今的,材料又太多,所以到现在,中国较完全的文学史尚未出现。今天讲的题目是文学史上的一部分,也是材料太少,研究起来很有困难的地方。因为我们想研究某一时代的文学,至少要知道作者的环境,经历和著作。

汉末魏初这个时代是很重要的时代,在文学方面起一个重大的变化,因当时正在黄巾和董卓大乱之后,而且又是党锢的纠纷之后,这时曹操出来了。——不过我们讲到曹操,很容易就联想起《三国志演义》,更而想起戏台上那一位花面的奸臣,但这不是观察曹操的真正方法。现在我们再看历史,在历史上的记载和论断有时也是极靠不住的,不能相信的地方很多,因为通常我们晓得,某朝的年代长一点,其中必定好人多;某朝的年代短一点,其中差不多没有好人。为什么呢?因为年代长了,做史的是本朝人,当然恭维本朝的人物,年代短了,做史的是别朝人,便很自由地贬斥其异朝的人物,所以大秦朝,差不多在史的记载上半个好人也没有。曹操在史上年代也是颇短的,自然也逃不了被后一朝人说坏话的公例。其实,曹操是一

---

① 本篇记录稿最初发表于一九二七年八月十一、十二、十三、十五、十六、十七日广州《民国日报》副刊《现代青年》第一七三至一七八期;改定稿发表于一九二七年十一月十六日《北新》半月刊第二卷第二号。

个很有本事的人,至少是一个英雄,我虽不是曹操一党,但无论如何,总是非常佩服他。

研究那时的文学,现在较为容易了,因为已经有人做过工作:在文集一方面有清严可均辑的《全上古三代秦汉三国晋南北朝文》。其中于此有用的,是《全汉文》,《全三国文》,《全晋文》。

在诗一方面有丁福保辑的《全汉三国晋南北朝诗》。——丁福保是做医生的,现在还在。

辑录关于这时代的文学评论有刘师培编的《中国中古文学史》。这本书是北大的讲义,刘先生已死,此书由北大出版。

上面三种书对于我们的研究有很大的帮助,能使我们看出这时代的文学的确有点异彩。

我今天所讲,倘若刘先生的书里已详的,我就略一点;反之,刘先生所略的,我就较详一点。

董卓之后,曹操专权。在他的统治之下,第一个特色便是尚刑名。他的立法是很严的,因为当大乱之后,大家都想做皇帝,人家都想叛乱,故曹操不能不如此。曹操曾自己说过:"倘无我,不知有多少人称王称帝!"这句话他倒并没有说谎,因此之故,影响到文章方面,成了清峻的风格。——就是文章要简约严明的意思。

此外还有一个特点,就是尚通脱。他为什么要尚通脱呢?自然也与当时的风气有莫大的关系。因为在党锢之祸以前,凡党中人都自命清流,不过讲"清"讲得太过,便成固执,所以在汉末,清流的举动有时便非常可笑了。

比方有一个有名的人,普通的人去拜访他,先要说几句话,倘这几句话说得不对,往往会遭倨傲的待遇,叫他坐到屋外去,甚而至于拒绝不见。

又如有一个人,他和他的姊夫是不对的,有一回他到姊姊那里去吃饭之后,便要将饭钱算回给姊姊。她不肯要,他就于出门之后,把那些钱扔在街上,算是付过了。

个人这样闹闹脾气还不要紧,若治国平天下也这样闹起执拗的脾气来,那还成甚么话?所以深知此弊的曹操要起来反对这种习气,力倡通脱。通脱即随便之意。此种提倡影响到文坛,便产生多量想说甚么便说甚么的文章。

更因思想通脱之后,废除固执,遂能充分容纳异端和外来的思想,故孔教以外的思想源源引入。

总括起来,我们可以说汉末魏初的文章是清峻,通脱。在曹操本身,也是一个改造文章的祖师,可惜他的文章传的很少。他胆子很大,文章从通脱得力不少,做文章时又没有顾忌,想写的便写出来。

所以曹操征求人才时也是这样说,不忠不孝不要紧,只要有才便可以。这又是别人所不敢说的。曹操做诗,竟说是"郑康成行酒伏地气绝",他引出离当时不久的事实,这也是别人所不敢用的。还有一样,比方人死时,常常写点遗令,这是名人的一件极时髦的事。当时的遗令本有一定的格式,且多言身后当葬于何处何处,或葬于某某名人的墓旁;操独不然,他的遗令不但没有依着格式,内容竟讲到遗下的衣服和伎女怎样处置等问题。

陆机虽然评曰"贻尘谤于后王",然而我想他无论如何是一个精明人,他自己能做文章,又有手段,把天下的方士文士统统搜罗起来,省得他们跑在外面给他捣乱。所以他帷幄里面,方士文士就特别地多。

孝文帝曹丕,以长子而承父业,篡汉而即帝位。他也是喜欢文章的。其弟曹植,还有明帝曹叡,都是喜欢文章的。不过到那个时候,于通脱之外,更加上华丽。丕著有《典论》,现已失散无全本,那里面说:"诗赋欲丽","文以气为主"。《典论》的零零碎碎,在唐宋类书中;一篇整的《论文》,在《文选》中可以看见。

后来有一般人很不以他的见解为然。他说诗赋不必寓教训,反对当时那些寓训勉于诗赋的见解,用近代的文学眼光看来,曹丕的一个时代可说是"文学的自觉时代",或如近代所说是为艺术而艺术(Art for Art's Sake)的一派。所以曹丕做的诗赋很好,更因他以"气"为主,故于华丽以外,加上壮大。归纳起来,汉末魏初的文章,可说是:"清峻,通脱,华丽,壮大。"在文学的意见上,曹丕和曹植表面上似乎是不同的。曹丕说文章事可以留名声于千载;但子建却说文章小道,不足论的。据我的意见,子建大概是违心之论。这里有两个原因,第一,子建的文章做得好,一个人大概总是不满意自己所做而羡慕他人所为的,他的文章已经做得好,于是他便敢说文章是小道;第二,子建活动的目标在于政治方面,政治方面不甚得志,遂说文章是无用了。

曹操曹丕以外,还有下面的七个人:孔融,陈琳,王粲,徐幹,阮瑀,应场,刘桢,都很能做文章,后来称为"建安七子"。七人的文章很少流传,现在我们很难判断;但,大概都不外是"慷慨","华丽"罢。华丽即曹丕所主张,慷慨就因当天下大乱之际,亲朋戚友死于乱者特多,于是为文就不免带着悲凉,激昂和"慷慨"了。

七子之中,特别的是孔融,他专喜和曹操捣乱。曹丕《典论》里有论孔融的,因此他也被拉进"建安七子"一块儿去。其实不对,很两样的。不过在当时,他的名声可非常之大。孔融作文,喜用讥嘲的笔调,曹丕很不满意他。孔融的文章现在传的也很少,就他所有的看起来,我们可以瞧出他并不大对别人讥讽,只对曹操。比方操破袁氏兄弟,曹丕把袁熙的妻甄氏拿来,归了自己,孔融就写信给曹操,说当初武王伐纣,将妲己给了周公了。操问他的出典,他说,以今例古,大概那时也是这样的。又比方曹操要禁酒,说酒可以亡国,非禁不可,孔融又反对他,说也有以女人亡国的,何以不禁婚姻?

其实曹操也是喝酒的。我们看他的"何以解忧?惟有杜康"的诗句,就可以知道。为什么他的行为会和议论矛盾呢?此无他,因曹操是个办事人,所以不得不这样做;孔融是旁观的人,所以容易说些自由话。曹操见他屡屡反对自己,后来借故把他杀了。他杀孔融的罪状大概是不孝。因为孔融有下列的两个主张。

第一,孔融主张母亲和儿子的关系是如瓶之盛物一样,只要在瓶内把东西倒了出来,母亲和儿子的关系便算完了。第二,假使有天下饥荒的一个时候,有点食物,给父亲不给呢?孔融的答案是:倘若父亲是不好的,宁可给别人。——曹操想杀他,便不惜以这种主张为他不忠不孝的根据,把他杀了。倘若曹操在世,我们可以问他,当初求才时就说不忠不孝也不要紧,为何又以不孝之名杀人呢?然而事实上纵使曹操再生,也没人敢问他,我们倘若去问他,恐怕他把我们也杀了!

与孔融一同反对曹操的尚有一个祢衡,后来给黄祖杀掉的。祢衡的文章也不错,而且他和孔融早是"以气为主"来写文章的了。故在此我们又可知道,汉文慢慢壮大起来,是时代使然,非专靠曹操父子之功的。但华丽好看,却是曹丕提倡的功劳。

这样下去一直到明帝的时候,文章上起了个重大的变化,因为出了一个何晏。

何晏的名声很大，位置也很高，他喜欢研究《老子》和《易经》。至于他是怎样的一个人呢？那真相现在可很难知道，很难调查。因为他是曹氏一派的人，司马氏很讨厌他，所以他们的记载对何晏大不满。因此产生许多传说，有人说何晏的脸上是搽粉的，又有人说他本来生得白，不是搽粉的。但究竟何晏搽粉不搽粉呢？我也不知道。

但何晏有两件事我们是知道的。第一，他喜欢空谈，是空谈的祖师；第二，他喜欢吃药，是吃药的祖师。

此外，他也喜欢谈名理。他身子不好，因此不能不服药。他吃的不是寻常的药，是一种名叫"五石散"的药。

"五石散"是一种毒药，是何晏吃开头的。汉时，大家还不敢吃，何晏或者将药方略加改变，便吃开头了。五石散的基本，大概是五样药：石钟乳，石硫黄，白石英，紫石英，赤石脂；另外怕还配点别样的药。但现在也不必细细研究它，我想各位都是不想吃它的。

从书上看起来，这种药是很好的，人吃了能转弱为强。因此之故，何晏有钱，他吃起来了；大家也跟着吃。那时五石散的流毒就同清末的鸦片的流毒差不多，看吃药与否以分阔气与否。现在由隋巢元方做的《诸病源候论》的里面可以看到一些。据此书，可知吃这药是非常麻烦的，穷人不能吃，假使吃了之后，一不小心，就会毒死。先吃下去的时候，倒不怎样的，后来药的效验既显，名曰"散发"。倘若没有"散发"，就有弊而无利。因此吃了之后不能休息，非走路不可，因走路才能"散发"，所以走路名曰"行散"。比方我们看六朝人的诗，有云："至城东行散"，就是此意。后来做诗的人不知其故，以为"行散"即步行之意，所以不服药也以"行散"二字入诗，这是很笑话的。

走了之后，全身发烧，发烧之后又发冷。普通发冷宜多穿衣，吃热的东西。但吃药后的发冷刚刚要相反：衣少，冷食，以冷水浇身。倘穿衣多而食热物，那就非死不可。因此五石散一名寒食散。只有一样不必冷吃的，就是酒。

吃了散之后，衣服要脱掉，用冷水浇身；吃冷东西；饮热酒。这样看起来，五石散吃的人多，穿厚衣的人就少；比方在广东提倡，一年以后，穿西装的人就没有了。因为皮肉发烧之故，不能穿窄衣。为豫防皮肤被衣服擦伤，就非穿宽大的衣服不可。现在有许多人以为晋人轻裘缓带，宽衣，在当时是人们高逸的表现,其实不知他们是吃药的缘故。一班名人都吃药,穿的衣都宽大,于是不吃药的也跟着名人,把衣服宽大起来了!

还有,吃药之后,因皮肤易于磨破,穿鞋也不方便,故不穿鞋袜而穿屐。所以我们看晋人的画像或那时的文章,见他衣服宽大,不鞋而屐,以为他一定是很舒服,很飘逸的了,其实他心里都是很苦的。

更因皮肤易破,不能穿新的而宜于穿旧的,衣服便不能常洗。因不洗,便多虱。所以在文章上,虱子的地位很高,"扪虱而谈",当时竟传为美事。比方我今天在这里演讲的时候,扪起虱来,那是不大好的。但在那时不要紧,因为习惯不同之故。这正如清朝是提倡抽大烟的,我们看见两肩高耸的人,不觉得奇怪。现在就不行了,倘若多数学生,他的肩成为一字样,我们就觉得很奇怪了。

此外可见服散的情形及其他种种的书,还有葛洪的《抱朴子》。

到东晋以后,作假的人就很多,在街旁睡倒,说是"散发"以示阔气。就像清时尊读书,就有人以墨涂唇,表示他是刚才写了许多字的样子。故我想,衣大,穿屐,散发等等,后来效之,不吃也学起来,与理论的提倡实在是无关的。

又因"散发"之时,不能肚饿,所以吃冷物,而且要赶快吃,不论时候,一日数次也不可定。因此影响到晋时"居丧无礼"。——本来魏晋时,对于父母之礼是很繁多的。比方想去访一个人,那么,在未访之前,必先打听他父母及其祖父母的名字,以便避讳。否则,嘴上一说出这个字音,假如他的父母是死了的,主人便会大哭起来——他记得父母了——给你一个大大的没趣。晋礼居丧之时,也要瘦,不多吃饭,不准喝酒。但在吃药之后,为生命计,不能管得许多,只好大嚼,所以就变成"居丧无礼"了。

居丧之际,饮酒食肉,由阔人名流倡之,万民皆从之,因为这个缘故,社会上遂尊称这样的人叫作名士派。

吃散发源于何晏,和他同志的,有王弼和夏侯玄两个人,与晏同为服药的祖师。有他三人提倡,有多人跟着走。他们三人多是会做文章,除了夏侯玄的作品流传不多外,王何二人现在我们尚能看到他们的文章。他们都是生于正始的,所以又名曰"正始名士"。但这种习惯的末流,是只会吃药,或竟假装吃药,而不会做文章。

东晋以后,不做文章而流为清谈,由《世说新语》一书里可以看到。此中空论多而文章少，比较他们三个差得远了。三人中王弼二十余岁便死了，夏侯何二人皆为司马懿所杀。因为他二人同曹操有关系，非死不可，犹曹操之杀孔融，也是借不孝做罪名的。

二人死后，论者多因其与魏有关而骂他，其实何晏值得骂的就是因为他是吃药的发起人。这种服散的风气，魏，晋，直到隋，唐，还存在着，因为唐时还有"解散方"，即解五石散的药方，可以证明还有人吃，不过少点罢了。唐以后就没有人吃，其原因尚未详，大概因其弊多利少，和鸦片一样罢？

晋名人皇甫谧作一书曰《高士传》，我们以为他很高超。但他是服散的，曾有一篇文章，自说吃散之苦。因为药性一发，稍不留心，即会丧命，至少也会受非常的苦痛，或要发狂；本来聪明的人，因此也会变成痴呆。所以非深知药性，会解救，而且家里的人多深知药性不可。晋朝人多是脾气很坏，高傲，发狂，性暴如火的，大约便是服药的缘故。比方有苍蝇扰他，竟至拔剑追赶；就是说话，也要胡胡涂涂地才好，有时简直是近于发疯。但在晋朝更有以痴为好的，这大概也是服药的缘故。

魏末，何晏他们以外，又有一个团体新起，叫做"竹林名士"，也是七个，所以又称"竹林七贤"。正始名士服药，竹林名士饮酒。竹林的代表是嵇康和阮籍。但究竟竹林名士不纯粹是喝酒的，嵇康也兼服药，而阮籍则是专喝酒的代表。但嵇康也饮酒，刘伶也是这里面的一个。他们七人中差不多都是反抗旧礼教的。

这七人中，脾气各有不同。嵇阮二人的脾气都很大；阮籍老年时改得很好，嵇康就始终都是极坏的。

阮年青时，对于访他的人有加以青眼和白眼的分别。白眼大概是全然看不见眸子的，恐怕要练习很久才能够。青眼我会装，白眼我却装不好。

后来阮籍竟做到"口不臧否人物"的地步，嵇康却全不改变。结果阮得终其天年，而嵇竟丧于司马氏之手，与孔融何晏等一样，遭了不幸的杀害。这大概是因为吃药和吃酒之分的缘故：吃药可以成仙，仙是可以骄视俗人的；饮酒不会成仙，所以敷衍了事。

他们的态度，大抵是饮酒时衣服不穿，帽也不带。若在平时，有这种状态，我们就说无礼，但他们就不同。居丧时不一定按例哭泣；子之于父，是不能提父的名，但在竹林名士一流人中，子都会叫父的名号。旧传下来的礼教,竹林名士是不承认的。即如刘伶——他曾做过一篇《酒德颂》,谁都知道——他是不承认世界上从前规定的道理的,曾经有这样的事,有一次有客见他,他不穿衣服。人责问他;他答人说,天地是我的房屋,房屋就是我的衣服,你们为什么进我的裤子中来?至于阮籍,就更甚了,他连上下古今也不承认,在《大人先生传》里有说:"天地解兮六合开,星辰陨兮日月颓,我腾而上将何怀?"他的意思是天地神仙,都是无意义,一切都不要,所以他觉得世上的道理不必争,神仙也不足信,既然一切都是虚无,所以他便沉湎于酒了。然而他还有一个原因,就是他的饮酒不独由于他的思想,大半倒在环境。其时司马氏已想篡位,而阮籍名声很大,所以他讲话就极难,只好多饮酒,少讲话,而且即使讲话讲错了,也可以借醉得到人的原谅。只要看有一次司马懿求和阮籍结亲,而阮籍一醉就是两个月,没有提出的机会,就可以知道了。

阮籍作文章和诗都很好,他的诗文虽然也慷慨激昂,但许多意思都是隐而不显的。宋的颜延之已经说不大能懂,我们现在自然更很难看得懂他的诗了。他诗里也说神仙,但他其实是不相信的。嵇康的论文,比阮籍更好,思想新颖,往往与古时旧说反对。孔子说:"学而时习之,不亦说乎?"嵇康做的《难自然好学论》,却道,人是并不好学的,假如一个人可以不做事而又有饭吃,就随便闲游不喜欢读书了,所以现在人之好学,是由于习惯和不得已。还有管叔蔡叔,是疑心周公,率殷民叛,因而被诛,一向公认为坏人的。而嵇康做的《管蔡论》,就也反对历代传下来的意思,说这两个人是忠臣,他们的怀疑周公,是因为地方相距太远,消息不灵通。

但最引起许多人的注意,而且于生命有危险的,是《与山巨源绝交书》中的"非汤武而薄周孔"。司马懿因这篇文章,就将嵇康杀了。非薄了汤武周孔,在现时代是不要紧的,但在当时却关系非小。汤武是以武定天下的;周公是辅成王的;孔子是祖述尧舜,而尧舜是禅让天下的。嵇康都说不好,那么,教司马懿篡位的时候,怎么办才是好呢?没有办法。在这一点上,嵇康于司马氏的办事上有了直接的影响,因此就非死不可了。嵇康的见杀,是因为他的朋友吕安不孝,连及嵇康,罪案和曹操的杀孔融差不多。魏晋,是以孝治天下的,不孝,故不能不杀。为什么要以孝治天下呢?因为天位从禅让,即巧取豪夺而来,若主张以忠治天下,他们的立脚点便不稳,办事便棘手,立论也难了,所以一定要以孝治天下。但倘只是实行不孝,其实那时倒不很要紧的,嵇康的害处是在发议论;阮籍不同,不大说关于伦理上的话,所以结局也不同。

但魏晋也不全是这样的情形,宽袍大袖,大家饮酒。反对的也很多。在文章上我们还可以看见裴𬱖的《崇有论》,孙盛的《老子非大贤论》,这些都是反对王何们的。在史实上,则何曾劝司马懿杀阮籍有好几回,司马懿不听他的话,这是因为阮籍的饮酒,与时局的关系少些的缘故。

然而后人就将嵇康阮籍骂起来,人云亦云,一直到现在,一千六百多年。季札说:"中国之君子,明于礼义而陋于知人心。"这是确的,大凡明于礼义,就一定要陋于知人心的,所以古代有许多人受了很大的冤枉。例如嵇阮的罪名,一向说他们毁坏礼教。但据我个人的意见,这判断是错的。魏晋时代,崇奉礼教的看来似乎很不错,而实在是毁坏礼教,不信礼教的。表面上毁坏礼教者,实则倒是承认礼教,太相信礼教。因为魏晋时所谓崇奉礼教,是用以自利,那崇奉也不过偶然崇奉,如曹操杀孔融,司马懿杀嵇康,都是因为他们和不孝有关,但实在曹操司马懿何尝是著名的孝子,不过将这个名义,加罪于反对自己的人罢了。于是老实人以为如此利用,亵黩了礼教,不平之极,无计可施,激而变成不谈礼教,不信礼教,甚至于反对礼教。——但其实不过是态度,至于他们的本心,恐怕倒是相信礼教,当作宝贝,比曹操司马懿们要迂执得多。现在说一个容易明白的比喻罢,譬如有一个军阀,在北方——在广东的人所谓北方和我常说的北方的界限有些不同,我常称山东山西直隶河南之类为北方——那军阀从前是压迫民党的,后来北伐军势力一大,他便挂起了青天白日旗,说自己已经信仰三民主义了,是总理的信徒。这样还不够,他还要做总理的纪念周。这时候,真的三民主义的信徒,去呢,不去呢? 不去,他那里就可以说你反对三民主义,定罪,杀人。但既然在他的势力之下,没有别法,真的总理的信徒,倒会不谈三民主义,或者听人假惺惺的谈起来就皱眉,好像反对三民主义模样。所以我想,魏晋时所谓反对礼教的人,有许多大约也如此。他们倒是迂夫子,将礼教当作宝贝看待的。

还有一个实证,凡人们的言论,思想,行为,倘若自己以为不错的,就愿意天下的别人,自己的朋友都这样做。但嵇康阮籍不这样,不愿意别人来模仿他。竹林七贤中有阮咸,是阮籍的侄子,一样的饮酒。阮籍的儿子阮浑也愿加入时,阮籍却道不必加入,吾家已有阿咸在,够了。假若阮籍自以为行为是对的,就不当拒绝他的儿子,而阮籍却拒绝自己的儿子,可知阮籍并不以他自己的办法为然。至于嵇康,一看他的《绝交书》,就知道他的态度很骄傲的;有一次,他在家打铁——他的性情是很喜欢打铁的——钟会来看他了,他只打铁,不理钟会。钟会没有意味,只得走了。其时嵇康就问他:"何所闻而来,何所见而去?"钟会答道:"闻所闻而来,见所见而去。"这也是嵇康杀身的一条祸根。但我看他做给他的儿子看的《家诫》——当嵇康被杀时,其子方十岁,算来当他做这篇文章的时候,他的儿子是未满十岁的——就觉得宛然是两个人。他在《家诫》中教他的儿子做人要小心,还有一条一条的教训。有一条是说长官处不可常去,亦不可住宿;官长送人们出来时,你不要在后面,因为恐怕将来官长惩办坏人时,你有暗中密告的嫌疑。又有一条是说宴饮时候有人争论,你可立刻走开,免得在旁批评,因为两者之间必有对与不对,不批评则不像样,一批评就总要是甲非乙,不免受一方见怪。还有人要你饮酒,即使不愿饮也不要坚决地推辞,必须和和气气地拿着杯子。我们就此看来,实在觉得很希奇:嵇康是那样高傲的人,而他教子就要他这样庸碌。因此我们知道,嵇康自己对于他自己的举动也是不满足的。所以批评一个人的言行实在难,社会上对于儿子不像父亲,称为"不肖",以为是坏事,殊不知世上正有不愿意他的儿子像自己的父亲哩。试看阮籍嵇康,就是如此。这是,因为他们生于乱世,不得已,才有这样的行为,并非他们的本态。但又于此可见魏晋的破坏礼教者,实在是相信礼教到固执之极的。

不过何晏王弼阮籍嵇康之流,因为他们的名位大,一般的人们就学起来,而所学的无非是表面,他们实在的内心,却不知道。因为只学他们的皮毛,于是社会上便很多了没意思的空谈和饮酒。许多人只会无端的空谈和饮酒,无力办事,也就影响到政治上,弄得玩"空城计",毫无实际了。在文学上也这样,嵇康阮籍的纵酒,是也能做文章的,后来到东晋,空谈和饮酒的遗风还在,而万言的大文如嵇阮之作,却没有了。刘勰说:"嵇康师心以遣论,阮籍使气以命诗。"这"师心"和"使气",便是魏末晋初的文章的特色。正始名士和竹林名士的精神灭后,敢于师心使气的作家也没有了。

到东晋,风气变了。社会思想平静得多,各处都夹入了佛教的思想。再至晋末,乱也看惯了,篡也看惯了,文章便更和平。代表平和的文章的人有陶潜。他的态度是随便饮酒,乞食,高兴的时候就谈论和作文章,无尤无怨。所以现在有人称他为"田园诗人",是个非常和平的田园诗人。他的态度是不容易学的,他非常之穷,而心里很平静。家常无米,就去向人家门口求乞。他穷到有客来见,连鞋也没有,那客人给他从家丁取鞋给他,他便伸了足穿上了。虽然如此,他却毫不为意,还是"采菊东篱下,悠然见南山"。这样的自然状态,实在不易模仿。他穷到衣服也破烂不堪,而还在东篱下采菊,偶然抬起头来,悠然的见了南山,这是何等自然。现在有钱的人住在租界里,雇花匠种数十盆菊花,便做诗,叫作"秋日赏菊效陶彭泽体",自以为合于渊明的高致,我觉得不大像。

陶潜之在晋末,是和孔融于汉末与嵇康于魏末略同,又是将近易代的时候。但他没有什么慷慨激昂的表示,于是便博得"田园诗人"的名称。但《陶集》里有《述酒》一篇,是说当时政治的。这样看来,可见他于世事也并没有遗忘和冷淡,不过他的态度比嵇康阮籍自然得多,不至于招人注意罢了。还有一个原因,先已说过,是习惯。因为当时饮酒的风气相沿下来,人见了也不觉得奇怪,而且汉魏晋相沿,时代不远,变迁极多,既经见惯,就没有大感触,陶潜之比孔融嵇康和平,是当然的。例如看北朝的墓志,官位升进,往往详细写着,再仔细一看,他是已经经历过两三个朝代了,但当时似乎并不为奇。

据我的意思,即使是从前的人,那诗文完全超于政治的所谓"田园诗人","山林诗人",是没有的。完全超出于人间世的,也是没有的。既然是超出于世,则当然连诗文也没有。诗文也是人事,既有诗,就可以知道于世事未能忘情。譬如墨子兼爱,杨子为我。墨子当然要著书;杨子就一定不著,这才是"为我"。因为若做出书来给别人看,便变成"为人"了。

由此可知陶潜总不能超于尘世,而且,于朝政还是留心,也不能忘掉"死",这是他诗文中时时提起的。用别一种看法研究起来,恐怕也会成一个和旧说不同的人物罢。

自汉末至晋末文章的一部分的变化与药及酒之关系,据我所知的人大概是这样。但我学识太少,没有详细的研究,在这样的热天和雨天费去了诸位这许多时光,是很抱歉的。现在这个题目总算是讲完了。

略论中国人的脸①

大约人们一遇到不大看惯的东西,总不免以为他古怪。我还记得初看见西洋人的时候,就觉得他脸太白,头发太黄,眼珠太淡,鼻梁太高。虽然不能明明白白地说出理由来,但总而言之:相貌不应该如此。至于对于中国人的脸,是毫无异议;即使有好丑之别,然而都不错的。

我们的古人,倒似乎并不放松自己中国人的相貌。周的孟轲就用眸子来判胸中的正不正,汉朝还有《相人》二十四卷。后来闹这玩艺儿的尤其多;分起来,可以说有两派罢:一是从脸上看出他的智愚贤不肖;一是从脸上看出他过去,现在和将来的荣枯。于是天下纷纷,从此多事,许多人就都战战兢兢地研究自己的脸。我想,镜子的发明,恐怕这些人和小姐们是大有功劳的。不过近来前一派已经不大有人讲究,在北京上海这些地方捣鬼的都只是后一派了。

我一向只留心西洋人。留心的结果,又觉得他们的皮肤未免太粗;毫毛有白色的,也不好。皮上常有红点,即因为颜色太白之故,倒不如我们之黄。尤其不好的是红鼻子,有时简直像是将要熔化的蜡烛油,仿佛就要滴下来,使人看得栗栗危惧,也不及黄色人种的较为隐晦,也见得较为安全。总而言之:相貌还是不应该如此的。

后来,我看见西洋人所画的中国人,才知道他们对于我们的相貌也很

---

① 本篇最初发表于一九二七年十一月二十五日北京《莽原》半月刊第二卷第二十一、二十二期合刊。

不敬。那似乎是《天方夜谈》或者《安兑生童话》中的插画，现在不很记得清楚了。头上戴着拖花翎的红缨帽，一条辫子在空中飞扬，朝靴的粉底非常之厚。但这些都是满洲人连累我们的。独有两眼歪斜，张嘴露齿，却是我们自己本来的相貌。不过我那时想，其实并不尽然，外国人特地要奚落我们，所以格外形容得过度了。

但此后对于中国一部分人们的相貌，我也逐渐感到一种不满，就是他们每看见不常见的事件或华丽的女人，听到有些醉心的说话的时候，下巴总要慢慢挂下，将嘴张了开来。这实在不大雅观；仿佛精神上缺少着一样什么机件。据研究人体的学者们说，一头附着在上颚骨上，那一头附着在下颚骨上的"咬筋"，力量是非常之大的。我们幼小时候想吃核桃，必须放在门缝里将它的壳夹碎。但在成人，只要牙齿好，那咬筋一收缩，便能咬碎一个核桃。有着这么大的力量的筋，有时竟不能收住一个并不沉重的自己的下巴，虽然正在看得出神的时候，倒也情有可原，但我总以为究竟不是十分体面的事。

日本的长谷川如是闲是善于做讽刺文字的。去年我见过他的一本随笔集，叫作《猫·狗·人》；其中有一篇就说到中国人的脸。大意是初见中国人，即令人感到较之日本人或西洋人，脸上总欠缺着一点什么。久而久之，看惯了，便觉得这样已经尽够，并不缺少东西；倒是看得西洋人之流的脸上，多余着一点什么。这多余着的东西，他就给它一个不大高妙的名目：兽性。中国人的脸上没有这个，是人，则加上多余的东西，即成了下列的算式：

人 + 兽性 = 西洋人

他借了称赞中国人，贬斥西洋人，来讥刺日本人的目的，这样就达到了，自然不必再说这兽性的不见于中国人的脸上，是本来没有的呢，还是现在已经消除。如果是后来消除的，那么，是渐渐净尽而只剩了人性的呢，还是不过渐渐成了驯顺。野牛成为家牛，野猪成为猪，狼成为狗，野性是消失了，但只足使牧人喜欢，于本身并无好处。人不过是人，不再夹杂着别的东西，当然再好没有了。倘不得已，我以为还不如带些兽性，如果合于下列的算式倒是不很有趣的：

人 + 家畜性 = 某一种人

中国人的脸上真可有兽性的记号的疑案，暂且中止讨论罢。我只要说

近来却在中国人所理想的古今人的脸上,看见了两种多余。一到广州,我觉得比我所从来的厦门丰富得多的,是电影,而且大半是"国片",有古装的,有时装的。因为电影是"艺术",所以电影艺术家便将这两种多余加上去了。

古装的电影也可以说是好看,那好看不下于看戏;至少,决不至于有大锣大鼓将人的耳朵震聋。在"银幕"上,则有身穿不知何时何代的衣服的人物,缓慢地动作;脸正如古人一般死,因为要显得活,便只好加上些旧式戏子的昏庸。

时装人物的脸,只要见过清朝光绪年间上海的吴友如的《画报》的,便

153

会觉得神态非常相像。《画报》所画的大抵不是流氓拆梢,便是妓女吃醋,所以脸相都狡猾。这精神似乎至今不变,国产影片中的人物,虽是作者以为善人杰士者,眉宇间也总带些上海洋场式的狡猾。可见不如此,是连善人杰士也做不成的。

　　听说,国产影片之所以多,是因为华侨欢迎,能够获利,每一新片到,老的便带了孩子去指点给他们看道:"看哪,我们的祖国的人们是这样的。"在广州似乎也受欢迎,日夜四场,我常见看客坐得满满。

　　广州现在也如上海一样,正在这样地修养他们的趣味。可惜电影一开演,电灯一下熄灭,我不能看见人们的下巴。

四月六日。

小杂感[1]

蜜蜂的刺,一用即丧失了它自己的生命;犬儒的刺,一用则苟延了他自己的生命。

他们就是如此不同。

约翰穆勒说:专制使人们变成冷嘲。

而他竟不知道共和使人们变成沉默。

要上战场,莫如做军医;要革命,莫如走后方;要杀人,莫如做刽子手。既英雄,又稳当。

与名流学者谈,对于他之所讲,当装作偶有不懂之处。太不懂被看轻,太懂了被厌恶。偶有不懂之处,彼此最为合宜。

世间大抵只知道指挥刀所以指挥武士,而不想到也可以指挥文人。

又是演讲录,又是演讲录。

但可惜都没有讲明他何以和先前大两样了;也没有讲明他演讲时,自己是否真相信自己的话。

---

[1] 本篇最初发表于一九二七年十二月十七日《语丝》周刊第四卷第一期。

阔的聪明人种种譬如昨日死。
不阔的傻子种种实在昨日死。

曾经阔气的要复古,正在阔气的要保持现状,未曾阔气的要革新。
大抵如是。大抵!

他们之所谓复古,是回到他们所记得的若干年前,并非虞夏商周。

女人的天性中有母性,有女儿性;无妻性。
妻性是逼成的,只是母性和女儿性的混合。

防被欺。
自称盗贼的无须防,得其反倒是好人;自称正人君子的必须防,得其反则是盗贼。

楼下一个男人病得要死,那间壁的一家唱着留声机;对面是弄孩子。楼上有两人狂笑;还有打牌声。河中的船上有女人哭着她死去的母亲。
人类的悲欢并不相通,我只觉得他们吵闹。

每一个破衣服人走过,叭儿狗就叫起来,其实并非都是狗主人的意旨或使嗾。
叭儿狗往往比它的主人更严厉。

恐怕有一天总要不准穿破布衫,否则便是共产党。

革命,反革命,不革命。
革命的被杀于反革命的。反革命的被杀于革命的。不革命的或当作革命的而被杀于反革命的,或当作反革命的而被杀于革命的,或并不当作什么而被杀于革命的或反革命的。
革命,革革命,革革革命,革革……。

人感到寂寞时,会创作;一感到干净时,即无创作,他已经一无所爱。
创作总根于爱。
杨朱无书。
创作虽说抒写自己的心,但总愿意有人看。
创作是有社会性的。
但有时只要有一个人看便满足:好友,爱人。

人往往憎和尚,憎尼姑,憎回教徒,憎耶教徒,而不憎道士。
懂得此理者,懂得中国大半。

要自杀的人,也会怕大海的江洋,怕夏天死尸的易烂。
但遇到澄静的清池,凉爽的秋夜,他往往也自杀了。

凡为当局所"诛"者皆有"罪"。

刘邦除秦苛暴,"与父老约,法三章耳。"
而后来仍有族诛,仍禁挟书,还是秦法。
法三章者,话一句耳。

一见短袖子,立刻想到白臂膊,立刻想到全裸体,立刻想到生殖器,立刻想到性交,立刻想到杂交,立刻想到私生子。
中国人的想像惟在这一层能够如此跃进。

九月二十四日。

文艺与政治的歧途[①]

——十二月二十一日在上海暨南大学讲

我是不大出来讲演的;今天到此地来,不过因为说过了好几次,来讲一回也算了却一件事。我所以不出来讲演,一则没有什么意见可讲;二则刚才这位先生说过,在座的很多读过我的书,我更不能讲什么。书上的人大概比实物好一点,《红楼梦》里面的人物,像贾宝玉林黛玉这些人物,都使我有异样的同情;后来,考究一些当时的事实,到北京后,看看梅兰芳姜妙香扮的贾宝玉林黛玉,觉得并不怎样高明。

我没有整篇的鸿论,也没有高明的见解,只能讲讲我近来所想到的。我每每觉到文艺和政治时时在冲突之中;文艺和革命原不是相反的,两者之间,倒有不安于现状的同一。惟政治是要维持现状,自然和不安于现状的文艺处在不同的方向。不过不满意现状的文艺,直到十九世纪以后才兴起来,只有一段短短历史。政治家最不喜欢人家反抗他的意见,最不喜欢人家要想,要开口。而从前的社会也的确没有人想过什么,又没有人开过口。且看动物中的猴子,它们自有它们的首领;首领要它们怎样,它们就怎样。在部落里,他们有一个酋长,他们跟着酋长走,酋长的吩咐,就是他们的标准。酋长要他们死,也只好去死。那时没有什么文艺,即使有,也不过赞美上帝(还没有后人所谓 God 那么玄妙)罢了!那里会有自由思想?后

[①] 本篇记录稿最初发表于一九二八年一月二十九日、三十日上海《新闻报·学海》第一八二、一八三期,署周鲁迅讲,刘率真记。

来,一个部落一个部落你吃我吞,渐渐扩大起来,所谓大国,就是吞吃那多多少少的小部落;一到了大国,内部情形就复杂得多,夹着许多不同的思想,许多不同的问题。这时,文艺也起来了,和政治不断地冲突;政治想维系现状使它统一,文艺催促社会进化使它渐渐分离;文艺虽使社会分裂,但是社会这样才进步起来。文艺既然是政治家的眼中钉,那就不免被挤出去。外国许多文学家,在本国站不住脚,相率亡命到别个国度去;这个方法,就是"逃"。要是逃不掉,那就被杀掉,割掉他的头;割掉头那是最好的方法,既不会开口,又不会想了。俄国许多文学家,受到这个结果,还有许多充军到冰雪的西伯利亚去。

有一派讲文艺的,主张离开人生,讲些月呀花呀鸟呀的话(在中国又不同,有国粹的道德,连花呀月呀都不许讲,当作别论),或者专讲"梦",专讲些将来的社会,不要讲得太近。这种文学家,他们都躲在象牙之塔里面;但是"象牙之塔"毕竟不能住得很长久的呀!象牙之塔总是要安放在人间,就免不掉还要受政治的压迫。打起仗来,就不能逃开去。北京有一班文人,顶看不起描写社会的文学家,他们想,小说里面连车夫的生活都可以写进去,岂不把小说应该写才子佳人一首诗生爱情的定律都打破了吗?现在呢,他们也不能做高尚的文学家了,还是要逃到南边来;"象牙之塔"的窗子里,到底没有一块一块面包递进来的呀!

等到这些文学家也逃出来了,其他文学家早已死的死,逃的逃了。别的文学家,对于现状早感到不满意,又不能不反对,不能不开口,"反对""开口"就是有他们的下场。我以为文艺大概由于现在生活的感受,亲身所感到的,便影印到文艺中去。挪威有一文学家,他描写肚子饿,写了一本书,这是依他所经验的写的。对于人生的经验,别的且不说,"肚子饿"这件事,要是欢喜,便可以试试看,只要两天不吃饭,饭的香味便会是一个特别的诱惑;要是走过街上饭铺子门口,更会觉得这个香味一阵阵冲到鼻子来。我们有钱的时候,用几个钱不算什么;直到没有钱,一个钱都有它的意味。那本描写肚子饿的书里,它说起那人饿得久了,看见路人个个是仇人,即是穿一件单裤子的,在他眼里也见得那是骄傲。我记起我自己曾经写过这样一个人,他身边什么都光了,时常抽开抽屉看看,看角上边上可以找到什么;路上一处一处去找,看有什么可以找得到;这个情形,我自己是体验过来的。

从生活窘迫过来的人,一到了有钱,容易变成两种情形:一种是理想世界,替处同一境遇的人着想,便成为人道主义;一种是什么都是自己挣起来,从前的遭遇,使他觉得什么都是冷酷,便流为个人主义。我们中国大概是变成个人主义者多。主张人道主义的,要想替穷人想想法子,改变改变现状,在政治家眼里,倒还不如个人主义的好;所以人道主义者和政治家就有冲突。俄国文学家托尔斯泰讲人道主义,反对战争,写过三册很厚的小说——那部《战争与和平》,他自己是个贵族,却是经过战场的生活,他感到战争是怎么一个惨痛。尤其是他一临到长官的铁板前(战场上重要军官都有铁板挡住枪弹),更有刺心的痛楚。而他又眼见他的朋友们,很多在战场上牺牲掉。战争的结果,也可以变成两种态度:一种是英雄,他见别人死的死伤的伤,只有他健存,自己就觉得怎样了不得,这么那么夸耀战场上的威雄。一种是变成反对战争的,希望世界上不要再打仗了。托尔斯泰便是后一种,主张用无抵抗主义来消灭战争。他这么主张,政府自然讨厌他;反对战争,和俄皇的侵掠欲望冲突;主张无抵抗主义,叫兵士不替皇帝打仗,警察不替皇帝执法,审判官不替皇帝裁判,大家都不去捧皇帝;皇帝是全要人捧的,没有人捧,还成什么皇帝,更和政治相冲突。这种文学家出来,对于社会现状不满意,这样批评,那样批评,弄得社会上个个都自己觉到,都不安起来,自然非杀头不可。

但是,文艺家的话其实还是社会的话,他不过感觉灵敏,早感到早说出来(有时,他说得太早,连社会也反对他,也排轧他)。譬如我们学兵式体操,行举枪礼,照规矩口令是"举……枪"这般叫,一定要等"枪"字令下,才可以举起。有些人却是一听到"举"字便举起来,叫口令的要罚他,说他做错。文艺家在社会上正是这样;他说得早一点,大家都讨厌他。政治家认定文学家是社会扰乱的煽动者,心想杀掉他,社会就可平安。殊不知杀了文学家,社会还是要革命;俄国的文学家被杀掉的充军的不在少数,革命的火焰不是到处燃着吗?文学家生前大概不能得到社会的同情,潦倒地过了一生,直到死后四五十年,才为社会所认识,大家大闹起来。政治家因此更厌恶文学家,以为文学家早就种下大祸根;政治家想不准大家思想,而那野蛮时代早已过去了。在座诸位的见解,我虽然不知道,据我推测,一定和政治家是不相同;政治家既永远怪文艺家破坏他们的统一,偏见如此,所以我从来不肯和政治家去说。

到了后来，社会终于变动了；文艺家先时讲的话，渐渐大家都记起来了，大家都赞成他，恭维他是先知先觉。虽是他活的时候，怎样受过社会的奚落。刚才我来讲演，大家一阵子拍手，这拍手就见得我并不怎样伟大；那拍手是很危险的东西，拍了手或者使我自以为伟大不再向前了，所以还是不拍手的好。上面我讲过，文学家是感觉灵敏一点，许多观念，文学家早感到了，社会还没有感到。譬如今天××先生穿了皮袍，我还只穿棉袍；××先生对于天寒的感觉比我灵。再过一月，也许我也感到非穿皮袍不可，在天气上的感觉，相差到一个月，在思想上的感觉就得相差到三四十年。这个话，我这么讲，也有许多文学家在反对。我在广东，曾经批评一个革命文学家——现在的广东，是非革命文学不能算做文学的，是非"打打打，杀杀杀，革革革，命命命"，不能算做革命文学的——我以为革命并不能和文学连在一块儿，虽然文学中也有文学革命。但做文学的人总得闲定一点，正在革命中，那有功夫做文学。我们且想想：在生活困乏中，一面拉车，一面"之乎者也"，到底不大便当。古人虽有种田做诗的，那一定不是自己在种田；雇了几个人替他种田，他才能吟他的诗；真要种田，就没有功夫做诗。革命时候也是一样；正在革命，那有功夫做诗？我有几个学生，在打陈炯明时候，他们都在战场；我读了他们的来信，只见他们的字与词一封一封生疏下去。俄国革命以后，拿了面包票排了队一排一排去领面包；这时，国家既不管你什么文学家艺术家雕刻家；大家连想面包都来不及，那有功夫去想文学？等到有了文学，革命早成功了。革命成功以后，闲空了一点；有人恭维革命，有人颂扬革命，这已不是革命文学。他们恭维革命颂扬革命，就是颂扬有权力者，和革命有什么关系？

这时，也许有感觉灵敏的文学家，又感到现状的不满意，又要出来开口。从前文艺家的话，政治革命家原是赞同过；直到革命成功，政治家把从前所反对那些人用过的老法子重新采用起来，在文艺家仍不免于不满意，又非被排轧出去不可，或是割掉他的头。割掉他的头，前面我讲过，那是顶好的法子咯——从十九世纪到现在，世界文艺的趋势，大都如此。

十九世纪以后的文艺，和十八世纪以前的文艺大不相同。十八世纪的英国小说，它的目的就在供给太太小姐们的消遣，所讲的都是愉快风趣的话。十九世纪的后半世纪，完全变成和人生问题发生密切关系。我们看了，总觉得十二分的不舒服，可是我们还得气也不透地看下去。这因为以前的文艺,好像写别一个社会,我们只要鉴赏;现在的文艺,就在写我们自己的社会,连我们自己也写进去;在小说里可以发见社会,也可以发见我们自己;以前的文艺,如隔岸观火,没有什么切身关系;现在的文艺,连自己也烧在这里面,自己一定深深感觉到;一到自己感觉到,一定要参加到社会去!

十九世纪,可以说是一个革命的时代;所谓革命,那不安于现在,不满意于现状的都是。文艺催促旧的渐渐消灭的也是革命(旧的消灭,新的才能产生),而文学家的命运并不因自己参加过革命而有一样改变,还是处处碰钉子。现在革命的势力已经到了徐州,在徐州以北文学家原站不住脚;在徐州以南,文学家还是站不住脚,即共了产,文学家还是站不住脚。革命文学家和革命家竟可说完全两件事。诋斥军阀怎样怎样不合理,是革命文学家;打倒军阀是革命家;孙传芳所以赶走,是革命家用炮轰掉的,决不是革命文艺家做了几句"孙传芳呀,我们要赶掉你呀"的文章赶掉的。在革命的时候,文学家都在做一个梦,以为革命成功将有怎样怎样一个世界;革命以后,他看看现实全不是那么一回事,于是他又要吃苦了。照他们这样叫,啼,哭都不成功;向前不成功,向后也不成功,理想和现实不一致,这是注定的运命;正如你们从《呐喊》上看出的鲁迅和讲坛上的鲁迅并不一致;或许大家以为我穿洋服头发分开,我却没有穿洋服,头发也这样短短的。所以革命文学自命的,一定不是革命文学,世间那有满意现状的革命文学?除了吃麻醉药!苏俄革命以前,有两个文学家,叶遂宁和梭波里,他们都讴歌过革命,直到后来,他们还是碰死在自己所讴歌希望的现实碑上,那时,苏维埃是成立了!

不过,社会太寂寞了,有这样的人,才觉得有趣些。人类是欢喜看看戏的,文学家自己来做戏给人家看,或是绑出去砍头,或是在最近墙脚下枪毙,都可以热闹一下子。且如上海巡捕用棒打人,大家围着去看,他们自己虽然不愿意挨打,但看见人家挨打,倒觉得颇有趣的。文学家便是用自己的皮肉在挨打的啦!

今天所讲的,就是这么一点点,给它一个题目,叫做……《文艺与政治的歧途》。

文学和出汗[①]

上海的教授对人讲文学,以为文学当描写永远不变的人性,否则便不久长。例如英国,莎士比亚和别的一两个人所写的是永久不变的人性,所以至今流传,其余的不这样,就都消灭了云。

这真是所谓"你不说我倒还明白,你越说我越胡涂"了。英国有许多先前的文章不流传,我想,这是总会有的,但竟没有想到它们的消灭,乃因为不写永久不变的人性。现在既然知道了这一层,却更不解它们既已消灭,现在的教授何从看见,却居然断定它们所写的都不是永久不变的人性了。

只要流传的便是好文学,只要消灭的便是坏文学;抢得天下的便是王,抢不到天下的便是贼。莫非中国式的历史论,也将沟通了中国人的文学论欤?

而且,人性是永久不变的么?

类人猿,类猿人,原人,古人,今人,未来的人,……如果生物真会进化,人性就不能永久不变。不说类猿人,就是原人的脾气,我们大约就很难猜得着的,则我们的脾气,恐怕未来的人也未必会明白。要写永久不变的人性,实在难哪。

譬如出汗罢,我想,似乎于古有之,于今也有,将来一定暂时也还有,该可以算得较为"永久不变的人性"了。然而"弱不禁风"的小姐出的是香

[①] 本篇最初发表于一九二八年一月十四日《语丝》周刊第四卷第五期。

汗,"蠢笨如牛"的工人出的是臭汗。不知道倘要做长留世上的文字,要充长留世上的文学家,是描写香汗好呢,还是描写臭汗好?这问题倘不先行解决,则在将来文学史上的位置,委实是"岌岌乎殆哉"。

听说,例如英国,那小说,先前是大抵写给太太小姐们看的,其中自然是香汗多;到十九世纪后半,受了俄国文学的影响,就很有些臭汗气了。那一种的命长,现在似乎还在不可知之数。

在中国,从道士听论道,从批评家听谈文,都令人毛孔痉挛,汗不敢出。然而这也许倒是中国的"永久不变的人性"罢。

二七,一二,二三。

路①

又记起了 Gogol 做的《巡按使》的故事：中国也译出过的。一个乡间忽然纷传皇帝使者要来私访了，官员们都很恐怖，在客栈里寻到一个疑似的人，便硬拉来奉承了一通。等到奉承十足之后，那人跑了，而听说使者真到了，全台演了一个哑口无言剧收场。

上海的文界今年是恭迎无产阶级文学使者，沸沸扬扬，说是要来了。问问黄包车夫，车夫说并未派遣。这车夫的本阶级意识形态不行，早被别阶级弄歪曲了罢。另外有人把握着，但不一定是工人。于是只好在大屋子里寻，在客店里寻，在洋人家里寻，在书铺子里寻，在咖啡馆里寻……。

文艺家的眼光要超时代，所以到否虽不可知，也须先行拥篲清道，或者伛偻奉迎。于是做人便难起来，口头不说"无产"便是"非革命"，还好；"非革命"即是"反革命"，可就险了。这真要没有出路。

现在的人间也还是"大王好见，小鬼难当"的处所。出路是有的。何以无呢？只因多鬼祟，他们将一切路都要糟蹋了。这些都不要，才是出路。自己坦坦白白，声明了因为没法子，只好暂在炮屁股上挂一挂招牌，倒也是出路的萌芽。

"地火在地下运行，奔突，熔岩一旦喷出，将烧尽一切野草，以及乔木，于是并且无可朽腐。

"但我坦然，欣然，我将大笑，我将歌唱。"（《野草》序）

还只说说，而革命文学家似乎不敢看见了，如果因此觉得没有了出路，那可实在是很可怜，令我也有些不忍再动笔了。

四月十日。

---

① 本篇最初发表于一九二八年四月二十三日《语丝》第四卷第十七期。

太平歌诀[1]

四月六日的《申报》上有这样的一段记事：

> 南京市近日忽发现一种无稽谣传，谓总理墓行将工竣，石匠有摄收幼童灵魂，以合龙口之举。市民以讹传讹，自相惊扰，因而家家幼童，左肩各悬红布一方，上书歌诀四句，借避危险。其歌诀约有三种：（一）人来叫我魂，自叫自当承。叫人叫不着，自己顶石坟。（二）石叫石和尚，自叫自承当。急早回家转，免去顶坟坛。（三）你造中山墓，与我何相干？一叫魂不去，再叫自承当。

（后略）

这三首中的无论那一首，虽只寥寥二十字，但将市民的见解：对于革命政府的关系，对于革命者的感情，都已经写得淋漓尽致。虽有善于暴露社会黑暗面的文学家，恐怕也难有做到这么简明深切的了。"叫人叫不着，自己顶石坟"。则竟包括了许多革命者的传记和一部中国革命的历史。

看看有些人们的文字，似乎硬要说现在是"黎明之前"。然而市民是这样的市民，黎明也好，黄昏也好，革命者们总不能不背着这一伙市民进行。鸡肋，弃之不甘，食之无味，就要这样地牵缠下去。五十一百年后能否就有出路，是毫无把握的。

---

[1] 本篇最初发表于一九二八年四月三十日《语丝》第四卷第十八期。

近来的革命文学家往往特别畏惧黑暗,掩藏黑暗,但市民却毫不客气,自己表现了。那小巧的机灵和这厚重的麻木相撞,便使革命文学家不敢正视社会现象,变成婆婆妈妈,欢迎喜鹊,憎厌枭鸣,只检一点吉祥之兆来陶醉自己,于是就算超出了时代。

恭喜的英雄,你前去罢,被遗弃了的现实的现代,在后面恭送你的行旌。

但其实还是同在。你不过闭了眼睛。不过眼睛一闭,"顶石坟"却可以不至于了,这就是你的"最后的胜利"。

四月十日。

铲共大观[①]

仍是四月六日的《申报》上,又有一段《长沙通信》,叙湘省破获共产党省委会,"处死刑者三十余人,黄花节斩决八名"。其中有几处文笔做得极好,抄一点在下面:

>……是日执行之后,因马(淑纯,十六岁;志纯,十四岁)傅(凤君,二十四岁)三犯,系属女性,全城男女往观者,终日人山人海,拥挤不通。加以共魁郭亮之首级,又悬之司门口示众,往观者更众。司门口八角亭一带,交通为之断绝。计南门一带民众,则看郭亮首级后,又赴教育会看女尸。北门一带民众,则在教育会看女尸后,又往司门口看郭首级。全城扰攘,铲共空气,为之骤张;直至晚间,观者始不似日间之拥挤。

抄完之后,觉得颇不妥。因为我就想发一点议论,然而立刻又想到恐怕一面有人疑心我在冷嘲(有人说,我是只喜欢冷嘲的),一面又有人责罚我传播黑暗,因此咒我灭亡,自己带着一切黑暗到地底里去。但我熬不住,——别的议论就少发一点罢,单从"为艺术的艺术"说起来,你看这不过一百五六十字的文章,就多么有力。我一读,便仿佛看见司门口挂着一颗头,教育会前列着三具不连头的女尸。而且至少是赤膊的,——但这也

---

① 本篇最初发表于一九二八年四月三十日《语丝》第四卷第十八期。

许我猜得不对,是我自己太黑暗之故。而许多"民众",一批是由北往南,一批是由南往北,挤着,嚷着……。再添一点蛇足,是脸上都表现着或者正在神往,或者已经满足的神情。在我所见的"革命文学"或"写实文学"中,还没有遇到过这么强有力的文学。批评家罗喀绥夫斯奇说的罢:"安特列夫竭力要我们恐怖,我们却并不怕;契诃夫不这样,我们倒恐怖了。"这百余字实在抵得上小说一大堆,何况又是事实。

且住。再说下去,恐怕有些英雄们又要责我散布黑暗,阻碍革命了。一理是也有一理的,现在易犯嫌疑,忠实同志被误解为共党,或关或释的,报上向来常见。万一不幸,沉冤莫白,那真是……。倘使常常提起这些来,也许未免会短壮士之气。但是,革命被头挂退的事是很少有的,革命的完结,大概只由于投机者的潜入。也就是内里蛀空。这并非指赤化,任何主义的革命都如此。但不是正因为黑暗,正因为没有出路,所以要革命的么?倘必须前面贴着"光明"和"出路"的包票,这才雄起赳地去革命,那就不但不是革命者,简直连投机家都不如了。虽是投机,成败之数也不能预卜的。

我临末还要揭出一点黑暗,是我们中国现在(现在!不是超时代的)的民众,其实还不很管什么党,只要看"头"和"女尸"。只要有,无论谁的都有人看,拳匪之乱,清末党狱,民二,去年和今年,在这短短的二十年中,我已经目睹或耳闻了好几次了。

四月十日。

流氓的变迁[①]

孔墨都不满于现状,要加以改革,但那第一步,是在说动人主,而那用以压服人主的家伙,则都是"天"。

孔子之徒为儒,墨子之徒为侠。"儒者,柔也",当然不会危险的。惟侠老实,所以墨者的末流,至于以"死"为终极的目的。到后来,真老实的逐渐死完,止留下取巧的侠,汉的大侠,就已和公侯权贵相馈赠,以备危急时来作护符之用了。

司马迁说:"儒以文乱法,而侠以武犯禁","乱"之和"犯",决不是"叛",不过闹点小乱子而已,而况有权贵如"五侯"者在。

"侠"字渐消,强盗起了,但也是侠之流,他们的旗帜是"替天行道"。他们所反对的是奸臣,不是天子,他们所打劫的是平民,不是将相。李逵劫法场时,抡起板斧来排头砍去,而所砍的是看客。一部《水浒》,说得很分明:因为不反对天子,所以大军一到,便受招安,替国家打别的强盗——不"替天行道"的强盗去了。终于是奴才。

满洲入关,中国渐被压服了,连有"侠气"的人,也不敢再起盗心,不敢指斥奸臣,不敢直接为天子效力,于是跟一个好官员或钦差大臣,给他保镖,替他捕盗,一部《施公案》,也说得很分明,还有《彭公案》,《七侠五义》之流,至今没有穷尽。他们出身清白,连先前也并无坏处,虽在钦差之下,究居平民之上,对一方面固然必须听命,对别方面还是大可逞雄,安全之度

[①] 本篇最初发表于一九三〇年一月一日上海《萌芽月刊》第一卷第一期。

增多了,奴性也跟着加足。

然而为盗要被官兵所打,捕盗也要被强盗所打,要十分安全的侠客,是觉得都不妥当的,于是有流氓。和尚喝酒他来打,男女通奸他来捉,私娼私贩他来凌辱,为的是维持风化;乡下人不懂租界章程他来欺侮,为的是看不起无知;剪发女人他来嘲骂,社会改革者他来憎恶,为的是宝爱秩序。但后面是传统的靠山,对手又都非浩荡的强敌,他就在其间横行过去。现在的小说,还没有写出这一种典型的书,惟《九尾龟》中的章秋谷,以为他给妓女吃苦,是因为她要敲人们竹杠,所以给以惩罚之类的叙述,约略近之。

由现状再降下去,大概这一流人将成为文艺书中的主角了,我在等候"革命文学家"张资平"氏"的近作。

习惯与改革[1]

体质和精神都已硬化了的人民,对于极小的一点改革,也无不加以阻挠,表面上好像恐怕于自己不便,其实是恐怕于自己不利,但所设的口实,却往往见得极其公正而且堂皇。

今年的禁用阴历,原也是琐碎的,无关大体的事,但商家当然叫苦连天了。不特此也,连上海的无业游民,公司雇员,竟也常常慨然长叹,或者说这很不便于农家的耕种,或者说这很不便于海船的候潮。他们居然因此念起久不相干的乡下的农夫,海上的舟子来。这真像煞有些博爱。

一到阴历的十二月二十三,爆竹就到处毕毕剥剥。我问一家的店伙:"今年仍可以过旧历年,明年一准过新历年么?"那回答是:"明年又是明年,要明年再看了。"他并不信明年非过阳历年不可。但日历上,却诚然删掉了阴历,只存节气。然而一面在报章上,则出现了《一百二十年阴阳合历》的广告。好,他们连曾孙玄孙时代的阴历,也已经给准备妥当了,一百二十年!

梁实秋先生们虽然很讨厌多数,但多数的力量是伟大,要紧的,有志于改革者倘不深知民众的心,设法利导,改进,则无论怎样的高文宏议,浪漫古典,都和他们无干,仅止于几个人在书房中互相叹赏,得些自己满足。假如竟有"好人政府",出令改革乎,不多久,就早被他们拉回旧道上去了。

真实的革命者,自有独到的见解,例如乌略诺夫先生,他是将"风俗"

---

[1] 本篇最初发表于一九三〇年三月一日《萌芽月刊》第一卷第三期。

和"习惯",都包括在"文化"之内的,并且以为改革这些,很为困难。我想,但倘不将这些改革,则这革命即等于无成,如沙上建塔,顷刻倒坏。中国最初的排满革命,所以易得响应者,因为口号是"光复旧物",就是"复古",易于取得保守的人民同意的缘故。但到后来,竟没有历史上定例的开国之初的盛世,只枉然失了一条辫子,就很为大家所不满了。

以后较新的改革,就著著失败,改革一两,反动十斤,例如上述的一年日历上不准注阴历,却来了阴阳合历一百二十年。

这种合历,欢迎的人们一定是很多的,因为这是风俗和习惯所拥护,所以也有风俗和习惯的后援。别的事也如此,倘不深入民众的大层中,于他们的风俗习惯,加以研究,解剖,分别好坏,立存废的标准,而于存于废,都慎选施行的方法,则无论怎样的改革,都将为习惯的岩石所压碎,或者只在表面上浮游一些时。

现在已不是在书斋中,捧书本高谈宗教,法律,文艺,美术……等等的时候了,即使要谈论这些,也必须先知道习惯和风俗,而且有正视这些的黑暗面的勇猛和毅力。因为倘不看清,就无从改革。仅大叫未来的光明,其实是欺骗怠慢的自己和怠慢的听众的。

"丧家的""资本家的乏走狗"[1]

梁实秋先生为了《拓荒者》上称他为"资本家的走狗",就做了一篇自云"我不生气"的文章。先据《拓荒者》第二期第六七二页上的定义,"觉得我自己便有点像是无产阶级里的一个"之后,再下"走狗"的定义,为"大凡做走狗的都是想讨主子的欢心因而得到一点恩惠",于是又因而发生疑问道——

"《拓荒者》说我是资本家的走狗,是那一个资本家,还是所有的资本家?我还不知道我的主子是谁,我若知道,我一定要带着几分杂志去到主子面前表功,或者还许得到几个金镑或卢布的赏赉呢。……我只知道不断的劳动下去,便可以赚到钱来维持生计,至于如何可以做走狗,如何可以到资本家的帐房去领金镑,如何可以到××党去领卢布,这一套本领,我可怎么能知道呢?……"

这正是"资本家的走狗"的活写真。凡走狗,虽或为一个资本家所豢养,其实是属于所有的资本家的,所以它遇见所有的阔人都驯良,遇见所有的穷人都狂吠。不知道谁是它的主子,正是它遇见所有的阔人都驯良的原因,也就是属于所有的资本家的证据。即使无人豢养,饿的精瘦,变成野狗了,但还是遇见所有的阔人都驯良,遇见所有的穷人都狂吠的,不过这时它就愈不明白谁是主子了。

梁先生既然自叙他怎样辛苦,好像"无产阶级(即梁先生先前之所谓

---

[1] 本篇最初发表于一九三〇年五月一日《萌芽月刊》第一卷第五期。

"劣败者"），又不知道"主子是谁"，那是属于后一类的了，为确当计，还得添几个字，称为"丧家的""资本家的走狗"。

然而这名目还有些缺点。梁先生究竟是有智识的教授，所以和平常的不同。他终于不讲"文学是有阶级性的吗？"了，在《答鲁迅先生》那一篇里，很巧妙地插进电杆上写"武装保护苏联"，敲碎报馆玻璃那些句子去，在上文所引的一段里又写出"到××党去领卢布"字样来，那故意暗藏的两个×，是令人立刻可以悟出的"共产"这两字，指示着凡主张"文学有阶级性"，得罪了梁先生的人，都是在做"拥护苏联"，或"去领卢布"的勾当，和段祺瑞的卫兵枪杀学生，《晨报》却道学生为了几个卢布送命，自由大同盟上有我的名字，《革命日报》的通信上便说为"金光灿烂的卢布所买收"，都是同一手段。在梁先生，也许以为给主子嗅出匪类（"学匪"），也就是一种"批评"，然而这职业，比起"刽子手"来，也就更加下贱了。

我还记得，"国共合作"时代，通信和演说，称赞苏联，是极时髦的，现在可不同了，报章所载，则电杆上写字和"××党"，捕房正在捉得非常起劲，那么，为将自己的论敌指为"拥护苏联"或"××党"，自然也就髦得合时，或者还许会得到主子的"一点恩惠"了。但倘说梁先生意在要得"恩惠"或"金镑"，是冤枉的，决没有这回事，不过想借此助一臂之力，以济其"文艺批评"之穷罢了。所以从"文艺批评"方面看来，就还得在"走狗"之上，加上一个形容字："乏"。

一九三〇，四，十九。

黑暗中国的文艺界的现状[①]

——为美国《新群众》作

现在,在中国,无产阶级的革命的文艺运动,其实就是惟一的文艺运动。因为这乃是荒野中的萌芽,除此以外,中国已经毫无其他文艺。属于统治阶级的所谓"文艺家",早已腐烂到连所谓"为艺术的艺术"以至"颓废"的作品也不能生产,现在来抵制左翼文艺的,只有诬蔑,压迫,囚禁和杀戮;来和左翼作家对立的,也只有流氓,侦探,走狗,刽子手了。

这一点,已经由两年以来的事实,证明得十分明白。

前年,最初绍介蒲力汗诺夫(Plekhanov)和卢那卡尔斯基(Lunacharsky)的文艺理论进到中国的时候,先使一位白璧德先生(Mr. Prof. Irving Babbitt)的门徒,感觉锐敏的"学者"愤慨,他以为文艺原不是无产阶级的东西,无产者倘要创作或鉴赏文艺,先应该辛苦地积钱,爬上资产阶级去,而不应该大家浑身褴褛,到这花园中来吵嚷。并且造出谣言,说在中国主张无产阶级文学的人,是得了苏俄的卢布。这方法也并非毫无效力,许多上海的新闻记者就时时捏造新闻,有时还登出卢布的数目。但明白的读者们并不相信它,因为比起这种纸上的新闻来,他们却更切实地在事实上看见只有从帝国主义国家运到杀戮无产者的枪炮。

统治阶级的官僚,感觉比学者慢一点,但去年也就日加迫压了。禁期

[①] 本篇是作者应当时在中国的美国友人史沫特莱之约,为美国《新群众》杂志而作,时间约在一九三一年三四月间,当时未在国内刊物上发表过。

刊,禁书籍,不但内容略有革命性的,而且连书面用红字的,作者是俄国的,绥拉菲摩维支(A. Serafimovitch),伊凡诺夫(V. Ivanov)和奥格涅夫(N. Ognev)不必说了,连契诃夫(A. Chekhov)和安特来夫(L. Andreev)的有些小说,也都在禁止之列。于是使书店只好出算学教科书和童话,如 Mr. Cat 和 Miss Rose 谈天,称赞春天如何可爱之类——因为至尔妙伦(H. Zur Mühlen)所作的童话的译本也已被禁止,所以只好竭力称赞春天。但现在又有一位将军发怒,说动物居然也能说话而且称为 Mr.,有失人类的尊严了。

单是禁止,还不是根本的办法,于是今年有五个左翼作家失了踪,经家族去探听,知道是在警备司令部,然而不能相见,半月以后,再去问时,却道已经"解放"——这是"死刑"的嘲弄的名称——了,而上海的一切中文和西文的报章上,绝无记载。接着是封闭曾出新书或代售新书的书店,多的时候,一天五家,——但现在又陆续开张了,我们不知道是怎么一回事,惟看书店的广告,知道是在竭力印些英汉对照,如斯蒂文生(Robert Stevenson),槐尔特(Oscar Wilde)等人的文章。

然而统治阶级对于文艺,也并非没有积极的建设。一方面,他们将几个书店的原先的老板和店员赶开,暗暗换上肯听嗾使的自己的一伙。但这立刻失败了。因为里面满是走狗,这书店便像一座威严的衙门,而中国的衙门,是人民所最害怕最讨厌的东西,自然就没有人去。喜欢去跑跑的还是几只闲逛的走狗。这样子,又怎能使门市热闹呢? 但是,还有一方面,是做些文章,印行杂志,以代被禁止的左翼的刊物,至今为止,已将十种。然而这也失败了。最有妨碍的是这些"文艺"的主持者,乃是一位上海市的政府委员和一位警备司令部的侦缉队长,他们的善于"解放"的名誉,都比"创作"要大得多。他们倘做一部"杀戮法"或"侦探术",大约倒还有人要看的,但不幸竟在想画画,吟诗。这实在譬如美国的亨利·福特(Henry Ford)先生不谈汽车,却来对大家唱歌一样,只令人觉得非常诧异。

官僚的书店没有人来,刊物没有人看,救济的方法,是去强迫早经有名,而并不分明左倾的作者来做文章,帮助他们的刊物的流布。那结果,是只有一两个胡涂的中计,多数却至今未曾动笔,有一个竟吓得躲到不知道什么地方去了。

现在他们里面的最宝贵的文艺家,是当左翼文艺运动开始,未受迫害,为革命的青年所拥护的时候，自称左翼，而现在爬到他们的刀下，转头来害左翼作家的几个人。为什么被他们所宝贵的呢？因为他曾经是左翼，所以他们的有几种刊物，那面子还有一部分是通红的，但将其中的农工的图，换上了毕亚兹莱(Aubrey Beardsley)的个个好像病人的图画了。

在这样的情形之下，那些读者们，凡是一向爱读旧式的强盗小说的和新式的肉欲小说的，倒并不觉得不便。然而较进步的青年，就觉得无书可读，他们不得已，只得看看空话很多，内容极少——这样的才不至于被禁止——的书，姑且安慰饥渴，因为他们知道，与其去买官办的催吐的毒剂，还不如喝喝空杯，至少，是不至于受害。但一大部分革命的青年，却无论如何，仍在非常热烈地要求，拥护，发展左翼文艺。

所以，除官办及其走狗办的刊物之外，别的书店的期刊，还是不能不设种种方法，加入几篇比较的急进的作品去，他们也知道专卖空杯，这生意决难久长。左翼文艺有革命的读者大众支持，"将来"正属于这一面。

这样子，左翼文艺仍在滋长。但自然是好像压于大石之下的萌芽一样，在曲折地滋长。

所可惜的，是左翼作家之中，还没有农工出身的作家。一者，因为农工历来只被迫压，榨取，没有略受教育的机会；二者，因为中国的象形——现在是早已变得连形也不像了——的方块字，使农工虽是读书十年，也还不能任意写出自己的意见。这事情很使拿刀的"文艺家"喜欢。他们以为受教育能到会写文章，至少一定是小资产阶级，小资产者应该抱住自己的小资产，现在却反而倾向无产者，那一定是"虚伪"。惟有反对无产阶级文艺的小资产阶级的作家倒是出于"真"心的。"真"比"伪"好，所以他们的对于左翼作家的诬蔑，压迫，囚禁和杀戮，便是更好的文艺。

但是，这用刀的"更好的文艺"，却在事实上，证明了左翼作家们正和一样在被压迫被杀戮的无产者负着同一的运命，惟有左翼文艺现在在和无产者一同受难(Passion)，将来当然也将和无产者一同起来。单单的杀人究竟不是文艺，他们也因此自己宣告了一无所有了。

宣传与做戏[1]

就是那刚刚说过的日本人,他们做文章论及中国的国民性的时候,内中往往有一条叫作"善于宣传"。看他的说明,这"宣传"两字却又不像是平常的"Propaganda",而是"对外说谎"的意思。

这宗话,影子是有一点的。譬如罢,教育经费用光了,却还要开几个学堂,装装门面;全国的人们十之九不识字,然而总得请几位博士,使他对西洋人去讲中国的精神文明;至今还是随便拷问,随便杀头,一面却总支撑维持着几个洋式的"模范监狱",给外国人看看。还有,离前敌很远的将军,他偏要大打电报,说要"为国前驱"。连体操班也不愿意上的学生少爷,他偏要穿上军装,说是"灭此朝食"。

不过,这些究竟还有一点影子;究竟还有几个学堂,几个博士,几个模范监狱,几个通电,几套军装。所以说是"说谎",是不对的。这就是我之所谓"做戏"。

但这普遍的做戏,却比真的做戏还要坏。真的做戏,是只有一时;戏子做完戏,也就恢复为平常状态的。杨小楼做《单刀赴会》,梅兰芳做《黛玉葬花》,只有在戏台上的时候是关云长,是林黛玉,下台就成了普通人,所以并没有大弊。倘使他们扮演一回之后,就永远提着青龙偃月刀或锄头,以关老爷,林妹妹自命,怪声怪气,唱来唱去,那就实在只好算是发热昏了。

不幸因为是"天地大戏场",可以普遍的做戏者,就很难有下台的时

---

[1] 本篇最初发表于一九三一年十一月二十日《北斗》第一卷第三期,署名冬华。

候,例如杨缦华女士用自己的天足,踢破小国比利时女人的"中国女人缠足说",为面子起见,用权术来解围,这还可以说是很该原谅的。但我以为应该这样就拉倒。现在回到寓里,做成文章,这就是进了后台还不肯放下青龙偃月刀;而且又将那文章送到中国的《申报》上来发表,则简直是提着青龙偃月刀一路唱回自己的家里来了。难道作者真已忘记了中国女人曾经缠脚,至今也还有正在缠脚的么?还是以为中国人都已经自己催眠,觉得全国女人都已穿了高跟皮鞋了呢?

这不过是一个例子罢了,相像的还多得很,但恐怕不久天也就要亮了。

风马牛①

主张"顺而不信"译法的大将赵景深先生,近来却并没有译什么大作,他大抵只在《小说月报》上,将"国外文坛消息",来介绍给我们。这自然是很可感谢的。那些消息,是译来的呢,还是介绍者自去打听来,研究来的?我们无从捉摸。即使是译来的罢,但大抵没有说明出处,我们也无从考查。自然,在主张"顺而不信"译法的赵先生,这是都不必注意的,如果有些"不信",倒正是贯彻了宗旨。

然而,疑难之处,我却还是遇到的。

在二月号的《小说月报》里,赵先生将"新群众作家近讯"告诉我们,其一道:"格罗泼已将马戏的图画故事《Alay Oop》脱稿。"这是极"顺"的,但待到看见了这本图画,却不尽是马戏。借得英文字典来,将书名下面注着两行英文"Life and Love Among the Acrobats Told Entirely in Pictures"查了一通,才知道原来并不是"马戏"的故事,而是"做马戏的戏子们"的故事。这么一说,自然,有些"不顺"了。但内容既然是这样的,另外也没有法子想。必须是"马戏子",这才会有"Love"。

《小说月报》到了十一月号,赵先生又告诉了我们"塞意斯完成四部曲",而且"连最后的一册《半人半牛怪》(Der Zentaur)也已于今年出版"了。这一下"Der",就令人眼睛发白,因为这是茄门话,就是想查字典,除了同济学校也几乎无处可借,那里还敢发生什么贰心。然而那下面的一个

---

① 本篇最初发表于一九三一年十二月二十日《北斗》第一卷第四期,署名长庚。

名词,却不写尚可,一写倒成了疑难杂症。这字大约是源于希腊的,英文字典上也就有,我们还常常看见用它做画材的图画,上半身是人,下半身却是马,不是牛。牛马同是哺乳动物,为了要"顺",固然混用一回也不关紧要,但究竟马是奇蹄类,牛是偶蹄类,有些不同,还是分别了好,不必"出到最后的一册"的时候,偏来"牛"一下子的。

"牛"了一下之后,使我联想起赵先生的有名的"牛奶路"来了。这很像是直译或"硬译",其实却不然,也是无缘无故的"牛"了进去的。这故事无须查字典,在图画上也能看见。却说希腊神话里的大神宙斯是一位很有些喜欢女人的神,他有一回到人间去,和某女士生了一个男孩子。物必有偶,宙斯太太却偏又是一个很有些嫉妒心的女神。她一知道,拍桌打凳的大怒了一通之后,便将那孩子取到天上,要看机会将他害死。然而孩子是天真的,他满不知道,有一回,碰着了宙太太的乳头,便一吸,太太大吃一惊,将他一推,跌落到人间,不但没有被害,后来还成了英雄。但宙太太的乳汁,却因此一吸,喷了出来,飞散天空,成为银河,也就是"牛奶路",——不,其实是"神奶路"。但白种人是一切"奶"都叫"Milk"的,我们看惯了罐头牛奶上的文字,有时就不免于误译,是的,这也是无足怪的事。

但以对于翻译大有主张的名人,而遇马发昏,爱牛成性,有些"牛头不对马嘴"的翻译,却也可当作一点谈助。——不过当作别人的一点谈助,并且借此知道一点希腊神话而已,于赵先生的"与其信而不顺,不如顺而不信"的格言,却还是毫无损害的。这叫作"乱译万岁!"

答中学生杂志社问[1]

"假如先生面前站着一个中学生,处此内忧外患交迫的非常时代,将对他讲怎样的话,作努力的方针?"
编辑先生:

请先生也许我回问你一句,就是:我们现在有言论的自由么?假如先生说"不",那么我知道一定也不会怪我不作声的。假如先生竟以"面前站着一个中学生"之名,一定要逼我说一点,那么,我说:第一步要努力争取言论的自由。

---

[1] 本篇最初发表于一九三二年一月一日《中学生》新年号。

中华民国的新"堂·吉诃德"们[1]

十六世纪末尾的时候,西班牙的文人西万提斯做了一大部小说叫作《堂·吉诃德》,说这位吉先生,看武侠小说看呆了,硬要去学古代的游侠,穿一身破甲,骑一匹瘦马,带一个跟丁,游来游去,想斩妖服怪,除暴安良。谁知当时已不是那么古气盎然的时候了,因此只落得闹了许多笑话,吃了许多苦头,终于上个大当,受了重伤,狼狈回来,死在家里,临死才知道自己不过一个平常人,并不是什么大侠客。

这一个古典,去年在中国曾经很被引用了一回,受到这个谥法的名人,似乎还有点很不高兴的样子。其实是,这种书呆子,乃是西班牙书呆子,向来爱讲"中庸"的中国,是不会有的。西班牙人讲恋爱,就天天到女人窗下去唱歌,信旧教,就烧杀异端,一革命,就捣烂教堂,踢出皇帝。然而我们中国的文人学子,不是总说女人先来引诱他,诸教同源,保存庙产,宣统在革命之后,还许他许多年在宫里做皇帝吗?

记得先前的报章上,发表过几个店家的小伙计,看剑侠小说入了迷,忽然要到武当山去学道的事,这倒很和"堂·吉诃德"相像的。但此后便看不见一点后文,不知道是也做出了许多奇迹,还是不久就又回到家里去了?以"中庸"的老例推测起来,大约以回了家为合式。

这以后的中国式的"堂·吉诃德"的出现,是"青年援马团"。不是兵,他们偏要上战场;政府要诉诸国联,他们偏要自己动手;政府不准去,他们

---

[1] 本篇最初发表于一九三二年一月二十日《北斗》第二卷第一期,署名不堂。

偏要去;中国现在总算有一点铁路了,他们偏要一步一步的走过去;北方是冷的,他们偏只穿件夹袄;打仗的时候,兵器是顶要紧的,他们偏只着重精神。这一切等等,确是十分"堂·吉诃德"的了。然而究竟是中国的"堂·吉诃德",所以他只一个,他们是一团;送他的是嘲笑,送他们的是欢呼;迎他的是诧异,而迎他们的也是欢呼;他驻扎在深山中,他们驻扎在真茹镇;他在磨坊里打风磨,他们在常州玩梳篦,又见美女,何幸如之(见十二月《申报》《自由谈》)。其苦乐之不同,有如此者,呜呼!

不错,中外古今的小说太多了,里面有"舆榇",有"截指",有"哭秦庭",有"对天立誓"。耳濡目染,诚然也不免来抬棺材,砍指头,哭孙陵,宣誓出发的。然而五四运动时胡适之博士讲文学革命的时候,就已经要"不用古典",现在在行为上,似乎更可以不用了。

讲二十世纪战事的小说,旧一点的有雷马克的《西线无战事》,棱的《战争》,新一点的有绥拉菲摩维支的《铁流》,法捷耶夫的《毁灭》,里面都没有这样的"青年团",所以他们都实在打了仗。

关于知识阶级①

我到上海约二十多天,这回来上海并无什么意义,只是跑来跑去偶然到上海就是了。

我没有什么学问和思想,可以贡献给诸君。但这次易先生②要我来讲几句话;因为我去年亲见易先生在北京和军阀官僚怎样奋斗;而且我也参与其间,所以他要我来,我是不得不来的。

我不会讲演,也想不出什么可讲的,讲演近于做八股,是极难的,要有讲演的天才才好,在我是不会的。终于想不出什么,只能随便一谈;刚才谈起中国情形,说到"知识阶级"四字,我想对于知识阶级发表一点个人的意见,只是我并不是站在引导者的地位,要诸君都相信我的话,我自己走路都走不清楚,如何能引导诸君?

"知识阶级"一辞是爱罗先珂(V. Eroshenko)七八年前讲演"知识阶级及其使命"时提出的,他骂俄国的知识阶级,也骂中国的知识阶级,中国人于是也骂起知识阶级来了;后来便要打倒知识阶级,再利害一点甚至于要杀知识阶级了。知识就仿佛是罪恶,但是一方面虽有人骂知识阶级;一方面却又有人以此自豪:这种情形是中国所特有的,所谓俄国的知识阶级,其实与中国的不同,俄国当革命以前,社会上还欢迎知识阶级。为什么要欢

---

① 发表于一九二七年十一月《国立劳动大学周刊》,是鲁迅在该校讲演的记录稿。
② 易先生:即易培基(1880—1937),字寅村,湖南长沙人。一九二四年十一月、一九二五年十二月两次担任短时期的北洋政府教育总长。

迎呢？因为他确能替平民抱不平，把平民的苦痛告诉大众。他为什么能把平民的苦痛说出来？因为他与平民接近，或自身就是平民。几年前有一位中国大学教授，他很奇怪，为什么有人要描写一个车夫的事情，这就因为大学教授一向住在高大的洋房里，不明白平民的生活。欧洲的著作家往往是平民出身，（欧洲人虽出身穷苦，也能做文章；这因为他们的文字容易写，中国的文字却不容易写了。）所以也同样的感受到平民的苦痛，当然能痛痛快快写出来为平民说话，因此平民以为知识阶级对于自身是有益的；于是赞成他，到处都欢迎他，但是他们既受此荣誉，地位就增高了，而同时却把平民忘记了，变成一种特别的阶级。那时他们自以为了不得，到阔人家里去宴会，钱也多了，房子东西都要好的，终于与平民远远的离开了。他享受了高贵的生活，就记不起从前一切的贫苦生活了。——所以请诸位不要拍手，拍了手把我的地位一提高，我就要忘记了说话的。他不但不同情于平民或许还要压迫平民，以致变成了平民的敌人，现在贵族阶级不能存在；贵族的知识阶级当然也不能站住了，这是知识阶级缺点之一。

还有知识阶级不可免避的运命，在革命时代是注重实行的，动的；思想还在其次，直白地说：或者倒有害。至少我个人的意见如此。唐朝奸臣李林甫有一次看兵操练很勇敢，就有人对着他称赞。他说："兵好是好，可是无思想"，这话很不差。因为兵之所以勇敢，就在没有思想，要是有了思想，就会没有勇气了。现在倘叫我去当兵，要我去革命，我一定不去，因为明白了利害是非，就难于实行了。有知识的人，讲讲柏拉图（Plato）讲讲苏格拉底（Socrates）是不会有危险的。讲柏拉图可以讲一年，讲苏格拉底可以讲三年，他很可以安安稳稳地活下去，但要他去干危险的事情，那就很费踌躇。譬如中国人，凡是做文章，总说"有利然而又有弊"，这最足以代表知识阶级的思想。其实无论什么都是有弊的，就是吃饭也是有弊的，它能滋养我们这方面是有利的；但是一方面使我们消化器官疲乏，那就不好而有弊了。假使做事要面面顾到，那就什么事都不能做了。

还有，知识阶级对于别人的行动，往往以为这样也不好，那样也不好。先前俄国皇帝杀革命党，他们反对皇帝；后来革命党杀皇族，他们也起来反对。问他怎么才好呢？他们也没办法。所以在皇帝时代他们吃苦，在革命时代他们也吃苦，这实在是他们本身的缺点。

所以我想，知识阶级能否存在还是个问题。知识和强有力是冲突的，不能并立的;强有力不许人民有自由思想,因为这能使能力分散,在动物界有很明显的例;猴子的社会是最专制的,猴王说一声走,猴子都走了。在原始时代酋长的命令是不能反对的,无怀疑的,在那时酋长带领着群众并吞衰小的部落;于是部落渐渐的大了,团体也大了。一个人就不能支配了。因为各个人思想发达了,各人的思想不一,民族的思想就不能统一,于是命令不行,团体的力量减小,而渐趋灭亡。在古时野蛮民族常侵略文明很发达的民族,在历史上是常见的。现在知识阶级在国内的弊病,正与古时一样。

英国罗素(Russel)法国罗曼罗兰(R. Rolland)反对欧战,大家以为他们了不起,其实幸而他们的话没有实行,否则德国早已打进英国和法国了;因为德国如不能同时实行非战,是没有办法的。俄国托尔斯泰(Tolstoi)的无抵抗主义之所以不能实行,也是这个原因。他不主张以恶报恶的,他的意思是皇帝叫我们去当兵,我们不去当兵,叫警察去捉,他不捉;叫刽子手去杀,他不去杀,大家都不听皇帝的命令,他也没有兴趣;那末做皇帝也无聊起来,天下也就太平了。然而如果一部分的人偏听皇帝的话,那就不行。

我从前也很想做皇帝,后来在北京去看到宫殿的房子都是一个刻板的格式,觉得无聊极了。所以我皇帝也不想做了。做人的趣味在和许多朋友有趣的谈天,热烈的讨论。做了皇帝,口出一声,臣民都下跪,只有不绝声的——Yes, Yes,那有什么趣味?但是还有人做皇帝,因为他和外界隔绝,不知外面还有世界!

总之,思想一自由,能力要减少,民族就站不住,他的自身也站不住了!现在思想自由和生存还有冲突,这是知识阶级本身的缺点。

然而知识阶级将什么样呢?还是在指挥刀下听令行动,还是发表倾向民众的思想呢?要是发表意见,就要想到什么就说什么。真的知识阶级是不顾利害的,如想到种种利害,就是假的,冒充的知识阶级;只是假知识阶级的寿命倒比较长一点。像今天发表这个主张,明天发表那个意见的人,思想似乎天天在进步;只是真的知识阶级的进步,决不能如此快的。不过他们对于社会永不会满意的,所感受的永远是痛苦,所看到的永远是缺点,他们预备着将来的牺牲,社会也因为有了他们而热闹,不过他的本身——心身方面总是苦痛的;因为这也是旧式社会传下来的遗物。至于诸君,是与旧的不同,是二十世纪初叶青年,如在劳动大学一方读书,一方做工,这是新的境遇；或许可以造成新的局面,但是环境是老样子,着着逼人堕落,倘不与这老社会奋斗,还是要回到老路上去的。

譬如从前我在学生时代不吸烟,不吃酒,不打牌,没有一点嗜好;后来当了教员,有人发传单说我抽鸦片。我很气,但并不辩明,为要报复他们,前年我在陕西就真的抽一回鸦片,看他们怎样？此次来上海有人在报纸上说我来开书店；又有人说我每年版税有一万多元。但是我也并不辩明；但曾经自己想,与其负空名,倒不如真的去赚这许多进款。

还有一层,最可怕的情形,就是比较新的思想运动起来时,如与社会无关,作为空谈,那是不要紧的,这也是专制时代所以能容知识阶级存在的原故。因为痛哭流泪与实际是没有关系的,只是思想运动变成实际的社会运动时,那就危险了。往往反为旧势力所扑灭。中国现在也是如此,这现象,革新的人称之为"反动"。我在文艺史上,却找到一个好名辞,就是Renaissance,在意大利文艺复兴的意义,是把古时好的东西复活,将现存的坏的东西压倒,因为那时候思想太专制腐败了,在古时代确实有些比较好的；因此后来得到了社会上的信仰。现在中国顽固派的复古,把孔子礼教都拉出来了,但是他们拉出来的是好的么？如果是不好的,就是反动,倒退,以后恐怕是倒退的时代了。

还有,中国人现在胆子格外小了,这是受了共产党的影响。人一听到俄罗斯,一看见红色,就吓得一跳；一听到新思想,一看到俄国的小说,更其害怕,对于较特别的思想,较新思想尤其丧心发抖,总要仔仔细细底想,这有没有变成共产党思想的可能性?！这样的害怕,一动也不敢动,怎样能够有进步呢？这实在是没有力量的表示,比如我们吃东西,吃就吃,若是左思右想,吃牛肉怕不消化,喝茶时又要怀疑,那就不行了,——老年人才是如此；有力量,有自信力的人是不至于此的。虽是西洋文明罢,我们能吸收时,就是西洋文明也变成我们自己的了。好像吃牛肉一样,决不会吃了牛肉自己也即变成牛肉的,要是如此胆小,那真是衰弱的知识阶级了,不衰弱的知识阶级,尚且对于将来的存在不能确定；而衰弱的知识阶级是必定要灭亡的。从前或许有,将来一定不能存在的。

现在,比较安全一点的,还有一条路,是不做时评而做艺术家。要为艺术而艺术。住在"象牙之塔"里,目下自然要比别处平安。就我自己来说罢,——有人说我只会讲自己,这是真的。我先前独自住在厦门大学的一所静寂的大洋房里;到了晚上,我总是孤思默想,想到一切,想到世界怎样,人类怎样,我静静地思想时,自己以为很了不得的样子;但是给蚊子一咬,跳了一跳,把世界人类的大问题全然忘了,离不开的还是我本身。

就我自己说起来,是早就有人劝我不要发议论,不要做杂感,你还是创作去吧!因为做了创作在世界史上有名字,做杂感是没有名字的。其实就是我不做杂感,世界史上,还是没有名字的,这得声明一句,是:这些劝我做创作,不要写杂感的人们之中,有几个是别有用意,是被我骂过的。所以要我不再做杂感。但是我不听他,因此在北京终于站不住了,不得不躲到厦门的图书馆上去了。

艺术家住在象牙塔中,固然比较地安全,但可惜还是安全不到底。秦始皇,汉武帝想成仙,终于没有成功而死了。危险的临头虽然可怕,但别的运命说不定,"人生必死"的运命却无法逃避,所以危险也仿佛用不着害怕似的。但我并不想劝青年得到危险,也不劝他人去做牺牲,说为社会死了名望好,高巍巍的镌起铜像来。自己活着的人没有劝别人去死的权利,假使你自己以为死是好的,那末请你自己先去死吧。诸君中恐有钱人不多罢。那末,我们穷人唯一的资本就是生命。以生命来投资,为社会做一点事,总得多赚一点利才好;以生命来做利息小的牺牲,是不值得的。所以我从来不叫人去牺牲,但也不要再爬进象牙之塔和知识阶级里去了,我以为是最稳当的一条路。

至于有一班从外国留学回来,自称知识阶级,以为中国没有他们就要灭亡的,却不在我所论之内,像这样的知识阶级,我还不知道是些什么东西?!

今天的说话很没有伦次,望诸君原谅!

一九二七年。

辱骂和恐吓决不是战斗①
——致《文学月报》编辑的一封信

起应兄:

前天收到《文学月报》第四期,看了一下。我所觉得不足的,并非因为它不及别种杂志的五花八门,乃是总还不能比先前充实。但这回提出了几位新的作家来,是极好的,作品的好坏我且不论,最近几年的刊物上,倘不是姓名曾经排印过了的作家,就很有不能登载的趋势,这么下去,新的作者要没有发表作品的机会了。现在打破了这局面,虽然不过是一种月刊的一期,但究竟也扫去一些沉闷,所以我以为是一种好事情。但是,我对于芸生先生的一篇诗,却非常失望。

这诗,一目了然,是看了前一期的别德纳衣的讽刺诗而作的。然而我们来比一比罢,别德纳衣的诗虽然自认为"恶毒",但其中最甚的也不过是笑骂。这诗怎么样?有辱骂,有恐吓,还有无聊的攻击:其实是大可以不必作的。

例如罢,开首就是对于姓的开玩笑。一个作者自取的别名,自然可以窥见他的思想,譬如"铁血","病鹃"之类,固不妨由此开一点小玩笑。但姓氏籍贯,却不能决定本人的功罪,因为这是从上代传下来的,不能由他自主。我说这话还在四年之前,当时曾有人评我为"封建余孽",其实是捧住了这样的题材,欣欣然自以为得计者,倒是十分"封建的"。不过这种风气,近几年颇少见了,不料现在竟又复活起来,这确不能不说是一个退步。

---

① 本篇最初发表于一九三二年十二月十五日《文学月报》第一卷第五、六号合刊。

尤其不堪的是结末的辱骂。现在有些作品,往往并非必要而偏在对话里写上许多骂语去,好像以为非此便不是无产者作品,骂詈愈多,就愈是无产者作品似的。其实好的工农之中,并不随口骂人的多得很,作者不应该将上海流氓的行为,涂在他们身上的。即使有喜欢骂人的无产者,也只是一种坏脾气,作者应该由文艺加以纠正,万不可再来展开,使将来的无阶级社会中,一言不合,便祖宗三代的闹得不可开交。况且即是笔战,就也如别的兵战或拳斗一样,不妨伺隙乘虚,以一击制敌人的死命,如果一味鼓噪,已是《三国志演义》式战法,至于骂一句爹娘,扬长而去,还自以为胜利,那简直是"阿 Q"式的战法了。

接着又是什么"剖西瓜"之类的恐吓,这也是极不对的,我想。无产者的革命,乃是为了自己的解放和消灭阶级,并非因为要杀人,即使是正面的敌人,倘不死于战场,就有大众的裁判,决不是一个诗人所能提笔判定生死的。现在虽然很有什么"杀人放火"的传闻,但这只是一种诬陷。中国的报纸上看不出实话,然而只要一看别国的例子也就可以恍然:德国的无产阶级革命(虽然没有成功),并没有乱杀人;俄国不是连皇帝的宫殿都没有烧掉么?而我们的作者,却将革命的工农用笔涂成一个吓人的鬼脸,由我看来,真是卤莽之极了。

自然,中国历来的文坛上,常见的是诬陷,造谣,恐吓,辱骂,翻一翻大部的历史,就往往可以遇见这样的文章,直到现在,还在应用,而且更加厉害。但我想,这一份遗产,还是都让给叭儿狗文艺家去承受罢,我们的作者倘不竭力的抛弃了它,是会和他们成为"一丘之貉"的。

不过我并非主张要对敌人陪笑脸,三鞠躬。我只是说,战斗的作者应该注重于"论争";倘在诗人,则因为情不可遏而愤怒,而笑骂,自然也无不可。但必须止于嘲笑,止于热骂,而且要"喜笑怒骂,皆成文章",使敌人因此受伤或致死,而自己并无卑劣的行为,观者也不以为污秽,这才是战斗的作者的本领。

刚才想到了以上的一些,便写出寄上,也许于编辑上可供参考。总之,我是极希望此后的《文学月报》上不再有那样的作品的。

专此布达,并问好。

十二月十日。

帮忙文学与帮闲文学[1]

——十一月二十二日在北京大学第二院讲

我四五年来未到这边,对于这边情形,不甚熟悉;我在上海的情形,也非诸君所知。所以今天还是讲帮闲文学与帮忙文学。

这当怎么讲?从五四运动后,新文学家很提倡小说;其故由当时提倡新文学的人看见西洋文学中小说地位甚高,和诗歌相仿佛;所以弄得像不看小说就不是人似的。但依我们中国的老眼睛看起来,小说是给人消闲的,是为酒余茶后之用。因为饭吃得饱饱的,茶喝得饱饱的,闲起来也实在是苦极的事,那时候又没有跳舞场:明末清初的时候,一份人家必有帮闲的东西存在的。那些会念书会下棋会画画的人,陪主人念念书,下下棋,画几笔画,这叫做帮闲,也就是篾片!所以帮闲文学又名篾片文学。小说就做着篾片的职务。汉武帝时候,只有司马相如不高兴这样,常常装病不出去。至于究竟为什么装病,我可不知道。倘说他反对皇帝是为了卢布,我想大概是不会的,因为那个时候还没有卢布。大凡要亡国的时候,皇帝无事,臣子谈谈女人,谈谈酒,像六朝的南朝,开国的时候,这些人便做诏令,做敕,做宣言,做电报——做所谓皇皇大文。主人一到第二代就不忙了,于是臣子就帮闲。所以帮闲文学实在就是帮忙文学。

中国文学从我看起来,可以分为两大类:(一)廊庙文学,这就是已经走进主人家中,非帮主人的忙,就得帮主人的闲;与这相对的是(二)山林

---

[1] 本篇记录稿最初发表于一九三二年十——二月十七日天津《电影与文艺》创刊号。

文学。唐诗即有此二种。如果用现代话讲起来,是"在朝"和"下野"。后面这一种虽然暂时无忙可帮,无闲可帮,但身在山林,而"心存魏阙"。如果既不能帮忙,又不能帮闲,那么,心里就甚是悲哀了。

中国是隐士和官僚最接近的。那时很有被聘的希望,一被聘,即谓之征君;开当铺,卖糖葫芦是不会被征的。我曾经听说有人做世界文学史,称中国文学为官僚文学。看起来实在也不错。一方面固然由于文字难,一般人受教育少,不能做文章,但在另一方面看起来,中国文学和官僚也实在接近。

现在大概也如此。惟方法巧妙得多了,竟至于看不出来。今日文学最巧妙的有所谓为艺术而艺术派。这一派在五四运动时代,确是革命的,因为当时是向"文以载道"说进攻的,但是现在却连反抗性都没有了。不但没有反抗性,而且压制新文学的发生。对社会不敢批评,也不能反抗,若反抗,便说对不起艺术。故也变成帮忙柏勒思(plus)帮闲。为艺术而艺术派对俗事是不问的,但对于俗事如主张为人生而艺术的人是反对的,则如现代评论派,他们反对骂人,但有人骂他们,他们也是要骂的。他们骂骂人的人,正如杀杀人的一样——他们是刽子手。

这种帮忙和帮闲的情形是长久的。我并不劝人立刻把中国的文物都抛弃了,因为不看这些,就没有东西看;不帮忙也不帮闲的文学真也太不多。现在做文章的人们几乎都是帮闲帮忙的人物。有人说文学家是很高尚的,我却不相信与吃饭问题无关,不过我又以为文学与吃饭问题有关也不打紧,只要能比较的不帮忙不帮闲就好。

观　斗[1]

我们中国人总喜欢说爱和平,但其实,是爱斗争的,爱看别的东西斗争,也爱看自己们斗争。

最普通的是斗鸡,斗蟋蟀,南方有斗黄头鸟,斗画眉鸟,北方有斗鹌鹑,一群闲人们围着呆看,还因此赌输赢。古时候有斗鱼,现在变把戏的会使跳蚤打架。看今年的《东方杂志》,才知道金华又有斗牛,不过和西班牙是两样的,西班牙是人和牛斗,我们是使牛和牛斗。

任他们斗争着,自己不与斗,只是看。

军阀们只管自己斗争着,人民不与闻,只是看。

然而军阀们也不是自己亲身在斗争,是使兵士们相斗争,所以频年恶战,而头儿个个终于是好好的,忽而误会消释了,忽而杯酒言欢了,忽而共同御侮了,忽而立誓报国了,忽而……。不消说,忽而自然不免又打起来了。

然而人民一任他们玩把戏,只是看。

但我们的斗士,只有对于外敌却是两样的:近的,是"不抵抗",远的,是"负弩前驱"云。

"不抵抗"在字面上已经说得明明白白。"负弩前驱"呢,弩机的制造法久已失传了,必须待考古学家研究出来,制造起来,然后能够负,然后能

---

[1] 本篇最初发表于一九三三年一月三十一日上海《申报·自由谈》,署名何家干。

够前驱。

还是留着国产的兵士和现买的军火,自己斗争下去罢。中国的人口多得很,暂时总有一些孑遗在看着的。但自然,倘要这样,则对于外敌,就一定非"爱和平"不可。

一月二十四日。

电的利弊[1]

日本幕府时代,曾大杀基督教徒,刑罚甚凶,但不准发表,世无知者。到近几年,乃出版当时的文献不少。曾见《切利支丹殉教记》,其中记有拷问教徒的情形,或牵到温泉旁边,用热汤浇身;或四周生火,慢慢的烤炙,这本是"火刑",但主管者却将火移远,改死刑为虐杀了。

中国还有更残酷的。唐人说部中曾有记载,一县官拷问犯人,四周用火遥焙,口渴,就给他喝酱醋,这是比日本更进一步的办法。现在官厅拷问嫌疑犯,有用辣椒煎汁灌入鼻孔去的,似乎就是唐朝遗下的方法,或则是古今英雄,所见略同。曾见一个因在反省院里的青年的信,说先前身受此刑,苦痛不堪,辣汁流入肺脏及心,已成不治之症,即释放亦不免于死云云。此人是陆军学生,不明内脏构造,其实倒挂灌鼻,可以由气管流入肺中,引起致死之病,却不能进入心中,大约当时因在苦楚中,知觉瞀乱,遂疑为已到心脏了。

但现在之所谓文明人所造的刑具,残酷又超出于此种方法万万。上海有电刑,一上,即遍身痛楚欲裂,遂昏去,少顷又醒,则又受刑。闻曾有连受七八次者,即幸而免死,亦从此牙齿皆摇动,神经亦变钝,不能复原。前年纪念爱迪生,许多人赞颂电报电话之有利于人,却没有想到同是一电,而有人得到这样的大害,福人用电气疗病,美容,而被压迫者却以此受苦,丧命也。

外国用火药制造子弹御敌,中国却用它做爆竹敬神;外国用罗盘针航海,中国却用它看风水;外国用鸦片医病,中国却拿来当饭吃。同一种东西,而中外用法之不同有如此,盖不但电气而已。

一月三十一日。

---

[1] 本篇最初发表于一九三三年二月十六日《申报·自由谈》,署名何家干。

从讽刺到幽默[①]

讽刺家,是危险的。

假使他所讽刺的是不识字者,被杀戮者,被囚禁者,被压迫者罢,那很好,正可给读他文章的所谓有教育的智识者嘻嘻一笑,更觉得自己的勇敢和高明。然而现今的讽刺家之所以为讽刺家,却正在讽刺这一流所谓有教育的智识者社会。

因为所讽刺的是这一流社会,其中的各分子便各各觉得好像刺着了自己,就一个个的暗暗的迎出来,又用了他们的讽刺,想来刺死这讽刺者。

最先是说他冷嘲,渐渐的又七嘴八舌的说他谩骂,俏皮话,刻毒,可恶,学匪,绍兴师爷,等等,等等。然而讽刺社会的讽刺,却往往仍然会"悠久得惊人"的,即使捧出了做过和尚的洋人或专办了小报来打击,也还是没有效,这怎不气死人也么哥呢!

枢纽是在这里:他所讽刺的是社会,社会不变,这讽刺就跟着存在,而你所刺的是他个人,他的讽刺倘存在,你的讽刺就落空了。

所以,要打倒这样的可恶的讽刺家,只好来改变社会。

然而社会讽刺家究竟是危险的,尤其是在有些"文学家"明明暗暗的成了"王之爪牙"的时代。人们谁高兴做"文字狱"中的主角呢,但倘不死绝,肚子里总还有半口闷气,要借着笑的幌子,哈哈的吐他出来。笑笑既不至于得罪别人,现在的法律上也尚无国民必须哭丧着脸的规定,并非"非

[①] 本篇最初发表于一九三三年三月七日《申报·自由谈》,署名何家干。

法",盖可断言的。

我想:这便是去年以来,文字上流行了"幽默"的原因,但其中单是"为笑笑而笑笑"的自然也不少。

然而这情形恐怕是过不长久的,"幽默"既非国产,中国人也不是长于"幽默"的人民,而现在又实在是难以幽默的时候。于是虽幽默也就免不了改变样子了,非倾于对社会的讽刺,即堕入传统的"说笑话"和"讨便宜"。

三月二日。

从幽默到正经[1]

"幽默"一倾于讽刺,失了它的本领且不说,最可怕的是有些人又要来"讽刺",来陷害了,倘若堕于"说笑话",则寿命是可以较为长远,流年也大致顺利的,但愈堕愈近于国货,终将成为洋式徐文长。当提倡国货声中,广告上已有中国的"自造舶来品",便是一个证据。

而况我实在恐怕法律上不久也就要有规定国民必须哭丧着脸的明文了。笑笑,原也不能算"非法"的。但不幸东省沦陷,举国骚然,爱国之士竭力搜索失地的原因,结果发见了其一是在青年的爱玩乐,学跳舞。当北海上正在嘻嘻哈哈的溜冰的时候,一个大炸弹抛了下来,虽然没有伤人,冰却已经炸了一个大窟窿,不能溜之大吉了。

又不幸而榆关失守,热河吃紧了,有名的文人学士,也就更加吃紧起来,做挽歌的也有,做战歌的也有,讲文德的也有,骂人固然可恶,俏皮也不文明,要大家做正经文章,装正经脸孔,以补"不抵抗主义"之不足。

但人类究竟不能这么沉静,当大敌压境之际,手无寸铁,杀不得敌人,而心里却总是愤怒的,于是他就不免寻求敌人的替代。这时候,笑嘻嘻的可就遭殃了,因为他这时便被叫作:"陈叔宝全无心肝"。所以知机的人,必须也和大家一样哭丧着脸,以免于难。"聪明人不吃眼前亏",亦古贤之遗教也,然而这时也就"幽默"归天,"正经"统一了剩下的全中国。

明白这一节,我们就知道先前为什么无论贞女与淫女,见人时都得不笑不言;现在为什么送葬的女人,无论悲哀与否,在路上定要放声大叫。

这就是"正经"。说出来么,那就是"刻毒"。

三月二日。

---

[1] 本篇最初发表于一九三三年三月八日《申报·自由谈》,署名何家干。

听说梦[1]

做梦,是自由的,说梦,就不自由。做梦,是做真梦的,说梦,就难免说谎。

大年初一,就得到一本《东方杂志》新年特大号,临末有"新年的梦想",问的是"梦想中的未来中国"和"个人生活",答的有一百四十多人。记者的苦心,我是明白的,想必以为言论不自由,不如来说梦,而且与其说所谓真话之假,不如来谈谈梦话之真,我高兴的翻了一下,知道记者先生却大大的失败了。

当我还未得到这本特大号之前,就遇到过一位投稿者,他比我先看见印本,自说他的答案已被资本家删改了,他所说的梦其实并不如此。这可见资本家虽然还没法禁止人们做梦,而说了出来,倘为权力所及,却要干涉的,决不给你自由。这一点,已是记者的大失败。

但我们且不去管这改梦案子,只来看写着的梦境罢,诚如记者所说,来答复的几乎全部是智识分子。首先,是谁也觉得生活不安定,其次,是许多人梦想着将来的好社会,"各尽所能"呀,"大同世界"呀,很有些"越轨"气息了(末三句是我添的,记者并没有说)。

但他后来就有点"痴"起来,他不知从那里拾来了一种学说,将一百多个梦分为两大类,说那些梦想好社会的都是"载道"之梦,是"异端",正宗的梦应该是"言志"的,硬把"志"弄成一个空洞无物的东西。然而,孔子

---

[1] 本篇最初发表于一九三三年四月十五日上海《文学杂志》第一号。

曰,"盍各言尔志",而终于赞成曾点者,就因为其"志"合于孔子之"道"的缘故也。

其实是记者的所以为"载道"的梦,那里面少得很。文章是醒着的时候写的,问题又近于"心理测验",遂致对答者不能不做出各各适宜于目下自己的职业,地位,身分的梦来(已被删改者自然不在此例),即使看去好像怎样"载道",但为将来的好社会"宣传"的意思,是没有的。所以,虽然梦"大家有饭吃"者有人,梦"无阶级社会"者有人,梦"大同世界"者有人,而很少有人梦见建设这样社会以前的阶级斗争,白色恐怖,轰炸,虐杀,鼻子里灌辣椒水,电刑……倘不梦见这些,好社会是不会来的,无论怎么写得光明,终究是一个梦,空头的梦,说了出来,也无非教人都进这空头的梦境里面去。

然而要实现这"梦"境的人们是有的,他们不是说,而是做,梦着将来,而致力于达到这一种将来的现在。因为有这事实,这才使许多智识分子不能不说好像"载道"的梦,但其实并非"载道",乃是给"道"载了一下,倘要简洁,应该说是"道载"的。

为什么会给"道载"呢?曰:为目前和将来的吃饭问题而已。

我们还受着旧思想的束缚,一说到吃,就觉得近乎鄙俗。但我是毫没有轻视对答者诸公的意思的。《东方杂志》记者在《读后感》里,也曾引佛洛伊特的意见,以为"正宗"的梦,是"表现各人的心底的秘密而不带着社会作用的"。但佛洛伊特以被压抑为梦的根柢——人为什么被压抑的呢?这就和社会制度,习惯之类连结了起来,单是做梦不打紧,一说,一问,一分析,可就不妥当了。记者没有想到这一层,于是就一头撞在资本家的朱笔上。但引"压抑说"来释梦,我想,大家必已经不以为忤了罢。

不过,佛洛伊特恐怕是有几文钱,吃得饱饱的罢,所以没有感到吃饭之难,只注意于性欲。有许多人正和他在同一境遇上,就也轰然的拍起手来。诚然,他也告诉过我们,女儿多爱父亲,儿子多爱母亲,即因为异性的缘故。然而婴孩出生不多久,无论男女,就尖起嘴唇,将头转来转去。莫非它想和异性接吻么?不,谁都知道:是要吃东西!

食欲的根柢,实在比性欲还要深,在目下开口爱人,闭口情书,并不以为肉麻的时候,我们也大可以不必讳言要吃饭。因为是醒着做的梦,所以不免有些不真,因为题目究竟是"梦想",而且如记者先生所说,我们是"物质的需要远过于精神的追求"了,所以乘着Censors(也引用佛洛伊特语)的监护好像解除了之际,便公开了一部分。其实也是在"梦中贴标语,喊口号",不过不是积极的罢了,而且有些也许倒和表面的"标语"正相反。

时代是这么变化,饭碗是这样艰难,想想现在和将来,有些人也只能如此说梦,同是小资产阶级(虽然也有人定我为"封建余孽"或"土著资产阶级",但我自己姑且定为属于这阶级),很能够彼此心照,然而也无须秘而不宣的。

至于另有些梦为隐士,梦为渔樵,和本相全不相同的名人,其实也只是豫感饭碗之脆,而却想将吃饭范围扩大起来,从朝廷而至园林,由洋场及于山泽,比上面说过的那些志向要大得远,不过这里不来多说了。

一月一日。

言论自由的界限[1]

看《红楼梦》,觉得贾府上是言论颇不自由的地方。焦大以奴才的身分,仗着酒醉,从主子骂起,直到别的一切奴才,说只有两个石狮子干净。结果怎样呢? 结果是主子深恶,奴才痛嫉,给他塞了一嘴马粪。

其实是,焦大的骂,并非要打倒贾府,倒是要贾府好,不过说主奴如此,贾府就要弄不下去罢了。然而得到的报酬是马粪。所以这焦大,实在是贾府的屈原,假使他能做文章,我想,恐怕也会有一篇《离骚》之类。

三年前的新月社诸君子,不幸和焦大有了相类的境遇。他们引经据典,对于党国有了一点微词,虽然引的大抵是英国经典,但何尝有丝毫不利于党国的恶意,不过说:"老爷,人家的衣服多么干净,您老人家的可有些儿脏,应该洗它一洗"罢了。不料"荃不察余之中情兮",来了一嘴的马粪:国报同声致讨,连《新月》杂志也遭殃。但新月社究竟是文人学士的团体,这时就也来了一大堆引据三民主义,辨明心迹的"离骚经"。现在好了,吐出马粪,换塞甜头,有的顾问,有的教授,有的秘书,有的大学院长,言论自由,《新月》也满是所谓"为文艺的文艺"了。

这就是文人学士究竟比不识字的奴才聪明,党国究竟比贾府高明,现在究竟比乾隆时候光明:三明主义。

然而竟还有人在嚷着要求言论自由。世界上没有这许多甜头,我想,该是明白的罢,这误解,大约是在没有悟到现在的言论自由,只以能够表示

---

[1] 发表于一九三三年四月《申报·自由谈》,署名何家干。

主人的宽宏大度的说些"老爷,你的衣服……"为限,而还想说开去。

　　这是断乎不行的。前一种,是和《新月》受难时代不同,现在好像已有的了,这《自由谈》也就是一个证据,虽然有时还有几位拿着马粪,前来探头探脑的英雄。至于想说开去,那就足以破坏言论自由的保障。要知道现在虽比先前光明,但也比先前利害,一说开去,是连性命都要送掉的。即使有了言论自由的明令,也千万大意不得。这我是亲眼见过好几回的,非"卖老"也,不自觉其做奴才之君子,幸想一想而垂鉴焉。

　　　　　　　　　　　　　　一九三三年四月十七日。

文章与题目[1]

一个题目,做来做去,文章是要做完的,如果再要出新花样,那就使人会觉得不是人话。然而只要一步一步的做下去,每天又有帮闲的敲边鼓,给人们听惯了,就不但做得出,而且也行得通。

譬如近来最主要的题目,是"安内与攘外"罢,做的也着实不少了。有说安内必先攘外的,有说安内同时攘外的,有说不攘外无以安内的,有说攘外即所以安内的,有说安内即所以攘外的,有说安内急于攘外的。

做到这里,文章似乎已经无可翻腾了,看起来,大约总可以算是做到了绝顶。

所以再要出新花样,就使人会觉得不是人话,用现在最流行的谥法来说,就是大有"汉奸"的嫌疑。为什么呢?就因为新花样的文章,只剩了"安内而不必攘外","不如迎外以安内","外就是内,本无可攘"这三种了。

这三种意思,做起文章来,虽然实在希奇,但事实却是有的,而且不必远征晋宋,只要看看明朝就够。满洲人早在窥伺了,国内却是草菅民命,杀戮清流,做了第一种。李自成进北京了,阔人们不甘给奴子做皇帝,索性请"大清兵"来打掉他,做了第二种。至于第三种,我没有看过《清史》,不得而知,但据老例,则应说是爱新觉罗氏之先,原是轩辕黄帝第几子之苗裔,遁于朔方,厚泽深仁,遂有天下,总而言之,咱们原是一家子云。

---

[1] 本篇最初发表于一九三三年五月五日《申报·自由谈》,署名何家干。

后来的史论家,自然是力斥其非的,就是现在的名人,也正痛恨流寇。但这是后来和现在的话,当时可不然,鹰犬塞途,干儿当道,魏忠贤不是活着就配享了孔庙么?他们那种办法,那时都有人来说得头头是道的。

　　前清末年,满人出死力以镇压革命,有"宁赠友邦,不给家奴"的口号,汉人一知道,更恨得切齿。其实汉人何尝不如此?吴三桂之请清兵入关,便是一想到自身的利害,即"人同此心"的实例了。……

四月二十九日。

附记:
　　原题是《安内与攘外》。

五月五日。

新 药[1]

说起来就记得,诚然,自从九一八以后,再没有听到吴稚老的妙语了,相传是生了病。现在刚从南昌专电中,飞出一点声音来,却连改头换面的,也是自从九一八以后,就再没有一丝声息的民族主义文学者们,也来加以冷冷的讪笑。

为什么呢?为了九一八。

想起来就记得,吴稚老的笔和舌,是尽过很大的任务的,清末的时候。五四的时候,北伐的时候,清党的时候,清党以后的还是闹不清白的时候。然而他现在一开口,却连躲躲闪闪的人物儿也来冷笑了。九一八以来的飞机,真也炸着了这党国的元老吴先生,或者是,炸大了一些躲躲闪闪的人物儿的小胆子。

九一八以后,情形就有这么不同了。

旧书里有过这么一个寓言,某朝某帝的时候,宫女们多数生了病,总是医不好。最后来了一个名医,开出神方道:壮汉若干名。皇帝没有法,只得照他办。若干天之后,自去察看时,宫女们果然个个神采焕发了,却另有许多瘦得不像人样的男人,拜伏在地上。皇帝吃了一惊,问这是什么呢?宫女们就嗫嚅的笑道:是药渣。

照前几天报上的情形看起来,吴先生仿佛就如药渣一样,也许连狗子都要加以践踏了。然而他是聪明的,又很恬淡,决不至于不顾自己,给人家熬尽了汁水。不过因为九一八以后,情形已经不同,要有一种新药出卖是

---

[1] 本篇最初发表于一九三三年五月七日《申报·自由谈》,署名丁萌。

真的,对于他的冷笑,其实也就是新药的作用。

这种新药的性味,是要很激烈,而和平。譬之文章,则须先讲烈士的殉国,再叙美人的殉情;一面赞希特勒的组阁,一面颂苏联的成功;军歌唱后,来了恋歌;道德谈完,就讲妓院;因国耻日而悲杨柳,逢五一节而忆蔷薇;攻击主人的敌手,也似乎不满于它自己的主人……总而言之,先前所用的是单方,此后出卖的却是复药了。

复药虽然好像万应,但也常无一效的,医不好病,即毒不死人。不过对于误服这药的病人,却能够使他不再寻求良药,拖重了病症而至于胡里胡涂的死亡。

四月二十九日。

关于女人[1]

国难期间,似乎女人也特别受难些。一些正人君子责备女人爱奢侈,不肯光顾国货。就是跳舞,肉感等等,凡是和女性有关的,都成了罪状。仿佛男人都做了苦行和尚,女人都进了修道院,国难就会得救似的。

其实那不是女人的罪状,正是她的可怜。这社会制度把她挤成了各种各式的奴隶,还要把种种罪名加在她头上。西汉末年,女人的"堕马髻","愁眉啼妆",也说是亡国之兆。其实亡汉的何尝是女人!不过,只要看有人出来唉声叹气的不满意女人的妆束,我们就知道当时统治阶级的情形,大概有些不妙了。

奢侈和淫靡只是一种社会崩溃腐化的现象,决不是原因。私有制度的社会,本来把女人也当做私产,当做商品。一切国家,一切宗教都有许多稀奇古怪的规条,把女人看做一种不吉利的动物,威吓她,使她奴隶般的服从;同时又要她做高等阶级的玩具。正像现在的正人君子,他们骂女人奢侈,板起面孔维持风化,而同时正在偷偷地欣赏着肉感的大腿文化。

阿刺伯的一个古诗人说:"地上的天堂是在圣贤的经书上,马背上,女人的胸脯上。"这句话倒是老实的供状。

自然,各种各式的卖淫总有女人的份。然而买卖是双方的。没有买淫的嫖男,那里会有卖淫的娼女。所以问题还在买淫的社会根源。这根源存在一天,也就是主动的买者存在一天,那所谓女人的淫靡和奢侈就一天不

---

[1] 本篇最初发表于一九三三年六月十五日《申报月刊》第二卷第六号,署名洛文。

会消灭。男人是私有主的时候，女人自身也不过是男人的所有品。也许是因此罢，她的爱惜家财的心或者比较的差些，她往往成了"败家精"。何况现在买淫的机会那么多，家庭里的女人直觉地感觉到自己地位的危险。民国初年我就听说，上海的时髦是从长三幺二传到姨太太之流，从姨太太之流再传到太太奶奶小姐。这些"人家人"，多数是不自觉地在和娼妓竞争，——自然，她们就要竭力修饰自己的身体，修饰到拉得住男子的心的一切。这修饰的代价是很贵的，而且一天一天的贵起来，不但是物质上的，而且还有精神上的。

美国一个百万富翁说："我们不怕共匪（原文无匪字，谨遵功令改译），我们的妻女就要使我们破产，等不及工人来没收。"中国也许是惟恐工人"来得及"，所以高等华人的男女这样赶紧的浪费着，享用着，畅快着，那里还管得到国货不国货，风化不风化。然而口头上是必须维持风化，提倡节俭的。

四月十一日。

由中国女人的脚，推定中国人之非中庸，又由此推定孔夫子有胃病[1]

古之儒者不作兴谈女人，但有时总喜欢谈到女人。例如"缠足"罢，从明朝到清朝的带些考据气息的著作中，往往有一篇关于这事起源的迟早的文章。为什么要考究这样下等事呢，现在不说他也罢，总而言之，是可以分为两大派的，一派说起源早，一派说起源迟。说早的一派，看他的语气，是赞成缠足的，事情愈古愈好，所以他一定要考出连孟子的母亲，也是小脚妇人的证据来。说迟的一派却相反，他不大恭维缠足，据说，至早，亦不过起于宋朝的末年。

其实，宋末，也可以算得古的了。不过不缠之足，样子却还要古，学者应该"贵古而贱今"，斥缠足者，爱古也。但也有先怀了反对缠足的成见，假造证据的，例如前明才子杨升庵先生，他甚至于替汉朝人做《杂事秘辛》，来证明那时的脚是"底平趾敛"。

于是又有人将这用作缠足起源之古的材料，说既然"趾敛"，可见是缠的了。但这是自甘于低能之谈，这里不加评论。

照我的意见来说，则以上两大派的话，是都错，也都对的。现在是古董出现的多了，我们不但能看见汉唐的图画，也可以看到晋唐古坟里发掘出来的泥人儿。那些东西上所表现的女人的脚上，有圆头履，有方头履，可见

---

[1] 本篇最初发表于一九三三年三月十六日《论语》第十三期，署名何干。

是不缠足的。古人比今人聪明,她决不至于缠小脚而穿大鞋子,里面塞些棉花,使自己走得一步一拐。

但是,汉朝就确已有一种"利屣",头是尖尖的,平常大约未必穿罢,舞的时候,却非此不可。不但走着爽利,"潭腿"似的踢开去之际,也不至于为裙子所碍,甚至于踢下裙子来。那时太太们固然也未始不舞,但舞的究以倡女为多,所以倡伎就大抵穿着"利屣",穿得久了,也免不了要"趾敛"的。然而伎女的装束,是闺秀们的大成至圣先师,这在现在还是如此,常穿利屣,即等于现在之穿高跟皮鞋,可以俨然居炎汉"摩登女郎"之列,于是乎虽是名门淑女,脚尖也就不免尖了起来。先是倡伎尖,后是摩登女郎尖,再后是大家闺秀尖,最后才是"小家碧玉"一齐尖。待到这些"碧玉"们成了祖母时,就入于利屣制度统一脚坛的时代了。

当民国初年,"不佞"观光北京的时候,听人说,北京女人看男人是否漂亮(自按:盖即今之所谓"摩登"也)的时候,是从脚起,上看到头的。所以男人的鞋袜,也得留心,脚样更不消说,当然要弄得齐齐整整,这就是天下之所以有"包脚布"的原因。仓颉造字,我们是知道的,谁造这布的呢,却还没有研究出。但至少是"古已有之",唐朝张鷟作的《朝野佥载》罢,他说武后朝有一位某男士,将脚裹得窄窄的,人们见了都发笑。可见盛唐之世,就已有了这一种玩意儿,不过还不是很极端,或者还没有很普及。然而好像终于普及了。由宋至清,绵绵不绝,民元革命以后,革了与否,我不知道,因为我是专攻考"古"学的。

然而奇怪得很,不知道怎的(自按:此处似略失学者态度),女士们之对于脚,尖还不够,并且勒令它"小"起来了,最高模范,还竟至于以三寸为度。这么一来,可以不必兼买利屣和方头履两种,从经济的观点来看,是不算坏的,可是从卫生的观点来看,却未免有些"过火",换一句话,就是"走了极端"了。

我中华民族虽然常常的自命为爱"中庸",行"中庸"的人民,其实是颇不免于过激的。譬如对于敌人罢,有时是压服不够,还要"除恶务尽",杀掉不够,还要"食肉寝皮"。但有时候,却又谦虚到"侵略者要进来,让他们进来。也许他们会杀了十万中国人。不要紧,中国人有的是,我们再有人上去"。这真教人会猜不出是真痴还是假呆。而女人的脚尤其是一个铁证,不小则已,小则必求其三寸,宁可走不成路,摆摆摇摇。慨自辫子肃清以后,缠足本已一同解放的了,老新党的母亲们,鉴于自己在皮鞋里塞棉花之麻烦,一时也确给她的女儿留了天足。然而我们中华民族是究竟有些"极端"的,不多久,老病复发,有些女士们已在别想花样,用一枝细黑柱子将脚跟支起,叫它离开地球。她到底非要她的脚变把戏不可。由过去以测将来,则四朝(假如仍旧有朝代的话)之后,全国女人的脚趾都和小腿成一直线,是可以有八九成把握的。

然则圣人为什么大呼"中庸"呢?曰:这正因为大家并不中庸的缘故。人必有所缺,这才想起他所需。穷教员养不活老婆了,于是觉到女子自食其力说之合理,并且附带地向男女平权论点头;富翁胖到要发哮喘病了,才去打高而富球,从此主张运动的紧要。我们平时,是决不记得自己有一个头,或一个肚子,应该加以优待,然而一旦头痛肚泻,这才记起了他们,并且大有休息要紧,饮食小心的议论。倘有谁听了这些议论之后,便贸贸然决定这议论者为卫生家,可就失之十丈,差以亿里了。

倒相反,他是不卫生家,议论卫生,正是他向来的不卫生的结果的表现。孔子曰,"不得中行而与之,必也狂狷乎,狂者进取,狷者有所不为也!"以孔子交游之广,事实上没法子只好寻狂狷相与,这便是他在理想上之所以哼着"中庸,中庸"的原因。

以上的推定假使没有错,那么,我们就可以进而推定孔子晚年,是生了胃病的了。"割不正不食",这是他老先生的古板规矩,但"食不厌精,脍不厌细"的条令却有些稀奇。他并非百万富翁或能收许多版税的文学家,想不至于这么奢侈的,除了只为卫生,意在容易消化之外,别无解法。况且"不撤姜食",又简直是省不掉暖胃药了。何必如此独厚于胃,念念不忘呢?曰,以其有胃病之故也。

倘说:坐在家里,不大走动的人们很容易生胃病,孔子周游列国,运动王公,该可以不生病证的了。那就是犯了知今而不知古的错误。盖当时花旗白面,尚未输入,土磨麦粉,多含灰沙,所以分量较今面为重;国道尚未修成,泥路甚多凹凸,孔子如果肯走,那是不大要紧的,而不幸他偏有一车两马。胃里袋着沉重的面食,坐在车子里走着七高八低的道路,一颠一顿,一掀一坠,胃就被坠得大起来,消化力随之减少,时时作痛;每餐非吃"生姜"不可了。所以那病的名目,该是"胃扩张";那时候,则是"晚年",约在周敬王十年以后。

以上的推定，虽然简略，却都是"读书得间"的成功。但若急于近功，妄加猜测，即很容易陷于"多疑"的谬误。例如罢，二月十四日《申报》载南京专电云："中执委会令各级党部及人民团体制'忠孝仁爱信义和平'匾额，悬挂礼堂中央，以资启迪。"看了之后，切不可便推定为各要人讥大家为"忘八"；三月一日《大晚报》载新闻云："孙总理夫人宋庆龄女士自归国寓沪后，关于政治方面，不闻不问，惟对社会团体之组织非常热心。据本报记者所得报告，前日有人由邮政局致宋女士之索诈信□（自按：原缺）件，业经本市当局派驻邮局检查处检查员查获，当将索诈信截留，转辗呈报市府。"看了之后，也切不可便推定虽为总理夫人宋女士的信件，也常在邮局被当局派员所检查。

盖虽"学匪派考古学"，亦当不离于"学"，而以"考古"为限的。

三月四日夜。

二丑艺术[①]

浙东的有一处的戏班中,有一种脚色叫作"二花脸",译得雅一点,那么,"二丑"就是。他和小丑的不同,是不扮横行无忌的花花公子,也不扮一味仗势的宰相家丁,他所扮演的是保护公子的拳师,或是趋奉公子的清客。总之:身分比小丑高,而性格却比小丑坏。

义仆是老生扮的,先以谏诤,终以殉主;恶仆是小丑扮的,只会作恶,到底灭亡。而二丑的本领却不同,他有点上等人模样,也懂些琴棋书画,也来得行令猜谜,但倚靠的是权门,凌蔑的是百姓,有谁被压迫了,他就来冷笑几声,畅快一下,有谁被陷害了,他又去吓唬一下,吆喝几声。不过他的态度又并不常常如此的,大抵一面又回过脸来,向台下的看客指出他公子的缺点,摇着头装起鬼脸道:你看这家伙,这回可要倒楣哩!

这最末的一手,是二丑的特色。因为他没有义仆的愚笨,也没有恶仆的简单,他是知识阶级。他明知道所靠的是冰山,一定不能长久,他将来还要到别家帮闲,所以当受着豢养,分着余炙的时候,也得装着和这贵公子并非一伙。

二丑们编出来的戏本上,当然没有这一种脚色的,他那里肯;小丑,即花花公子们编出来的戏本,也不会有,因为他们只看见一面,想不到的。这二花脸,乃是小百姓看透了这一种人,提出精华来,制定了的脚色。

世间只要有权门,一定有恶势力,有恶势力,就一定有二花脸,而且有

[①] 本篇最初发表于一九三三年六月十八日《申报·自由谈》,署名丰之余。

二花脸艺术。我们只要取一种刊物,看他一个星期,就会发见他忽而怨恨春天,忽而颂扬战争,忽而译萧伯纳演说,忽而讲婚姻问题;但其间一定有时要慷慨激昂的表示对于国事的不满:这就是用出末一手来了。

这最末的一手,一面也在遮掩他并不是帮闲,然而小百姓是明白的,早已使他的类型在戏台上出现了。

六月十五日。

"抄靶子"[1]

中国究竟是文明最古的地方,也是素重人道的国度,对于人,是一向非常重视的。至于偶有凌辱诛戮,那是因为这些东西并不是人的缘故。皇帝所诛者,"逆"也,官军所剿者,"匪"也,刽子手所杀者,"犯"也,满洲人"入主中夏",不久也就染了这样的淳风,雍正皇帝要除掉他的弟兄,就先行御赐改称为"阿其那"与"塞思黑",我不懂满洲话,译不明白,大约是"猪"和"狗"罢。黄巢造反,以人为粮,但若说他吃人,是不对的,他所吃的物事,叫作"两脚羊"。

时候是二十世纪,地方是上海,虽然骨子里永远是"素重人道",但表面上当然会有些不同。对于中国的有一部分并不是"人"的生物,洋大人如何赐谥,我不得而知,我仅知道洋大人的下属们所给与的名目。

假如你常在租界的路上走,有时总会遇见几个穿制服的同胞和一位异胞(也往往没有这一位),用手枪指住你,搜查全身和所拿的物件。倘是白种,是不会指住的;黄种呢,如果被指的说是日本人,就放下手枪,请他走过去;独有文明最古的黄帝子孙,可就"则不得免焉"了。这在香港,叫作"搜身",倒也还不算很失了体统,然而上海则竟谓之"抄靶子"。

抄者,搜也,靶子是该用枪打的东西,我从前年九月以来,才知道这名目的的确。四万万靶子,都排在文明最古的地方,私心在侥幸的只是还没有被打着。洋大人的下属,实在给他的同胞们定了绝好的名称了。

---

[1] 本篇最初发表于一九三三年六月二十日《申报·自由谈》,署名旅隼。

然而我们这些"靶子"们,自己互相推举起来的时候却还要客气些。我不是"老上海",不知道上海滩上先前的相骂,彼此是怎样赐谥的了。但看看记载,还不过是"曲辫子","阿木林"。"寿头码子"虽然已经是"猪"的隐语,然而究竟还是隐语,含有宁"雅"而不"达"的高谊。若夫现在,则只要被他认为对于他不大恭顺,他便圆睁了绽着红筋的两眼,挤尖喉咙,和口角的白沫同时喷出两个字来道:猪猡!

六月十六日。

谈金圣叹[1]

讲起清朝的文字狱来,也有人拉上金圣叹,其实是很不合适的。他的"哭庙",用近事来比例,和前年《新月》上的引据三民主义以自辩,并无不同,但不特捞不到教授而且至于杀头,则是因为他早被官绅们认为坏货了的缘故。就事论事,倒是冤枉的。

清中叶以后的他的名声,也有些冤枉。他抬起小说传奇来,和《左传》《杜诗》并列,实不过拾了袁宏道辈的唾余;而且经他一批,原作的诚实之处,往往化为笑谈,布局行文,也都被硬拖到八股的作法上。这余荫,就使有一批人,堕入了对于《红楼梦》之类,总在寻求伏线,挑剔破绽的泥塘。

自称得到古本,乱改《西厢》字句的案子且不说罢,单是截去《水浒》的后小半,梦想有一个"嵇叔夜"来杀尽宋江们,也就昏庸得可以。虽说因为痛恨流寇的缘故,但他是究竟近于官绅的,他到底想不到小百姓的对于流寇,只痛恨着一半:不在于"寇",而在于"流"。

百姓固然怕流寇,也很怕"流官"。记得民元革命以后,我在故乡,不知怎地县知事常常掉换了。每一掉换,农民们便愁苦着相告道:"怎么好呢?又换了一只空肚鸭来了!"他们虽然至今不知道"欲壑难填"的古训,却很明白"成则为王,败则为贼"的成语,贼者,流着之王,王者,不流之贼也,要说得简单一点,那就是"坐寇"。中国百姓一向自称"蚁民",现在为便于譬喻起见,姑升为牛罢,铁骑一过,茹毛饮血,蹄骨狼藉,倘可避免,他

---

[1] 本篇最初发表于一九三三年七月一日上海《文学》第一卷第一号。

们自然是总想避免的,但如果肯放任他们自啮野草,苟延残喘,挤出乳来将这些"坐寇"喂得饱饱的,后来能够比较的不复狼吞虎咽,则他们就以为如天之福。所区别的只在"流"与"坐",却并不在"寇"与"王"。试翻明末的野史,就知道北京民心的不安,在李自成入京的时候,是不及他出京之际的利害的。

宋江据有山寨,虽打家劫舍,而劫富济贫,金圣叹知道应该在童贯高俅辈的爪牙之前,一个个俯首受缚,他们想不懂。所以《水浒传》纵然成了断尾巴蜻蜓,乡下人却还要看《武松独手擒方腊》这些戏。

不过这还是先前的事,现在似乎又有了新的经验了。听说四川有一只民谣,大略是"贼来如梳,兵来如篦,官来如剃"的意思。汽车飞艇,价值既远过于大轿马车,租界和外国银行,也是海通以来新添的物事,不但剃尽毛发,就是刮尽筋肉,也永远填不满的。正无怪小百姓将"坐寇"之可怕,放在"流寇"之上了。

事实既然教给了这些,仅存的路,就当然使他们想到了自己的力量。

五月三十一日。

经 验[1]

古人所传授下来的经验，有些实在是极可宝贵的，因为它曾经费去许多牺牲，而留给后人很大的益处。

偶然翻翻《本草纲目》，不禁想起了这一点。这一部书，是很普通的书，但里面却含有丰富的宝藏。自然，捕风捉影的记载，也是在所不免的，然而大部分的药品的功用，却由历久的经验，这才能够知道到这程度，而尤其惊人的是关于毒药的叙述。我们一向喜欢恭维古圣人，以为药物是由一个神农皇帝独自尝出来的，他曾经一天遇到过七十二毒，但都有解法，没有毒死。这种传说，现在不能主宰人心了。人们大抵已经知道一切文物，都是历来的无名氏所逐渐的造成。建筑，烹饪，渔猎，耕种，无不如此；医药也如此。这么一想，这事情可就大起来了：大约古人一有病，最初只好这样尝一点，那样尝一点，吃了毒的就死，吃了不相干的就无效，有的竟吃到了对证的就好起来，于是知道这是对于某一种病痛的药。这样地累积下去，乃有草创的纪录，后来渐成为庞大的书，如《本草纲目》就是。而且这书中的所记，又不独是中国的，还有阿剌伯人的经验，有印度人的经验，则先前所用的牺牲之大，更可想而知了。

然而也有经过许多人经验之后，倒给了后人坏影响的，如俗语说"各人自扫门前雪，莫管他家瓦上霜"的便是其一。救急扶伤，一不小心，向来就很容易被人所诬陷，而还有一种坏经验的结果的歌诀，是"衙门八字开，

---

[1] 本篇最初发表于一九三三年七月十五日《申报月刊》第二卷第七号，署名洛文。

有理无钱莫进来",于是人们就只要事不干己,还是远远的站开干净。我想,人们在社会里,当初是并不这样彼此漠不相关的,但因豺狼当道,事实上因此出过许多牺牲,后来就自然的都走到这条道路上去了。所以,在中国,尤其是在都市里,倘使路上有暴病倒地,或翻车摔伤的人,路人围观或甚至于高兴的人尽有,肯伸手来扶助一下的人却是极少的。这便是牺牲所换来的坏处。

总之,经验的所得的结果无论好坏,都要很大的牺牲,虽是小事情,也免不掉要付惊人的代价。例如近来有些看报的人,对于什么宣言,通电,讲演,谈话之类,无论它怎样骈四俪六,崇论宏议,也不去注意了,甚而还至于不但不注意,看了倒不过做做嘻笑的资料。这那里有"始制文字,乃服衣裳"一样重要呢,然而这一点点结果,却是牺牲了一大片地面,和许多人的生命财产换来的。生命,那当然是别人的生命,倘是自己,就得不着这经验了。所以一切经验,是只有活人才能有的,我的决不上别人讽刺我怕死,就去自杀或拚命的当,而必须写出这一点来,就为此。而且这也是小小的经验的结果。

六月十二日。

谚　语[1]

粗略的一想,谚语固然好像一时代一国民的意思的结晶,但其实,却不过是一部分的人们的意思。现在就以"各人自扫门前雪,莫管他家瓦上霜"来做例子罢,这乃是被压迫者们的格言,教人要奉公,纳税,输捐,安分,不可怠慢,不可不平,尤其是不要管闲事;而压迫者是不算在内的。

专制者的反面就是奴才,有权时无所不为,失势时即奴性十足。孙皓是特等的暴君,但降晋之后,简直像一个帮闲;宋徽宗在位时,不可一世,而被掳后偏会含垢忍辱。做主子时以一切别人为奴才,则有了主子,一定以奴才自命:这是天经地义,无可动摇的。

所以被压制时,信奉着"各人自扫门前雪,莫管他家瓦上霜"的格言的人物,一旦得势,足以凌人的时候,他的行为就截然不同,变为"各人不扫门前雪,却管他家瓦上霜"了。

二十年来,我们常常看见:武将原是练兵打仗的,且不问他这兵是用以安内或攘外,总之他的"门前雪"是治军,然而他偏来干涉教育,主持道德;教育家原是办学的,无论他成绩如何,总之他的"门前雪"是学务,然而他偏去膜拜"活佛",绍介国医。小百姓随军充伕,童子军沿门募款。头儿胡行于上,蚁民乱碰于下,结果是各人的门前都不成样,各家的瓦上也一团糟。

女人露出了臂膊和小腿,好像竟打动了贤人们的心,我记得曾有许多

---

[1]　本篇最初发表于一九三三年七月十五日《申报月刊》第二卷第七号,署名洛文。

人絮絮叨叨，主张禁止过，后来也确有明文禁止了。不料到得今年，却又"衣服蔽体已足，何必前拖后曳，消耗布匹，……顾念时艰，后患何堪设想"起来，四川的营山县长于是就令公安局派队一一剪掉行人的长衣的下截。长衣原是累赘的东西，但以为不穿长衣，或剪去下截，即于"时艰"有补，却是一种特别的经济学。《汉书》上有一句云，"口含天宪"，此之谓也。

某一种人，一定只有这某一种人的思想和眼光，不能越出他本阶级之外。说起来，好像又在提倡什么犯讳的阶级了，然而事实是如此的。谣谚并非全国民的意思，就为了这缘故。古之秀才，自以为无所不晓，于是有"秀才不出门，而知天下事"这自负的漫天大谎，小百姓信以为真，也就渐渐的成了谚语，流行开来。其实是"秀才虽出门，不知天下事"的。秀才只有秀才头脑和秀才眼睛，对于天下事，那里看得分明，想得清楚。清末，因为想"维新"，常派些"人才"出洋去考察，我们现在看看他们的笔记罢，他们最以为奇的是什么馆里的蜡人能够和活人对面下棋。南海圣人康有为，佼佼者也，他周游十一国，一直到得巴尔干，这才悟出外国之所以常有"弑君"之故来了，曰：因为宫墙太矮的缘故。

六月十三日。

夜　颂[1]

　　爱夜的人,也不但是孤独者,有闲者,不能战斗者,怕光明者。

　　人的言行,在白天和在深夜,在日下和在灯前,常常显得两样。夜是造化所织的幽玄的天衣,普覆一切人,使他们温暖,安心,不知不觉的自己渐渐脱去人造的面具和衣裳,赤条条地裹在这无边际的黑絮似的大块里。

　　虽然是夜,但也有明暗。有微明,有昏暗,有伸手不见掌,有漆黑一团糟。爱夜的人要有听夜的耳朵和看夜的眼睛,自在暗中,看一切暗。君子们从电灯下走入暗室中,伸开了他的懒腰;爱侣们从月光下走进树阴里,突变了他的眼色。夜的降临,抹杀了一切文人学士们当光天化日之下,写在耀眼的白纸上的超然,混然,恍然,勃然,粲然的文章,只剩下乞怜,讨好,撒谎,骗人,吹牛,捣鬼的夜气,形成一个灿烂的金色的光圈,像见于佛画上面似的,笼罩在学识不凡的头脑上。

　　爱夜的人于是领受了夜所给与的光明。

　　高跟鞋的摩登女郎在马路边的电光灯下,阁阁的走得很起劲,但鼻尖也闪烁着一点油汗,在证明她是初学的时髦,假如长在明晃晃的照耀中,将使她碰着"没落"的命运。一大排关着的店铺的昏暗助她一臂之力,使她放缓开足的马力,吐一口气,这时才觉得沁人心脾的夜里的拂拂的凉风。

　　爱夜的人和摩登女郎,于是同时领受了夜所给与的恩惠。

　　一夜已尽,人们又小心翼翼的起来,出来了;便是夫妇们,面目和五六

---

[1]　本篇最初发表于一九三三年六月十日《申报·自由谈》。

点钟之前也何其两样。从此就是热闹,喧嚣。而高墙后面,大厦中间,深闺里,黑狱里,客室里,秘密机关里,却依然弥漫着惊人的真的大黑暗。

现在的光天化日,熙来攘往,就是这黑暗的装饰,是人肉酱缸上的金盖,是鬼脸上的雪花膏。只有夜还算是诚实的。我爱夜,在夜间作《夜颂》。

六月八日。

由聋而哑[1]

医生告诉我们:有许多哑子,是并非喉舌不能说话的,只因为从小就耳朵聋,听不见大人的言语,无可师法,就以为谁也不过张着口呜呜哑哑,他自然也只好呜呜哑哑了。所以勃兰兑斯叹丹麦文学的衰微时,曾经说:文学的创作,几乎完全死灭了。人间的或社会的无论怎样的问题,都不能提起感兴,或则除在新闻和杂志之外,绝不能惹起一点论争。我们看不见强烈的独创的创作。加以对于获得外国的精神生活的事,现在几乎绝对的不加顾及。于是精神上的"聋",那结果,就也招致了"哑"来。(《十九世纪文学的主潮》第一卷自序)

这几句话,也可以移来批评中国的文艺界,这现象,并不能全归罪于压迫者的压迫,五四运动时代的启蒙运动者和以后的反对者,都应该分负责任的。前者急于事功,竟没有译出什么有价值的书籍来,后者则故意迁怒,至骂翻译者为媒婆,有些青年更推波助澜,有一时期,还至于连人地名下注一原文,以便读者参考时,也就诋之曰"衒学"。

今竟何如? 三开间店面的书铺,四马路上还不算少,但那里面满架是薄薄的小本子,倘要寻一部巨册,真如披沙拣金之难。自然,生得又高又胖并不就是伟人,做得多而且繁也决不就是名著,而况还有"剪贴"。但是,小小的一本"什么ABC"里,却也决不能包罗一切学术文艺的。一道浊流,固然不如一杯清水的干净而澄明,但蒸溜了浊流的一部分,却就有许多杯

---

[1] 发表于一九三三年九月《申报·自由谈》,署名洛文。

净水在。

因为多年买空卖空的结果，文界就荒凉了，文章的形式虽然比较的整齐起来，但战斗的精神却较前有退无进。文人虽因捐班或互捧，很快的成名，但为了出力的吹，壳子大了，里面反显得更加空洞。于是误认这空虚为寂寞，像煞有介事的说给读者们；其甚者还至于摆出他心的腐烂来，算是一种内面的宝贝。散文，在文苑中算是成功的，但试看今年的选本，便是前三名，也即令人有"貂不足，狗尾续"之感。用秕谷来养青年，是决不会壮大的，将来的成就，且要更渺小，那模样，可看尼采所描写的"末人"。

但介绍国外思潮，翻译世界名作，凡是运输精神的粮食的航路，现在几乎都被聋哑的制造者们堵塞了，连洋人走狗，富户赘郎，也会来哼哼的冷笑一下。他们要掩住青年的耳朵，使之由聋而哑，枯涸渺小，成为"末人"，非弄到大家只能看富家儿和小瘪三所卖的春宫，不肯罢手。甘为泥土的作者和译者的奋斗，是已经到了万不可缓的时候了，这就是竭力运输些切实的精神的粮食，放在青年们的周围，一面将那些聋哑的制造者送回黑洞和朱门里面去。

一九三三年八月二十九日。

中国的奇想[1]

外国人不知道中国,常说中国人是专重实际的。其实并不,我们中国人是最有奇想的人民。

无论古今,谁都知道,一个男人有许多女人,一味纵欲,后来是不但天天喝三鞭酒也无效,简直非"寿终正寝"不可的。可是我们古人有一个大奇想,是靠了"御女",反可以成仙,例子是彭祖有多少女人而活到几百岁。这方法和炼金术一同流行过,古代书目上还剩着各种的书名。不过实际上大约还是到底不行罢,现在似乎再没有什么人们相信了,这对于喜欢渔色的英雄,真是不幸得很。

然而还有一种小奇想。那就是哼的一声,鼻孔里放出一道白光,无论路的远近,将仇人或敌人杀掉。白光可又回来了,摸不着是谁杀的,既然杀了人,又没有麻烦,多么舒适自在。这种本领,前年还有人想上武当山去寻求,直到去年,这才用大刀队来替代了这奇想的位置。现在是连大刀队的名声也寂寞了。对于爱国的英雄,也是十分不幸的。

然而我们新近又有了一个大奇想。那是一面救国,一面又可以发财,虽然各种彩票,近似赌博,而发财也不过是"希望"。不过这两种已经关联起来了却是真的。固然,世界上也有靠聚赌抽头来维持的摩那科王国,但就常理说,则赌博大概是小则败家,大则亡国;救国呢,却总不免有一点牺牲,至少,和发财之路总是相差很远的。然而发见了一致之点的是我们现

---

[1] 本篇最初发表于一九三三年八月六日《申报·自由谈》,署名游光。

在的中国,虽然还在试验的途中。

然而又还有一种小奇想。这回不用一道白光了,要用几回启事,几封匿名的信件,几篇化名的文章,使仇头落地,而血点一些也不会溅着自己的洋房和洋服。并且映带之下,使自己成名获利。这也还在试验的途中,不知道结果怎么样,但翻翻现成的文艺史,看不见半个这样的人物,那恐怕也还是枉用心机的。

狂赌救国,纵欲成仙,袖手杀敌,造谣买田,倘有人要编续《龙文鞭影》的,我以为不妨添上这四句。

八月四日。

豪语的折扣[1]

豪语的折扣其实也就是文学上的折扣,凡作者的自述,往往须打一个扣头,连自白其可怜和无用也还是并非"不二价"的,更何况豪语。

仙才李太白的善作豪语,可以不必说了;连留长了指甲,骨瘦如柴的鬼才李长吉,也说"见买若耶溪水剑,明朝归去事猿公"起来,简直是毫不自量,想学刺客了。这应该折成零,证据是他到底并没有去。南宋时候,国步艰难,陆放翁自然也是慷慨党中的一个,他有一回说:"老子犹堪绝大漠,诸君何至泣新亭。"他其实是去不得的,也应该折成零。——但我手头无书,引诗或有错误,也先打一个折扣在这里。

其实,这故作豪语的脾气,正不独文人为然,常人或市侩,也非常发达。市上甲乙打架,输的大抵说:"我认得你的!"这是说,他将如伍子胥一般,誓必复仇的意思。不过总是不来的居多,倘是智识分子呢,也许另用一些阴谋,但在粗人,往往这就是斗争的结局,说的是有口无心,听的也不以为意,久成为打架收场的一种仪式了。

旧小说家也早已看穿了这局面,他写暗娼和别人相争,照例攻击过别人的偷汉之后,就自序道:"老娘是指头上站得人,臂膊上跑得马……"底下怎样呢?他任别人去打折扣。他知道别人是决不那么胡涂,会十足相信的,但仍得这么说,恰如卖假药的,包纸上一定印着"存心欺世,雷殛火焚"一样,成为一种仪式了。

---

[1] 本篇最初发表于一九三三年八月八日《申报·自由谈》,署名苇索。

但因时势的不同,也有立刻自打折扣的。例如在广告上,我们有时会看见自说"我是坐不改名,行不改姓的人",真要蓦地发生一种好像见了《七侠五义》中人物一般的敬意,但接着就是"纵令有时用其他笔名,但所发表文章,均自负责",却身子一扭,土行孙似的不见了。予岂好"用其他笔名"哉?予不得已也。上海原是中国的一部分,当然受着孔子的教化的。便是商家,柜内的"不二价"的金字招牌也时时和屋外"大廉价"的大旗互相辉映,不过他总有一个缘故:不是提倡国货,就是纪念开张。

所以,自打折扣,也还是没有打足的凡"老上海",必须再打它一下。

八月四日。

沙[1]

近来的读书人,常常叹中国人好像一盘散沙,无法可想,将倒楣的责任,归之于大家。其实这是冤枉了大部分中国人的。小民虽然不学,见事也许不明,但知道关于本身利害时,何尝不会团结。先前有跪香,民变,造反;现在也还有请愿之类。他们的像沙,是被统治者"治"成功的,用文言来说,就是"治绩"。

那么,中国就没有沙么? 有是有的,但并非小民,而是大小统治者。

人们又常常说:"升官发财。"其实这两件事是不并列的,其所以要升官,只因为要发财,升官不过是一种发财的门径。所以官僚虽然依靠朝廷,却并不忠于朝廷,吏役虽然依靠衙署,却并不爱护衙署,头领下一个清廉的命令,小喽罗是决不听的,对付的方法有"蒙蔽"。他们都是自私自利的沙,可以肥己时就肥己,而且每一粒都是皇帝,可以称尊处就称尊。有些人译俄皇为"沙皇",移赠此辈,倒是极确切的尊号。财何从来? 是从小民身上刮下来的。小民倘能团结,发财就烦难,那么,当然应该想尽方法,使他们变成散沙才好。以沙皇治小民,于是全中国就成为"一盘散沙"了。

然而沙漠以外,还有团结的人们在,他们"如入无人之境"的走进来了。

这就是沙漠上的大事变。当这时候,古人曾有两句极切贴的比喻,叫作"君子为猿鹤,小人为虫沙"。那些君子们,不是像白鹤的腾空,就如猕

---

[1] 本篇最初发表于一九三三年八月十五日《申报月刊》第二卷第八号,署名洛文。

狲的上树,"树倒猢狲散",另外还有树,他们决不会吃苦。剩在地下的,便是小民的蝼蚁和泥沙,要践踏杀戮都可以,他们对沙皇尚且不敌,怎能敌得过沙皇的胜者呢?

然而当这时候,偏又有人摇笔鼓舌,向着小民提出严重的质问道:"国民将何以自处"呢,"问国民将何以善其后"呢?忽然记得了"国民",别的什么都不说,只又要他们来填亏空,不是等于向着缚了手脚的人,要求他去捕盗么?

但这正是沙皇治绩的后盾,是猿鸣鹤唳的尾声,称尊肥己之余,必然到来的末一着。

七月十二日。

"揩　油"[1]

"揩油",是说明着奴才的品行全部的。

这不是"取回扣"或"取佣钱",因为这是一种秘密;但也不是偷窃,因为在原则上,所取的实在是微乎其微。因此也不能说是"分肥";至多,或者可以谓之"舞弊"罢。然而这又是光明正大的"舞弊",因为所取的是豪家,富翁,阔人,洋商的东西,而且所取又不过一点点,恰如从油水汪洋的处所,揩了一下,于人无损,于揩者却有益的,并且也不失为损富济贫的正道。设法向妇女调笑几句,或乘机摸一下,也谓之"揩油",这虽然不及对于金钱的名正言顺,但无大损于被揩者则一也。

表现得最分明的是电车上的卖票人。纯熟之后,他一面留心着可揩的客人,一面留心着突来的查票,眼光都练得像老鼠和老鹰的混合物一样。付钱而不给票,客人本该索取的,然而很难索取,也很少见有人索取,因为他所揩的是洋商的油,同是中国人,当然有帮忙的义务,一索取,就变成帮助洋商了。这时候,不但卖票人要报你憎恶的眼光,连同车的客人也往往不免显出以为你不识时务的脸色。

然而彼一时,此一时,如果三等客中有时偶缺一个铜元,你却只好在目的地以前下车,这时他就不肯通融,变成洋商的忠仆了。

在上海,如果同巡捕,门丁,西崽之类闲谈起来,他们大抵是憎恶洋鬼子的,他们多是爱国主义者。然而他们也像洋鬼子一样,看不起中国人,棍

---

[1] 本篇最初发表于一九三三年八月十七日《申报·自由谈》,署名苇索。

棒和拳头和轻蔑的眼光,专注在中国人的身上。

"揩油"的生活有福了。这手段将更加展开,这品格将变成高尚,这行为将认为正当,这将算是国民的本领,和对于帝国主义的复仇。打开天窗说亮话,其实,所谓"高等华人"也者,也何尝逃得出这模子。

但是,也如"吃白相饭"朋友那样,卖票人是还有他的道德的。倘被查票人查出他收钱而不给票来了,他就默然认罚,决不说没有收过钱,将罪案推到客人身上去。

八月十四日。

爬和撞①

从前梁实秋教授说过:穷人总是要爬,往上爬,爬到富翁的地位。不但穷人,奴隶也是要爬的,有了爬得上的机会,连奴隶也会觉得自己是神仙,天下自然太平了。

虽然爬得上的很少,然而个个以为这正是他自己。这样自然都安分的去耕田,种地,拣大粪或是坐冷板凳,克勤克俭,背着苦恼的命运,和自然奋斗着,拚命的爬,爬,爬。可是爬的人那么多,而路只有一条,十分拥挤。老实的照着章程规规矩矩的爬,大都是爬不上去的。聪明人就会推,把别人推开,推倒,踏在脚底下,踩着他们的肩膀和头顶,爬上去了。大多数人却还只是爬,认定自己的冤家并不在上面,而只在旁边——是那些一同在爬的人。他们大都是忍耐着一切,两脚两手都着地,一步步的挨上去又挤下来,挤下来又挨上去,没有休止的。

然而爬的人太多,爬得上的太少,失望也会渐渐的侵蚀善良的人心,至少,也会发生跪着的革命。于是爬之外,又发明了撞。

这是明知道你太辛苦了,想从地上站起来,所以在你背后猛然的叫一声:撞罢。一个个发麻的腿还在抖着,就撞过去。这比爬要轻松得多,手也不必用力,膝盖也不必移动,只要横着身子,晃一晃,就撞过去。撞得好就是五十万元大洋,妻、财、子、禄都有了。撞不好,至多不过跌一交,倒在地下。那又算得什么呢,——他原本是伏在地上的,他仍旧可以爬。何况有

---

① 本篇最初发表于一九三三年八月二十三日《申报·自由谈》,署名苟继。

些人不过撞着玩罢了,根本就不怕跌交的。

爬是自古有之。例如从童生到状元,从小瘪三到康白度。撞却似乎是近代的发明。要考据起来,恐怕只有古时候"小姐抛彩球"有点像给人撞的办法。小姐的彩球将要抛下来的时候,——一个个想吃天鹅肉的男子汉仰着头,张着嘴,馋涎拖得几尺长……可惜,古人究竟呆笨,没有要这些男子汉拿出几个本钱来,否则,也一定可以收着几万万的。

爬得上的机会越少,愿意撞的人就越多,那些早已爬在上面的人们,就天天替你们制造撞的机会,叫你们化些小本钱,而豫约着给你们名利双收的神仙生活。所以撞得好的机会,虽然比爬得上的还要少得多,而大家都愿意来试试的。这样,爬了来撞,撞不着再爬……鞠躬尽瘁,死而后已。

八月十六日。

帮闲法发隐[①]

吉开迦尔是丹麦的忧郁的人,他的作品,总是带着悲愤。不过其中也有很有趣味的,我看见了这样的几句——

> 戏场里失了火。丑角站在戏台前,来通知了看客。大家以为这是丑角的笑话,喝采了。丑角又通知说是火灾。但大家越加哄笑,喝采了。我想,人世是要完结在当作笑话的开心的人们的大家欢迎之中的罢。

不过我的所以觉得有趣的,并不专在本文,是在由此想到了帮闲们的伎俩。帮闲,在忙的时候就是帮忙,倘若主子忙于行凶作恶,那自然也就是帮凶。但他的帮法,是在血案中而没有血迹,也没有血腥气的。

譬如罢,有一件事,是要紧的,大家原也觉得要紧,他就以丑角身份而出现了,将这件事化为滑稽,或者特别张扬了不关紧要之点,将人们的注意拉开去,这就是所谓"打诨"。如果是杀人,他就来讲当场的情形,侦探的努力;死的是女人呢,那就更好了,名之曰"艳尸",或绍介她的日记。如果是暗杀,他就来讲死者的生前的故事,恋爱呀,遗闻呀……人们的热情原不是永不弛缓的,但加上些冷水,或者美其名曰清茶,自然就冷得更加迅速了,而这位打诨的脚色,却变成了文学者。

---

① 本篇最初发表于一九三三年九月五日《申报·自由谈》,署名桃椎。

假如有一个人,认真的在告警,于凶手当然是有害的,只要大家还没有僵死。但这时他就又以丑角身份而出现了,仍用打诨,从旁装着鬼脸,使告警者在大家的眼里也化为丑角,使他的警告在大家的耳边都化为笑话。耸肩装穷,以表现对方之阔,卑躬叹气,以暗示对方之傲;使大家想:这告警者原来都是虚伪的。幸而帮闲们还大抵是男人,否则它简直会说告警者曾经怎样调戏它,当众罗列淫辞,然后作自杀以明耻之状也说不定。周围捣着鬼,无论如何严肃的说法也要减少力量的,而不利于凶手的事情却就在这疑心和笑声中完结了。它呢? 这回它倒是道德家。

当没有这样的事件时,那就七日一报,十日一谈,收罗废料,装进读者的脑子里去,看过一年半载,就满脑子都是某阔人如何摸牌,某明星如何打嚏的典故。开心是自然也开心的。但是,人世却也要完结在这些欢迎开心的开心的人们之中的罢。

八月二十八日。

登龙术拾遗[1]

章克标先生做过一部《文坛登龙术》,因为是预约的,而自己总是悠悠忽忽,竟失去了拜诵的幸运,只在《论语》上见过广告,解题和后记。但是,这真不知是那里来的"烟士披里纯",解题的开头第一段,就有了绝妙的名文——

> 登龙是可以当作乘龙解的,于是登龙术便成了乘龙的技术,那是和骑马驾车相类似的东西了。但平常乘龙就是女婿的意思,文坛似非女性,也不致于会要招女婿,那么这样解释似乎也有引起别人误会的危险。……

确实,查看广告上的目录,并没有"做女婿"这一门,然而这却不能不说是"智者千虑"的一失,似乎该有一点增补才好,因为文坛虽然"不致于会要招女婿",但女婿却是会要上文坛的。

术曰:要登文坛,须阔太太,遗产必需,官司莫怕。穷小子想爬上文坛去,有时虽然会侥幸,终究是很费力气的;做些随笔或茶话之类,或者也能够捞几文钱,但究竟随人俯仰。最好是有富岳家,有阔太太,用赔嫁钱,作文学资本,笑骂随他笑骂,恶作我自印之。"作品"一出,头衔自来,赘婿虽能被妇家所轻,但一登文坛,即声价十倍,太太也就高兴,不至于自打麻将,

---

[1] 本篇最初发表于一九三三年九月一日《申报·自由谈》,署名韦索。

连眼梢也一动不动了,这就是"交相为用"。但其为文人也,又必须是唯美派,试看王尔德遗照,盘花钮扣,镶牙手杖,何等漂亮,人见犹怜,而况令阃。可惜他的太太不行,以至滥交顽童,穷死异国,假如有钱,何至于此。所以倘欲登龙,也要乘龙,"书中自有黄金屋",早成古话,现在是"金中自有文学家"当令了。

但也可以从文坛上去做女婿。其术是时时留心,寻一个家里有些钱,而自己能写几句"阿呀呀,我悲哀呀"的女士,做文章登报,尊之为"女诗人"。待到看得她有了"知己之感",就照电影上那样的屈一膝跪下,说道"我的生命呵,阿呀呀,我悲哀呀!"——则由登龙而乘龙,又由乘龙而更登龙,十分美满。然而富女诗人未必一定爱穷男文士,所以要有把握也很难,这一法,在这里只算是《登龙术拾遗》的附录,请勿轻用为幸。

八月二十八日。

现代史[1]

从我有记忆的时候起,直到现在,凡我所曾经到过的地方,在空地上,常常看见有"变把戏"的,也叫作"变戏法"的。

这变戏法的,大概只有两种——

一种,是教一个猴子戴起假面,穿上衣服,耍一通刀枪;骑了羊跑几圈。还有一匹用稀粥养活,已经瘦得皮包骨头的狗熊玩一些把戏。末后是向大家要钱。

一种,是将一块石头放在空盒子里,用手巾左盖右盖,变出一只白鸽来;还有将纸塞在嘴巴里,点上火,从嘴角鼻孔里冒出烟焰。其次是向大家要钱。要了钱之后,一个人嫌少,装腔作势的不肯变了,一个人来劝他,对大家说再五个。果然有人抛钱了,于是再四个,三个……

抛足之后,戏法就又开了场。这回是将一个孩子装进小口的坛子里面去,只见一条小辫子,要他再出来,又要钱。收足之后,不知怎么一来,大人用尖刀将孩子刺死了,盖上被单,直挺挺躺着,要他活过来,又要钱。

"在家靠父母,出家靠朋友……Huazaa! Huazaa!"[2]变戏法的装出撒钱的手势,严肃而悲哀的说。

别的孩子,如果走近去想仔细的看,他是要骂的;再不听,他就会打。

果然有许多人Huazaa了。待到数目和预料的差不多,他们就检起钱

---

[1] 本篇最初发表于一九三三年四月八日《申报·自由谈》,署名何家干。
[2] Huazaa用拉丁字母拼写的象声词,译音似"哗嚓",形容撒钱的声音。

来,收拾家伙,死孩子也自己爬起来,一同走掉了。

看客们也就呆头呆脑的走散。

这空地上,暂时是沉寂了。过了些时,就又来这一套。俗语说,"戏法人人会变,各有巧妙不同。"其实是许多年间,总是这一套,也总有人看,总有人 Huazaa,不过其间必须经过沉寂的几日。

我的话说完了,意思也浅得很,不过说大家 HuazaaHuazaa 一通之后,又要静几天了,然后再来这一套。

到这里我才记得写错了题目,这真是成了"不死不活"的东西。

四月一日。

推背图[1]

我这里所用的"推背"的意思,是说:从反面来推测未来的情形。

上月的《自由谈》里,就有一篇《正面文章反看法》[2],这是令人毛骨悚然的文字。因为得到这一个结论的时候,先前一定经过许多苦楚的经验,见过许多可怜的牺牲。本草家提起笔来,写道:砒霜,大毒。字不过四个,但他却确切知道了这东西曾经毒死过若干性命的了。

里巷间有一个笑话:某甲将银子三十两埋在地里面,怕人知道,就在上面竖一块木板,写道:"此地无银三十两"。隔壁的阿二因此却将这掘去了,也怕人发觉,就在木板的那一面添上一句道,"隔壁阿二勿曾偷。"这就是在教人"正面文章反看法"。

但我们日日所见的文章,却不能这么简单。有明说要做,其实不做的;有明说不做,其实要做的;有明说做这样,其实做那样的;有其实自己要这么做,倒说别人要这么做的;有一声不响,而其实倒做了的。然而也有说这样,竟这样的。难就在这地方。

例如近几天报章上记载着的要闻罢:

一,××军在××血战,杀敌××××人。

二,××谈话:决不与日本直接交涉,仍然不改初衷,抵抗到底。

---

[1] 发表于一九三三年四月《申报·自由谈》,署名何家干。《推背图》,本是唐宋时出现的一种妄诞迷信的图册,据说包含有对未来改朝换代的暗示。

[2] 《正面文章反看法》:陈子展的文章。文中对国民党政府的一些政治口号进行了合乎情理的反面解释。陈子展,中国文学史家、杂文家,时任上海复旦大学教授。

三,芳泽①来华,据云系私人事件。

四,共党联日,该伪中央已派干部××赴日接洽。

五,××××……

倘使都当反面文章看,可就太骇人了。但报上也有"莫干山路草棚船百余只大火","××××廉价只有四天了"等大概无须"推背"的记载,于是乎我们就又胡涂起来。

听说,《推背图》本是灵验的,某朝某帝怕他淆惑人心,就添了些假造的在里面,因此弄得不能预知了,必待事实证明之后,人们这才恍然大悟。

我们也只好等着看事实,幸而大概是不很久的,总出不了今年。

一九三三年四月二日。

---

① 芳泽:芳泽谦吉(1874—1965),曾任日本驻中国公使、日本外务大臣等职。

上海的少女[1]

在上海生活,穿时髦衣服的比土气的便宜。如果一身旧衣服,公共电车的车掌会不照你的话停车,公园看守会格外认真的检查入门券,大宅子或大客寓的门丁会不许你走正门。所以,有些人宁可居斗室,喂臭虫,一条洋服裤子却每晚必须压在枕头下,使两面裤腿上的折痕天天有棱角。

然而更便宜的是时髦的女人。这在商店里最看得出:挑选不完,决断不下,店员也还是很能忍耐的。不过时间太长,就须有一种必要的条件,是带着一点风骚,能受几句调笑。否则,也会终于引出普通的白眼来。

惯在上海生活了的女性,早已分明地自觉着这种自己所具的光荣,同时也明白着这种光荣中所含的危险。所以凡有时髦女子所表现的神气,是在招摇,也在固守,在罗致,也在抵御,像一切异性的亲人,也像一切异性的敌人,她在喜欢,也正在恼怒。这神气也传染了未成年的少女,我们有时会看见她们在店铺里购买东西,侧着头,佯嗔薄怒,如临大敌。自然,店员们是能像对于成年的女性一样,加以调笑的,而她也早明白着这调笑的意义。总之:她们大抵早熟了。

然而我们在日报上,确也常常看见诱拐女孩,甚而至于凌辱少女的新闻。不但是《西游记》里的魔王,吃人的时候必须童男和童女而已,在人类中的富户豪家,也一向以童女为侍奉,纵欲,鸣高,寻仙,采补的材料,恰如食品的餍足了普通的肥甘,就想乳猪芽茶一样。现在这现象并且已经见于

---

[1] 本篇最初发表于一九三三年九月十五日《申报月刊》第二卷第九号,署名洛文。

商人和工人里面了,但这乃是人们的生活不能顺遂的结果,应该以饥民的掘食草根树皮为比例,和富户豪家的纵恣的变态是不可同日而语的。

但是,要而言之,中国是连少女也进了险境了。

这险境,更使她们早熟起来,精神已是成人,肢体却还是孩子。俄国的作家梭罗古勃曾经写过这一种类型的少女,说是还是小孩子,而眼睛却已经长大了。然而我们中国的作家是另有一种称赞的写法的:所谓"娇小玲珑"者就是。

八月十二日。

上海的儿童①

上海越界筑路的北四川路一带,因为打仗,去年冷落了大半年,今年依然热闹了,店铺从法租界搬回,电影院早经开始,公园左近也常见携手同行的爱侣,这是去年夏天所没有的。

倘若走进住家的弄堂里去,就看见便溺器,吃食担,苍蝇成群的在飞,孩子成队的在闹,有剧烈的捣乱,有发达的骂詈,真是一个乱烘烘的小世界。但一到大路上,映进眼帘来的却只是轩昂活泼地玩着走着的外国孩子,中国的儿童几乎看不见了。但也并非没有,只因为衣裤郎当,精神萎靡,被别人压得像影子一样,不能醒目了。

中国中流的家庭,教孩子大抵只有两种法。其一,是任其跋扈,一点也不管,骂人固可,打人亦无不可,在门内或门前是暴主,是霸王,但到外面,便如失了网的蜘蛛一般,立刻毫无能力。其二,是终日给以冷遇或呵斥,甚而至于打扑,使他畏葸退缩,仿佛一个奴才,一个傀儡,然而父母却美其名曰"听话",自以为是教育的成功,待到放他到外面来,则如暂出樊笼的小禽,他决不会飞鸣,也不会跳跃。

现在总算中国也有印给儿童看的画本了,其中的主角自然是儿童,然而画中人物,大抵倘不是带着横暴冥顽的气味,甚而至于流氓模样的,过度的恶作剧的顽童,就是钩头耸背,低眉顺眼,一副死板板的脸相的所谓"好孩子"。这虽然由于画家本领的欠缺,但也是取儿童为范本的,而从此又

---

① 本篇最初发表于一九三三年九月十五日《申报月刊》第二卷第九号,署名洛文。

以作供给儿童仿效的范本。我们试一看别国的儿童画罢,英国沉着,德国粗豪,俄国雄厚,法国漂亮,日本聪明,都没有一点中国似的衰惫的气象。观民风是不但可以由诗文,也可以由图画,而且可以由不为人们所重的儿童画的。

顽劣,钝滞,都足以使人没落,灭亡。童年的情形,便是将来的命运。我们的新人物,讲恋爱,讲小家庭,讲自立,讲享乐了,但很少有人为儿女提出家庭教育的问题,学校教育的问题,社会改革的问题。先前的人,只知道"为儿孙作马牛",固然是错误的,但只顾现在,不想将来,"任儿孙作马牛",却不能不说是一个更大的错误。

八月十二日。

同意和解释①

上司的行动不必征求下属的同意,这是天经地义。但是,有时候上司会对下属解释。

新进的世界闻人说:"原人时代就有威权,例如人对动物,一定强迫它们服从人的意志,而使它们抛弃自由生活,不必征求动物的同意。"②这话说得透彻。不然,我们那里有牛肉吃,有马骑呢? 人对人也是这样。

日本耶教会③主教最近宣言日本是圣经上说的天使:"上帝要用日本征服向来屠杀犹太人的白人……以武力解放犹太人,实现《旧约》上的豫言。"这也显然不征求白人的同意的,正和屠杀犹太人的白人并未征求过犹太人的同意一样。日本的大人老爷在中国制造"国难",也没有征求中国人民的同意。——至于有些地方的绅董,却去征求日本大人的同意,请他们来维持地方治安,那却又当别论。总之,要自由自在的吃牛肉,骑马等等,就必须宣布自己是上司,别人是下属;或是把人比做动物,或是把自己作为天使。

但是,这里最要紧的还是"武力",并非理论。不论是社会学或是基督教的理论,都不能够产生什么威权。原人对于动物的威权,是产生于弓箭等类的发明的。至于理论,那不过是随后想出来的解释。这种解释的作

---

① 发表于一九三三年九月《申报·自由谈》,署名虞明。
② 这是希特勒一九三三年九月初在纽伦堡国社党大会闭幕时发表演说中的话。
③ 日本耶教会:日本耶稣教会。

用,在于制造自己威权的宗教上,哲学上,科学上,世界潮流上的根据,使得奴隶和牛马恍然大悟这世界的公律,而抛弃一切翻案的梦想。

当上司对于下属解释的时候,你做下属的切不可误解这是在征求你的同意,因为即使你绝对的不同意,他还是干他的。他自有他的梦想,只要金银财宝和飞机大炮的力量还在他手里,他的梦想就会实现;而你的梦想却终于只是梦想,——万一实现了,他还说你抄袭他的动物主义的老文章呢。

据说现在的世界潮流,正是庞大权力的政府的出现,这是十九世纪人士所梦想不到的。意大利和德意志不用说了;就是英国的国民政府,"它的实权也完全属于保守党一党"。"美国新总统所取得的措置经济复兴的权力,比战争和戒严时期还要大得多"。① 大家做动物,使上司不必征求什么同意,这正是世界的潮流。懿欤盛哉,这样的好榜样,那能不学?

不过,我这种解释还有点美中不足:中国自己的秦始皇帝焚书坑儒,中国自己的韩退之等说:"民不出米粟麻丝以事其上则诛"。这原是国货,何苦违背着民族主义,引用外国的学说和事实——长他人威风,灭自己志气呢?

一九三三年九月三日。

---

① 这是当时国民党政府财政部长宋子文出席世界经济会议归国后,一九三三年九月三日在南京说的话。

吃 教[①]

达一先生在《文统之梦》里,因刘勰自谓梦随孔子,乃始论文,而后来做了和尚,遂讥其"贻羞往圣"。其实是中国自南北朝以来,凡有文人学士,道士和尚,大抵以"无特操"为特色的。晋以来的名流,每一个人总有三种小玩意,一是《论语》和《孝经》,二是《老子》,三是《维摩诘经》,不但采作谈资,并且常常做一点注解。唐有三教辩论,后来变成大家打诨;所谓名儒,做几篇伽蓝碑文也不算什么大事。宋儒道貌岸然,而窃取禅师的语录。清呢,去今不远,我们还可以知道儒者的相信《太上感应篇》和《文昌帝君阴骘文》,并且会请和尚到家里来拜忏。

耶稣教传入中国,教徒自以为信教,而教外的小百姓却都叫他们是"吃教"的。这两个字,真是提出了教徒的"精神",也可以包括大多数的儒释道教之流的信者,也可以移用于许多"吃革命饭"的老英雄。

清朝人称八股文为"敲门砖",因为得到功名,就如打开了门,砖即无用。近年则有杂志上的所谓"主张"。《现代评论》之出盘,不是为了迫压,倒因为这派作者的飞腾;《新月》的冷落,是老社员都"爬"了上去,和月亮距离远起来了。这种东西,我们为要和"敲门砖"区别,称之为"上天梯"罢。

"教"之在中国,何尝不如此。讲革命,彼一时也;讲忠孝,又一时也;跟大拉嘛打圈子,又一时也;造塔藏主义,又一时也。有宜于专吃的时代,

---

[①] 本篇最初发表于一九三三年九月二十九日《申报·自由谈》,署名丰之余。

则指归应定于一尊,有宜合吃的时代,则诸教亦本非异致,不过一碟是全鸭,一碟是杂拌儿而已。刘勰亦然,盖仅由"不撤姜食"一变而为吃斋,于胃脏里的分量原无差别,何况以和尚而注《论语》《孝经》或《老子》,也还是不失为一种"天经地义"呢?

九月二十七日。

小品文的危机[①]

仿佛记得一两月之前,曾在一种日报上见到记载着一个人的死去的文章,说他是收集"小摆设"的名人,临末还有依稀的感喟,以为此人一死,"小摆设"的收集者在中国怕要绝迹了。

但可惜我那时不很留心,竟忘记了那日报和那收集家的名字。

现在的新的青年恐怕也大抵不知道什么是"小摆设"了。但如果他出身旧家,先前曾有玩弄翰墨的人,则只要不很破落,未将觉得没用的东西卖给旧货担,就也许还能在尘封的废物之中,寻出一个小小的镜屏,玲珑剔透的石块,竹根刻成的人像,古玉雕出的动物,锈得发绿的铜铸的三脚癞虾蟆;这就是所谓"小摆设"。先前,它们陈列在书房里的时候,是各有其雅号的,譬如那三脚癞虾蟆,应该称为"蟾蜍砚滴"之类,最末的收集家一定都知道,现在呢,可要和它的光荣一同消失了。

那些物品,自然决不是穷人的东西,但也不是达官富翁家的陈设,他们所要的,是珠玉扎成的盆景,五彩绘画的磁瓶。那只是所谓士大夫的"清玩"。在外,至少必须有几十亩膏腴的田地,在家,必须有几间幽雅的书斋;就是流寓上海,也一定得生活较为安闲,在客栈里有一间长包的房子,书桌一顶,烟榻一张,瘾足心闲,摩挲赏鉴。然而这境地,现在却已经被世界的险恶的潮流冲得七颠八倒,像狂涛中的小船似的了。

然而就是在所谓"太平盛世"罢,这"小摆设"原也不是什么重要的物

[①] 本篇最初发表于一九三三年十月一日《现代》第三卷第六期。

品。在方寸的象牙版上刻一篇《兰亭序》,至今还有"艺术品"之称,但倘将这挂在万里长城的墙头,或供在云冈的丈八佛像的足下,它就渺小得看不见了,即使热心者竭力指点,也不过令观者生一种滑稽之感。何况在风沙扑面,狼虎成群的时候,谁还有这许多闲工夫,来赏玩琥珀扇坠,翡翠戒指呢。他们即使要悦目,所要的也是耸立于风沙中的大建筑,要坚固而伟大,不必怎样精;即使要满意,所要的也是匕首和投枪,要锋利而切实,用不着什么雅。

美术上的"小摆设"的要求,这幻梦是已经破掉了,那日报上的文章的作者,就直觉的知道。然而对于文学上的"小摆设"——"小品文"的要求,却正在越加旺盛起来,要求者以为可以靠着低诉或微吟,将粗犷的人心,磨得渐渐的平滑。这就是想别人一心看着《六朝文絜》,而忘记了自己是抱在黄河决口之后,淹得仅仅露出水面的树梢头。

但这时却只用得着挣扎和战斗。

而小品文的生存,也只仗着挣扎和战斗的。晋朝的清言,早和它的朝代一同消歇了。唐末诗风衰落,而小品放了光辉。但罗隐的《谗书》,几乎全部是抗争和愤激之谈;皮日休和陆龟蒙自以为隐士,别人也称之为隐士,而看他们在《皮子文薮》和《笠泽丛书》中的小品文,并没有忘记天下,正是一塌胡涂的泥塘里的光彩和锋铓。明末的小品虽然比较的颓放,却并非全是吟风弄月,其中有不平,有讽刺,有攻击,有破坏。这种作风,也触着了满洲君臣的心病,费去许多助虐的武将的刀锋,帮闲的文臣的笔锋,直到乾隆年间,这才压制下去了。以后呢,就来了"小摆设"。

"小摆设"当然不会有大发展。到五四运动的时候,才又来了一个展开,散文小品的成功,几乎在小说戏曲和诗歌之上。这之中,自然含着挣扎和战斗,但因为常常取法于英国的随笔(Essay),所以也带一点幽默和雍容;写法也有漂亮和缜密的,这是为了对于旧文学的示威,在表示旧文学之自以为特长者,白话文学也并非做不到。以后的路,本来明明是更分明的挣扎和战斗,因为这原是萌芽于"文学革命"以至"思想革命"的。但现在的趋势,却在特别提倡那和旧文章相合之点,雍容,漂亮,缜密,就是要它成为"小摆设",供雅人的摩挲,并且想青年摩挲了这"小摆设",由粗暴而变为风雅了。

然而现在已经更没有书桌;鸦片虽然已经公卖,烟具是禁止的,吸起来还是十分不容易。想在战地或灾区里的人们来鉴赏罢——谁都知道是更奇怪的幻梦。这种小品,上海虽正在盛行,茶话酒谈,遍满小报的摊子上,但其实是正如烟花女子,已经不能在弄堂里拉扯她的生意,只好涂脂抹粉,在夜里蹩到马路上来了。

小品文就这样的走到了危机。但我所谓危机,也如医学上的所谓"极期(Krisis)一般,是生死的分歧,能一直得到死亡,也能由此至于恢复。麻醉性的作品,是将与麻醉者和被麻醉者同归于尽的。生存的小品文,必须是匕首,是投枪,能和读者一同杀出一条生存的血路的东西;但自然,它也能给人愉快和休息,然而这并不是"小摆设",更不是抚慰和麻痹,它给人的愉快和休息是休养,是劳作和战斗之前的准备。

八月二十七日。

喝　茶[1]

　　某公司又在廉价了,去买了二两好茶叶,每两洋二角。开首泡了一壶,怕它冷得快,用棉袄包起来,却不料郑重其事的来喝的时候,味道竟和我一向喝着的粗茶差不多,颜色也很重浊。

　　我知道这是自己错误了,喝好茶,是要用盖碗的,于是用盖碗。果然,泡了之后,色清而味甘,微香而小苦,确是好茶叶。但这是须在静坐无为的时候的,当我正写着《吃教》的中途,拉来一喝,那好味道竟又不知不觉的滑过去,像喝着粗茶一样了。

　　有好茶喝,会喝好茶,是一种"清福"。不过要享这"清福",首先就须有工夫,其次是练习出来的特别的感觉。由这一极琐屑的经验,我想,假使是一个使用筋力的工人,在喉干欲裂的时候,那么,即使给他龙井芽茶,珠兰窨片,恐怕他喝起来也未必觉得和热水有什么大区别罢。所谓"秋思",其实也是这样的,骚人墨客,会觉得什么"悲哉秋之为气也",风雨阴晴,都给他一种刺戟,一方面也就是一种"清福",但在老农,却只知道每年的此际,就要割稻而已。

　　于是有人以为这种细腻锐敏的感觉,当然不属于粗人,这是上等人的牌号。然而我恐怕也正是这牌号就要倒闭的先声。我们有痛觉,一方面是使我们受苦的,而一方面也使我们能够自卫。假如没有,则即使背上被人刺了一尖刀,也将茫无知觉,直到血尽倒地,自己还不明白为什么倒地。但

---

[1] 本篇最初发表于一九三三年十月二日《申报·自由谈》,署名丰之余。

这痛觉如果细腻锐敏起来呢,则不但衣服上有一根小刺就觉得,连衣服上的接缝,线结,布毛都要觉得,倘不穿"无缝天衣",他便要终日如芒刺在身,活不下去了。但假装锐敏的,自然不在此例。

　　感觉的细腻和锐敏,较之麻木,那当然算是进步的,然而以有助于生命的进化为限。如果不相干,甚而至于有碍,那就是进化中的病态,不久就要收梢。我们试将享清福,抱秋心的雅人,和破衣粗食的粗人一比较,就明白究竟是谁活得下去。喝过茶,望着秋天,我于是想:不识好茶,没有秋思,倒也罢了。

九月三十日。

"滑稽"例解①

研究世界文学的人告诉我们：法人善于机锋，俄人善于讽刺，英美人善于幽默。这大概是真确的，就都为社会状态所制限。慨自语堂大师振兴"幽默"以来，这名词是很通行了，但一普遍，也就伏着危机，正如军人自称佛子，高官忽挂念珠，而佛法就要涅槃一样。倘若油滑，轻薄，猥亵，都蒙"幽默"之号，则恰如"新戏"②之入"×世界"，必已成为"文明戏"也无疑。

这危险，就因为中国向来不大有幽默。只是滑稽是有的，但这和幽默还隔着一大段，日本人曾译"幽默"为"有情滑稽"，所以别于单单的"滑稽"，即为此。那么，在中国，只能寻得滑稽文章了？却又不。中国之自以为滑稽文章者，也还是油滑，轻薄，猥亵之谈，和真的滑稽有别。这"狸猫换太子"的关键，是在历来的自以为正经的言论和事实，大抵滑稽者多，人们看惯，渐渐以为平常，便将油滑之类，误认为滑稽了。

在中国要寻求滑稽，不可看所谓滑稽文，倒要看所谓正经事，但必须想一想。

这些名文是俯拾即是的，譬如报章上正正经经的题目，什么"中日交涉渐入佳境"呀，"中国到那里去"呀，就都是的，咀嚼起来，真如橄榄一样，很有些回味。

---

① 发表于一九三三年十月《申报·自由谈》，署名苇索。
② "新戏"：指兴起于我国二十世纪初的话剧，又称"文明戏"，一般仍称当时上海大世界、新世界等游艺场演出的较通俗的话剧为文明戏。

见于报章上的广告的,也有的是。我们知道有一种刊物,自说是"舆论界的新权威","说出一般人所想说而没有说的话",而一面又在向别一种刊物"声明误会,表示歉意",但又说是"按双方均为社会有声誉之刊物,自无互相攻讦之理"。"新权威"而善于"误会","误会"了而偏"有声誉","一般人所想说而没有说的话"却是误会和道歉:这要不笑,是必须不会思索的。

见于报章的短评上的,也有的是。例如九月间《自由谈》所载的《登龙术拾遗》上,以做富家女婿为"登龙"之一术,不久就招来了一篇反攻,那开首道:"狐狸吃不到葡萄,说葡萄是酸的,自己娶不到富妻子,于是对于一切有富岳家的人发生了妒嫉,妒嫉的结果是攻击。"这也不能想一下。一想"的结果",便分明是这位作者在表明他知道"富妻子"的味道是甜的了。

诸如此类的妙文,我们也尝见于冠冕堂皇的公文上:而且并非将它漫画化了的,却是它本身原来是漫画。《论语》一年中,我最爱看"古香斋"这一栏,如四川营山县长禁穿长衫令云:"须知衣服蔽体已足,何必前拖后曳,消耗布匹?且国势衰弱,……顾念时艰,后患何堪设想?"又如北平社会局禁女人养雄犬文云:"查雌女雄犬相处,非仅有碍健康,更易发生无耻秽闻,揆之我国礼义之邦,亦为习俗所不许。谨特通令严禁……凡妇女带养之雄犬,斩之无赦,以为取缔!"这那里是滑稽作家所能凭空写得出来的?

不过"古香斋"里所收的妙文,往往还倾于奇诡,滑稽却不如平淡,惟其平淡,也就更加滑稽,在这一标准上,我推选"甜葡萄"说。

一九三三年十月十九日。

冲[1]

"推"和"踢"只能死伤一两个,倘要多,就非"冲"不可。

十三日的新闻上载着贵阳通信说,九一八纪念,各校学生集合游行,教育厅长谭星阁临事张皇,乃派兵分据街口,另以汽车多辆,向行列冲去,于是发生惨剧,死学生二人,伤四十余,其中以正谊小学学生为最多,年仅十龄上下耳。……

我先前只知道武将大抵通文,当"枕戈待旦"的时候,就会做骈体电报,这回才明白虽是文官,也有深谙韬略的了。田单曾经用过火牛[2],现在代以汽车,也确是二十世纪。

"冲"是最爽利的战法,一队汽车,横冲直撞,使敌人死伤在车轮下,多么简截;"冲"也是最威武的行为,机关一扳,风驰电掣,使对手想回避也来不及,多么英雄。各国的兵警,喜欢用水龙冲,俄皇曾用哥萨克马队冲,都是快举。各地租界上我们有时会看见外国兵的坦克车在出巡,这就是倘不恭顺,便要来冲的家伙。

汽车虽然并非冲锋的利器,但幸而敌人却是小学生,一匹疲驴,真上战场是万万不行的,不过在嫩草地上飞跑,骑士坐在上面喑呜叱咤,却还很能胜任愉快,虽然有些人见了,难免觉得滑稽。

---

① 发表于一九三三年十月《申报·自由谈》,署名旅隼。
② 田单曾经用过火牛:田单,战国时齐国人。据《史记·田单列传》,燕伐齐,破齐七十余城,齐军退守莒和即墨;后来田单在即墨用火牛大破燕军,尽复失地。

十龄上下的孩子会造反,本来也难免觉得滑稽的。但我们中国是常出神童的地方,一岁能画,两岁能诗,七龄童做戏,十龄童从军,十几龄童做委员,原是常有的事实;连七八岁的女孩也会被凌辱,从别人看来,是等于"年方花信"①的了。

况且"冲"的时候,倘使对面是能够有些抵抗的人,那就汽车会弄得不爽利,冲者也就不英雄,所以敌人总须选得嫩弱。流氓欺乡下老,洋人打中国人,教育厅长冲小学生,都是善于克敌的豪杰。

"身当其冲",先前好像不过一句空话,现在却应验了,这应验不但在成人,而且到了小孩子。"婴儿杀戮"算是一种罪恶,已经是过去的事,将乳儿抛上空中去,接以枪尖,不过看作一种玩把戏的日子,恐怕也就不远了罢。

一九三三年十月十七日。

---

① "年方花信":指女子正当成年时期。花信,花开的消息。

野兽训练法[1]

最近还有极有益的讲演,是海京伯马戏团的经理施威德在中华学艺社的三楼上给我们讲"如何训练动物?"可惜我没福参加旁听,只在报上看见一点笔记。但在那里面,就已经够多着警辟的话了——

> 有人以为野兽可以用武力拳头去对付它,压迫它,那便错了,因为这是从前野蛮人对付野兽的办法,现在训练的方法,便不是这样。
> 现在我们所用的方法,是用爱的力量,获取它们对于人的信任,用爱的力量,温和的心情去感动它们。……

这一些话,虽然出自日耳曼人之口,但和我们圣贤的古训,也是十分相合的。用武力拳头去对付,就是所谓"霸道"。然而"以力服人者,非心服也",所以文明人就得用"王道",以取得"信任":"民无信不立"。

但是,有了"信任"以后,野兽可要变把戏了——

> 教练者在取得它们的信任以后,然后可以从事教练它们了:第一步,可以使它们认清坐的,站的位置;再可以使它们跳浜,站起来……

---

[1] 本篇最初发表于一九三三年十月卅日《申报·自由谈》,署名余铭。

训兽之法,通于牧民,所以我们的古人,也称治民的大人物曰"牧"。然而所"牧"者,牛羊也,比野兽怯弱,因此也就无须乎专靠"信任",不妨兼用着拳头,这就是冠冕堂皇的"威信"。

由"威信"治成的动物,"跳浜,站起来"是不够的,结果非贡献毛角血肉不可,至少是天天挤出奶汁来,——如牛奶,羊奶之流。

然而这是古法,我不觉得也可以包括现代。

施威德讲演之后,听说还有余兴,如"东方大乐"及"踢毽子"等,报上语焉不详,无从知道底细了,否则,我想,恐怕也很有意义。

十月二十七日。

难得糊涂[1]

因为有人谈起写篆字,我倒记起郑板桥有一块图章,刻着"难得糊涂"。那四个篆字刻得叉手叉脚的,颇能表现一点名士的牢骚气。足见刻图章写篆字也还反映着一定的风格,正像"玩"木刻之类,未必"只是个人的事情":"谬种"和"妖孽"就是写起篆字来,也带着些"妖谬"的。

然而风格和情绪,倾向之类,不但因人而异,而且因事而异,因时而异。郑板桥说"难得糊涂",其实他还能够糊涂的。现在,到了"求仕不获无足悲,求隐而不得其地以痷者,毋亦天下之至哀欤"的时代,却实在求糊涂而不可得了。

糊涂主义,唯无是非观等等——本来是中国的高尚道德。你说他是解脱,达观罢,也未必。他其实在固执着,坚持着什么,例如道德上的正统,文学上的正宗之类。这终于说出来了:——道德要孔孟加上"佛家报应之说"(老庄另帐登记),而说别人"鄙薄"佛教影响就是"想为儒家争正统",原来同善社的三教同源论早已是正统了。文学呢?要用生涩字,用词藻,秾纤的作品,而且是新文学的作品,虽则他"否认新文学和旧文学的分界";而大众文学"固然赞成","但那是文学中的一个旁支"。正统和正宗,是明显的。

对于人生的倦怠并不糊涂!活的生活已经那么"穷乏",要请青年在"佛家报应之说",在"《文选》,《庄子》,《论语》,《孟子》"里去求得修养。

---

[1] 本篇最初发表于一九三三年十一月二十四日《申报·自由谈》,署名子明。

后来,修养又不见了,只剩得字汇。"自然景物,个人情感,宫室建筑,……之类,还不妨从《文选》之类的书中去找来用。"从前严几道从甚么古书里——大概也是《庄子》罢——找着了"幺匿"两个字来译 Unit,又古雅,又音义双关的。但是后来通行的却是"单位"。严老先生的这类"字汇"很多,大抵无法复活转来。现在却有人以为"汉以后的词,秦以前的字,西方文化所带来的字和词,可以拼成功我们的光芒的新文学"。这光芒要是只在字和词,那大概像古墓里的贵妇人似的,满身都是珠光宝气了。人生却不在拼凑,而在创造,几千百万的活人在创造。可恨的是人生那么骚扰忙乱,使一些人"不得其地以窜",想要逃进字和词里去,以求"庶免是非",然而又不可得。真要写篆字刻图章了!

十一月六日。

世故三昧[1]

人世间真是难处的地方,说一个人"不通世故",固然不是好话,但说他"深于世故"也不是好话。"世故"似乎也像"革命之不可不革,而亦不可太革"一样,不可不通,而亦不可太通的。

然而据我的经验,得到"深于世故"的恶谥者,却还是因为"不通世故"的缘故。

现在我假设以这样的话,来劝导青年人——

"如果你遇见社会上有不平事,万不可挺身而出,讲公道话,否则,事情倒会移到你头上来,甚至于会被指作反动分子的。如果你遇见有人被冤枉,被诬陷的,即使明知道他是好人,也万不可挺身而出,去给他解释或分辩,否则,你就会被人说是他的亲戚,或得了他的贿赂;倘使那是女人,就要被疑为她的情人的;如果他较有名,那便是党羽。例如我自己罢,给一个毫不相干的女士做了一篇信札集的序,人们就说她是我的小姨;绍介一点科学的文艺理论,人们就说得了苏联的卢布。亲戚和金钱,在目下的中国,关系也真是大,事实给与了教训,人们看惯了,以为人人都脱不了这关系,原也无足深怪的。

"然而,有些人其实也并不真相信,只是说着玩玩,有趣有趣的。即使有人为了谣言,弄得凌迟碎剐,像明末的郑鄤那样了,和自己也并不相干,总不如有趣的紧要。这时你如果去辨正,那就是使大家扫兴,结果还是你自己倒楣。我也有一个经验。那是十多年前,我在教育部里做"官僚",常

---

[1] 本篇最初发表于一九三三年十一月十五日《申报月刊》第二卷第十一号,署名洛文。

听得同事说,某女学校的学生,是可以叫出来嫖的,连机关的地址门牌,也说得明明白白。有一回我偶然走过这条街,一个人对于坏事情,是记性好一点的,我记起来了,便留心着那门牌,但这一号,却是一块小空地,有一口大井,一间很破烂的小屋,是几个山东人住着卖水的地方,决计做不了别用。待到他们又在谈着这事的时候,我便说出我的所见来,而不料大家竟笑容尽敛,不欢而散了,此后不和我谈天者两三月。我事后才悟到打断了他们的兴致,是不应该的。

"所以,你最好是莫问是非曲直,一味附和着大家;但更好是不开口;而在更好之上的是连脸上也不显出心里的是非的模样来……"

这是处世法的精义,只要黄河不流到脚下,炸弹不落在身边,可以保管一世没有挫折的。但我恐怕青年人未必以我的话为然;便是中年,老年人,也许要以为我是在教坏了他们的子弟。呜呼,那么,一片苦心,竟是白费了。

然而倘说中国现在正如唐虞盛世,却又未免是"世故"之谈。耳闻目睹的不算,单是看看报章,也就可以知道社会上有多少不平,人们有多少冤抑。但对于这些事,除了有时或有同业,同乡,同族的人们来说几句呼吁的话之外,利害无关的人的义愤的声音,我们是很少听到的。这很分明,是大家不开口;或者以为和自己不相干;或者连"以为和自己不相干"的意思也全没有。"世故"深到不自觉其"深于世故",这才真是"深于世故"的了。这是中国处世法的精义中的精义。

而且,对于看了我的劝导青年人的话,心以为非的人物,我还有一下反攻在这里。他是以我为狡猾的。但是,我的话里,一面固然显示着我的狡猾,而且无能,但一面也显示着社会的黑暗。他单责个人,正是最稳妥的办法,倘使兼责社会,可就得站出去战斗了。责人的"深于世故"而避开了"世"不谈,这是更"深于世故"的玩艺,倘若自己不觉得,那就更深更深了,离三昧境盖不远矣。

不过凡事一说,即落言筌,不再能得三昧。说"世故三昧"者,即非"世故三昧"。三昧真谛,在行而不言;我现在一说"行而不言",却又失了真谛,离三昧境盖益远矣。

一切善知识,心知其意可也,唵!

十月十三日。

《看图识字》[1]

凡一个人,即使到了中年以至暮年,倘一和孩子接近,便会踏进久经忘却了的孩子世界的边疆去,想到月亮怎么会跟着人走,星星究竟是怎么嵌在天空中。但孩子在他的世界里,是好像鱼之在水,游泳自如,忘其所以的,成人却有如人的凫水一样,虽然也觉到水的柔滑和清凉,不过总不免吃力,为难,非上陆不可了。

月亮和星星的情形,一时怎么讲得清楚呢,家境还不算精穷,当然还不如给一点所谓教育,首先是识字。上海有各国的人们,有各国的书铺,也有各国的儿童用书。但我们是中国人,要看中国书,识中国字。这样的书也有,虽然纸张,图画,色彩,印订,都远不及别国,但有是也有的。我到市上去,给孩子买来的是民国二十一年十一月印行的"国难后第六版"的《看图识字》。

先是那色彩就多么恶浊,但这且不管他。图画又多么死板,这且也不管他。出版处虽然是上海,然而奇怪,图上有蜡烛,有洋灯,却没有电灯;有朝靴,有三镶云头鞋,却没有皮鞋。跪着放枪的,一脚拖地;站着射箭的,两臂不平,他们将永远不能达到目的,更坏的是连钓竿,风车,布机之类,也和实物有些不同。

我轻轻的叹了一口气,记起幼小时候看过的《日用杂字》来。这是一本教育妇女婢仆,使她们能够记账的书,虽然名物的种类并不多,图画也很

---

[1] 本篇最初发表于一九三四年七月一日北平《文学季刊》第三期,署名唐俟。

粗劣，然而很活泼，也很像。为什么呢？就因为作画的人，是熟悉他所画的东西的，一个"萝卜"，一只鸡，在他的记忆里并不含胡，画起来当然就切实。现在我们只要看《看图识字》里所画的生活状态——洗脸，吃饭，读书——就知道这是作者意中的读者，也是作者自己的生活状态，是在租界上租一层屋，装了全家，既不阔绰，也非精穷的，埋头苦干一日，才得维持生活一日的人，孩子得上学校，自己须穿长衫，用尽心神，撑住场面，又那有余力去买参考书，观察事物，修炼本领呢？况且，那书的末叶上还有一行道："戊申年七月初版"。查年表，才知道那就是清朝光绪三十四年，即西历一九〇八年，虽是前年新印，书却成于二十七年前，已是一部古籍了，其奄奄无生气，正也不足为奇的。

孩子是可以敬服的，他常常想到星月以上的境界，想到地面下的情形，想到花卉的用处，想到昆虫的言语；他想飞上天空，他想潜入蚁穴……所以给儿童看的图书就必须十分慎重，做起来也十分烦难。即如《看图识字》这两本小书，就天文，地理，人事，物情，无所不有。其实是，倘不是对于上至宇宙之大，下至苍蝇之微，都有些切实的知识的画家，决难胜任的。

然而我们是忘却了自己曾为孩子时候的情形了，将他们看作一个蠢才，什么都不放在眼里。即使因为时势所趋，只得施一点所谓教育，也以为只要付给蠢才去教就足够。于是他们长大起来，就真的成了蠢才，和我们一样了。

然而我们这些蠢才，却还在变本加厉的愚弄孩子。只要看近两三年的出版界，给"小学生"，"小朋友"看的刊物，特别的多就知道。中国突然出了这许多"儿童文学家"了么？我想：是并不然的。

五月三十日。

忆韦素园君

我也还有记忆的,但是,零落得很。我自己觉得我的记忆好像被刀刮过了的鱼鳞,有些还留在身体上,有些是掉在水里了,将水一搅,有几片还会翻腾,闪烁,然而中间混着血丝,连我自己也怕得因此污了赏鉴家的眼目。

现在有几个朋友要纪念韦素园君,我也须说几句话。是的,我是有这义务的。我只好连身外的水也搅一下,看看泛起怎样的东西来。

怕是十多年之前了罢,我在北京大学做讲师,有一天,在教师豫备室里遇见了一个头发和胡子统统长得要命的青年,这就是李霁野。我的认识素园,大约就是霁野绍介的罢,然而我忘记了那时的情景。现在留在记忆里的,是他已经坐在客店的一间小房子里计画出版了。

这一间小房子,就是未名社。

那时我正在编印两种小丛书,一种是《乌合丛书》,专收创作,一种是《未名丛刊》,专收翻译,都由北新书局出版。出版者和读者的不喜欢翻译书,那时和现在也并不两样,所以《未名丛刊》是特别冷落的。恰巧,素园他们愿意绍介外国文学到中国来,便和李小峰商量,要将《未名丛刊》移出,由几个同人自办。小峰一口答应了,于是这一种丛书便和北新书局脱离。稿子是我们自己的,另筹了一笔印费,就算开始。因这丛书的名目,连社名也就叫了"未名"——但并非"没有名目"的意思,是"还没有名目"的意思,恰如孩子的"还未成丁"似的。

未名社的同人,实在并没有什么雄心和大志,但是,愿意切切实实的,点点滴滴的做下去的意志,却是大家一致的。而其中的骨干就是素园。

于是他坐在一间破小屋子,就是未名社里办事了,不过小半好像也因为他生着病,不能上学校去读书,因此便天然的轮着他守寨。

我最初的记忆是在这破寨里看见了素园,一个瘦小,精明,正经的青年,窗前的几排破旧外国书,在证明他穷着也还是钉住着文学。然而,我同时又有了一种坏印象,觉得和他是很难交往的,因为他笑影少。"笑影少"原是未名社同人的一种特色,不过素园显得最分明,一下子就能够令人感得。但到后来,我知道我的判断是错误了,和他也并不难于交往。他的不很笑,大约是因为年龄的不同,对我的一种特别态度罢,可惜我不能化为青年,使大家忘掉彼我,得到确证了。这真相,我想,霁野他们是知道的。

但待到我明白了我的误解之后,却同时又发现了一个他的致命伤:他太认真;虽然似乎沉静,然而他激烈。认真会是人的致命伤的么?至少,在那时以至现在,可以是的。一认真,便容易趋于激烈,发扬则送掉自己的命,沉静着,又啮碎了自己的心。

这里有一点小例子。——我们是只有小例子的。

那时候,因为段祺瑞总理和他的帮闲们的迫压,我已经逃到厦门,但北京的狐虎之威还正是无穷无尽。段派的女子师范大学校长林素园,带兵接收学校去了,演过全副武行之后,还指留着的几个教员为"共产党"。这个名词,一向就给有些人以"办事"上的便利,而且这方法,也是一种老谱,本来并不希罕的。但素园却好像激烈起来了,从此以后,他给我的信上,有好一晌竟憎恶"素园"两字而不用,改称为"漱园"。同时社内也发生了冲突,高长虹从上海寄信来,说素园压下了向培良的稿子,叫我讲一句话。我一声也不响。于是在《狂飙》上骂起来了,先骂素园,后是我。素园在北京压下了培良的稿子,却由上海的高长虹来抱不平,要在厦门的我去下判断,我颇觉得是出色的滑稽,而且一个团体,虽是小小的文学团体罢,每当光景艰难时,内部是一定有人起来捣乱的,这也并不希罕。然而素园却很认真,他不但写信给我,叙述着详情,还作文登在杂志上剖白。在"天才"们的法庭上,别人剖白得清楚的么?——我不禁长长的叹了一口气,想到他只是一个文人,又生着病,却这么拼命的对付着内忧外患,又怎么能够持久呢。自然,这仅仅是小忧患,但在认真而激烈的个人,却也相当的大的。

不久,未名社就被封,几个人还被捕。也许素园已经咯血,进了病院了罢,他不在内。但后来,被捕的释放,未名社也启封了,忽封忽启,忽捕忽放,我至今还不明白这是怎么的一个玩意。

我到广州,是第二年——一九二七年的秋初,仍旧陆续的接到他几封信,是在西山病院里,伏在枕头上写就的,因为医生不允许他起坐。他措辞更明显,思想也更清楚,更广大了,但也更使我担心他的病。有一天,我忽然接到一本书,是布面装订的素园翻译的《外套》。我一看明白,就打了一个寒噤:这明明是他送给我的一个纪念品,莫非他已经自觉了生命的期限了么?

我不忍再翻阅这一本书,然而我没有法。

我因此记起,素园的一个好朋友也咯过血,一天竟对着素园咯起来,他慌张失措,用了爱和忧急的声音命令道:"你不许再吐了!"我那时却记起了伊孛生的《勃兰特》。他不是命令过去的人,从新起来,却并无这神力,只将自己埋在崩雪下面的么?……

我在空中看见了勃兰特和素园,但是我没有话。

一九二九年五月末,我最以为侥幸的是自己到西山病院去,和素园谈了天。他为了日光浴,皮肤被晒得很黑了,精神却并不萎顿。我们和几个朋友都很高兴。但我在高兴中,又时时夹着悲哀:忽而想到他的爱人,已由他同意之后,和别人订了婚;忽而想到他竟连绍介外国文学给中国的一点志愿,也怕难于达到;忽而想到他在这里静卧着,不知道他自以为是在等候全愈,还是等候灭亡;忽而想到他为什么要寄给我一本精装的《外套》?……

壁上还有一幅陀思妥也夫斯基的大画像。对于这先生,我是尊敬,佩服的,但我又恨他残酷到了冷静的文章。他布置了精神上的苦刑,一个个拉了不幸的人来,拷问给我们看。现在他用沉郁的眼光,凝视着素园和他的卧榻,好像在告诉我:这也是可以收在作品里的不幸的人。

自然，这不过是小不幸，但在素园个人，是相当的大的。

一九三二年八月一日晨五时半，素园终于病殁在北平同仁医院里了，一切计画，一切希望，也同归于尽。我所抱憾的是因为避祸，烧去了他的信札，我只能将一本《外套》当作唯一的纪念，永远放在自己的身边。

自素园病殁之后，转眼已是两年了，这其间，对于他，文坛上并没有人开口。这也不能算是希罕的，他既非天才，也非豪杰，活的时候，既不过在默默中生存，死了之后，当然也只好在默默中泯没。但对于我们，却是值得记念的青年，因为他在默默中支持了未名社。

未名社现在是几乎消灭了，那存在期，也并不长久。然而自素园经营以来，绍介了果戈理(N. Gogol)，陀思妥也夫斯基(F. Dostoevsky)，安特列夫(L. Andreev)，绍介了望·蔼覃(F. van Eeden)，绍介了爱伦堡(I. Ehrenburg)的《烟袋》和拉夫列涅夫(B. Lavrenev)的《四十一》。还印行了《未名新集》，其中有丛芜的《君山》，静农的《地之子》和《建塔者》，我的《朝华夕拾》，在那时候，也都还算是相当可看的作品。事实不为轻薄阴险小儿留情，曾几何年，他们就都已烟消火灭，然而未名社的译作，在文苑里却至今没有枯死的。

是的，但素园却并非天才，也非豪杰，当然更不是高楼的尖顶，或名园的美花，然而他是楼下的一块石材，园中的一撮泥土，在中国第一要他多。他不入于观赏者的眼中，只有建筑者和栽植者，决不会将他置之度外。

文人的遭殃，不在生前的被攻击和被冷落，一瞑之后，言行两亡，于是无聊之徒，谬托知己，是非蜂起，既以自衒，又以卖钱，连死尸也成了他们的沽名获利之具，这倒是值得悲哀的。现在我以这几千字纪念我所熟识的素园，但愿还没有营私肥己的处所，此外也别无话说了。

我不知道以后是否还有记念的时候，倘止于这一次，那么，素园，从此别了！

一九三四年七月十六日之夜，鲁迅记。

偶　成①

九月二十日的《申报》上,有一则嘉善地方的新闻,摘录起来,就是——

> 本县大窑乡沈和声与子林生,被著匪石塘小弟绑架而去,勒索三万元。沈姓家以中人之产,迁延未决。讵料该股帮匪乃将沈和声父子及苏境方面绑来肉票,在丁棚北,北荡滩地方,大施酷刑。法以布条遍贴背上,另用生漆涂敷,俟其稍干,将布之一端,连皮揭起,则痛彻心肺,哀号呼救,惨不忍闻。时为该处居民目睹,恻然心伤,尽将惨状报告沈姓,速即往赎,否则恐无生还。帮匪手段之酷,洵属骇闻。

"酷刑"的记载,在各地方的报纸上是时时可以看到的,但我们只在看见时觉得"酷",不久就忘记了,而实在也真是记不胜记。然而酷刑的方法,却决不是突然就会发明,一定都有它的师承或祖传,例如这石塘小弟所采用的,便是一个古法,见于士大夫未必肯看,而下等人却大抵知道的《说岳全传》一名《精忠传》上,是秦桧要岳飞自认"汉奸",逼供之际所用的方法,但使用的材料,却是麻条和鱼鳔。我以为生漆之说,是未必的确的,因为这东西很不容易干燥。

---

① 本篇最初发表于一九三三年十月十五日《申报月刊》第二卷第十号,署名洛文。

"酷刑"的发明和改良者,倒是虎吏和暴君,这是他们唯一的事业,而且也有工夫来考究。这是所以威民,也所以除奸的,然而《老子》说得好,"为之斗斛以量之,则并与斗斛而窃之,……"有被刑的资格的也就来玩一个"剪窃"。张献忠的剥人皮,不是一种骇闻么?但他之前已有一位剥了"逆臣"景清的皮的永乐皇帝在。

奴隶们受惯了"酷刑"的教育,他只知道对人应该用酷刑。

但是,对于酷刑的效果的意见,主人和奴隶们是不一样的。主人及其帮闲们,多是智识者,他能推测,知道酷刑施之于敌对,能够给与怎样的痛苦,所以他会精心结撰,进步起来。奴才们却一定是愚人,他不能"推己及人",更不能推想一下,就"感同身受"。只要他有权,会采用成法自然也难说,然而他的主意,是没有智识者所测度的那么惨厉的。绥拉菲摩维支在《铁流》里,写农民杀掉了一个贵人的小女儿,那母亲哭得很凄惨,他却诧异道,哭什么呢,我们死掉多少小孩子,一点也没哭过。他不是残酷,他一向不知道人命会这么宝贵,他觉得奇怪了。

奴隶们受惯了猪狗的待遇,他只知道人们无异于猪狗。

用奴隶或半奴隶的幸福者,向来只怕"奴隶造反",真是无怪的。

要防"奴隶造反",就更加用"酷刑",而"酷刑"却因此更到了末路。在现代,枪毙是早已不足为奇了,枭首陈尸,也只能博得民众暂时的鉴赏,而抢劫,绑架,作乱的还是不减少,并且连绑匪也对于别人用起酷刑来了。酷的教育,使人们见酷而不再觉其酷,例如无端杀死几个民众,先前是大家就会嚷起来的,现在却只如见了日常茶饭事。人民真被治得好像厚皮的,没有感觉的癞象一样了,但正因为成了癞皮,所以又会踏着残酷前进,这也是虎吏和暴君所不及料,而即使料及,也还是毫无办法的。

九月二十日。

家庭为中国之基本[1]

中国的自己能酿酒,比自己来种鸦片早,但我们现在只听说许多人躺着吞云吐雾,却很少见有人像外国水兵似的满街发酒疯。唐宋的踢球,久已失传,一般的娱乐是躲在家里彻夜叉麻雀。从这两点看起来,我们在从露天下渐渐的躲进家里去,是无疑的。古之上海文人,已尝慨乎言之,曾出一联,索人属对,道:"三鸟害人鸦雀鸽","鸽"是彩票,雅号奖券,那时却称为"白鸽票"的。但我不知道后来有人对出了没有。

不过我们也并非满足于现状,是身处斗室之中,神驰宇宙之外,抽鸦片者享乐着幻境,叉麻雀者心仪于好牌。檐下放起爆竹,是在将月亮从天狗嘴里救出;剑仙坐在书斋里,哼的一声,一道白光,千万里外的敌人可被杀掉了,不过飞剑还是回家,钻进原先的鼻孔去,因为下次还要用。这叫做千变万化,不离其宗。所以学校是从家庭里拉出子弟来,教成社会人才的地方,而一闹到不可开交的时候,还是"交家长严加管束"云。

"骨肉归于土,命也;若夫魂气,则无不之也,无不之也!"一个人变了鬼,该可以随便一点了罢,而活人仍要烧一所纸房子,请他住进去,阔气的还有打牌桌,鸦片盘。成仙,这变化是很大的,但是刘太太偏舍不得老家,定要运动到"拔宅飞升",连鸡犬都带了上去而后已,好依然的管家务,饲狗,喂鸡。

我们的古今人,对于现状,实在也愿意有变化,承认其变化的。变鬼无

---

[1] 本篇最初发表于一九三四年一月十五日《申报月刊》第三卷第一号,署名罗怃。

法,成仙更佳,然而对于老家,却总是死也不肯放。我想,火药只做爆竹,指南针只看坟山,恐怕那原因就在此。

现在是火药蜕化为轰炸弹,烧夷弹,装在飞机上面了,我们却只能坐在家里等他落下来。自然,坐飞机的人是颇有了的,但他那里是远征呢,他为的是可以快点回到家里去。

家是我们的生处,也是我们的死所。

十二月十六日。

上海所感[①]

一有所感,倘不立刻写出,就忘却,因为会习惯。幼小时候,洋纸一到手,便觉得羊臊气扑鼻,现在却什么特别的感觉也没有了。初看见血,心里是不舒服的,不过久住在杀人的名胜之区,则即使见了挂着的头颅,也不怎么诧异。这就是因为能够习惯的缘故。由此看来,人们——至少,是我一般的人们,要从自由人变成奴隶,怕也未必怎么烦难罢。无论什么,都会惯起来的。

中国是变化繁多的地方,但令人并不觉得怎样变化。变化太多,反而很快的忘却了。倘要记得这么多的变化,实在也非有超人的记忆力就办不到。

但是,关于一年中的所感,虽然淡漠,却还能够记得一些的。不知怎的,好像无论什么,都成了潜行活动,秘密活动了。

至今为止,所听到的是革命者因为受着压迫,所以用着潜行,或者秘密的活动,但到一九三三年,却觉得统治者也在这么办的了。譬如罢,阔佬甲到阔佬乙所在的地方来,一般的人们,总以为是来商量政治的,然而报纸上却道并不为此,只因为要游名胜,或是到温泉里洗澡;外国的外交官来到了,它告诉读者的是也并非有什么外交问题,不过来看看某大名人的贵恙。

[①] 本篇系用日文写作,发表于一九三四年一月一日日本大阪《朝日新闻》。译文发表于一九三四年九月二十五日《文学新地》创刊号,题为《一九三三年上海所感》,署名石介译。

但是,到底又总好像并不然。

用笔的人更能感到的,是所谓文坛上的事。有钱的人,给绑匪架去了,作为抵押品,上海原是常有的,但近来却连作家也往往不知所往。有些人说,那是给政府那面捉去了,然而好像政府那面的人们,却道并不是。然而又好像实在也还是在属于政府的什么机关里的样子。犯禁的书籍杂志的目录,是没有的,然而邮寄之后,也往往不知所往。假如是列宁的著作罢,那自然不足为奇,但《国木田独步集》有时也不行,还有,是亚米契斯的《爱的教育》。不过,卖着也许犯忌的东西的书店,却还是有的,虽然还有,而有时又会从不知什么地方飞来一柄铁锤,将窗上的大玻璃打破,损失是二百元以上,打破两块的书店也有,这回是合计五百元正了。有时也撒些传单,署名总不外乎什么什么团之类。

平安的刊物上,是登着莫索里尼或希特拉的传记,恭维着,还说是要救中国,必须这样的英雄,然而一到中国的莫索里尼或希特拉是谁呢这一个紧要结论,却总是客气着不明说。这是秘密,要读者自己悟出,各人自负责任的罢。对于论敌,当和苏俄绝交时,就说他得着卢布,抗日的时候,则说是在将中国的秘密向日本卖钱。但是,用了笔墨来告发这卖国事件的人物,却又用的是化名,好像万一发生效力,敌人因此被杀了,他也不很高兴负这责任似的。

革命者因为受压迫,所以钻到地里去,现在是压迫者和他的爪牙,也躲进暗地里去了。这是因为虽在军刀的保护之下,胡说八道,其实却毫无自信的缘故;而且连对于军刀的力量,也在怀着疑。一面胡说八道,一面想着将来的变化,就越加缩进暗地里去,准备着情势一变,就另换一副面孔,另拿一张旗子,从新来一回。而拿着军刀的伟人存在外国银行里的钱,也使他们的自信力更加动摇的。这是为不远的将来计。为了辽远的将来,则在愿意在历史上留下一个芳名。中国和印度不同,是看重历史的。但是,并不怎么相信,总以为只要用一种什么好手段,就可以使人写得体体面面。然而对于自己以外的读者,那自然要他们相信的。

我们从幼小以来,就受着对于意外的事情,变化非常的事情,绝不惊奇的教育。那教科书是《西游记》,全部充满着妖怪的变化。例如牛魔王呀,孙悟空呀……就是。据作者所指示,是也有邪正之分的,但总而言之,两面都是妖怪,所以在我们人类,大可以不必怎样关心。然而,假使这不是书本上的事,而自己也身历其境,这可颇有点为难了。以为是洗澡的美人罢,却是蜘蛛精;以为是寺庙的大门罢,却是猴子的嘴,这教人怎么过。早就受了《西游记》教育,吓得气绝是大约不至于的,但总之,无论对于什么,就都不免要怀疑了。

外交家是多疑的,我却觉得中国人大抵都多疑。如果跑到乡下去,向农民问路径,问他的姓名,问收成,他总不大肯说老实话。将对手当蜘蛛精看是未必的,但好像他总在以为会给他什么祸祟。这种情形,很使正人君子们愤慨,就给了他们一个徽号,叫作"愚民"。但在事实上,带给他们祸祟的时候却也并非全没有。因了一整年的经验,我也就比农民更加多疑起来,看见显着正人君子模样的人物,竟会觉得他也许正是蜘蛛精了。然而,这也就会习惯的罢。

愚民的发生,是愚民政策的结果,秦始皇已经死了二千多年,看看历史,是没有再用这种政策的了。然而,那效果的遗留,却久远得多么骇人呵!

十二月五日。

女人未必多说谎[1]

侍桁先生在《谈说谎》里,以为说谎的原因之一是由于弱,那举证的事实,是:"因此为什么女人讲谎话要比男人来得多。"

那并不一定是谎话,可是也不一定是事实。我们确也常常从男人们的嘴里,听说是女人讲谎话要比男人多,不过却也并无实证,也没有统计。叔本华先生痛骂女人,他死后,从他的书籍里发见了医梅毒的药方;还有一位奥国的青年学者,我忘记了他的姓氏,做了一大本书,说女人和谎话是分不开的,然而他后来自杀了。我恐怕他自己正有神经病。

我想,与其说"女人讲谎话要比男人来得多",不如说"女人被人指为'讲谎话要比男人来得多'的时候来得多",但是,数目字的统计自然也没有。

譬如罢,关于杨妃,禄山之乱以后的文人就都撒着大谎,玄宗逍遥事外,倒说是许多坏事情都由她,敢说"不闻夏殷衰,中自诛褒妲"的有几个。就是妲己,褒姒,也还不是一样的事?女人的替自己和男人伏罪,真是太长远了。

今年是"妇女国货年",振兴国货,也从妇女始。不久,是就要挨骂的,因为国货也未必因此有起色,然而一提倡,一责骂,男人们的责任也尽了。

记得某男士有为某女士鸣不平的诗道:"君王城上竖降旗,妾在深宫那得知?二十万人齐解甲,更无一个是男儿!"快哉快哉!

一月八日。

---

[1] 本篇最初发表于一九三四年一月十二日《申报·自由谈》,署名赵令仪。

捣鬼心传[1]

中国人又很有些喜欢奇形怪状,鬼鬼祟祟的脾气,爱看古树发光比大麦开花的多,其实大麦开花他向来也没有看见过。于是怪胎畸形,就成为报章的好资料,替代了生物学的常识的位置了。最近在广告上所见的,有像所谓两头蛇似的两头四手的胎儿,还有从小肚上生出一只脚来的三脚汉子。固然,人有怪胎,也有畸形,然而造化的本领是有限的,他无论怎么怪,怎么畸,总有一个限制:孪儿可以连背,连腹,连臀,连胁,或竟骈头,却不会将头生在屁股上;形可以骈拇,枝指,缺肢,多乳,却不会两脚之外添出一只脚来,好像"买两送一"的买卖。天实在不及人之能捣鬼。

但是,人的捣鬼,虽胜于天,而实际上本领也有限。因为捣鬼精义,在切忌发挥,亦即必须含蓄。盖一加发挥,能使所捣之鬼分明,同时也生限制,故不如含蓄之深远,而影响却又因而模胡子。"有一利必有一弊",我之所谓"有限"者以此。

清朝人的笔记里,常说罗两峰的《鬼趣图》,真写得鬼气拂拂;后来那图由文明书局印出来了,却不过一个奇瘦,一个矮胖,一个臃肿的模样,并不见得怎样的出奇,还不如只看笔记有趣。小说上的描摹鬼相,虽然竭力,也都不足以惊人,我觉得最可怕的还是晋人所记的脸无五官,浑沦如鸡蛋的山中厉鬼。因为五官不过是五官,纵使苦心经营,要它凶恶,总也逃不出五官的范围,现在使它浑沦得莫名其妙,读者也就怕得莫名其妙了。然而

---

[1] 本篇最初发表于一九三四年一月十五日《申报月刊》第三卷第一号,署名罗怃。

其"弊"也,是印象的模胡。不过较之写些"青面獠牙","口鼻流血"的笨伯,自然聪明得远。

中华民国人的宣布罪状大抵是十条,然而结果大抵是无效。古来尽多坏人,十条不过如此,想引人的注意以至活动是决不会的。骆宾王作《讨武曌檄》,那"入宫见嫉,蛾眉不肯让人,掩袖工谗,狐媚偏能惑主"这几句,恐怕是很费点心机的了,但相传武后看到这里,不过微微一笑。是的,如此而已,又怎么样呢?声罪致讨的明文,那力量往往远不如交头接耳的密语,因为一是分明,一是莫测的。我想假使当时骆宾王站在大众之前,只是攒眉摇头,连称"坏极坏极",却不说出其所谓坏的实例,恐怕那效力会在文章之上的罢。"狂飙文豪"高长虹攻击我时,说道劣迹多端,倘一发表,便即身败名裂,而终于并不发表,是深得捣鬼正脉的;但也竟无大效者,则与广泛俱来的"模胡"之弊为之也。

明白了这两例,便知道治国平天下之法,在告诉大家以有法,而不可明白切实的说出何法来。因为一说出,即有言,一有言,便可与行相对照,所以不如示之以不测。不测的威棱使人萎伤,不测的妙法使人希望——饥荒时生病,打仗时做诗,虽若与治国平天下不相干,但在莫明其妙中,却能令人疑为跟着自有治国平天下的妙法在——然而其"弊"也,却还是照例的也能在模胡中疑心到所谓妙法,其实不过是毫无方法而已。

捣鬼有术,也有效,然而有限,所以以此成大事者,古来无有。

十一月二十二日。

"京派"与"海派"[①]

自从北平某先生在某报上有扬"京派"而抑"海派"之言,颇引起了一番议论。最先是上海某先生在某杂志上的不平,且引别一某先生的陈言,以为作者的籍贯,与作品并无关系,要给北平某先生一个打击。

其实,这是不足以服北平某先生之心的。所谓"京派"与"海派",本不指作者的本籍而言,所指的乃是一群人所聚的地域,故"京派"非皆北平人,"海派"亦非皆上海人。梅兰芳博士,戏中之真正京派也,而其本贯,则为吴下。但是,籍贯之都鄙,固不能定本人之功罪,居处的文陋,却也影响于作家的神情,孟子曰:"居移气,养移体",此之谓也。北京是明清的帝都,上海乃各国之租界,帝都多官,租界多商,所以文人之在京者近官,没海者近商,近官者在使官得名,近商者在使商获利,而自己也赖以糊口。要而言之,不过"京派"是官的帮闲,"海派"则是商的帮忙而已。但从官得食者其情状隐,对外尚能傲然,从商得食者其情状显,到处难于掩饰,于是忘其所以者,遂据以有清浊之分。而官之鄙商,固亦中国旧习,就更使"海派"在"京派"的眼中跌落了。

而北京学界,前此固亦有其光荣,这就是五四运动的策动。现在虽然还有历史上的光辉,但当时的战士,却"功成,名遂,身退"者有之,"身稳"者有之,"身升"者更有之,好好的一场恶斗,几乎令人有"若要官,杀人放火受招安"之感。"昔人已乘黄鹤去,此地空余黄鹤楼",前年大难临头,北

[①] 本篇最初发表于一九三四年二月三日《申报·自由谈》,署名栾廷石。

平的学者们所想援以掩护自己的是古文化,而惟一大事,则是古物的南迁,这不是自己彻底的说明了北平所有的是什么了吗?

但北平究竟还有古物,且有古书,且有古都的人民。在北平的学者文人们,又大抵有着讲师或教授的本业,论理,研究或创作的环境,实在是比"海派"来得优越的,我希望着能够看见学术上,或文艺上的大著作。

一月三十日。

我要骗人①

疲劳到没有法子的时候,也偶然佩服了超出现世的作家,要模仿一下来试试。然而不成功。超然的心,是得像贝类一样,外面非有壳不可的。而且还得有清水。浅间山②边,倘是客店,那一定是有的罢,但我想,却未必有去造"象牙之塔"的人的。

为了希求心的暂时的平安,作为穷余的一策,我近来发明了别样的方法了,这就是骗人。

去年的秋天或是冬天,日本的一个水兵,在闸北被暗杀了。③忽然有了许多搬家的人,汽车租钱之类,都贵了好几倍。搬家的自然是中国人,外国人是很有趣似的站在马路旁边看。我也常常去看的。一到夜里,非常之冷静,再没有卖食物的小商人了,只听得有时从远处传来着犬吠。然而过了两三天,搬家好像被禁止了。警察拚死命的在殴打那些拉着行李的大车夫和洋车夫,日本的报章④,中国的报章,都异口同声的对于搬了家的人们给了一个"愚民"的徽号。这意思就是说,其实是天下太平的,只因为有这样的"愚民",所以把颇好的天下,弄得乱七八糟了。

---

① 本篇最初发表于一九三六年四月号日本《改造》月刊。原稿为日文,后由作者译成中文,发表于一九三六年六月上海《文学丛报》月刊第三期。
② 浅间山:日本的火山游览区,过去常有人投火山口自杀。
③ 指一九三五年十一月九日晚日本水兵中山秀雄在上海窦乐安路被暗杀事件。当时日方曾借此要挟。
④ 日本的报章:此处指当时在上海发行的日文报纸。

我自始至终没有动,并未加入"愚民"这一伙里。但这并非为了聪明,却只因为懒惰。也曾陷在五年前的正月的上海战争——日本那一面,好像是喜欢称为"事变"似的——的火线下,而且自由早被剥夺①,夺了我的自由的权力者,又拿着这飞上空中了,所以无论跑到那里去,都是一个样。中国的人民是多疑的。无论那一国人,都指这为可笑的缺点。然而怀疑并不是缺点。总是疑,而并不下断语,这才是缺点。我是中国人,所以深知道这秘密。其实,是在下着断语的,而这断语,乃是:到底还是不可信。但后来的事实,却大抵证明了这断语的的确。中国人不疑自己的多疑。所以我的没有搬家,也并不是因为怀着天下太平的确信,说到底,仍不过了为了无论那里都一样的危险的缘故。五年以前翻阅报章,看见过所记的孩子的死尸的数目之多,和从不见有记着交换俘虏的事,至今想起来,也还是非常悲痛的。

虐待搬家人,殴打车夫,还是极小的事情。中国的人民,是常用自己的血,去洗权力者的手,使他又变成洁净的人物的,现在单是这模样就完事,总算好得很。

但当大家正在搬家的时候,我也没有整天站在路旁看热闹,或者坐在家里读世界文学史之类的心思。走远一点,到电影院里散闷去。一到那里,可真是天下太平了。这就是大家搬家去住的处所。我刚要跨进大门,被一个十二三岁的女孩子捉住了。是小学生,在募集水灾的捐款,因为冷,连鼻子尖也冻得通红。我说没有零钱,她就用眼睛表示了非常的失望。我觉得对不起人,就带她进了电影院,买过门票之后,付给她一块钱。她这回是非常高兴了,称赞我道,"你是好人",还写给我一张收条。只要拿着这收条,就无论到那里,都没有再出捐款的必要。于是我,就是所谓"好人",也轻松的走进里面了。

看了什么电影呢?现在已经丝毫也记不起。总之,大约不外乎一个英国人,为着祖国,征服了印度的残酷的酋长,或者一个美国人,到亚非利加去,发了大财,和绝世的美人结婚之类罢。这样的消遣了一些时光,傍晚回家,又走进了静悄悄的环境。听到远地里的犬吠声。女孩子的满足的表情

---

① 自由早被剥夺:一九三〇年二月作者因参与发起中国自由运动大同盟而遭国民党通缉,罪名为"堕落文人鲁迅"。

的相貌,又在眼前出现,自己觉得做了好事情了,但心情又立刻不舒服起来,好像嚼了肥皂或者什么一样。

诚然,两三年前,是有过非常的水灾的,这大水和日本的不同,几个月或半年都不退。但我又知道,中国有着叫作"水利局"的机关,每年从人民收着税钱,在办事。但反而出了这样的大水了。我又知道,有一个团体演了戏来筹钱,因为后来只有二十几元,衙门就发怒不肯要。连被水灾所害的难民成群的跑到安全之处来,说是有害治安,就用机关枪去扫射的话也都听到过。恐怕早已统统死掉了罢。然而孩子们不知道,还在拚命的替死人募集生活费,募不到,就失望,募到手,就喜欢。而其实,一块来钱,是连给水利局的老爷买一天的烟卷也不够的。我明明知道着,却好像也相信款子真会到灾民的手里似的,付了一块钱。实则不过买了这天真烂漫的孩子的欢喜罢了。我不爱看人们的失望的样子。

倘使我那八十岁的母亲,问我天国是否真有,我大约是会毫不踌躇,答道真有的罢。

然而这一天的后来的心情却不舒服。好像是又以为孩子和老人不同,骗她是不应该似的,想写一封公开信,说明自己的本心,去消释误解,但又想到横竖没有发表之处,于是中止了,时候已是夜里十二点钟。到门外去看了一下。

已经连人影子也看不见。只在一家的檐下,有一个卖馄饨的,在和两个警察谈闲天。这是一个平时不大看见的特别穷苦的肩贩,存着的材料多得很,可见他并无生意。用两角钱买了两碗,和我的女人两个人分吃了。算是给他赚一点钱。

庄子曾经说过:"干下去的(曾经积水的)车辙里的鲋鱼,彼此用唾沫相湿,用湿气相嘘,"——然则他又说,"倒不如在江湖里,大家互相忘却的好。"

可悲的是我们不能互相忘却。而我,却愈加恣意的骗起人来了。如果这骗人的学问不毕业,或者不中止,恐怕是写不出圆满的文章来的。

但不幸而在既未卒业,又未中止之际,遇到山本社长①了。因为要我写一点什么,就在礼仪上,答道"可以的"。因为说过"可以",就应该写出

---

① 山本社长:即山本实彦(1885—1952),时任日本《改造》杂志社社长。

来,不要使他失望,然而,到底也还是写了骗人的文章。

写着这样的文章,也不是怎么舒服的心地。要说的话多得很,但是等候"中日亲善"更加增进的时光。不久之后,恐怕那"亲善"的程度,竟会到在我们中国,认为排日即国贼——因为说是共产党利用了排日的口号,使中国灭亡的缘故——而到处的断头台上,都闪烁着太阳的圆圈的罢,但即使到了这样子,也还不是披沥真实的心的时光。

单是自己一个人的过虑也说不定:要彼此看见和了解真实的心,倘能用了笔,舌,或者如宗教家之所谓眼泪洗明了眼睛那样的便当的方法,那固然是非常之好的,然而这样便宜事,恐怕世界上也很少有。这是可以悲哀的。一面写着漫无条理的文章,一面又觉得对不起热心的读者了。

临末,用血写添几句个人的豫感,算是一个答礼罢。

二月二十三日。

半夏小集

一

A：你们大家来品评一下罢，B 竟蛮不讲理的把我的大衫剥去了！

B：因为 A 还是不穿大衫好看。我剥它掉，是提拔他；要不然，我还不屑剥呢。

A：不过我自己却以为还是穿着好……

C：现在东北四省失掉了，你漫不管，只嚷你自己的大衫，你这利己主义者，你这猪猡！

C 太太：他竟毫不知道 B 先生是合作的好伴侣，这昏蛋！

二

用笔和舌，将沦为异族的奴隶之苦告诉大家，自然是不错的，但要十分小心，不可使大家得着这样的结论："那么，到底还不如我们似的做自己人的奴隶好。"

三

"联合战线"之说一出，先前投敌的一批"革命作家"，就以"联合"的先觉者自居,渐渐出现了。纳款,通敌的鬼蜮行为,一到现在,就好像都是"前进"的光明事业。

四

这是明亡后的事情。

凡活着的,有些出于心服,多数是被压服的。但活得最舒服横恣的是汉奸;而活得最清高,被人尊敬的,是痛骂汉奸的逸民。后来自己寿终林下,儿子已不妨应试去了,而且各有一个好父亲。至于默默抗战的烈士,却很少能有一个遗孤。

我希望目前的文艺家,并没有古之逸民气。

五

A:B,我们当你是一个可靠的好人,所以几种关于革命的事情,都没有瞒了你。你怎么竟向敌人告密去了?

B:岂有此理!怎么是告密!我说出来,是因为他们问了我呀。

A:你不能推说不知道吗?

B:什么话!我一生没有说过谎,我不是这种靠不住的人!

六

A:阿呀,B先生,三年不见了!你对我一定失望了罢?……

B:没有的事……为什么?

A:我那时对你说过,要到西湖上去做二万行的长诗,直到现在,一个字也没有,哈哈哈!

B:哦,……我可并没有失望。

A:您的"世故"可是进步了,谁都知道您记性好,"责人严",不会这么随随便便的,您现在也学会了说谎。

B:我可并没有说谎。

A：那么,您真的对我没有失望吗?

B：唔,无所谓失不失望,因为我根本没有相信过你。

七

庄生以为"在上为乌鸢食,在下为蝼蚁食",死后的身体,大可随便处置,因为横竖结果都一样。

我却没有这么旷达。假使我的血肉该喂动物,我情愿喂狮虎鹰隼,却一点也不给癞皮狗们吃。

养肥了狮虎鹰隼,它们在天空,岩角,大漠,丛莽里是伟美的壮观,捕来放在动物园里,打死制成标本,也令人看了神旺,消去鄙吝的心。

但养胖一群癞皮狗,只会乱钻,乱叫,可多么讨厌!

八

琪罗编辑圣·蒲孚的遗稿,名其一部为《我的毒》(Mes Poisons);我从日译本上,看见了这样的一条:

> 明言着轻蔑什么人,并不是十足的轻蔑。惟沉默是最高的轻蔑。——我在这里说,也是多余的。

诚然,"无毒不丈夫",形诸笔墨,却还不过是小毒。最高的轻蔑是无言,而且连眼珠也不转过去。

九

作为缺点较多的人物的模特儿,被写入一部小说里,这人总以为是晦气的。

殊不知这并非大晦气,因为世间实在还有写不进小说里去的人。倘写进去,而又逼真,这小说便被毁坏。

譬如画家,他画蛇,画鳄鱼,画龟,画果子壳,画字纸篓,画垃圾堆,但没有谁画毛毛虫,画癞头疮,画鼻涕,画大便,就是一样的道理。

有人一知道我是写小说的,便回避我,我常想这样的劝止他,但可惜我的毒还不到这程度。

一九三六年。

北人与南人[1]

这是看了"京派"与"海派"的议论之后,牵连想到的——

北人的卑视南人,已经是一种传统。这也并非因为风俗习惯的不同,我想,那大原因,是在历来的侵入者多从北方来,先征服中国之北部,又携了北人南征,所以南人在北人的眼中,也是被征服者。

二陆入晋,北方人士在欢欣之中,分明带着轻薄,举证太烦,姑且不谈罢。容易看的是,羊衒之的《洛阳伽蓝记》中,就常诋南人,并不视为同类。至于元,则人民截然分为四等,一蒙古人,二色目人,三汉人即北人,第四等才是南人,因为他是最后投降的一伙。最后投降,从这边说,是矢尽援绝,这才罢战的南方之强,从那边说,却是不识顺逆,久梗王师的贼。孑遗自然还是投降的,然而为奴隶的资格因此就最浅,因为浅,所以班次就最下,谁都不妨加以卑视了。到清朝,又重理了这一篇账,至今还流衍着余波;如果此后的历史是不再回旋的,那真不独是南人的如天之福。

当然,南人是有缺点的。权贵南迁,就带了腐败颓废的风气来,北方倒反而干净。性情也不同,有缺点,也有特长,正如北人的兼具二者一样。据我所见,北人的优点是厚重,南人的优点是机灵。但厚重之弊也愚,机灵之弊也狡,所以某先生曾经指出缺点道:北方人是"饱食终日,无所用心";南方人是"群居终日,言不及义"。就有闲阶级而言,我以为大体是的确的。

缺点可以改正,优点可以相师。相书上有一条说,北人南相,南人北相

---

[1] 本篇最初发表于一九三四年二月四日《申报·自由谈》,署名栾廷石。

者贵。我看这并不是妄语。北人南相者,是厚重而又机灵,南人北相者,不消说是机灵而又能厚重。昔人之所谓"贵",不过是当时的成功,在现在,那就是做成有益的事业了。这是中国人的一种小小的自新之路。

不过做文章的是南人多,北方却受了影响。北京的报纸上,油嘴滑舌,吞吞吐吐,顾影自怜的文字不是比六七年前多了吗?这倘和北方固有的"贫嘴"一结婚,产生出来的一定是一种不祥的新劣种!

一月三十日。

运 命[①]

电影"《姊妹花》中的穷老太婆对她的穷女儿说:'穷人终是穷人,你要忍耐些!'"宗汉先生慨然指出,名之曰"穷人哲学"(见《大晚报》)。

自然,这是教人安贫的,那根据是"运命"。古今圣贤的主张此说者已经不在少数了,但是不安贫的穷人也"终是"很不少。"智者千虑,必有一失",这里的"失",是在非到盖棺之后,一个人的运命"终是"不可知。

豫言运命者也未尝没有人,看相的,排八字的,到处都是。然而他们对于主顾,肯断定他穷到底的是很少的,即使有,大家的学说又不能相一致,甲说当穷,乙却说当富,这就使穷人不能确信他将来的一定的运命。

不信运命,就不能"安分",穷人买奖券,便是一种"非分之想"。但这于国家,现在是不能说没有益处的。不过"有一利必有一弊",运命既然不可知,穷人又何妨想做皇帝,这就使中国出现了《推背图》。据宋人说,五代时候,许多人都看了这图给自己的儿子取名字,希望应着将来的吉兆,直到宋太宗抽乱了一百本,与别本一同流通,读者见次序多不相同,莫衷一是,这才不再珍藏了。然而九一八那时,上海却还大卖着《推背图》的新印本。

"安贫"诚然是天下太平的要道,但倘使无法指定究竟的运命,总不能令人死心塌地。现在的优生学,本可以说是科学的了,中国也正有人提倡

[①] 本篇最初发表于一九三四年二月二十六日《申报·自由谈》,署名倪朔尔。

着,冀以济运命说之穷,而历史又偏偏不争气,汉高祖的父亲并非皇帝,李白的儿子也不是诗人;还有立志传,絮絮叨叨的在对人讲西洋的谁以冒险成功,谁又以空手致富。

运命说之毫不足以治国平天下,是有明明白白的履历的。倘若还要用它来做工具,那中国的运命可真要"穷"极无聊了。

二月二十三日。

清明时节[1]

清明时节,是扫墓的时节,有的要进关内来祭祖,有的是到陕西去上坟,或则激论沸天,或则欢声动地,真好像上坟可以亡国,也可以救国似的。

坟有这么大关系,那么,掘坟当然是要不得的了。

元朝的国师八合思巴罢,他就深相信掘坟的利害。他掘开宋陵,要把人骨和猪狗骨同埋在一起,以使宋室倒楣。后来幸而给一位义士盗走了,没有达到目的,然而宋朝还是亡。曹操设了"摸金校尉"之类的职员,专门盗墓,他的儿子却做了皇帝,自己竟被谥为"武帝",好不威风。这样看来,死人的安危,和生人的祸福,又仿佛没有关系似的。

相传曹操怕死后被人掘坟,造了七十二疑冢,令人无从下手。于是后之诗人曰:"遍掘七十二疑冢,必有一冢葬君尸。"于是后之论者又曰:阿瞒老奸巨猾,安知其尸实不在此七十二冢之内乎。真是没有法子想。

阿瞒虽是老奸巨猾,我想,疑冢之流倒未必安排的,不讨古来的冢墓,却大抵被发掘者居多,冢中人的主名,的确者也很少,洛阳邙山,清末掘墓者极多,虽在名公巨卿的墓中,所得也大抵是一块志石和凌乱的陶器,大约并非原没有贵重的殉葬品,乃是早经有人掘过,拿走了,什么时候呢,无从知道。总之是葬后以至清末的偷掘那一天之间罢。

至于墓中人究竟是什么人,非掘后往往不知道。即使有相传的主名的,也大抵靠不住。中国人一向喜欢造些和大人物相关的名胜,石门有

---

[1] 本篇最初发表于一九三四年五月二十四日《中华日报·动向》,署名孟弧。

"子路止宿处",泰山上有"孔子小天下处";一个小山洞,是埋着大禹,几堆大土堆,便葬着文武和周公。

如果扫墓的确可以救国,那么,扫就要扫得真确,要扫文武周公的陵,不要扫着别人的土包子,还得查考自己是否周朝的子孙。于是乎要有考古的工作,就是掘开坟来,看看有无葬着文王武王周公旦的证据,如果有遗骨,还可照《洗冤录》的方法来滴血。但是,这又和扫墓救国说相反,很伤孝子顺孙的心了。不得已,就只好闭了眼睛,硬着头皮,乱拜一阵。

"非其鬼而祭之,谄也!"单是扫墓救国术没有灵验,还不过是一个小笑话而已。

四月二十六日。

论秦理斋夫人事[1]

这几年来,报章上常见有因经济的压迫,礼教的制裁而自杀的记事,但为了这些,便来开口或动笔的人是很少的。只有新近秦理斋夫人及其子女一家四口的自杀,却起过不少的回声,后来还出了一个怀着这一段新闻记事的自杀者,更可见其影响之大了。我想,这是因为人数多。单独的自杀,盖已不足以招大家的青睐了。

一切回声中,对于这自杀的主谋者——秦夫人,虽然也加以恕辞;但归结却无非是诛伐。因为——评论家说——社会虽然黑暗,但人生的第一责任是生存,倘自杀,便是失职,第二责任是受苦,倘自杀,便是偷安。进步的评论家则说人生是战斗,自杀者就是逃兵,虽死也不足以蔽其罪。这自然也说得下去的,然而未免太笼统。

人间有犯罪学者,一派说,由于环境;一派说,由于个人。现在盛行的是后一说,因为倘信前一派,则消灭罪犯,便得改造环境,事情就麻烦,可怕了。而秦夫人自杀的批判者,则是大抵属于后一派。

诚然,既然自杀了,这就证明了她是一个弱者。但是,怎么会弱的呢?要紧的是我们须看看她的尊翁的信札,为了要她回去,既耸之以两家的名声,又动之以亡人的乱语。我们还得看看她的令弟的挽联:"妻殉夫,子殉母……"不是大有视为千古美谈之意吗?以生长及陶冶在这样的家庭中的人,又怎么能不成为弱者?我们固然未始不可责以奋斗,但黑暗的吞噬

---

[1] 本篇最初发表于一九三四年六月一日《申报·自由谈》,署名公汗。

之力,往往胜于孤军,况且自杀的批判者未必就是战斗的应援者,当他人奋斗时,挣扎时,败绩时,也许倒是鸦雀无声了。穷乡僻壤或都会中,孤儿寡妇,贫女劳人之顺命而死,或虽然抗命,而终于不得不死者何限,但曾经上谁的口,动谁的心呢?真是"自经于沟渎而莫之知也"!

人固然应该生存,但为的是进化;也不妨受苦,但为的是解除将来的一切苦;更应该战斗,但为的是改革。责别人的自杀者,一面责人,一面正也应该向驱人于自杀之途的环境挑战,进攻。倘使对于黑暗的主力,不置一辞,不发一矢,而但向"弱者"唠叨不已,则纵使他如何义形于色,我也不能不说——我真也忍不住了——他其实乃是杀人者的帮凶而已。

五月二十四日。

玩 具[①]

今年是儿童年。我记得的,所以时常看看造给儿童的玩具。

马路旁边的洋货店里挂着零星小物件,纸上标明,是从法国运来的,但我在日本的玩具店看见一样的货色,只是价钱更便宜。在担子上,在小摊上,都卖着渐吹渐大的橡皮泡,上面打着一个印子道:"完全国货",可见是中国自己制造的了。然而日本孩子玩着的橡皮泡上,也有同样的印子,那却应该是他们自己制造的。

大公司里则有武器的玩具:指挥刀,机关枪,坦克车……。然而,虽是有钱人家的小孩,拿着玩的也少见。公园里面,外国孩子聚沙成为圆堆,横插上两条短树干,这明明是在创造铁甲炮车了,而中国孩子是青白的,瘦瘦的脸,躲在大人的背后,羞怯的,惊异的看着,身上穿着一件斯文之极的长衫。

我们中国是大人用的玩具多:姨太太,鸦片枪,麻雀牌,《毛毛雨》,科学灵乩,金刚法会,还有别的,忙个不了,没有工夫想到孩子身上去了。虽是儿童年,虽是前年身历了战祸,也没有因此给儿童创出一种纪念的小玩意,一切都是照样抄。然则明年不是儿童年了,那情形就可想。

但是,江北人却是制造玩具的天才。他们用两个长短不同的竹筒,染成红绿,连作一排,筒内藏一个弹簧,旁边有一个把手,摇起来就格格的响。这就是机关枪! 也是我所见的惟一的创作。我在租界边上买了一个,和孩

---

① 本篇最初发表于一九三四年六月十四日《申报·自由谈》,署名宓子章。

子摇着在路上走,文明的西洋人和胜利的日本人看见了,大抵投给我们一个鄙夷或悲悯的苦笑。

然而我们摇着在路上走,毫不愧恶,因为这是创作。前年以来,很有些人骂着江北人,好像非此不足以自显其高洁,现在沉默了,那高洁也就渺渺然,茫茫然。而江北人却创造了粗笨的机关枪玩具,以坚强的自信和质朴的才能与文明的玩具争。他们,我以为是比从外国买了极新式的武器回来的人物,更其值得赞颂的,虽然也许又有人会因此给我一个鄙夷或悲悯的冷笑。

六月十一日。

零食[1]

出版界的现状,期刊多而专书少,使有心人发愁,小品多而大作少,又使有心人发愁。人而有心,真要"日坐愁城"了。

但是,这情形是由来已久的,现在不过略有变迁,更加显著而已。

上海的居民,原就喜欢吃零食。假使留心一听,则屋外叫卖零食者,总是"实繁有徒"。桂花白糖伦教糕,猪油白糖莲心粥,虾肉馄饨面,芝麻香蕉,南洋芒果,西路(暹罗)蜜橘,瓜子大王,还有蜜饯,橄榄,等等。只要胃口好,可以从早晨直吃到半夜,但胃口不好也不妨,因为这又不比肥鱼大肉,分量原是很少的。那功效,据说,是在消闲之中,得养生之益,而且味道好。

前几年的出版物,是有"养生之益"的零食,或曰"入门",或曰"ABC",或曰"概论",总之是薄薄的一本,只要化钱数角,费时半点钟,便能明白一种科学,或全盘文学,或一种外国文。意思就是说,只要吃一包五香瓜子,便能使这人发荣滋长,抵得吃五年饭。试了几年,功效不显,于是很有些灰心了。一试验,如果有名无实,是往往不免灰心的,例如现在已经很少有人修仙或炼金,而代以洗温泉和买奖券,便是试验无效的结果。于是放松了"养生"这一面,偏到"味道好"那一面去了。自然,零食也还是零食。上海的居民,和零食是死也分拆不开的。

于是而出现了小品,但也并不是新花样。当老九章生意兴隆的时候,

---

[1] 本篇最初发表于一九三四年六月十六日《申报·自由谈》,署名莫朕。

就有过《笔记小说大观》之流,这是零食一大箱;待到老九章关门之后,自然也跟着成了一小撮。分量少了,为什么倒弄得闹闹嚷嚷,满城风雨的呢?我想,这是因为在担子上装起了篆字和罗马字母合璧的年红电灯的招牌。

然而,虽然仍旧是零食,上海居民的感应力却比先前敏捷了,否则又何至于闹嚷嚷。但这也许正因为神经衰弱的缘故。假使如此,那么,零食的前途倒是可虑的。

六月十一日。

隔　膜[1]

清朝初年的文字之狱,到清朝末年才被从新提起。最起劲的是"南社"里的有几个人,为被害者辑印遗集;还有些留学生,也争从日本搬回文证来。待到孟森的《心史丛刊》出,我们这才明白了较详细的状况,大家向来的意见,总以为文字之祸,是起于笑骂了清朝。然而,其实是不尽然的。

这一两年来,故宫博物院的故事似乎不大能够令人敬服,但它却印给了我们一种好书,曰《清代文字狱档》,去年已经出到八辑。其中的案件,真是五花八门,而最有趣的,则莫如乾隆四十八年二月"冯起炎注解易诗二经欲行投呈案"。

冯起炎是山西临汾县的生员,闻乾隆将谒泰陵,便身怀著作,在路上徘徊,意图呈进,不料先以"形迹可疑"被捕了。那著作,是以《易》解《诗》,实则信口开河,在这里犯不上抄录,惟结尾有"自传"似的文章一大段,却是十分特别的——

又,臣之来也,不愿如何如何,亦别无愿求之事,惟有一事未决,请对陛下一叙其缘由。臣……名曰冯起炎,字是南州,尝到臣张三姨母家,见一女,可娶,而恨力不足以办此。此女名曰小女,年十七岁,方当待字之年,而正在未字之时,乃原籍东关春牛厂长兴号张守忭之次女也。又到臣杜五姨母家,见一女,可娶,而恨力

---

[1] 本篇最初发表于一九三四年七月五日上海《新语林》半月刊第一期,署名杜德机。

不足以办此。此女名小凤,年十三岁,虽非必字之年,而已在可字之时,乃本京东城闹市口瑞生号杜月之次女也。若以陛下之力,差干员一人,选快马一匹,克日长驱到临邑,问彼临邑之地方官:"其东关春牛厂长兴号中果有张守怃一人否?"诚如是也,则此事谐矣。再问:"东城闹市口瑞生号中果有杜月一人否?"诚如是也,则此事谐矣。二事谐,则臣之愿毕矣。然臣之来也,方不知陛下纳臣之言耶否耶,而必以此等事相强乎?特进言之际,一叙及之。

这何尝有丝毫恶意?不过着了当时通行的才子佳人小说的迷,想一举成名,天子做媒,表妹入抱而已。不料事实结局却不大好,署直隶总督袁守侗拟奏罪名是"阅其呈首,胆敢于圣主之前,混讲经书,而呈尾措词,尤属狂妄。核其情罪,较冲突仪仗为更重。冯起炎一犯,应从重发往黑龙江等处,给披甲人为奴。俟部复到日,照例解部刺字发遣。"这位才子,后来大约终于单身出关做西崽去了。

此外的案情,虽然没有这么风雅,但并非反动的还不少。有的是卤莽;有的是发疯;有的是乡曲迂儒,真的不识讳忌;有的则是草野愚民,实在关心皇家。而运命大概很悲惨,不是凌迟,灭族,便是立刻杀头,或者"斩监候",也仍然活不出。

凡这等事,粗略的一看,先使我们觉得清朝的凶虐,其次,是死者的可怜。但再来一想,事情是并不这么简单的。这些惨案的来由,都只为了"隔膜"。

满洲人自己,就严分着主奴,大臣奏事,必称"奴才",而汉人却称"臣"就好。这并非因为是"炎黄之胄",特地优待,锡以嘉名的,其实是所以别于满人的"奴才",其地位还下于"奴才"数等。奴隶只能奉行,不许言议;评论固然不可,妄自颂扬也不可,这就是"思不出其位"。譬如说:主子,您这袍角有些儿破了,拖下去怕更要破烂,还是补一补好。进言者方自以为在尽忠,而其实却犯了罪,因为另有准其讲这样的话的人在,不是谁都可说的。一乱说,便是"越俎代谋",当然"罪有应得"。倘自以为是"忠而获咎",那不过是自己的胡涂。

但是,清朝的开国之君是十分聪明的,他们虽然打定了这样的主意,嘴里却并不照样说,用的是中国的古训:"爱民如子","一视同仁"。一部分的大臣,士大夫,是明白这奥妙的,并不敢相信。但有一些简单愚蠢的人们却上了当,真以为"陛下"是自己的老子,亲亲热热的撒娇讨好去了。他那里要这被征服者做儿子呢?于是乎杀掉。不久,儿子们吓得不再开口了,计划居然成功;直到光绪时康有为们的上书,才又冲破了"祖宗的成法"。然而这奥妙,好像至今还没有人来说明。

施蛰存先生在《文艺风景》创刊号里,很为"忠而获咎"者不平,就因为还不免有些"隔膜"的缘故。这是《颜氏家训》或《庄子》《文选》里所没有的。

六月十日。

看书琐记[1]

高尔基很惊服巴尔扎克小说里写对话的巧妙,以为并不描写人物的模样,却能使读者看了对话,便好像目睹了说话的那些人。(八月份《文学》内《我的文学修养》)

中国还没有那样好手段的小说家,但《水浒》和《红楼梦》的有些地方,是能使读者由说话看出人来的。其实,这也并非什么奇特的事情,在上海的弄堂里,租一间小房子住着的人,就时时可以体验到。他和周围的住户,是不一定见过面的,但只隔一层薄板壁,所以有些人家的眷属和客人的谈话,尤其是高声的谈话,都大略可以听到,久而久之,就知道那里有那些人,而且仿佛觉得那些人是怎样的人了。

如果删除了不必要之点,只摘出各人的有特色的谈话来,我想,就可以使别人从谈话里推见每个说话的人物。但我并不是说,这就成了中国的巴尔扎克。

作者用对话表现人物的时候,恐怕在他自己的心目中,是存在着这人物的模样的,于是传给读者,使读者的心目中也形成了这人物的模样。但读者所推见的人物,却并不一定和作者所设想的相同,巴尔扎克的小胡须的清瘦老人,到了高尔基的头里,也许变了粗蛮壮大的络腮胡子。不过那性格,言动,一定有些类似,大致不差,恰如将法文翻成了俄文一样。要不然,文学这东西便没有普遍性了。

---

[1] 本篇最初发表于一九三四年八月八日《申报·自由谈》,署名焉于。

文学虽然有普遍性,但因读者的体验的不同而有变化,读者倘没有类似的体验,它也就失去了效力。譬如我们看《红楼梦》,从文字上推见了林黛玉这一个人,但须排除了梅博士的"黛玉葬花"照相的先入之见,另外想一个,那么,恐怕会想到剪头发,穿印度绸衫,清瘦,寂寞的摩登女郎;或者别的什么模样,我不能断定。但试去和三四十年前出版的《红楼梦图咏》之类里面的画像比一比罢,一定是截然两样的,那上面所画的,是那时的读者的心目中的林黛玉。

　文学有普遍性,但有界限;也有较为永久的,但因读者的社会体验而生变化。北极的遏斯吉摩人和非洲腹地的黑人,我以为是不会懂得"林黛玉型"的;健全而合理的好社会中人,也将不能懂得,他们大约要比我们的听讲始皇焚书,黄巢杀人更其隔膜。一有变化,即非永久,说文学独有仙骨,是做梦的人们的梦话。

　　　　　　　　　　　　　　　　八月六日。

门外文谈[①]

一　开头

听说今年上海的热,是六十年来所未有的。白天出去混饭,晚上低头回家,屋子里还是热,并且加上蚊子。这时候,只有门外是天堂。因为海边的缘故罢,总有些风,用不着挥扇。虽然彼此有些认识,却不常见面的寓在四近的亭子间或阁楼里的邻人也都坐出来了,他们有的是店员,有的是书局里的校对员,有的是制图工人的好手。大家都已经做得筋疲力尽,叹着苦,但这时总还算有闲的,所以也谈闲天。

闲天的范围也并不小:谈旱灾,谈求雨,谈吊膀子,谈三寸怪人干,谈洋米,谈裸腿,也谈古文,谈白话,谈大众语。因为我写过几篇白话文,所以关于古文之类他们特别要听我的话,我也只好特别说的多。这样的过了两三夜,才给别的话岔开,也总算谈完了。不料过了几天之后,有几个还要我写出来。

他们里面,有的是因为我看过几本古书,所以相信我的,有的是因为我看过一点洋书,有的又因为我看古书也看洋书;但有几位却因此反不相信我,说我是蝙蝠。我说到古文,他就笑道,你不是唐宋八大家,能信么?我谈到大众语,他又笑道:你又不是劳苦大众,讲什么海话呢?

[①] 本篇最初发表于一九三四年八月二十四日至九月十日的《申报·自由谈》,署名华圉。后来作者将本文与其他有关于语文改革的文章四篇辑为《门外文谈》一书,一九三五年九月由上海天马书店出版。

这也是真的。我们讲旱灾的时候,就讲到一位老爷下乡查灾,说有些地方是本可以不成灾的,现在成灾,是因为农民懒,不戽水。但一种报上,却记着一个六十老翁,因儿子戽水乏力而死,灾象如故,无路可走,自杀了。老爷和乡下人,意见是真有这么的不同的。那么,我的夜谈,恐怕也终不过是一个门外闲人的空话罢了。

飓风过后,天气也凉爽了一些,但我终于照着希望我写的几个人的希望,写出来了,比口语简单得多,大致却无异,算是抄给我们一流人看的。当时只凭记忆,乱引古书,说话是耳边风,错点不打紧,写在纸上,却使我很踌躇,但自己又苦于没有原书可对,这只好请读者随时指正了。

一九三四年,八月十六夜,写完并记。

二　字是什么人造的？

字是什么人造的？

我们听惯了一件东西,总是古时候一位圣贤所造的故事,对于文字,也当然要有这质问。但立刻就有忘记了来源的答话:字是仓颉造的。

这是一般的学者的主张,他自然有他的出典。我还见过一幅这位仓颉的画像,是生着四只眼睛的老头陀。可见要造文字,相貌先得出奇,我们这种只有两只眼睛的人,是不但本领不够,连相貌也不配的。

然而做《易经》的人(我不知道是谁),却比较的聪明,他说:"上古结绳而治,后世圣人易之以书契。"他不说仓颉,只说"后世圣人",不说创造,只说掉换,真是谨慎得很;也许他无意中就不相信古代会有一个独自造出许多文字来的人的了,所以就只是这么含含胡胡的来一句。

但是,用书契来代结绳的人,又是什么脚色呢？文学家？不错,从现在的所谓文学家的最要卖弄文字,夺掉笔杆便一无所能的事实看起来,的确首先就要想到他;他也的确应该给自己的吃饭家伙出点力。然而并不是的。有史以前的人们,虽然劳动也唱歌,求爱也唱歌,他却并不起草,或者留稿子,因为他做梦也想不到卖诗稿,编全集,而且那时的社会里,也没有报馆和书铺子,文字毫无用处。据有些学者告诉我们的话来看,这在文字上用了一番工夫的,想来该是史官了。

原始社会里,大约先前只有巫,待到渐次进化,事情繁复了,有些事情,如祭祀，狩猎，战争……之类，渐有记住的必要，巫就只好在他那本职的"降神"之外，一面也想法子来记事，这就是"史"的开头。况且"升中于天"，他在本职上，也得将记载酋长和他的治下的大事的册子，烧给上帝看，因此一样的要做文章——虽然这大约是后起的事。再后来，职掌分得更清楚了，于是就有专门记事的史官。文字就是史官必要的工具，古人说："仓颉，黄帝史。"第一句未可信，但指出了史和文字的关系，却是很有意思的。至于后来的"文学家"用它来写"阿呀呀，我的爱哟，我要死了！"那些佳句，那不过是享享现成的罢了，"何足道哉"！

三　字是怎么来的？

照《易经》说，书契之前明明是结绳：我们那里的乡下人，碰到明天要做一件紧要事，怕得忘记时，也常常说："裤带上打一个结！"那么，我们的古圣人，是否也用一条长绳，有一件事就打一个结呢？恐怕是不行的。只有几个结还记得，一多可就糟了。或者那正是伏羲皇上的"八卦"之流，三条绳一组，都不打结是"乾"，中间各打一结是"坤"罢？恐怕也不对。八组尚可，六十四组就难记，何况还会有五百十二组呢。只有在秘鲁还有存留的"打结字"（Quippus），用一条横绳，挂上许多直绳，拉来拉去的结起来，网不像网，倒似乎还可以表现较多的意思。我们上古的结绳，恐怕也是如此罢。但它既然被书契掉换，又不是书契的祖宗，我们也不妨暂且不去管它了。

夏禹的"岣嵝碑"是道士们假造的；现在我们能在实物上看见的最古的文字，只有商朝的甲骨和钟鼎文。但这些，都已经很进步了，几乎找不出一个原始形态。只在铜器上，有时还可以看见一点写实的图形，如鹿，如象，而从这图形上，又能发见和文字相关的线索：中国文字的基础是"象形"。

画在西班牙的亚勒泰米拉（Altamira）洞里的野牛，是有名的原始人的遗迹，许多艺术史家说，这正是"为艺术的艺术"，原始人画着玩玩的。但这解释未免过于"摩登"，因为原始人没有十九世纪的文艺家那么有闲，他的画一只牛，是有缘故的，为的是关于野牛，或者是猎取野牛，禁咒野牛的事。现在上海墙壁上的香烟和电影的广告画，尚且常有人张着嘴巴看，在少见多怪的原始社会里,有了这么一个奇迹,那轰动一时,就可想而知了。他们一面看,知道了野牛这东西,原来可以用线条移在别的平面上,同时仿佛也认识了一个"牛"字,一面也佩服这作者的才能,但没有人请他作自传赚钱,所以姓氏也就湮没了。但在社会里,仓颉也不止一个,有的在刀柄上刻一点图,有的在门户上画一些画,心心相印,口口相传,文字就多起来,史官一采集,便可以敷衍记事了。中国文字的由来,恐怕也逃不出这例子的。

自然,后来还该有不断的增补,这是史官自己可以办到的,新字夹在熟字中,又是象形,别人也容易推测到那字的意义。直到现在,中国还在生出新字来。但是,硬做新仓颉,却要失败的,吴的朱育,唐的武则天,都曾经造过古怪字,也都白费力。现在最会造字的是中国化学家,许多原质和化合物的名目,很不容易认得,连音也难以读出来了。老实说,我是一看见就头痛的,觉得远不如就用万国通用的拉丁名来得爽快,如果二十来个字母都认不得,请恕我直说:那么,化学也大抵学不好的。

四　写字就是画画

《周礼》和《说文解字》上都说文字的构成法有六种,这里且不谈罢,只说些和"象形"有关的东西。

象形,"近取诸身,远取诸物",就是画一只眼睛是"目",画一个圆圈,放几条毫光是"日",那自然很明白,便当的。但有时要碰壁,譬如要画刀口,怎么办呢？不画刀背,也显不出刀口来,这时就只好别出心裁,在刀口上加一条短棍,算是指明"这个地方"的意思,造了"刃"。这已经颇有些办事棘手的模样了,何况还有无形可象的事件,于是只得来"象意",也叫作"会意"。一只手放在树上是"采",一颗心放在屋子和饭碗之间是"宭",有吃有住,安宭了。但要写"宁可"的宁,却又得在碗下面放一条线,表明这不过是用了"宭"的声音的意思。"会意"比"象形"更麻烦,它至少要画两样。如"寶"字,则要画一个屋顶,一串玉,一个缶,一个贝,计四样;我看"缶"字还是杵臼两形合成的,那么一共有五样。单单为了画这一个字,就很要破费些工夫。

不过还是走不通,因为有些事物是画不出,有些事物是画不来,譬如松柏,叶样不同,原是可以分出来的,但写字究竟是写字,不能像绘画那样精工,到底还是硬挺不下去。来打开这僵局的是"谐声",意义和形象离开了关系。这已经是"记音"了,所以有人说,这是中国文字的进步。不错,也可以说是进步,然而那基础也还是画画儿。例如"菜,从草,采声",画一棵草,一个爪,一株树:三样;"海,从水,每声",画一条河,一位戴帽(?)的太太,也三样。总之:如果要写字,就非永远画画不成。

但古人是并不愚蠢的,他们早就将形象改得简单,远离了写实。篆字圆折,还有图画的余痕,从隶书到现在的楷书,和形象就天差地远。不过那基础并未改变,天差地远之后,就成为不象形的象形字,写起来虽然比较的简单,认起来却非常困难了,要凭空一个一个的记住。而且有些字,也至今并不简单,例如"鸞"或"鑿",去叫孩子写,非练习半年六月,是很难写在半寸见方的格子里面的。

还有一层,是"谐声"字也因为古今字音的变迁,很有些和"声"不大"谐"的了。现在还有谁读"滑"为"骨",读"海"为"每"呢?

古人传文字给我们,原是一份重大的遗产,应该感谢的。但在成了不象形的象形字,不十分谐声的谐声字的现在,这感谢却只好踌蹰一下了。

五 古时候言文一致么?

到这里,我想来猜一下古时候言文是否一致的问题。

对于这问题,现在的学者们虽然并没有分明的结论,但听他口气,好像大概是以为一致的;越古,就越一致。不过我却很有些怀疑,因为文字愈容易写,就愈容易写得和口语一致,但中国却是那么难画的象形字,也许我们的古人,向来就将不关重要的词摘去了的。

《书经》有那么难读,似乎正可作照写口语的证据,但商周人的的确的口语,现在还没有研究出,还要繁也说不定的。至于周秦古书,虽然作者也用一点他本地的方言,而文字大致相类,即使和口语还相近罢,用的也是周秦白话,并非周秦大众语。汉朝更不必说了,虽是肯将《书经》里难懂的书眼,翻成今字的司马迁,也不过在特别情况之下,采用一点俗语,例如陈涉的老朋友看见他为王,惊异道:"夥颐,涉之为王沉沉者",而其中的"涉之为王"四个字,我还疑心太史公加过修剪的。

那么,古书里采录的童谣,谚语,民歌,该是那时的老牌俗语罢。我看也很难说。中国的文学家,是颇有爱改别人文章的脾气的。最明显的例子是汉民间的《淮南王歌》,同一地方的同一首歌,《汉书》和《前汉纪》记的就两样。

一面是——

一尺布,尚可缝;
一斗粟,尚可舂。
兄弟二人,不能相容。

一面却是——

一尺布,暖童童;
一斗粟,饱蓬蓬。
兄弟二人不相容。

比较起来,好像后者是本来面目,但已经删掉了一些也说不定的:只是一个提要。后来宋人的语录,话本,元人的杂剧和传奇里的科白,也都是提要,只是它用字较为平常,删去的文字较少,就令人觉得"明白如话"了。

我的臆测,是以为中国的言文,一向就并不一致的,大原因便是字难写,只好节省些。当时的口语的摘要,是古人的文;古代的口语的摘要,是后人的古文。所以我们的做古文,是在用了已经并不象形的象形字,未必一定谐声的谐声字,在纸上描出今人谁也不说,懂的也不多的,古人的口语的摘要来。你想,这难不难呢?

六 于是文章成为奇货了

文字在人民间萌芽,后来却一定为特权者所收揽。据《易经》的作者所推测,"上古结绳而治",则连结绳就已是治人者的东西。待到落在巫史的手里的时候,更不必说了,他们都是酋长之下,万民之上的人。社会改变下去,学习文字的人们的范围也扩大起来,但大抵限于特权者。至于平民,那是不识字的,并非缺少学费,只因为限于资格,他不配。而且连书籍也看不见。中国在刻版还未发达的时候,有一部好书,往往是"藏之秘阁,副在三馆",连做了士子,也还是不知道写着什么的。

因为文字是特权者的东西,所以它就有了尊严性,并且有了神秘性。中国的字,到现在还很尊严,我们在墙壁上,就常常看见挂着写上"敬惜字纸"的篓子;至于符的驱邪治病,那就靠了它的神秘性。文字既然含着尊严性,那么,知道文字,这人也就连带的尊严起来了。新的尊严者日出不穷,对于旧的尊严者就不利,而且知道文字的人们一多,也会损伤神秘性的。符的威力,就因为这好像是字的东西,除道士以外,谁也不认识的缘故。所以,对于文字,他们一定要把持。

欧洲中世,文章学问,都在道院里;克罗蒂亚(Kroatia),是到了十九世纪,识字的还只有教士的,人民的口语,退步到对于旧生活刚够用。他们革新的时候,就只好从外国借进许多新语来。

我们中国的文字,对于大众,除了身分,经济这些限制之外,却还要加上一条高门槛:难。单是这条门槛,倘不费他十来年工夫,就不容易跨过。跨过了的,就是士大夫,而这些士大夫,又竭力的要使文字更加难起来,因为这可以使他特别的尊严,超出别的一切平常的士大夫之上。汉朝的杨雄的喜欢奇字,就有这毛病的,刘歆想借他的《方言》稿子,他几乎要跳黄浦。唐朝呢,樊宗师的文章做到别人点不断,李贺的诗做到别人看不懂,也都为了这缘故。还有一种方法是将字写得别人不认识,下焉者,是从《康熙字典》上查出几个古字来,夹进文章里面去;上焉者是钱坫的用篆字来写刘熙的《释名》,最近还有钱玄同先生的照《说文》字样给太炎先生抄《小学答问》。

文字难,文章难,这还都是原来的;这些上面,又加以士大夫故意特制的难,却还想它和大众有缘,怎么办得到。但士大夫们也正愿其如此,如果文字易识,大家都会,文字就不尊严,他也跟着不尊严了。说白话不如文言的人,就从这里出发的;现在论大众语,说大众只要教给"千字课"就够的人,那意思的根柢也还是在这里。

七　不识字的作家

用那么艰难的文字写出来的古语摘要,我们先前也叫"文",现在新派一点的叫"文学",这不是从"文学子游子夏"上割下来的,是从日本输入,他们的对于英文 Literature 的译名。会写写这样的"文"的,现在是写白话也可以了,就叫作"文学家",或者叫"作家"。

文学的存在条件首先要会写字,那么,不识字的文盲群里,当然不会有文学家的了。然而作家却有的。你们不要太早的笑我,我还有话说。我想,人类是在未有文字之前,就有了创作的,可惜没有人记下,也没有法子记下。我们的祖先的原始人,原是连话也不会说的,为了共同劳作,必需发表意见,才渐渐的练出复杂的声音来,假如那时大家抬木头,都觉得吃力了,却想不到发表,其中有一个叫道"杭育杭育",那么,这就是创作;大家也要佩服,应用的,这就等于出版;倘若用什么记号留存了下来,这就是文学;他当然就是作家,也是文学家,是"杭育杭育派"。不要笑,这作品确也幼稚得很,但古人不及今人的地方是很多的,这正是其一。就是周朝的什么"关关雎鸠,在河之洲,窈窕淑女,君子好逑"罢,它是《诗经》里的头一篇,所以吓得我们只好磕头佩服,假如先前未曾有过这样的一篇诗,现在的新诗人用这意思做一首白话诗,到无论什么副刊上去投稿试试罢,我看十分之九是要被编辑者塞进字纸篓去的。"漂亮的好小姐呀,是少爷的好一对儿!"什么话呢?

就是《诗经》的《国风》里的东西,好多也是不识字的无名氏作品,因为比较的优秀,大家口口相传。王官们检出它可作行政上参考的记录了下来,此外消灭的正不知有多少。希腊人荷马——我们姑且当作有这样一个人——的两大史诗,也原是口吟,现存的是别人的记录。东晋到齐陈的《子夜歌》和《读曲歌》之类,唐朝的《竹枝词》和《柳枝词》之类,原都是无名氏的创作,经文人的采录和润色之后,留传下来的。这一润色,留传固然留传了,但可惜的是一定失去了许多本来面目。到现在,到处还有民谣,山歌,渔歌等,这就是不识字的诗人的作品;也传述着童话和故事,这就是不识字的小说家的作品;他们,就都是不识字的作家。

但是,因为没有记录作品的东西,又很容易消灭,流布的范围也不能很广大,知道的人们也就很少了。偶有一点为文人所见,往往倒吃惊,吸入自己的作品中,作为新的养料。旧文学衰颓时,因为摄取民间文学或外国文学而起一个新的转变,这例子是常见于文学史上的。不识字的作家虽然不及文人的细腻,但他却刚健,清新。

要这样的作品为大家所共有,首先也就是要这作家能写字,同时也还要读者们能识字以至能写字,一句话:将文字交给一切人。

八　怎么交代?

将文字交给大众的事实,从清朝末年就已经有了的。

"莫打鼓,莫打锣,听我唱个太平歌……"是钦颁的教育大众的俗歌;此外,士大夫也办过一些白话报,但那主意,是只要大家听得懂,不必一定写得出。《平民千字课》就带了一点写得出的可能,但也只够记账,写信。倘要写出心里所想的东西,它那限定的字数是不够的。譬如牢监,的确是给了人一块地,不过它有限制,只能在这圈子里行立坐卧,断不能跑出设定了的铁栅外面去。

劳乃宣和王照他两位都有简字,进步得很,可以照音写字了。民国初年,教育部要制字母,他们俩都是会员,劳先生派了一位代表,王先生是亲到的,为了入声存废问题,曾和吴稚晖先生大战,战得吴先生肚子一凹,棉裤也落了下来。但结果总算几经斟酌,制成了一种东西,叫作"注音字母"。那时很有些人,以为可以替代汉字了,但实际上还是不行,因为它究竟不过简单的方块字,恰如日本的"假名"一样,夹上几个,或者注在汉字的旁边还可以,要它拜帅,能力就不够了。写起来会混杂,看起来要眼花。那时的会员们称它为"注音字母",是深知道它的能力范围的。再看日本,他们有主张减少汉字的,有主张拉丁拼音的,但主张只用"假名"的却没有。

再好一点的是用罗马字拼法,研究得最精的是赵元任先生罢,我不大明白。用世界通用的罗马字拼起来——现在是连土耳其也采用了——一词一串,非常清晰,是好的。但教我似的门外汉来说,好像那拼法还太繁。要精密,当然不得不繁,但繁得很,就又变了"难",有些妨碍普及了。最好是另有一种简而不陋的东西。

这里我们可以研究一下新的"拉丁化"法,《每日国际文选》里有一小本《中国语书法之拉丁化》,《世界》第二年第六七号合刊附录的一份《言语科学》,就都是绍介这东西的。价钱便宜,有心的人可以买来看。它只有二十八个字母,拼法也容易学。"人"就是Rhen,"房子"就是Fangz,"我吃果子"是 Wo ch goz,"他是工人"是 Ta sh gungrhen。现在在华侨里实验,见了成绩的,还只是北方话。但我想,中国究竟还是讲北方话——不是北京话——的人们多,将来如果真有一种到处通行的大众语,那主力也恐怕还是北方话罢。为今之计,只要酌量增减一点,使它合于各该地方所特有的音,也就可以用到无论什么穷乡僻壤去了。

那么,只要认识二十八个字母,学一点拼法和写法,除懒虫和低能外,就谁都能够写得出,看得懂了。况且它还有一个好处,是写得快。美国人说,时间就是金钱;但我想:时间就是性命。无端的空耗别人的时间,其实是无异于谋财害命的。不过像我们这样坐着乘风凉,谈闲天的人们,可又是例外。

九 专化呢,普遍化呢?

到了这里,就又碰着了一个大问题:中国的言语,各处很不同,单给一个粗枝大叶的区别,就有北方话,江浙话,两湖川贵话,福建话,广东话这五种,而这五种中,还有小区别。现在用拉丁字来写,写普通话,还是写土话呢?要写普通话,人们不会;倘写土话,别处的人们就看不懂,反而隔阂起来,不及全国通行的汉字了。这是一个大弊病!

我的意思是:在开首的启蒙时期,各地方各写它的土话,用不着顾到和别地方意思不相通。当未用拉丁写法之前,我们的不识字的人们,原没有用汉字互通着声气,所以新添的坏处是一点也没有的,倒有新的益处,至少是在同一语言的区域里,可以彼此交换意见,吸收智识了——那当然,一面也得有人写些有益的书。问题倒在这各处的大众语文,将来究竟要它专化呢,还是普通化?

方言土语里,很有些意味深长的话,我们那里叫"炼话",用起来是很有意思的,恰如文言的用古典,听者也觉得趣味津津。各就各处的方言,将语法和词汇,更加提炼,使他发达上去的,就是专化。这于文学,是很有益处的,它可以做得比仅用泛泛的话头的文章更加有意思。但专化又有专化的危险。言语学我不知道,看生物,是一到专化,往往要灭亡的。未有人类以前的许多动植物,就因为太专化了,失其可变性,环境一改,无法应付,只好灭亡。——幸而我们人类还不算专化的动物,请你们不要愁。大众,是有文学,要文学的,但决不该为文学做牺牲,要不然,他的荒谬和为了保存汉字,要十分之八的中国人做文盲来殉难的活圣贤就并不两样。所以,我想,启蒙时候用方言,但一面又要渐渐的加入普通的语法和词汇去。先用固有的,是一地方的语文的大众化,加入新的去,是全国的语文的大众化。

几个读书人在书房里商量出来的方案,固然大抵行不通,但一切都听其自然,却也不是好办法。现在在码头上,公共机关中,大学校里,确已有着一种好像普通话模样的东西,大家说话,既非"国语",又不是京话,各各带着乡音,乡调,却又不是方言,即使说的吃力,听的也吃力,然而总归说得出,听得懂。如果加以整理,帮它发达,也是大众语中的一支,说不定将来还简直是主力。我说要在方言里"加入新的去",那"新的"的来源就在这地方。待到这一种出于自然,又加人工的话一普遍,我们的大众语文就算大致统一了。

此后当然还要做。年深月久之后,语文更加一致,和"炼话"一样好,比"古典"还要活的东西,也渐渐的形成,文学就更加精采了。马上是办不到的。你们想,国粹家当作宝贝的汉字,不是化了三四千年工夫,这才有这么一堆古怪成绩么?

至于开手要谁来做的问题,那不消说:是觉悟的读书人。有人说:"大众的事情,要大众自己来做!"那当然不错的,不过得看看说的是什么脚色。如果说的是大众,那有一点是对的,对的是要自己来,错的是推开了帮手。倘使说的是读书人呢,那可全不同了:他在用漂亮话把持文字,保护自己的尊荣。

十　不必恐慌

但是,这还不必实做,只要一说,就又使另一些人发生恐慌了。

首先是说提倡大众语文的,乃是"文艺的政治宣传员如宋阳之流",本意在于造反。给带上一顶有色帽,是极简单的反对法。不过一面也就是说,为了自己的太平,宁可中国有百分之八十的文盲。那么,倘使口头宣传呢,就应该使中国有百分之八十的聋子了。但这不属于"谈文"的范围,这里也无须多说。

专为着文学发愁的,我现在看见有两种。一种是怕大众如果都会读,写,就大家都变成文学家了。这真是怕天掉下来的好人。上次说过,在不识字的大众里,是一向就有作家的。我久不到乡下去了,先前是,农民们还有一点余闲,譬如乘凉,就有人讲故事。不过这讲手,大抵是特定的人,他比较的见识多,说话巧,能够使人听下去,懂明白,并且觉得有趣。这就是作家,抄出他的话来,也就是作品。倘有语言无味,偏爱多嘴的人,大家是不要听的,还要送给他许多冷话——讥刺。我们弄了几千年文言,十来年白话,凡是能写的人,何尝个个是文学家呢？即使都变成文学家,又不是军阀或土匪,于大众也并无害处的,不过彼此互看作品而已。

还有一种是怕文学的低落。大众并无旧文学的修养,比起士大夫文学的细致来,或者会显得所谓"低落"的,但也未染旧文学的痼疾,所以它又刚健,清新。无名氏文学如《子夜歌》之流,会给旧文学一种新力量,我先前已经说过了；现在也有人介绍了许多民歌和故事。还有戏剧,例如《朝花夕拾》所引《目连救母》里的无常鬼的自传,说是因为同情一个鬼魂,暂放还阳半日,不料被阎罗责罚,从此不再宽纵了——

  那怕你铜墙铁壁！
  那怕你皇亲国戚！……

何等有人情,又何等知过,何等守法,又何等果决,我们的文学家做得出来么？

这是真的农民和手业工人的作品,由他们闲中扮演。借目连的巡行来贯串许多故事,除《小尼姑下山》外,和刻本的《目连救母记》是完全不同的。其中有一段《武松打虎》,是甲乙两人,一强一弱,扮着戏玩。先是甲扮武松,乙扮老虎,被甲打得要命,乙埋怨他了,甲道:"你是老虎,不打,不是给你咬死了？"乙只得要求互换,却又被甲咬得要命,一说怨话,甲便道:"你是武松,不咬,不是给你打死了？"我想:比起希腊的伊索,俄国的梭罗古勃的寓言来,这是毫无逊色的。

如果到全国的各处去收集,这一类的作品恐怕还很多。但自然,缺点是有的。是一向受着难文字,难文章的封锁,和现代思潮隔绝。所以,倘要中国的文化一同向上,就必须提倡大众语,大众文,而且书法更必须拉丁化。

十一　大众并不如读书人所想像的愚蠢

但是,这一回,大众语文刚一提出,就有些猛将趁势出现了,来路是并不一样的,可是都向白话,翻译,欧化语法,新字眼进攻。他们都打着"大众"的旗,说这些东西,都为大众所不懂,所以要不得。其中有的是原是文言余孽,借此先来打击当面的白话和翻译的,就是祖传的"远交近攻"的老法术;有的是本是懒惰分子,未尝用功,要大众语未成,白话先倒,让他在这空场上夸海口的,其实也还是文言文的好朋友,我都不想在这里多谈。现在要说的只是那些好意的,然而错误的人,因为他们不是看轻了大众,就是看轻了自己,仍旧犯着古之读书人的老毛病。

读书人常常看轻别人,以为较新,较难的字句,自己能懂,大众却不能懂,所以为大众计,是必须彻底扫荡的;说话作文,越俗,就越好。这意见发展开来,他就要不自觉的成为新国粹派。或则希图大众语文在大众中推行得快,主张什么都要配大众的胃口,甚至于说要"迎合大众",故意多骂几句,以博大众的欢心。这当然自有他的苦心孤诣,但这样下去,可要成为大众的新帮闲的。

说起大众来,界限宽泛得很,其中包括着各式各样的人,但即使"目不识丁"的文盲,由我看来,其实也并不如读书人所推想的那么愚蠢。他们是要智识,要新的智识,要学习,能摄取的。当然,如果满口新语法,新名词,他们是什么也不懂;但逐渐的检必要的灌输进去,他们却会接受;那消化的力量,也许还赛过成见更多的读书人。初生的孩子,都是文盲,但到两岁,就懂许多话,能说许多话了,这在他,全部是新名词,新语法。他那里是从《马氏文通》或《辞源》里查来的呢,也没有教师给他解释,他是听过几回之后,从比较而明白了意义的。大众的会摄取新词汇和语法,也就是这样子,他们会这样的前进。所以,新国粹派的主张,虽然好像为大众设想,实际上倒尽了拖住的任务。不过也不能听大众的自然,因为有些见识,他们究竟还在觉悟的读书人之下,如果不给他们随时拣选,也许会误拿了无益的,甚而至于有害的东西。所以,"迎合大众"的新帮闲,是绝对的要不得的。

由历史所指示,凡有改革,最初,总是觉悟的智识者的任务。但这些智识者,却必须有研究,能思索,有决断,而且有毅力。他也用权,却不是骗人,他利导,却并非迎合。他不看轻自己,以为是大家的戏子,也不看轻别人,当作自己的喽罗。他只是大众中的一个人,我想,这才可以做大众的事业。

十二　煞尾

话已经说得不少了。总之,单是话不行,要紧的是做。要许多人做:大众和先驱;要各式的人做:教育家,文学家,言语学家……。这已经迫于必要了,即使目下还有点逆水行舟,也只好拉纤;顺水固然好得很,然而还是少不得把舵的。

这拉纤或把舵的好方法,虽然也可以口谈,但大抵得益于实验,无论怎么看风看水,目的只是一个:向前。

各人大概都有些自己的意见,现在还是给我听听你们诸位的高论罢。

中秋二愿[1]

前几天真是"悲喜交集"。刚过了国历的九一八,就是"夏历"的"中秋赏月",还有"海宁观潮"。因为海宁,就又有人来讲"乾隆皇帝是海宁陈阁老的儿子"了。这一个满洲"英明之主",原来竟是中国人掉的包,好不阔气,而且福气。不折一兵,不费一矢,单靠生殖机关便革了命,真是绝顶便宜。

中国人是尊家族,尚血统的,但一面又喜欢和不相干的人们去攀亲,我真不知道是什么意思。从小以来,什么"乾隆是从我们汉人的陈家悄悄的抱去的"呀,"我们元朝是征服了欧洲的"呀之类,早听的耳朵里起茧了,不料到得现在,纸烟铺子的选举中国政界伟人投票,还是列成吉思汗为其中之一人;开发民智的报章,还在讲满洲的乾隆皇帝是陈阁老的儿子。

古时候,女人的确去和过番;在演剧里,也有男人招为番邦的驸马,占了便宜,做得津津有味。就是近事,自然也还有拜侠客做干爷,给富翁当赘婿,陡了起来的,不过这不能算是体面的事情。男子汉,大丈夫,还当别有所能,别有所志,自恃着智力和另外的体力。要不然,我真怕将来大家又大说一通日本人是徐福的子孙。

一愿:从此不再胡乱和别人去攀亲。

但竟有人给文学也攀起亲来了,他说女人的才力,会因与男性的肉体关系而受影响,并举欧洲的几个女作家,都有文人做情人来作证据。于是

---

[1] 本篇最初发表于一九三四年九月二十八日《中华日报·动向》,署名白道。

又有人来驳他,说这是弗洛伊特说,不可靠。其实这并不是弗洛伊特说,他不至于忘记梭格拉第太太全不懂哲学,托尔斯泰太太不会做文章这些反证的。况且世界文学史上,有多少中国所谓"父子作家""夫妇作家"那些"肉麻当有趣"的人物在里面?因为文学和梅毒不同,并无霉菌,决不会由性交传给对手的。至于有"诗人"在钓一个女人,先捧之为"女诗人",那是一种讨好的手段,并非他真传染给她了诗才。

二愿:从此眼光离开脐下三寸。

九月二十五日。

中国人失掉自信力了吗[①]

从公开的文字上看起来：两年以前，我们总自夸着"地大物博"，是事实；不久就不再自夸了，只希望着国联，也是事实；现在是既不夸自己，也不信国联，改为一味求神拜佛，怀古伤今了——却也是事实。

于是有人慨叹曰：中国人失掉自信力了。

如果单据这一点现象而论，自信其实是早就失掉了的。先前信"地"，信"物"，后来信"国联"，都没有相信过"自己"。假使这也算一种"信"，那也只能说中国人曾经有过"他信力"，自从对国联失望之后，便把这他信力都失掉了。

失掉了他信力，就会疑，一个转身，也许能够只相信了自己，倒是一条新生路，但不幸的是逐渐玄虚起来了。信"地"和"物"，还是切实的东西，国联就渺茫，不过这还可以令人不久就省悟到依赖它的不可靠。一到求神拜佛，可就玄虚之至了，有益或是有害，一时就找不出分明的结果来，它可以令人更长久的麻醉着自己。

中国人现在是在发展着"自欺力"。

"自欺"也并非现在的新东西，现在只不过日见其明显，笼罩了一切罢了。然而，在这笼罩之下，我们有并不失掉自信力的中国人在。

我们从古以来，就有埋头苦干的人，有拼命硬干的人，有为民请命的人，有舍身求法的人，……虽是等于为帝王将相作家谱的所谓"正史"，也

[①] 本篇最初发表于一九三四年十月二十日《太白》半月刊第一卷第三期，署名公汗。

往往掩不住他们的光耀,这就是中国的脊梁。

这一类的人们,就是现在也何尝少呢?他们有确信,不自欺;他们在前仆后继的战斗,不过一面总在被摧残,被抹杀,消灭于黑暗中,不能为大家所知道罢了。说中国人失掉了自信力,用以指一部分人则可,倘若加于全体,那简直是诬蔑。

要论中国人,必须不被搽在表面的自欺欺人的脂粉所诓骗,却看看他的筋骨和脊梁。自信力的有无,状元宰相的文章是不足为据的,要自己去看地底下。

九月二十五日。

说"面子"①

"面子",是我们在谈话里常常听到的,因为好像一听就懂,所以细想的人大约不很多。

但近来从外国人的嘴里,有时也听到这两个音,他们似乎在研究。他们以为这一件事情,很不容易懂,然而是中国精神的纲领,只要抓住这个,就像二十四年前的拔住了辫子一样,全身都跟着走动了。相传前清时候,洋人到总理衙门去要求利益,一通威吓,吓得大官们满口答应,但临走时,却被从边门送出去。不给他走正门,就是他没有面子;他既然没有了面子,自然就是中国有了面子,也就是占了上风了。这是不是事实,我断不定,但这故事,"中外人士"中是颇有些人知道的。

因此,我颇疑心他们想专将"面子"给我们。

但"面子"究竟是怎么一回事呢?不想还好,一想可就觉得胡涂。它像是很有好几种的,每一种身份,就有一种"面子",也就是所谓"脸"。这"脸"有一条界线,如果落到这线的下面去了,即失了面子,也叫作"丢脸"。不怕"丢脸",便是"不要脸"。但倘使做了超出这线以上的事,就"有面子",或曰"露脸"。而"丢脸"之道,则因人而不同,例如车夫坐在路边赤膊捉虱子,并不算什么,富家姑爷坐在路边赤膊捉虱子,才成为"丢脸"。但车夫也并非没有"脸",不过这时不算"丢",要给老婆踢了一脚,就躺倒哭起来,这才成为他的"丢脸"。这一条"丢脸"律,是也适用于上等人的。这

---

① 本篇最初发表于一九三四年十月上海《漫画生活》月刊第二期。

样看来,"丢脸"的机会,似乎上等人比较的多,但也不一定,例如车夫偷一个钱袋,被人发见,是失了面子的,而上等人大捞一批金珠珍玩,却仿佛也不见得怎样"丢脸",况且还有"出洋考察",是改头换面的良方。

谁都要"面子",当然也可以说是好事情,但"面子"这东西,却实在有些怪。九月三十日的《申报》就告诉我们一条新闻:沪西有业木匠大包作头之罗立鸿,为其母出殡,邀开"货器店之王树宝夫妇帮忙,因来宾众多,所备白衣,不敷分配,其时适有名王道才,绰号三喜子,亦到来送殡,争穿白衣不遂,以为有失体面,心中怀恨,……邀集徒党数十人,各执铁棍,据说尚有持手枪者多人,将王树宝家人乱打,一时双方有剧烈之战争,头破血流,多人受有重伤。……"白衣是亲族有服者所穿的,现在必须"争穿"而又"不遂",足见并非亲族,但竟以为"有失体面",演成这样的大战了。这时候,好像只要和普通有些不同便是"有面子",而自己成了什么,却可以完全不管。这类脾气,是"绅商"也不免发露的:袁世凯将要称帝的时候,有人以列名于劝进表中为"有面子";有一国从青岛撤兵的时候,有人以列名于万民伞上为"有面子"。

所以,要"面子"也可以说并不一定是好事情——但我并非说,人应该"不要脸"。现在说话难,如果主张"非孝",就有人会说你在煽动打父母,主张男女平等,就有人会说你在提倡乱交——这声明是万不可少的。

况且,"要面子"和"不要脸"实在也可以有很难分辨的时候。不是有一个笑话么?一个绅士有钱有势,我假定他叫四大人罢,人们都以能够和他扳谈为荣。有一个专爱夸耀的小瘪三,一天高兴的告诉别人道:"四大人和我讲过话了!"人问他"说什么呢?"答道:"我站在他门口,四大人出来了,对我说:滚开去!"当然,这是笑话,是形容这人的"不要脸",但在他本人,是以为"有面子"的,如此的人一多,也就真成为"有面子"了。别的许多人,不是四大人连"滚开去"也不对他说么?

在上海,"吃外国火腿"虽然还不是"有面子",却也不算怎么"丢脸"了,然而比起被一个本国的下等人所踢来,又仿佛近于"有面子"。

中国人要"面子",是好的,可惜的是这"面子"是"圆机活法",善于变化,于是就和"不要脸"混起来了。长谷川如是闲说"盗泉"云:"古之君子,恶其名而不饮,今之君子,改其名而饮之。"也说穿了"今之君子"的"面子"的秘密。

十月四日。

随便翻翻[1]

我想讲一点我的当作消闲的读书——随便翻翻。但如果弄得不好,会受害也说不定的。

我最初去读书的地方是私塾,第一本读的是《鉴略》,桌上除了这一本书和习字的描红格,对字(这是做诗的准备)的课本之外,不许有别的书,但后来竟也慢慢的认识字了,一认识字,对于书就发生了兴趣,家里原有两三箱破烂书,于是翻来翻去,大目的是找图画看,后来也看看文字。这样就成了习惯,书在手头,不管它是什么,总要拿来翻一下,或者看一遍序目,或者读几叶内容,到得现在,还是如此,不用心,不费力,往往在作文或看非看不可的书籍之后,觉得疲劳的时候,也拿这玩意来作消遣了,而且它也的确能够恢复疲劳。

倘要骗人,这方法很可以冒充博雅。现在有一些老实人,和我闲谈之后,常说我书是看得很多的,略谈一下,我也的确好像书看得很多,殊不知就为了常常随手翻翻的缘故,却并没有本本细看。还有一种很容易到手的秘本,是《四库书目提要》,倘还怕繁,那么,《简明目录》也可以,这可要细看,它能做成你好像看过许多书。不过我也曾用过正经工夫,如什么"国学"之类,请过先生指教,留心过学者所开的参考书目。结果都不满意。有些书目开得太多,要十来年才能看完,我还疑心他自己就没有看;只开几部的较好,可是这须看这位开书目的先生了,如果他是一位胡涂虫,那么,

---

[1] 本篇最初发表于一九三四年十一月上海《读书生活》月刊第一卷第二期,署名公汗。

开出来的几部一定也是极顶胡涂书,不看还好,一看就胡涂。

我并不是说,天下没有指导后学看书的先生,有是有的,不过很难得。

这里只说我消闲的看书——有些正经人是反对的,以为这么一来,就"杂"!"杂",现在又算是很坏的形容词。但我以为也有好处。譬如我们看一家的陈年账簿,每天写着"豆付三文,青菜十文,鱼五十文,酱油一文",就知先前这几个钱就可买一天的小菜,吃够一家;看一本旧历本,写着"不宜出行,不宜沐浴,不宜上梁",就知道先前是有这么多的禁忌。看见了宋人笔记里的"食菜事魔",明人笔记里的"十彪五虎",就知道"哦呵,原来'古已有之'。"但看完一部书,都是些那时的名人轶事,某将军每餐要吃三十八碗饭,某先生体重一百七十五斤半;或是奇闻怪事,某村雷劈蜈蚣精,某妇产生人面蛇,毫无益处的也有。这时可得自己有主意了,知道这是帮闲文士所做的书。凡帮闲,他能令人消闲消得最坏,他用的是最坏的方法。倘不小心,被他诱过去,那就坠入陷阱,后来满脑子是某将军的饭量,某先生的体重,蜈蚣精和人面蛇了。

讲扶乩的书,讲婊子的书,倘有机会遇见,不要皱起眉头,显示憎厌之状,也可以翻一翻;明知道和自己意见相反的书,已经过时的书,也用一样的办法。例如杨光先的《不得已》是清初的著作,但看起来,他的思想是活着的,现在意见和他相近的人们正多得很。这也有一点危险,也就是怕被它诱过去。治法是多翻,翻来翻去,一多翻,就有比较,比较是医治受骗的好方子。乡下人常常误认一种硫化铜为金矿,空口是和他说不明白的,或者他还会赶紧藏起来,疑心你要白骗他的宝贝。但如果遇到一点真的金矿,只要用手掂一掂轻重,他就死心塌地:明白了。

"随便翻翻"是用各种别的矿石来比的方法,很费事,没有用真的金矿来比的明白,简单。我看现在青年的常在问人该读什么书,就是要看一看真金,免得受硫化铜的欺骗。而且一识得真金,一面也就真的识得了硫化铜,一举两得了。

但这样的好东西,在中国现有的书里,却不容易得到。我回忆自己的得到一点知识,真是苦得可怜。幼小时候,我知道中国在"盘古氏开辟天地"之后,有三皇五帝,……宋朝,元朝,明朝,"我大清"。到二十岁,又听说"我们"的成吉思汗征服欧洲,是"我们"最阔气的时代。到二十五岁,才知道所谓这"我们"最阔气的时代,其实是蒙古人征服了中国,我们做了奴才。直到今年八月里,因为要查一点故事,翻了三部蒙古史,这才明白蒙古人的征服"斡罗思",侵入匈奥,还在征服全中国之前,那时的成吉思还不是我们的汗,倒是俄人被奴的资格比我们老,应该他们说"我们的成吉思汗征服中国,是我们最阔气的时代"的。

我久不看现行的历史教科书了,不知道里面怎么说;但在报章杂志上,却有时还看见以成吉思汗自豪的文章。事情早已过去了,原没有什么大关系,但也许正有着大关系,而且无论如何,总是说些真实的好。所以我想,无论是学文学的,学科学的,他应该先看一部关于历史的简明而可靠的书。但如果他专讲天王星,或海王星,虾蟆的神经细胞,或只咏梅花,叫妹妹,不发关于社会的议论,那么,自然,不看也可以的。

我自己,是因为懂一点日本文,在用日译本《世界史教程》和新出的《中国社会史》应应急的,都比我历来所见的历史书类说得明确。前一种中国曾有译本,但只有一本,后五本不译了,译得怎样,因为没有见过,不知道。后一种中国倒先有译本,叫作《中国社会发展史》,不过据日译者说,是多错误,有删节,靠不住的。

我还在希望中国有这两部书。又希望不要一哄而来,一哄而散,要译,就译他完;也不要删节,要删节,就得声明,但最好还是译得小心,完全,替作者和读者想一想。

十一月二日。

略论梅兰芳及其他(上)[1]

崇拜名伶原是北京的传统。辛亥革命后,伶人的品格提高了,这崇拜也干净起来。先只有谭叫天在剧坛上称雄,都说他技艺好,但恐怕也还夹着一点势利,因为他是"老佛爷"——慈禧太后赏识过的。虽然没有人给他宣传,替他出主意,得不到世界的名声,却也没有人来为他编剧本。我想,这不来,是带着几分"不敢"的。

后来有名的梅兰芳可就和他不同了。梅兰芳不是生,是旦,不是皇家的供奉,是俗人的宠儿,这就使士大夫敢于下手了。士大夫是常要夺取民间的东西的,将竹枝词改成文言,将"小家碧玉"作为姨太太,但一沾着他们的手,这东西也就跟着他们灭亡。他们将他从俗众中提出,罩上玻璃罩,做起紫檀架子来。教他用多数人听不懂的话,缓缓的《天女散花》,扭扭的《黛玉葬花》,先前是他做戏的,这时却成了戏为他而做,凡有新编的剧本,都只为了梅兰芳,而且是士大夫心目中的梅兰芳。雅是雅了,但多数人看不懂,不要看,还觉得自己不配看了。

士大夫们也在日见其消沉,梅兰芳近来颇有些冷落。

因为他是旦角,年纪一大,势必至于冷落的吗?不是的,老十三旦七十岁了,一登台,满座还是喝采。为什么呢?就因为他没有被士大夫据为己有,罩进玻璃罩。

名声的起灭,也如光的起灭一样,起的时候,从近到远,灭的时候,远处

---

[1] 本篇最初发表于一九三四年十一月五日《中华日报·动向》,署名张沛。

倒还留着余光。梅兰芳的游日,游美,其实已不是光的发扬,而是光在中国的收敛。他竟没有想到从玻璃罩里跳出,所以这样的搬出去,还是这样的搬回来。

他未经士大夫帮忙时候所做的戏,自然是俗的,甚至于猥下,肮脏,但是泼剌,有生气。待到化为"天女",高贵了,然而从此死板板,矜持得可怜。看一位不死不活的天女或林妹妹,我想,大多数人是倒不如看一个漂亮活动的村女的,她和我们相近。

然而梅兰芳对记者说,还要将别的剧本改得雅一些。

十一月一日。

骂杀与捧杀[1]

现在有些不满于文学批评的,总说近几年的所谓批评,不外乎捧与骂。

其实所谓捧与骂者,不过是将称赞与攻击,换了两个不好看的字眼。指英雄为英雄,说娼妇是娼妇,表面上虽像捧与骂,实则说得刚刚合式,不能责备批评家的。批评家的错处,是在乱骂与乱捧,例如说英雄是娼妇,举娼妇为英雄。

批评的失了威力,由于"乱",甚而至于"乱"到和事实相反,这底细一被大家看出,那效果有时也就相反了。所以现在被骂杀的少,被捧杀的却多。

人古而事近的,就是袁中郎。这一班明末的作家,在文学史上,是自有他们的价值和地位的。而不幸被一群学者们捧了出来,颂扬,标点,印刷,"色借,日月借,烛借,青黄借,眼色无常。声借,钟鼓借,枯竹窍借……"借得他一塌胡涂,正如在中郎脸上,画上花脸,却指给大家看,啧啧赞叹道:"看哪,这多么'性灵'呀!"对于中郎的本质,自然是并无关系的,但在未经别人将花脸洗清之前,这"中郎"总不免招人好笑,大触其霉头。

人近而事古的,我记起了泰戈尔。他到中国来了,开坛讲演,人给他摆出一张琴,烧上一炉香,左有林长民,右有徐志摩,各各头戴印度帽。徐诗人开始绍介了:"唵!叽哩咕噜,白云清风,银磬……当!"说得他好像活神仙一样,于是我们的地上的青年们失望,离开了。神仙和凡人,怎能不离开

---

[1] 本篇最初发表于一九三四年十一月二十三日《中华日报·动向》,署名阿法。

呢？但我今年看见他论苏联的文章，自己声明道："我是一个英国治下的印度人。"他自己知道得明明白白。大约他到中国来的时候，决不至于还胡涂，如果我们的诗人诸公不将他制成一个活神仙，青年们对于他是不至于如此隔膜的。现在可是老大的晦气。

以学者或诗人的招牌，来批评或介绍一个作者，开初是很能够蒙混旁人的，但待到旁人看清了这作者的真相的时候，却只剩了他自己的不诚恳，或学识的不够了。然而如果没有旁人来指明真相呢，这作家就从此被捧杀，不知道要多少年后才翻身。

十一月十九日。

隐 士[①]

隐士,历来算是一个美名,但有时也当作一个笑柄。最显著的,则有剌陈眉公的"翩然一只云中鹤,飞去飞来宰相衙"的诗,至今也还有人提及。我以为这是一种误解。因为一方面,是"自视太高",于是别方面也就"求之太高",彼此"忘其所以",不能"心照",而又不能"不宣",从此口舌也多起来了。

非隐士的心目中的隐士,是声闻不彰,息影山林的人物。但这种人物,世间是不会知道的。一到挂上隐士的招牌,则即使他并不"飞去飞来",也一定难免有些表白,张扬;或者他的帮闲们的开锣喝道——隐士家里也会有帮闲,说起来似乎不近情理,但一到招牌可以换饭的时候,那是立刻就有帮闲的,这叫作"啃招牌边"。这一点,也颇为非隐士的人们所诟病,以为隐士身上而有油可揩,则隐士之阔绰可想了。其实这也是一种"求之太高"的误解,和硬要有名的隐士,老死山林中者相同。凡是有名的隐士,他总是已经有了"悠哉游哉,聊以卒岁"的幸福的。倘不然,朝砍柴,昼耕田,晚浇菜,夜织屦,又那有吸烟品茗,吟诗作文的闲暇?陶渊明先生是我们中国赫赫有名的大隐,一名"田园诗人",自然,他并不办期刊,也赶不上吃"庚款",然而他有奴子。汉晋时候的奴子,是不但侍候主人,并且给主人种地,营商的,正是生财器具。所以虽是渊明先生,也还略略有些生财之道

[①] 本篇最初发表于一九三五年二月二十日上海《太白》半月刊第一卷第十一期,署名长庚。

在,要不然,他老人家不但没有酒喝,而且没有饭吃,早已在东篱旁边饿死了。

所以我们倘要看看隐君子风,实际上也只能看看这样的隐君子,真的"隐君子"是没法看到的。古今著作,足以汗牛而充栋,但我们可能找出樵夫渔父的著作来?他们的著作是砍柴和打鱼。至于那些文士诗翁,自称什么钓徒樵子的,倒大抵是悠游自得的封翁或公子,何尝捏过钓竿或斧头柄。要在他们身上赏鉴隐逸气,我敢说,这只能怪自己胡涂。

登仕,是啖饭之道,归隐,也是啖饭之道。假使无法啖饭,那就连"隐"也隐不成了。"飞去飞来",正是因为要"隐",也就是因为要啖饭;肩出"隐士"的招牌来,挂在"城市山林"里,这就正是所谓"隐",也就是啖饭之道。帮闲们或开锣,或喝道,那是因为自己还不配"隐",所以只好揩一点"隐"油,其实也还不外乎啖饭之道。汉唐以来,实际上是入仕并不算鄙,隐居也不算高,而且也不算穷,必须欲"隐"而不得,这才看作士人的末路。唐末有一位诗人左偃,自述他悲惨的境遇道:"谋隐谋官两无成",是用七个字道破了所谓"隐"的秘密的。

"谋隐"无成,才是沦落,可见"隐"总和享福有些相关,至少是不必十分挣扎谋生,颇有悠闲的余裕。但赞颂悠闲,鼓吹烟茗,却又是挣扎之一种,不过挣扎得隐藏一些。虽"隐",也仍然要啖饭,所以招牌还是要油漆,要保护的。泰山崩,黄河溢,隐士们目无见,耳无闻,但苟有议及自己们或他的一伙的,则虽千里之外,半句之微,他便耳聪目明,奋袂而起,好像事件之大,远胜于宇宙之灭亡者,也就为了这缘故。其实连和苍蝇也何尝有什么相关。

明白这一点,对于所谓"隐士"也就毫不诧异了,心照不宣,彼此都省事。

一月二十五日。

病后杂谈[1]

一

生一点病,的确也是一种福气。不过这里有两个必要条件:一要病是小病,并非什么霍乱吐泻,黑死病,或脑膜炎之类;二要至少手头有一点现款,不至于躺一天,就饿一天。这二者缺一,便是俗人,不足与言生病之雅趣的。

我曾经爱管闲事,知道过许多人,这些人物,都怀着一个大愿。大愿,原是每个人都有的,不过有些人却模模胡胡,自己抓不住,说不出。他们中最特别的有两位:一位是愿天下的人都死掉,只剩下他自己和一个好看的姑娘,还有一个卖大饼的;另一位是愿秋天薄暮,吐半口血,两个侍儿扶着,怏怏的到阶前去看秋海棠。这种志向,一看好像离奇,其实却照顾得很周到。第一位姑且不谈他罢,第二位的"吐半口血",就有很大的道理。才子本来多病,但要"多",就不能重,假使一吐就是一碗或几升,一个人的血,能有几回好吐呢?过不几天,就雅不下去了。

我一向很少生病,上月却生了一点点。开初是每晚发热,没有力,不想吃东西;一礼拜不肯好,只得看医生。医生说是流行性感冒。好罢,就是流行性感冒。但过了流行性感冒一定退热的时期,我的热却还不退。医生从

---

[1] 本篇第一节最初发表于一九三五年二月《文学》月刊第四卷第二号,其他三节都被国民党检查官删去。

他那大皮包里取出玻璃管来,要取我的血液,我知道他在疑心我生伤寒病了,自己也有些发愁。然而他第二天对我说,血里没有一粒伤寒菌;于是注意的听肺,平常;听心,上等。这似乎很使他为难。我说,也许是疲劳罢;他也不甚反对,只是沉吟着说,但是疲劳的发热,还应该低一点。……

好几回检查了全体,没有死症,不至于呜呼哀哉是明明白白的,不过是每晚发热,没有力,不想吃东西而已,这真无异于"吐半口血",大可享生病之福了。因为既不必写遗嘱,又没有大痛苦,然而可以不看正经书,不管柴米账,玩他几天,名称又好听,叫作"养病"。从这一天起,我就自己觉得好像有点儿"雅"了;那一位愿吐半口血的才子,也就是那时躺着无事,忽然记了起来的。

光是胡思乱想也不是事,不如看点不劳精神的书,要不然,也不成其为"养病"。像这样的时候,我赞成中国纸的线装书,这也就是有点儿"雅"起来了的证据。洋装书便于插架,便于保存,现在不但有洋装二十五史,连《四部备要》也硬领而皮靴了,——原是不为无见的。但看洋装书要年富力强,正襟危坐,有严肃的态度。假使你躺着看,那就好像两只手捧着一块大砖头,不多工夫,就两臂酸麻,只好叹一口气,将它放下。所以,我在叹气之后,就去寻线装书。

一寻,寻到了久不见面的《世说新语》之类一大堆,躺着来看,轻飘飘的毫不费力了,魏晋人的豪放潇洒的风姿,也仿佛在眼前浮动。由此想到阮嗣宗的听到步兵厨善于酿酒,就求为步兵校尉;陶渊明的做了彭泽令,就教官田都种秫,以便做酒,因了太太的抗议,这才种了一点秔。这真是天趣盎然,决非现在的"站在云端里呐喊"者们所能望其项背。但是,"雅"要想到适可而止,再想便不行。例如阮嗣宗可以求做步兵校尉,陶渊明补了彭泽令,他们的地位,就不是一个平常人,要"雅",也还是要地位。"采菊东篱下,悠然见南山"是渊明的好句,但我们在上海学起来可就难了。没有南山,我们还可以改作"悠然见洋房"或"悠然见烟囱"的,然而要租一所院子里有点竹篱,可以种菊的房子,租钱就每月总得一百两,水电在外;巡捕捐按房租百分之十四,每月十四两。单是这两项,每月就是一百十四两,每两作一元四角算,等于一百五十九元六。近来的文稿又不值钱,每千字最低的只有四五角,因为是学陶渊明的雅人的稿子,现在算他每千字三大元罢,但标点,洋文,空白除外。那么,单单为了采菊,他就得每月译作净五万三千二百字。吃饭呢？要另外想法子生发，否则，他只好"饥来驱我去，不知竟何之"了。

"雅"要地位，也要钱，古今并不两样的，但古代的买雅，自然比现在便宜；办法也并不两样，书要摆在书架上，或者抛几本在地板上，酒杯要摆在桌子上，但算盘却要收在抽屉里，或者最好是在肚子里。

此之谓"空灵"。

二

为了"雅"，本来不想说这些话的。后来一想，这于"雅"并无伤，不过是在证明我自己的"俗"。王夷甫口不言钱，还是一个不干不净人物，雅人打算盘，当然也无损其为雅人。不过他应该有时收起算盘，或者最妙是暂时忘却算盘，那么，那时的一言一笑，就都是灵机天成的一言一笑，如果念念不忘世间的利害，那可就成为"杭育杭育派"了。这关键，只在一者能够忽而放开，一者却是永远执着，因此也就大有了雅俗和高下之分。我想，这和时而"敦伦"者不失为圣贤，连白天也在想女人的就要被称为"登徒子"的道理，大概是一样的。

所以我恐怕只好自己承认"俗"，因为随手翻了一通《世说新语》，看过"姒隅跃清池"的时候，千不该万不该的竟从"养病"想到"养病费"上去了，于是一骨碌爬起来，写信讨版税，催稿费。写完之后，觉得和魏晋人有点隔膜，自己想，假使此刻有阮嗣宗或陶渊明在面前出现，我们也一定谈不来的。于是另换了几本书，大抵是明末清初的野史，时代较近，看起来也许较有趣味。第一本拿在手里的是《蜀碧》。

这是蜀宾从成都带来送我的，还有一部《蜀龟鉴》，都是讲张献忠祸蜀的书，其实是不但四川人，而是凡中国人都该翻一下的著作，可惜刻的太坏，错字颇不少。翻了一遍，在卷三里看见了这样的一条——

> 又，剥皮者，从头至尻，一缕裂之，张于前，如鸟展翅，率逾日始绝。有即毙者，行刑之人坐死。

也还是为了自己生病的缘故罢，这时就想到了人体解剖。医术和虐刑,是都要生理学和解剖学智识的。中国却怪得很,固有的医书上的人身五脏图,真是草率错误到见不得人,但虐刑的方法,则往往好像古人早懂得了现代的科学。例如罢,谁都知道从周到汉,有一种施于男子的"宫刑",也叫"腐刑",次于"大辟"一等。对于女性就叫"幽闭",向来不大有人提起那方法,但总之,是决非将她关起来,或者将它缝起来。近时好像被我查出一点大概来了,那办法的凶恶,妥当,而又合乎解剖学,真使我不得不吃惊。但妇科的医书呢?几乎都不明白女性下半身的解剖学的构造,他们只将肚子看作一个大口袋,里面装着莫名其妙的东西。

单说剥皮法,中国就有种种。上面所抄的是张献忠式;还有孙可望式,见于屈大均的《安龙逸史》,也是这回在病中翻到的。其时是永历六年,即清顺治九年,永历帝已经躲在安隆(那时改为安龙),秦王孙可望杀了陈邦传父子,御史李如月就弹劾他"擅杀勋将,无人臣礼",皇帝反打了如月四十板。可是事情还不能完,又给孙党张应科知道了,就去报告了孙可望。

> 可望得应科报,即令应科杀如月,剥皮示众。俄缚如月至朝门,有负石灰一筐,稻草一捆,置于其前。如月问,"如何用此?"其人曰,"是揎你的草。"如月叱曰,"瞎奴!此株株是文章,节节是忠肠也!"既而应科立右角门阶,捧可望令旨,喝如月跪。如月叱曰,"我是朝廷命官,岂跪贼令!?"乃步至中门,向阙再拜。……应科促令仆地,剖脊,及臀,如月大呼曰:"死得快活,浑身清凉!"又呼可望名,大骂不绝。及断至手足,转前胸,犹微声恨骂;至颈绝而死。随以灰渍之,纫以线,后乃入草,移北城门通衢阁上,悬之。……

张献忠的自然是"流贼"式;孙可望虽然也是流贼出身,但这时已是保明拒清的柱石,封为秦王,后来降了满洲,还是封为义王,所以他所用的其实是官式。明初,永乐皇帝剥那忠于建文帝的景清的皮,也就是用这方法的。大明一朝,以剥皮始,以剥皮终,可谓始终不变;至今在绍兴戏文里和乡下人的嘴上,还偶然可以听到"剥皮揎草"的话,那皇泽之长也就可想而知了。

真也无怪有些慈悲心肠人不愿意看野史,听故事;有些事情,真也不像人世,要令人毛骨悚然,心里受伤,永不全愈的。残酷的事实尽有,最好莫如不闻,这才可以保全性灵,也是"是以君子远庖厨也"的意思。比灭亡略早的晚明名家的潇洒小品在现在的盛行,实在也不能说是无缘无故。不过这一种心地晶莹的雅致,又必须有一种好境遇,李如月仆地"剖脊",脸孔向下,原是一个看书的好姿势,但如果这时给他看袁中郎的《广庄》,我想他是一定不要看的。这时他的性灵有些儿不对,不懂得真文艺了。

然而,中国的士大夫是到底有点雅气的,例如李如月说的"株株是文章,节节是忠肠",就很富于诗趣。临死做诗的,古今来也不知道有多少。直到近代,谭嗣同在临刑之前就做一绝"闭门投辖思张俭",秋瑾女士也有一句"秋雨秋风愁杀人",然而还雅得不够格,所以各种诗选里都不载,也不能卖钱。

三

清朝有灭族,有凌迟,却没有剥皮之刑,这是汉人应该惭愧的,但后来脍炙人口的虐政是文字狱。虽说文字狱,其实还含着许多复杂的原因,在这里不能细说;我们现在还直接受到流毒的,是他删改了许多古人的著作的字句,禁了许多明清人的书。

《安龙逸史》大约也是一种禁书,我所得的是吴兴刘氏嘉业堂的新刻本。他刻的前清禁书还不止这一种,屈大均的又有《翁山文外》;还有蔡显的《闲渔闲闲录》,是作者因此"斩立决",还累及门生的,但我细看了一遍,却又寻不出什么忌讳。对于这种刻书家,我是很感激的,因为他传授给我许多知识——虽然从雅人看来,只是些庸俗不堪的知识。但是到嘉业堂去买书,可真难。我还记得,今年春天的一个下午,好容易在爱文义路找着了,两扇大铁门,叩了几下,门上开了一个小方洞,里面有中国门房,中国巡捕,白俄镖师各一位。巡捕问我来干什么的。我说买书。他说账房出去了,没有人管,明天再来罢。我告诉他我住得远,可能给我等一会呢?他说,不成!同时也堵住了那个小方洞。过了两天,我又去了,改作上午,以为此时账房也许不至于出去。但这回所得回答却更其绝望,巡捕曰:"书都没有了! 卖完了! 不卖了!"

我就没有第三次再去买,因为实在回复的斩钉截铁。现在所有的几种,是托朋友去辗转买来的,好像必须是熟人或走熟的书店,这才买得到。

每种书的末尾,都有嘉业堂主人刘承干先生的跋文,他对于明季的遗老很有同情,对于清初的文祸也颇不满。但奇怪的是他自己的文章却满是前清遗老的口风;书是民国刻的,"儀"字还缺着末笔。我想,试看明朝遗老的著作,反抗清朝的主旨,是在异族的入主中夏的,改换朝代,倒还在其次。所以要顶礼明末的遗民,必须接受他的民族思想,这才可以心心相印。现在以明遗老之仇的满清的遗老自居,却又引明遗老为同调,只着重在"遗老"两个字,而毫不问遗于何族,遗在何时,这真可以说是"为遗老而遗老",和现在文坛上的"为艺术而艺术",成为一副绝好的对子了。

倘以为这是因为"食古不化"的缘故,那可也并不然。中国的士大夫,该化的时候,就未必决不化。就如上面说过的《蜀龟鉴》,原是一部笔法都仿《春秋》的书,但写到"圣祖仁皇帝康熙元年春正月",就有"赞"道:"……明季之乱甚矣!风终豳,雅终《召旻》,托乱极思治之隐忧而无其实事,孰若臣祖亲见之,臣身亲被之乎?是编以元年正月终者,非徒谓体元表正,蔑以加兹;生逢盛世,荡荡难名,一以寄没世不忘之恩,一以见太平之业所由始耳!"

《春秋》上是没有这种笔法的。满洲的肃王的一箭,不但射死了张献忠,也感化了许多读书人,而且改变了"春秋笔法"了。

四

病中来看这些书,归根结蒂,也还是令人气闷。但又开始知道了有些聪明的士大夫,依然会从血泊里寻出闲适来。例如《蜀碧》,总可以说是够惨的书了,然而序文后面却刻着一位乐斋先生的批语道:"古穆有魏晋间人笔意。"

这真是天大的本领!那死似的镇静,又将我的气闷打破了。

我放下书,合了眼睛,躺着想想学这本领的方法,以为这和"君子远庖厨也"的法子是大两样的,因为这时是君子自己也亲到了庖厨里。瞑想的结果,拟定了两手太极拳。一,是对于世事要"浮光掠影",随时忘却,不甚了然,仿佛有些关心,却又并不恳切;二,是对于现实要"蔽聪塞明",麻木冷静,不受感触,先由努力,后成自然。第一种的名称不大好听,第二种却也是却病延年的要诀,连古之儒者也并不讳言的。这都是大道。还有一种轻捷的小道,是:彼此说谎,自欺欺人。

有些事情,换一句话说就不大合式,所以君子憎恶俗人的"道破"。其实,"君子远庖厨也"就是自欺欺人的办法:君子非吃牛肉不可,然而他慈悲,不忍见牛的临死的觳觫,于是走开,等到烧成牛排,然后慢慢的来咀嚼。牛排是决不会"觳觫"的了,也就和慈悲不再有冲突,于是他心安理得,天趣盎然,剔剔牙齿,摸摸肚子,"万物皆备于我矣"了。彼此说谎也决不是伤雅的事情,东坡先生在黄州,有客来,就要客谈鬼,客说没有,东坡道:"姑妄言之!"至今还算是一件韵事。

撒一点小谎,可以解无聊,也可以消闷气;到后来,忘却了真,相信了谎。也就心安理得,天趣盎然了起来。永乐的硬做皇帝,一部分士大夫是颇以为不大好的。尤其是对于他的惨杀建文的忠臣。和景清一同被杀的还有铁铉,景清剥皮,铁铉油炸,他的两个女儿则发付了教坊,叫她们做婊子。这更使士大夫不舒服,但有人说,后来二女献诗于原问官,被永乐所知,赦出,嫁给士人了。

这真是"曲终奏雅",令人如释重负,觉得天皇毕竟圣明,好人也终于得救。她虽然做过官妓,然而究竟是一位能诗的才女,她父亲又是大忠臣,为夫的士人,当然也不算辱没。但是,必须"浮光掠影"到这里为止,想不得下去。一想,就要想到永乐的上谕,有些是凶残猥亵,将张献忠祭梓潼神的"咱老子姓张,你也姓张,咱老子和你联了宗罢。尚飨!"的名文,和他的比起来,真是高华典雅,配登西洋的上等杂志,那就会觉得永乐皇帝决不像一位爱才怜弱的明君。况且那时的教坊是怎样的处所?罪人的妻女在那里是并非静候嫖客的,据永乐定法,还要她们"转营",这就是每座兵营里都去几天,目的是在使她们为多数男性所凌辱,生出"小龟子"和"淫贱材儿"来!所以,现在成了问题的"守节",在那时,其实是只准"良民"专利的特典。在这样的治下,这样的地狱里,做一首诗就能超生的么?

我这回从杭世骏的《订讹类编》(续补卷上)里,这才确切的知道了这佳话的欺骗。他说:

……考铁长女诗,乃吴人范昌期《题老妓卷》作也。诗云:"教坊落籍洗铅华,一片春心对落花。旧曲听来空有恨,故园归去却无家。云鬟半觯临青镜,雨泪频弹湿绛纱。安得江州司马在,尊前重为赋琵琶。"昌期,字鸣凤;诗见张士瀹《国朝文纂》。同时杜琼用嘉亦有次韵诗,题曰《无题》,则其非铁氏作明矣。次女诗所谓"春来雨露深如海,嫁得刘郎胜阮郎",其论尤为不伦。宗正睦楔论革除事,谓建文流落西南诸诗,皆好事伪作,则铁女之诗可知。……

《国朝文纂》我没有见过,铁氏次女的诗,杭世骏也并未寻出根底,但我以为他的话是可信的,——虽然他败坏了口口相传的韵事。况且一则他也是一个认真的考证学者,二则我觉得凡是得到大杀风景的结果的考证,往往比表面说得好听,玩得有趣的东西近真。

首先将范昌期的诗嫁给铁氏长女,聊以自欺欺人的是谁呢?我也不知道。但"浮光掠影"的一看,倒也罢了,一经杭世骏道破,再去看时,就很明白的知道了确是咏老妓之作,那第一句就不像现任官妓的口吻。不过中国的有一些士大夫,总爱无中生有,移花接木的造出故事来,他们不但歌颂升平,还粉饰黑暗。关于铁氏二女的撒谎,尚其小焉者耳,大至胡元杀掠,满清焚屠之际,也还会有人单单捧出什么烈女绝命,难妇题壁的诗词来,这个艳传,那个步韵,比对于华屋丘墟,生民涂炭之惨的大事情还起劲。到底是刻了一本集,连自己们都附进去,而韵事也就完结了。

我在写着这些的时候,病是要算已经好了的了,用不着写遗书。但我想在这里趁便拜托我的相识的朋友,将来我死掉之后,即使在中国还有追悼的可能,也千万不要给我开追悼会或者出什么记念册。因为这不过是活人的讲演或挽联的斗法场,为了造语惊人,对仗工稳起见,有些文豪们是简直不恤于胡说八道的。结果至多也不过印成一本书,即使有谁看了,于我死人,于读者活人,都无益处,就是对于作者,其实也并无益处,挽联做得好,也不过挽联做得好而已。

现在的意见,我以为倘有购买那些纸墨白布的闲钱,还不如选几部明人,清人或今人的野史或笔记来印印,倒是于大家很有益处的。但是要认真,用点工夫,标点不要错。

十二月十一日。

漫谈"漫画"[1]

孩子们吵架,有一个用木炭——上海是大抵用铅笔了——在墙壁上写道:"小三子可乎之及及也,同同三千三百刀!"这和政治之类是毫不相干的,然而不能算小品文。画也一样,住家的恨路人到对门来小解,就在墙上画一个乌龟,题几句话,也不能叫它作"漫画"。为什么呢?就因为这和被画者的形体或精神,是绝无关系的。

漫画的第一件紧要事是诚实,要确切的显示了事件或人物的姿态,也就是精神。

漫画是 Karikatur 的译名,那"漫",并不是中国旧日的文人学士之所谓"漫题""漫书"的"漫"。当然也可以不假思索,一挥而就的,但因为发芽于诚实的心,所以那结果也不会仅是嬉皮笑脸。这一种画,在中国的过去的绘画里很少见,《百丑图》或《三十六声粉铎图》庶几近之,可惜的是不过戏文里的丑脚的摹写;罗两峰的《鬼趣图》,当不得已时,或者也就算进去罢,但它又太离开了人间。

漫画要使人一目了然,所以那最普通的方法是"夸张",但又不是胡闹。无缘无故的将所攻击或暴露的对象画作一头驴,恰如拍马家将所拍的对象做成一个神一样,是毫没有效果的,假如那对象其实并无驴气息或神气息。然而如果真有些驴气息,那就糟了,从此之后,越看越像,比读一本

---

[1] 本篇最初印入《小品文和漫画》一书。该书是《太白》半月刊一卷纪念的特辑,内收关于小品文和漫画的文章五十八篇,一九三五年三月生活书店出版。

做得很厚的传记还明白。关于事件的漫画,也一样的。所以漫画虽然有夸张,却还是要诚实。"燕山雪花大如席",是夸张,但燕山究竟有雪花,就含着一点诚实在里面,使我们立刻知道燕山原来有这么冷。如果说"广州雪花大如席",那可就变成笑话了。

"夸张"这两个字也许有些语病,那么,说是"廓大"也可以的。廓大一个事件或人物的特点固然使漫画容易显出效果来,但廓大了并非特点之处却更容易显出效果。矮而胖的,瘦而长的,他本身就有漫画相了,再给他秃头,近视眼,画得再矮而胖些,瘦而长些,总可以使读者发笑。但一位白净苗条的美人,就很不容易设法,有些漫画家画作一个髑髅或狐狸之类,却不过是在报告自己的低能。有些漫画家却不用这呆法子,他用廓大镜照了她露出的搽粉的臂膊,看出她皮肤的褶皱,看见了这些褶皱中间的粉和泥的黑白画。这么一来,漫画稿子就成功了,然而这是真实,倘不信,大家或自己也用廓大镜去照照去。于是她也只好承认这真实,倘要好,就用肥皂和毛刷去洗一通。

因为真实,所以也有力。但这种漫画,在中国是很难生存的。我记得去年就有一位文学家说过,他最讨厌论人用显微镜。

欧洲先前,也并不两样。漫画虽然是暴露,讥刺,甚而至于是攻击的,但因为读者多是上等的雅人,所以漫画家的笔锋的所向,往往只在那些无拳无勇的无告者,用他们的可笑,衬出雅人们的完全和高尚来,以分得一枝雪茄的生意。像西班牙的戈雅(Francisco de Goya)和法国的陀密埃(Honoré Daumier)那样的漫画家,到底还是不可多得的。

二月二十八日。

"寻开心"①

我有时候想到,忠厚老实的读者或研究者,遇见有两种人的文章,他是会吃冤枉苦头的。一种,是古里古怪的诗和尼采式的短句,以及几年前的所谓未来派的作品。这些大概是用怪字面,生句子,没意思的硬连起来的,还加上好几行很长的点线。作者本来就是乱写,自己也不知道什么意思。但认真的读者却以为里面有着深意,用心的来研究它,结果是到底莫名其妙,只好怪自己浅薄。假如你去请教作者本人罢,他一定不加解释,只是鄙夷的对你笑一笑。这笑,也就愈见其深。

还有一种,是作者原不过"寻开心",说的时候本来不当真,说过也就忘记了。当然和先前的主张会冲突,当然在同一篇文章里自己也会冲突。但是你应该知道作者原以为作文和吃饭不同,不必认真的。你若认真的看,只能怪自己傻。最近的例子就是悍膋先生的研究语堂先生为什么会称赞《野叟曝言》。不错,这一部书是道学先生的悖慢淫毒心理的结晶,和"性灵"缘分浅得很,引了例子比较起来,当然会显出这称赞的出人意外。但其实,恐怕语堂先生之憎"方巾气",谈"性灵",讲"潇洒",也不过对老实人"寻开心"而已,何尝真知道"方巾气"之类是怎么一回事;也许简直连他所称赞的《野叟曝言》也并没有怎么看。所以用本书和他那别的主张来比较研究,是永久不会懂的。自然,两面非常不同。这很清楚,但怎么竟至于称赞起来了呢,也还是一个"不可解"。我的意思是以为有些事情万不

---

① 本篇最初发表于一九三五年四月五日《太白》半月刊第二卷第二期,署名杜德机。

要想得太深,想得太忠厚,太老实,我们只要知道语堂先生那时正在崇拜袁中郎,而袁中郎也曾有过称赞《金瓶梅》的事实,就什么骇异之意也没有了。

还有一个例子。如读经,在广东,听说是从燕塘军官学校提倡起来的;去年,就有官定的小学校用的《经训读本》出版,给五年级用的第一课,却就是"孔子谓曾子曰:身体发肤,受之父母,不敢毁伤,孝之始也。……"那么,"为国捐躯"是"孝之终"么?并不然,第三课还有"模范";是乐正子春述曾子闻诸夫子之说云:"天之所生,地之所养,无人为大。父母全而生之,子全而归之,可谓孝矣。不亏其体,不辱其身,可谓全矣。故君子顷步而弗敢忘孝也。……"

还有一个最近的例子,就在三月七日的《中华日报》上。那地方记的有"北平大学教授兼女子文理学院文史系主任李季谷氏"赞成《一十宣言》原则的谈话,末尾道:"为复兴民族之立场言,教育部应统令设法标榜岳武穆,文天祥,方孝孺等有气节之名臣勇将,俾一般高官戎将有所法式云"。

凡这些,都是以不大十分研究为是的。如果想到"全而归之"和将来的临阵冲突,或者查查岳武穆们的事实,看究竟是怎样的结果,"复兴民族"了没有,那你一定会被捉弄得发昏,其实也就是自寻烦恼。语堂先生在暨南大学讲演道:"……做人要正正经经,不好走入邪道,……一走入邪道,……一定失业,……然而,作文,要幽默,和做人不同,要玩玩笑笑,寻开心,……"(据《芒种》本)这虽然听去似乎有些奇特,但其实是很可以启发人的神智的:这"玩玩笑笑,寻开心",就是开开中国许多古怪现象的锁的钥匙。

三月七日。

论讽刺[1]

我们常不免有一种先入之见,看见讽刺作品,就觉得这不是文学上的正路,因为我们先就以为讽刺并不是美德。但我们走到交际场中去,就往往可以看见这样的事实,是两位胖胖的先生,彼此弯腰拱手,满面油晃晃的正在开始他们的扳谈——

"贵姓?……"

"敝姓钱。"

"哦,久仰久仰!还没有请教台甫……"

"草字阔亭。"

"高雅高雅。贵处是……?"

"就是上海……"

"哦哦,那好极了,这真是……"

谁觉得奇怪呢?但若写在小说里,人们可就会另眼相看了,恐怕大概要被算作讽刺。有好些直写事实的作者,就这样的被蒙上了"讽刺家"——很难说是好是坏——的头衔。例如在中国,则《金瓶梅》写蔡御史的自谦和恭维西门庆道:"恐我不如安石之才,而君有王右军之高致矣!"还有《儒林外史》写范举人因为守孝,连象牙筷也不肯用,但吃饭时,他却"在燕窝碗里拣了一个大虾圆子送在嘴里",和这相似的情形是现在还可以遇见的;在外国,则如近来已被中国读者所注意了的果戈理的作品,他那

---

[1] 本篇最初发表于一九三五年四月《文学》月刊第四卷第四号"文学论坛"栏,署名敖。

《外套》(韦素园译,在《未名丛刊》中)里的大小官吏,《鼻子》(许遐译,在《译文》中)里的绅士,医生,闲人们之类的典型,是虽在中国的现在,也还可以遇见的。这分明是事实,而且是很广泛的事实,但我们皆谓之讽刺。

人大抵愿意有名,活时候做自传,死了想有人分讣文,做行实,甚而至于还"宣付国史馆立传"。人也并不全不自知其丑,然而他不愿意改正,只希望随时消掉,不留痕迹,剩下的单是美点,如曾经施粥赈饥之类,却不是全般。"高雅高雅",他其实何尝不知道有些肉麻,不过他又知道说过就完,"本传"里决不会有,于是也就放心的"高雅"下去。如果有人记了下来,不给它消灭,他可要不高兴了。于是乎挖空心思的来一个反攻,说这些乃是"讽刺",向作者抹一脸泥,来掩藏自己的真相。但我们也每不免来不及思索,跟着说,"这些乃是讽刺呀!"上当真可是不浅得很。

同一例子的还有所谓"骂人"。假如你到四马路去,看见雉妓在拖住人,倘大声说:"野鸡在拉客",那就会被她骂你是"骂人"。骂人是恶德,于是你先就被判定在坏的一方面了;你坏,对方可就好。但事实呢,却的确是"野鸡在拉客",不过只可心里知道,说不得,在万不得已时,也只能说"姑娘勒浪做生意",恰如对于那些弯腰拱手之辈,做起文章来,是要改作"谦以待人,虚以接物"的。——这才不是骂人,这才不是讽刺。

其实,现在的所谓讽刺作品,大抵倒是写实。非写实决不能成为所谓"讽刺";非写实的讽刺,即使能有这样的东西,也不过是造谣和诬蔑而已。

三月十六日。

"京派"和"海派"[①]

去年春天,京派大师曾经大大的奚落了一顿海派小丑,海派小丑也曾经小小的回敬了几手,但不多久,就完了。文滩上的风波,总是容易起,容易完,倘使不容易完,也真的不便当。我也曾经略略的赶了一下热闹,在许多唇枪舌剑中,以为那时我发表的所说,倒也不算怎么分析错了的。其中有这样的一段——

> ……北京是明清的帝都,上海乃各国之租界,帝都多官,租界多商,所以文人之在京者近官,没海者近商,近官者在使官得名,近商者在使商获利,而自己亦赖以糊口。要而言之:不过"京派"是官的帮闲,"海派"则是商的帮忙而已。……而官之鄙商,固亦中国旧习,就更使"海派"在"京派"眼中跌落了。……

但到得今年春末,不过一整年带点零,就使我省悟了先前所说的并不圆满。目前的事实,是证明着京派已经自己贬损,或是把海派在自己眼睛里抬高,不但现身说法,演述了派别并不专与地域相关,而且实践了"因为爱他,所以恨他"的妙语。当初的京海之争,看作"龙虎斗"固然是错误,就是认为有一条官商之界也不免欠明白。因为现在已经清清楚楚,到底搬出一碗不过黄鳝田鸡,炒在一起的苏式菜——"京海杂烩"来了。

[①] 本篇最初发表于一九三五年五月五日《太白》半月刊第二卷第四期,署名旅隼。

实例,自然是琐屑的,而且自然也不会有重大的例子。举一点罢。一,是选印明人小品的大权,分给海派来了;以前上海固然也有选印明人小品的人,但也可以说是冒牌的,这回却有了真正老京派的题签,所以的确是正统的衣钵。二,是有些新出的刊物,真正老京派打头,真正小海派煞尾了;以前固然也有京派开路的期刊,但那是半京半海派所主持的东西,和纯粹海派自说是自掏腰包来办的出产品颇有区别的。要而言之:今儿和前儿已不一样,京海两派中的一路,做成一碗了。

　　到这里要附带一点声明:我是故意不举出那新出刊物的名目来的。先前,曾经有人用过"某"字,什么缘故我不知道。但后来该刊的一个作者在该刊上说,他有一位"熟悉商情"的朋友,以为这是因为不替它来作广告。这真是聪明的好朋友,不愧为"熟悉商情"。由此启发,仔细一想,他的话实在千真万确:被称赞固然可以代广告,被骂也可以代广告,张扬了荣是广告,张扬了辱又何尝非广告。例如罢,甲乙决斗,甲赢,乙死了,人们固然要看杀人的凶手,但也一样的要看那不中用的死尸,如果用芦席围起来,两个铜板看一下,准可以发一点小财。我这回的不说出这刊物的名目来,主意却正在不替它作广告,我有时很不讲阴德,简直要妨碍别人的借死尸敛钱。然而,请老实的看官不要立刻责备我刻薄。他们那里肯放过这机会,他们自己会敲了锣来承认的。

　　声明太长了一点了。言归正传。我要说的是直到现在,由事实证明,我才明白了去年京派的奚落海派,原来根柢上并不是奚落,倒是路远迢迢的送来的秋波。

　　文豪,究竟是有真实本领的,法郎士做过一本《泰绮思》,中国已有两种译本了,其中就透露着这样的消息。他说有一个高僧在沙漠中修行,忽然想到亚历山大府的名妓泰绮思,是一个贻害世道人心的人物,他要感化她出家,救她本身,救被惑的青年们,也给自己积无量功德。事情还算顺手,泰绮思竟出家了,他恨恨的毁坏了她在俗时候的衣饰。但是,奇怪得很,这位高僧回到自己的独房里继续修行时,却再也静不下来了,见妖怪,见裸体的女人。他急遁,远行,然而仍然没有效。他自己是知道因为其实爱上了泰绮思,所以神魂颠倒了的,但一群愚民,却还是硬要当他圣僧,到处跟着他祈求,礼拜,拜得他"哑子吃黄连"——有苦说不出。他终于决计自白,跑回泰绮思那里去,叫道"我爱你!"然而泰绮思这时已经离死期不远,自说看见了天国,不久就断气了。

不过京海之争的目前的结局,却和这一本书的不同,上海的泰绮思并没有死,她也张开两条臂膊,叫道"来嘘!"于是——团圆了。

《泰绮思》的构想,很多是应用弗洛伊特的精神分析学说的,倘有严正的批评家,以为算不得"究竟是有真实本领",我也不想来争辩。但我觉得自己却真如那本书里所写的愚民一样,在没有听到"我爱你"和"来嘘"之前,总以为奚落单是奚落,鄙薄单是鄙薄,连现在已经出了气的弗洛伊特学说也想不到。

到这里又要附带一点声明:我举出《泰绮思》来,不过取其事迹,并非处心积虑,要用妓女来比海派的文人。这种小说中的人物,是不妨随意改换的,即改作隐士,侠客,高人,公主,大少,小老板之类,都无不可。况且泰绮思其实也何可厚非。她在俗时是泼剌的活,出家后就刻苦的修,比起我们的有些所谓"文人",刚到中年,就自叹道"我是心灰意懒了"的死样活气来,实在更其像人样。我也可以自白一句:我宁可向泼剌的妓女立正,却不愿意和死样活气的文人打棚。

至于为什么去年北京送秋波,今年上海叫"来嘘"了呢?说起来,可又是事前的推测,对不对很难定了。我想:也许是因为帮闲帮忙,近来都有些"不景气",所以只好两界合办,把断砖,旧袜,皮袍,洋服,巧克力,梅什儿……之类,凑在一处,重行开张,算是新公司,想借此来新一下主顾们的耳目罢。

四月十四日。

论"人言可畏"[①]

"人言可畏"是电影明星阮玲玉自杀之后,发见于她的遗书中的话。这哄动一时的事件,经过了一通空论,已经渐渐冷落了,只要《玲玉香消记》一停演,就如去年的艾霞自杀事件一样,完全烟消火灭。她们的死,不过像在无边的人海里添了几粒盐,虽然使扯淡的嘴巴们觉得有些味道,但不久也还是淡,淡,淡。

这句话,开初是也曾惹起一点小风波的。有评论者,说是使她自杀之咎,可见也在日报记事对于她的诉讼事件的张扬;不久就有一位记者公开的反驳,以为现在的报纸的地位,舆论的威信,可怜极了,那里还是丝毫主宰谁的运命的力量,况且那些记载,大抵采自经官的事实,绝非捏造的谣言,旧报具在,可以复按。所以阮玲玉的死,和新闻记者是毫无关系的。

这都可以算是真实话。然而——也不尽然。

现在的报章之不能像个报章,是真的;评论的不能逞心而谈,失了威力,也是真的,明眼人决不会过分的责备新闻记者。但是,新闻的威力其实是并未全盘坠地的,它对甲无损,对乙却会有伤;对强者它是弱者,但对更弱者它却还是强者,所以有时虽然吞声忍气,有时仍可以耀武扬威。于是阮玲玉之流,就成了发扬余威的好材料了,因为她颇有名,却无力。小市民总爱听人们的丑闻,尤其是有些熟识的人的丑闻。上海的街头巷尾的老虔婆,一知道近邻的阿二嫂家有野男人出入,津津乐道,但如果对她讲甘肃的

[①] 本篇最初发表于一九三五年五月二十日《太白》半月刊第二卷第五期,署名赵令仪。

谁在偷汉,新疆的谁在再嫁,她就不要听了。阮玲玉正在现身银幕,是一个大家认识的人,因此她更是给报章凑热闹的好材料,至少也可以增加一点销场。读者看了这些,有的想:"我虽然没有阮玲玉那么漂亮,却比她正经";有的想:"我虽然不及阮玲玉的有本领,却比她出身高";连自杀了之后,也还可以给人想:"我虽然没有阮玲玉的技艺,却比她有勇气,因为我没有自杀。"化几个铜元就发见了自己的优胜,那当然是很上算的。但靠演艺为生的人,一遇到公众发生了上述的前两种的感想,她就够走到末路了。所以我们且不要高谈什么连自己也并不了然的社会组织或意志强弱的滥调,先来设身处地的想一想罢,那么,大概就会知道阮玲玉的以为"人言可畏",是真的,或人的以为她的自杀,和新闻记事有关,也是真的。

但新闻记者的辩解,以为记载大抵采自经官的事实,却也是真的。上海的有些介乎大报和小报之间的报章,那社会新闻,几乎大半是官司已经吃到公安局或工部局去了的案件。但有一点坏习气,是偏要加上些描写,对于女性,尤喜欢加上些描写;这种案件,是不会有名公巨聊在内的,因此也更不妨加上些描写。案中的男人的年纪和相貌,是大抵写得老实的,一遇到女人,可就要发挥才藻了,不是"徐娘半老,风韵犹存",就是"豆蔻年华,玲珑可爱"。一个女孩儿跑掉了,自奔或被诱还不可知,才子就断定道,"小姑独宿,不惯无郎",你怎么知道?一个村妇再醮了两回,原是穷乡僻壤的常事,一到才子的笔下,就又赐以大字的题目道,"奇淫不减武则天",这程度你又怎么知道?这些轻薄句子,加之村姑,大约是并无什么影响的,她不识字,她的关系人也未必看报。但对于一个智识者,尤其是对于一个出到社会上了的女性,却足够使她受伤,更不必说故意张扬,特别渲染的文字了。然而中国的习惯,这些句子是摇笔即来,不假思索的,这时不但不会想到这也是玩弄着女性,并且也不会想到自己乃是人民的喉舌。但是,无论你怎么描写,在强者是毫不要紧的,只消一封信,就会有正误或道歉接着登出来,不过无拳无勇如阮玲玉,可就正做了吃苦的材料了,她被额外的画上一脸花,没法洗刷。叫她奋斗吗?她没有机关报,怎么奋斗;有冤无头,有怨无主,和谁奋斗呢?我们又可以设身处地的想一想,那么,大概就又知她的以为"人言可畏",是真的,或人的以为她的自杀,和新闻记事有关,也是真的。

然而,先前已经说过,现在的报章的失了力量,却也是真的,不过我以为还没有到达如记者先生所自谦,竟至一钱不值,毫无责任的时候。因为它对于更弱者如阮玲玉一流人,也还有左右她命运的若干力量的,这也就是说,它还能为恶,自然也还能为善。"有闻必录"或"并无能力"的话,都不是向上的负责的记者所该采用的口头禅,因为在实际上,并不如此,——它是有选择的,有作用的。

至于阮玲玉的自杀,我并不想为她辩护。我是不赞成自杀,自己也不豫备自杀的。但我的不豫备自杀,不是不屑,却因为不能。凡有谁自杀了,现在是总要受一通强毅的评论家的呵斥,阮玲玉当然也不在例外。然而我想,自杀其实是不很容易,决没有我们不豫备自杀的人们所渺视的那么轻而易举的。倘有谁以为容易么,那么,你倒试试看!

自然,能试的勇者恐怕也多得很,不过他不屑,因为他有对于社会的伟大的任务。那不消说,更加是好极了,但我希望大家都有一本笔记簿,写下所尽的伟大的任务来,到得有了曾孙的时候,拿出来算一算,看看怎么样。

五月五日。

再论"文人相轻"[1]

今年的所谓"文人相轻",不但是混淆黑白的口号,掩护着文坛的昏暗,也在给有一些人"挂着羊头卖狗肉"的。

真的"各以所长,相轻所短"的能有多少呢?我们在近几年所遇见的,有的是"以其所短,轻人所短"。例如白话文中,有些是诘屈难读的,确是一种"短",于是有人提了小品或语录,向这一点昂然进攻了,但不久就露出尾巴来,暴露了他连对于自己所提倡的文章,也常常点着破句,"短"得很。有的却简直是"以其所短,轻人所长"了。例如轻蔑"杂文"的人,不但他所用的也是"杂文",而他的"杂文",比起他所轻蔑的别的"杂文"来,还拙劣到不能相提并论。那些高谈阔论,不过是契诃夫(A. Chekhov)所指出的登了不识羞的顶颠,傲视着一切,被轻者是无福和他们比较的,更从什么地方"相"起?现在谓之"相",其实是给他们一扬,靠了这"相",也是"文人"了。然而,"所长"呢?

况且现在文坛上的纠纷,其实也并不是为了文笔的短长。文学的修养,决不能使人变成木石,所以文人还是人,既然还是人,他心里就仍然有是非,有爱憎;但又因为是文人,他的是非就愈分明,爱憎也愈热烈。从圣贤一直敬到骗子屠夫,从美人香草一直爱到麻疯病菌的文人,在这世界上是找不到的,遇见所是和所爱的,他就拥抱,遇见所非和所憎的,他就反拨。如果第三者不以为然了,可以指出他所非的其实是"是",他所憎的其实该

---

[1] 本篇最初发表于一九三五年六月《文学》月刊第四卷第六号"文学论坛"栏,署名隼。

爱来，单用了笼统的"文人相轻"这一句空话，是不能抹杀的，世间还没有这种便宜事。一有文人，就有纠纷，但到后来，谁是谁非，孰存孰亡，都无不明明白白。因为还有一些读者，他的是非爱憎，是比和事老的评论家还要清楚的。

然而，又有人来恐吓了。他说，你不怕么？古之嵇康，在柳树下打铁，钟会来看他，他不客气，问道："何所闻而来，何所见而去？"于是得罪了钟文人，后来被他在司马懿面前搬是非，送命了。所以你无论遇见谁，应该赶紧打拱作揖，让坐献茶，连称"久仰久仰"才是。这自然也许未必全无好处，但做文人做到这地步，不是很有些近乎婊子了么？况且这位恐吓家的举例，其实也是不对的，嵇康的送命，并非为了他是傲慢的文人，大半倒因为他是曹家的女婿，即使钟会不去搬是非，也总有人去搬是非的，所谓"重赏之下，必有勇夫"者是也。

不过我在这里，并非主张文人应该傲慢，或不妨傲慢，只是说，文人不应该随和；而且文人也不会随和，会随和的，只有和事老。但这不随和，却又并非回避，只是唱着所是，颂着所爱，而不管所非和所憎；他得像热烈地主张着所是一样，热烈地攻击着所非，像热烈地拥抱着所爱一样，更热烈地拥抱着所憎——恰如赫尔库来斯(Hercules)的紧抱了巨人安太乌斯(Antaeus)一样，因为要折断他的肋骨。

五月五日。

在现代中国的孔夫子[①]

新近的上海的报纸,报告着因为日本的汤岛,孔子的圣庙落成了,湖南省主席何键将军就寄赠了一幅向来珍藏的孔子的画像。老实说,中国的一般的人民,关于孔子是怎样的相貌,倒几乎是毫无所知的。自古以来,虽然每一县一定有圣庙,即文庙,但那里面大抵并没有圣像。凡是绘画,或者雕塑应该崇敬的人物时,一般是以大于常人为原则的,但一到最应崇敬的人物,例如孔夫子那样的圣人,却好像连形象也成为亵渎,反不如没有的好。这也不是没有道理的。孔夫子没有留下照相来,自然不能明白真正的相貌,文献中虽然偶有记载,但是胡说白道也说不定。若是从新雕塑的话,则除了任凭雕塑者的空想而外,毫无办法,更加放心不下。于是儒者们也终于只好采取"全部,或全无"的勃兰特式的态度了。

然而倘是画像,却也会间或遇见的。我曾经见过三次:一次是《孔子家语》里的插画;一次是梁启超氏亡命日本时,作为横滨出版的《清议报》上的卷头画,从日本倒输入中国来的;还有一次是刻在汉朝墓石上的孔子见老子的画像。说起从这些图画上所得的孔夫子的模样的印象来,则这位先生是一位很瘦的老头子,身穿大袖口的长袍子,腰带上插着一把剑,或者

[①] 本篇是作者用日文写的,最初发表于一九三五年六月号日本《改造》月刊。中译文最初发表于一九三五年七月在日本东京出版的《杂文》月刊第二号,题为《孔夫子在现代中国》。

腋下挟着一枝杖，然而从来不笑，非常威风凛凛的。假使在他的旁边侍坐，那就一定得把腰骨挺的笔直，经过两三点钟，就骨节酸痛；倘是平常人，大约总不免急于逃走的了。

后来我曾到山东旅行。在为道路的不平所苦的时候，忽然想到了我们的孔夫子。一想起那具有俨然道貌的圣人，先前便是坐着简陋的车子，颠颠簸簸，在这些地方奔忙的事来，颇有滑稽之感。这种感想，自然是不好的，要而言之，颇近于不敬，倘是孔子之徒，恐怕是决不应该发生的。但在那时候，怀着我似的不规矩的心情的青年，可是多得很。

我出世的时候是清朝的末年，孔夫子已经有了"大成至圣文宣王"这一个阔得可怕的头衔，不消说，正是圣道支配了全国的时代。政府对于读书的人们，使读一定的书，即四书和五经；使遵守一定的注释；使写一定的文章，即所谓"八股文"；并且使发一定的议论。然而这些千篇一律的儒者们，倘是四方的大地，那是很知道的，但一到圆形的地球，却什么也不知道，于是和四书上并无记载的法兰西和英吉利打仗而失败了。不知道为了觉得与其拜着孔夫子而死，倒不如保存自己们之为得计呢，还是为了什么，总而言之，这回是拚命尊孔的政府和官僚先就动摇起来，用官帑大翻起洋鬼子的书籍来了。属于科学上的古典之作的，则有侯失勒的《谈天》，雷侠儿的《地学浅释》，代那的《金石识别》，到现在也还作为那时的遗物，间或躺在旧书铺子里。

然而一定有反动。清末之所谓儒者的结晶，也是代表的大学士徐桐氏出现了。他不但连算学也斥为洋鬼子的学问；他虽然承认世界上有法兰西和英吉利这些国度，但西班牙和葡萄牙的存在，是决不相信的，他主张这是法国和英国常常来讨利益，连自己也不好意思了，所以随便胡诌出来的国名。他又是一九〇〇年的有名的义和团的幕后的发动者，也是指挥者。但是义和团完全失败，徐桐氏也自杀了。政府就又以为外国的政治法律和学问技术颇有可取之处了。我的渴望到日本去留学，也就在那时候。达了目的，入学的地方，是嘉纳先生所设立的东京的弘文学院；在这里，三泽力太郎先生教我水是养气和轻气所合成，山内繁雄先生教我贝壳里的什么地方其名为"外套"。这是有一天的事情。学监大久保先生集合起大家来，说：因为你们都是孔子之徒，今天到御茶之水的孔庙里去行礼罢！我大吃了一惊。现在还记得那时心里想,正因为绝望于孔夫子和他的之徒,所以到日本来的,然而又是拜么?一时觉得很奇怪。而且发生这样感觉的,我想决不止我一个人。

但是,孔夫子在本国的不遇,也并不是始于二十世纪了。孟子批评他为"圣之时者也",倘翻成现代语,除了"摩登圣人"实在也没有别的法。为他自己计,这固然是没有危险的尊号,但也不是十分值得欢迎的头衔。不过在实际上,却也许并不这样子。孔夫子的做定了"摩登圣人"是死了以后的事,活着的时候却是颇吃苦头的。跑来跑去,虽然曾经贵为鲁国的警视总监,而又立刻下野,失业了;并且为权臣所轻蔑,为野人所嘲弄,甚至于为暴民所包围,饿扁了肚子。弟子虽然收了三千名,中用的却只有七十二,然而真可以相信的又只有一个人。有一天,孔夫子愤慨道:"道不行,乘桴浮于海,从我者,其由与?"从这消极的打算上,就可以窥见那消息。然而连这一位由,后来也因为和敌人战斗,被击断了冠缨,但真不愧为由呀,到这时候也还不忘记从夫子听来的教训,说道"君子死,冠不免",一面系着冠缨,一面被人砍成肉酱了。连唯一可信的弟子也已经失掉,孔子自然是非常悲痛的。据说他一听到这信息,就吩咐去倒掉厨房里的肉酱云。

孔夫子到死了以后,我以为可以说是运气比较的好一点。因为他不会噜苏了,种种的权势者便用种种的白粉给他来化妆,一直抬到吓人的高度。但比起后来输入的释迦牟尼来,却实在可怜得很。诚然,每一县固然都有圣庙即文庙,可是一副寂寞的冷落的样子,一般的庶民,是决不去参拜的,要去,则是佛寺,或者是神庙。若向老百姓们问孔夫子是什么人,他们自然回答是圣人,然而这不过是权势者的留声机。他们也敬惜字纸,然而这是因为倘不敬惜字纸,会遭雷殛的迷信的缘故;南京的夫子庙固然是热闹的地方,然而这是因为另有各种玩耍和茶店的缘故。虽说孔子作《春秋》而乱臣贼之惧,然而现在的人们,却几乎谁也不知道一个笔伐了的乱臣贼子的名字。说到乱臣贼子,大概以为是曹操,但那并非圣人所教,却是写了小说和剧本的无名作家所教的。

总而言之,孔夫子之在中国,是权势者们捧起来的,是那些权势者或想做权势者们的圣人,和一般的民众并无什么关系。然而对于圣庙,那些权势者也不过一时的热心。因为尊孔的时候已经怀着别样的目的,所以目的

一达,这器具就无用,如果不达呢,那可更加无用了。在三四十年以前,凡有企图获得权势的人,就是希望做官的人,都是读"四书"和"五经",做"八股",别一些人就将这些书籍和文章,统名之为"敲门砖"。这就是说,文官考试一及第,这些东西也就同时被忘却,恰如敲门时所用的砖头一样,门一开,这砖头也就被抛掉了。孔子这人,其实是自从死了以后,也总是当着"敲门砖"的差使的。

一看最近的例子,就更加明白。从二十世纪的开始以来,孔夫子的运气是很坏的,但到袁世凯时代,却又被从新记得,不但恢复了祭典,还新做了古怪的祭服,使奉祀的人们穿起来。跟着这事而出现的便是帝制。然而那一道门终于没有敲开,袁氏在门外死掉了。余剩的是北洋军阀,当觉得渐近末路时,也用它来敲过另外的幸福之门。盘据着江苏和浙江,在路上随便砍杀百姓的孙传芳将军,一面复兴了投壶之礼;钻进山东,连自己也数不清金钱和兵丁和姨太太的数目了的张宗昌将军,则重刻了《十三经》,而且把圣道看作可以由肉体关系来传染的花柳病一样的东西,拿一个孔子后裔的谁来做了自己的女婿。然而幸福之门,却仍然对谁也没有开。

这三个人,都把孔夫子当作砖头用,但是时代不同了,所以都明明白白的失败了。岂但自己失败而已呢,还带累孔子也更加陷入了悲境。他们都是连字也不大认识的人物,然而偏要大谈什么《十三经》之类,所以使人们觉得滑稽;言行也太不一致了,就更加令人讨厌。既已厌恶和尚,恨及袈裟,而孔夫子之被利用为或一目的的器具,也从新看得格外清楚起来,于是要打倒他的欲望,也就越加旺盛。所以把孔子装饰得十分尊严时,就一定有找他缺点的论文和作品出现。即使是孔夫子,缺点总也有的,在平时谁也不理会,因为圣人也是人,本是可以原谅的。然而如果圣人之徒出来胡说一通,以为圣人是这样,是那样,所以你也非这样不可的话,人们可就禁不住要笑起来了。五六年前,曾经因为公演了《子见南子》这剧本,引起过问题,在那个剧本里,有孔夫子登场,以圣人而论,固然不免略有欠稳重和呆头呆脑的地方,然而作为一个人,倒是可爱的好人物。但是圣裔们非常愤慨,把问题一直闹到官厅里去了。因为公演的地点,恰巧是孔夫子的故乡,在那地方,圣裔们繁殖得非常多,成着使释迦牟尼和苏格拉第都自愧弗如的特权阶级。然而,那也许又正是使那里的非圣裔的青年们,不禁特地要演《子见南子》的原因罢。

中国的一般的民众,尤其是所谓愚民,虽称孔子为圣人,却不觉得他是圣人;对于他,是恭谨的,却不亲密。但我想,能像中国的愚民那样,懂得孔夫子的,恐怕世界上是再也没有的了。不错,孔夫子曾经计划过出色的治国的方法,但那都是为了治民众者,即权势者设想的方法,为民众本身的,却一点也没有。这就是"礼不下庶人"。成为权势者们的圣人,终于变了"敲门砖",实在也叫不得冤枉。和民众并无关系,是不能说的,但倘说毫无亲密之处,我以为怕要算是非常客气的说法了。不去亲近那毫不亲密的圣人,正是当然的事,什么时候都可以,试去穿了破衣,赤着脚,走上大成殿去看看罢,恐怕会像误进上海的上等影戏院或者头等电车一样,立刻要受斥逐的。谁都知道这是大人老爷们的物事,虽是"愚民",却还没有愚到这步田地的。

四月二十九日。

什么是"讽刺"?[1]
——答文学社问

我想:一个作者,用了精炼的,或者简直有些夸张的笔墨——但自然也必须是艺术地——写出或一群人的或一面的真实来,这被写的一群人,就称这作品为"讽刺"。

"讽刺"的生命是真实;不必是曾有的实事,但必须是会有的实情。所以它不是"捏造",也不是"诬蔑",既不是"揭发阴私",又不是专记骇人听闻的所谓"奇闻"或"怪现状"。它所写的事情是公然的,也是常见的,平时是谁都不以为奇的,而且自然是谁都毫不注意的。不过这事情在那时却已经是不合理,可笑,可鄙,甚而至于可恶。但这么行下来了,习惯了,虽在大庭广众之间,谁也不觉得奇怪;现在给它特别一提,就动人。譬如罢,洋服青年拜佛,现在是平常事,道学先生发怒,更是平常事,只消几分钟,这事迹就过去,消灭了。但"讽刺"却是正在这时候照下来的一张相,一个撅着屁股,一个皱着眉心,不但自己和别人看起来有些不很雅观,连自己看见也觉得不很雅观;而且流传开去,对于后日的大讲科学和高谈养性,也不免有些妨害。倘说,所照的并非真实,是不行的,因为这时有目共睹,谁也会觉得确有这等事;但又不好意思承认这是真实,失了自己的尊严。于是挖空心思,给起了一个名目,叫作"讽刺"。其意若曰:它偏要提出这等事,可见也不是好货。

---

[1] 本篇写成时未能刊出,后来发表于一九三五年九月《杂文》月刊第三号。

有意的偏要提出这等事,而且加以精炼,甚至于夸张,却确是"讽刺"的本领。同一事件,在拉杂的非艺术的记录中,是不成为讽刺,谁也不大会受感动的。例如新闻记事,就记忆所及,今年就见过两件事。其一,是一个青年,冒充了军官,向各处招摇撞骗,后来破获了,他就写忏悔书,说是不过借此谋生,并无他意。其二,是一个窃贼招引学生,教授偷窃之法,家长知道,把自己的子弟禁在家里了,他还上门来逞凶。较可注意的事件,报上是往往有些特别的批评文字的,但对于这两件,却至今没有说过什么话,可见是看得很平常,以为不足介意的了。然而这材料,假如到了斯惠夫德(J. Swift)或果戈理(N. Gogol)的手里,我看是准可以成为出色的讽刺作品的。在或一时代的社会里,事情越平常,就越普遍,也就愈合于作讽刺。

　　讽刺作者虽然大抵为被讽刺者所憎恨,但他却常常是善意的,他的讽刺,在希望他们改善,并非要捺这一群到水底里。然而待到同群中有讽刺作者出现的时候,这一群却已是不可收拾,更非笔墨所能救了,所以这努力大抵是徒劳的,而且还适得其反,实际上不过表现了这一群的缺点以至恶德,而对于敌对的别一群,倒反成为有益。我想:从别一群看来,感受是和被讽刺的那一群不同的,他们会觉得"暴露"更多于"讽刺"。

　　如果貌似讽刺的作品,而毫无善意,也毫无热情,只使读者觉得一切世事,一无足取,也一无可为,那就并非讽刺了,这便是所谓"冷嘲"。

五月三日。

文坛三户[①]

二十年来，中国已经有了一些作家，多少作品，而且至今还没有完结，所以有个"文坛"，是毫无可疑的。不过搬出去开博览会，却还得顾虑一下。

因为文字的难，学校的少，我们的作家里面，恐怕未必有村姑变成的才女，牧童化出的文豪。古时候听说有过一面看牛牧羊，一面读经，终于成了学者的人的，但现在恐怕未必有。——我说了两回"恐怕未必"，倘真有例外的天才，尚希鉴原为幸。要之，凡有弄弄笔墨的人们，他先前总有一点凭借：不是祖遗的正在少下去的钱，就是父积的还在多起来的钱。要不然，他就无缘读书识字。现在虽然有了识字运动，我也不相信能够由此运出作家来。所以这文坛，从阴暗这方面看起来，暂时大约还要被两大类子弟，就是"破落户"和"暴发户"所占据。

已非暴发，又未破落的，自然也颇有出些著作的人，但这并非第三种，不近于甲，即近于乙的，至于掏腰包印书，仗爹资出版者，那是文坛上的捐班，更不在本论范围之内。所以要说专仗笔墨的作者，首先还得求之于破落户中。他先世也许暴发过，但现在是文雅胜于算盘，家景大不如意了，然而又因此看见世态的炎凉，人生的苦乐，于是真的有些抚今追昔，"缠绵悱恻"起来。一叹天时不良，二叹地理可恶，三叹自己无能。但这无能又并

[①] 本篇最初发表于一九三五年七月《文学》月刊第五卷第一号"文学论坛"栏，署名干。

非真无能,乃是自己不屑有能,所以这无能的高尚,倒远在有能之上。你们剑拔弩张,汗流浃背,到底做成了些什么呢?惟我的颓唐相,是"十年一觉扬州梦",惟我的破衣上,是"襟上杭州旧酒痕",连懒态和污渍,也都有历史的甚深意义的。可惜俗人不懂得,于是他们的杰作上,就大抵放射着一种特别的神彩,是:"顾影自怜"。

暴发户作家的作品,表面上和破落户的并无不同。因为他意在用墨水洗去铜臭,这才爬上一向为破落户所主宰的文坛来,以自附于"风雅之林",又并不想另树一帜,因此也决不标新立异。但仔细一看,却是属于别一本户口册上的;他究竟显得浅薄,而且装腔,学样。房里会有断句的诸子,看不懂;案头也会有石印的骈文,读不断。也会嚷"襟上杭州旧酒痕"呀,但一面又怕别人疑心他穿破衣,总得设法表示他所穿的乃是笔挺的洋服或簇新的绸衫;也会说"十年一觉扬州梦"的,但其实倒是并不挥霍的好品行,因为暴发户之于金钱,觉得比懒态和污渍更有历史的甚深的意义。破落户的颓唐,是掉下来的悲声,暴发户的做作的颓唐,却是"爬上去"的手段。所以那些作品,即使摹拟到和破落户的杰作几乎相同,但一定还差一尘:他其实并不"顾影自怜",倒在"沾沾自喜"。

这"沾沾自喜"的神情,从破落户的眼睛看来,就是所谓"小家子相",也就是所谓"俗"。风雅的定律,一个人离开"本色",是就要"俗"的。不识字人不算俗,他要掉文,又掉不对,就俗;富家儿郎也不算俗,他要做诗,又做不好,就俗了。这在文坛上,向来为破落户所鄙弃。

然而破落户到了破落不堪的时候,这两户却有时可以交融起来的。如果谁有在找"词汇"的《文选》,大可以查一查,我记得里面就有一篇弹文,所弹的乃是一个败落的世家,把女儿嫁给了暴发而冒充世家的满家子:这就足见两户的怎样反拨,也怎样的联合了。文坛上自然也有这现象;但在作品上的影响,却不过使暴发户增添一些得意之色,破落户则对于"俗"变为谦和,向别方面大谈其风雅而已:并不怎么大。

暴发户爬上文坛,固然未能免俗,历时既久,一面持筹握算,一面诵诗读书,数代以后,就雅起来,待到藏书日多,藏钱日少的时候,便有做真的破落户文学的资格了。然而时势的飞速的变化,有时能不给他这许多修养的工夫,于是暴发不久,破落随之,既"沾沾自喜",也"顾影自怜",但却又失去了"沾沾自喜"的确信,可又还没有配得"顾影自怜"的风姿,仅存无聊,连古之所谓雅俗也说不上了。向来无定名,我姑且名之为"破落暴发户"罢。这一户,此后是恐怕要多起来的。但还要有变化:向积极方面走,是恶少;向消极方面走,是瘪三。

使中国的文学有起色的人,在这三户之外。

六月六日。

从帮忙到扯淡[①]

"帮闲文学"曾经算是一个恶毒的贬辞,——但其实是误解的。

《诗经》是后来的一部经,但春秋时代,其中的有几篇就用之于侑酒;屈原是"楚辞"的开山老祖,而他的《离骚》,却只是不得帮忙的不平。到得宋玉,就现有的作品看起来,他已经毫无不平,是一位纯粹的清客了。然而《诗经》是经,也是伟大的文学作品;屈原宋玉,在文学史上还是重要的作家。为什么呢?——就因为他究竟有文采。

中国的开国的雄主,是把"帮忙"和"帮闲"分开来的,前者参与国家大事,作为重臣,后者却不过叫他献诗作赋,"俳优蓄之",只在弄臣之例。不满于后者的待遇的是司马相如,他常常称病,不到武帝面前去献殷勤,却暗暗的作了关于封禅的文章,藏在家里,以见他也有计画大典——帮忙的本领,可惜等到大家知道的时候,他已经"寿终正寝"了。然而虽然并未实际上参与封禅的大典,司马相如在文学史上也还是很重要的作家。为什么呢?就因为他究竟有文采。

但到文雅的庸主时,"帮忙"和"帮闲"的可就混起来了,所谓国家的柱石,也常是柔媚的词臣,我们在南朝的几个末代时,可以找出这实例。然而主虽然"庸",却不"陋",所以那些帮闲者,文采却究竟还有的,他们的作品,有些也至今不灭。

谁说"帮闲文学"是一个恶毒的贬辞呢?

[①] 本篇写成时未能刊出,后来发表于一九三五年九月《杂文》月刊第三号。

就是权门的清客,他也得会下几盘棋,写一笔字,画画儿,识古董,懂得些猜拳行令,打趣插科,这才能不失其为清客。也就是说,清客,还要有清客的本领的,虽然是有骨气者所不屑为,却又非搭空架者所能企及。例如李渔的《一家言》,袁枚的《随园诗话》,就不是每个帮闲都做得出来的。必须有帮闲之志,又有帮闲之才,这才是真正的帮闲。如果有其志而无其才,乱点古书,重抄笑话,吹拍名士,拉扯趣闻,而居然不顾脸皮,大摆架子,反自以为得意,——自然也还有人以为有趣,——但按其实,却不过"扯淡"而已。

帮闲的盛世是帮忙,到末代就只剩了这扯淡。

六月六日。

名人和名言[①]

《太白》二卷七期上有一篇南山先生的《保守文言的第三道策》,他举出:第一道是说"要做白话由于文言做不通",第二道是说"要白话做好,先须文言弄通"。十年之后,才来了太炎先生的第三道,"他以为你们说文言难,白话更难。理由是现在的口头语,有许多是古语,非深通小学就不知道现在口头语的某音,就是古代的某音,不知道就是古代的某字,就要写错。……"

太炎先生的话是极不错的。现在的口头语,并非一朝一夕,从天而降的语言,里面当然有许多是古语,既有古语,当然会有许多曾见于古书,如果做白话的人,要每字都到《说文解字》里去找本字,那的确比做任用借字的文言要难到不知多少倍。然而自从提倡白话以来,主张者却没有一个以为写白话的主旨,是在从"小学"里寻出本字来的,我们就用约定俗成的借字。诚然,如太炎先生说:"乍见熟人而相寒暄曰'好呀','呀'即'乎'字;应人之称曰'是唉','唉'即'也'字。"但我们即使知道了这两字,也不用"好乎"或"是也",还是用"好呀"或"是唉"。因为白话是写给现代的人们看,并非写给商周秦汉的鬼看的,起古人于地下,看了不懂,我们也毫不畏缩。所以太炎先生的第三道策,其实是文不对题的。这缘故,是因为先生把他所专长的小学,用得范围太广了。

我们的知识很有限,谁都愿意听听名人的指点,但这时就来了一个问

[①] 本篇最初发表于一九三五年七月二十日《太白》半月刊第二卷第九期,署名越丁。

题：听博识家的话好，还是听专门家的话好呢？解答似乎很容易：都好。自然都好；但我由历听了两家的种种指点以后，却觉得必须有相当的警戒。因为是：博识家的话多浅，专门家的话多悖的。

博识家的话多浅，意义自明，惟专门家的话多悖的事，还得加一点申说。他们的悖，未必悖在讲述他们的专门，是悖在倚专家之名，来论他所专门以外的事。社会上崇敬名人，于是以为名人的话就是名言，却忘记了他之所以得名是那一种学问或事业。名人被崇奉所诱惑，也忘记了自己之所以得名是那一种学问或事业，渐以为一切无不胜人，无所不谈，于是乎就悖起来了。其实，专门家除了他的专长之外，许多见识是往往不及博识家或常识者的。太炎先生是革命的先觉，小学的大师，倘谈文献，讲《说文》，当然娓娓可听，但一到攻击现在的白话，便牛头不对马嘴，即其一例。还有江亢虎博士，是先前以讲社会主义出名的名人，他的社会主义到底怎么样呢，我不知道。只是今年忘其所以，谈到小学，说"'德'之古字为'悳'，从'直'从'心'，'直'即直觉之意"，却真不知道悖到那里去了，他竟连那上半并不是曲直的直字这一点都不明白。这种解释，却须听太炎先生了。

不过在社会上，大概总以为名人的话就是名言，既是名人，也就无所不通，无所不晓。所以译一本欧洲史，就请英国话说得漂亮的名人校阅，编一本经济学，又乞古文做得好的名人题签；学界的名人介绍医生，说他"术擅岐黄"，商界的名人称赞画家，说他"精研六法"。……

这也是一种现在的通病。德国的细胞病理学家维尔晓（Virchow），是医学界的泰斗，举世皆知的名人，在医学史上的位置，是极为重要的，然而他不相信进化论，他那被教徒所利用的几回讲演，据赫克尔（Haeckel）说，很给了大众不少坏影响。因为他学问很深，名甚大，于是自视甚高，以为他所不解的，此后也无人能解，又不深研进化论，便一口归功于上帝了。现在中国屡经介绍的法国昆虫学大家法布耳（Fabre），也颇有这倾向。他的著作还有两种缺点：一是嗤笑解剖学家，二是用人类道德于昆虫界。但倘无解剖，就不能有他那样精到的观察，因为观察的基础，也还是解剖学；农学者根据对于人类的利害，分昆虫为益虫和害虫，是有理可说的，但凭了当时的人类的道德和法律，定昆虫为善虫或坏虫，却是多余了。有些严正的科学者，对于法布耳的有微词，实也并非无故。但倘若对这两点先加警戒，那么，他的大著作《昆虫记》十卷，读起来也还是一部很有趣，也很有益的书。

不过名人的流毒,在中国却较为利害,这还是科举的余波。那时候,儒生在私塾里揣摩高头讲章,和天下国家何涉,但一登第,真是"一举成名天下知",他可以修史,可以衡文,可以临民,可以治河;到清朝之末,更可以办学校,办煤矿,练新军,造战舰,条陈新政,出洋考察了。成绩如何呢,不待我多说。

这病根至今还没有除,一成名人,便有"满天飞"之概。我想,自此以后,我们是应该将"名人的话"和"名言"分开来的,名人的话并不都是名言;许多名言,倒出自田夫野老之口。这也就是说,我们应该分别名人之所以名,是由于那一门,而对于他的专门以外的纵谈,却加以警戒。苏州的学子是聪明的,他们请太炎先生讲国学,却不请他讲簿记学或步兵操典,——可惜人们却又不肯想得更细一点了。

我很自歉这回时时涉及了太炎先生。但"智者千虑,必有一失",这大约也无伤于先生的"日月之明"的。至于我的所说,可是我想,"愚者千虑,必有一得",盖亦"悬诸日月而不刊"之论也。

七月一日。

几乎无事的悲剧[1]

果戈理(Nikolai Gogol)的名字,渐为中国读者所认识了,他的名著《死魂灵》的译本,也已经发表了第一部的一半。那译文虽然不能令人满意,但总算借此知道了从第二至六章,一共写了五个地主的典型,讽刺固多,实则除一个老太婆和吝啬鬼泼留希金外,都各有可爱之处。至于写到农奴,却没有一点可取了,连他们诚心来帮绅士们的忙,也不但无益,反而有害。果戈理自己就是地主。

然而当时的绅士们很不满意,一定的照例的反击,是说书中的典型,多是果戈理自己,而且他也并不知道大俄罗斯地主的情形。这是说得通的,作者是乌克兰人,而看他的家信,有时也简直和书中的地主的意见相类似。然而即使他并不知道大俄罗斯的地主的情形罢,那创作出来的脚色,可真是生动极了,直到现在,纵使时代不同,国度不同,也还使我们像是遇见了有些熟识的人物。讽刺的本领,在这里不及谈,单说那独特之处,尤其是在用平常事,平常话,深刻的显出当时地主的无聊生活。例如第四章里的罗士特来夫,是地方恶少式的地主,赶热闹,爱赌博,撒大谎,要恭维,——但挨打也不要紧。他在酒店里遇到乞乞科夫,夸示自己的好小狗,勒令乞乞科夫摸过狗耳朵之后,还要摸鼻子——

乞乞科夫要和罗士特来夫表示好意,便摸了一下那狗的耳

---

[1] 本篇最初发表于一九三五年八月《文学》月刊第五卷第二号"文学论坛"栏,署名旁。

朵,"是的,会成功一匹好狗的。"他加添着说。

"再摸摸它那冰冷的鼻头,拿手来呀!"因为要不使他扫兴,乞乞科夫就又一碰那鼻子,于是说道:"不是平常的鼻子!"

这种莽撞而沾沾自喜的主人,和深通世故的客人的圆滑的应酬,是我们现在还随时可以遇见的,有些人简直以此为一世的交际术。"不是平常的鼻子",是怎样的鼻子呢?说不明的,但听者只要这样也就足够了。后来又同到罗士特来夫的庄园去,历览他所有的田产和东西——

还去看克理米亚的母狗,已经瞎了眼,据罗士特来夫说,是就要倒毙的。两年以前,却还是一条很好的母狗。大家也来察看这母狗,看起来,它也确乎瞎了眼。

这时罗士特来夫并没有说谎,他表扬着瞎了眼的母狗,看起来,也确是瞎了眼的母狗。这和大家有什么关系呢,然而世界上有一些人,却确是嚷闹,表扬,夸示着这一类事,又竭力证实着这一类事,算是忙人和诚实人,在过了他的整一世。

这些极平常的,或者简直近于没有事情的悲剧,正如无声的言语一样,非由诗人画出它的形象来,是很不容易觉察的。然而人们灭亡于英雄的特别的悲剧者少,消磨于极平常的,或者简直近于没有事情的悲剧者却多。

听说果戈理的那些所谓"含泪的微笑",在他本土,现在是已经无用了,来替代它的有了健康的笑。但在别地方,也依然有用,因为其中还藏着许多活人的影子。况且健康的笑,在被笑的一方面是悲哀的,所以果戈理的"含泪的微笑",倘传到了和作者地位不同的读者的脸上,也就成为健康:这是《死魂灵》的伟大处,也正是作者的悲哀处。

七月十四日。

"题未定"草[①]

五

M君寄给我一封剪下来的报章。这是近十来年常有的事情,有时是杂志。闲暇时翻检一下,其中大概有一点和我相关的文章,甚至于还有"生脑膜炎"之类的恶消息。这时候,我就得预备大约一块多钱的邮票,来寄信回答陆续函问的人们。至于寄报的人呢,大约有两类:一是朋友,意思不过说,这刊物上的东西,有些和你相关;二,可就难说了,猜想起来,也许正是作者或编者,"你看,咱们在骂你了!"用的是《三国志演义》上的"三气周瑜"或"骂死王朗"的法子。不过后一种近来少一些了,因为我的战术是暂时搁起,并不给以反应,使他们诸公的刊物很少有因我而蓬蓬勃勃之望,到后来却也许会去拨一拨谁的下巴:这于他们诸公是很不利的。

M君是属于第一类的;剪报是天津《益世报》的《文学副刊》。其中有一篇张露薇先生做的《略论中国文坛》,下有一行小注道:"偷懒,奴性,而忘掉了艺术"。只要看这题目,就知道作者是一位勇敢而记住艺术的批评家了。看起文章来,真的,痛快得很。我以为介绍别人的作品,删节实在是极可惜的,倘有妙文,大家都应该设法流传,万不可听其泯灭。不过纸墨也须顾及,所以只摘录了第二段,就是"永远是日本人的追随者的作家"在这里,也万不能再少,因为我实在舍不得了——

[①] 本篇最初发表于一九三五年十月五日《芒种》半月刊第二卷第一期。发表时题目下原有小注:"一至三载《文学》,四不发表。"按《"题未定"草(四)》实系拟写未就。

奴隶性是最"意识正确"的东西,于是便有许多人跟着别人学口号。特别是对于苏联,在目前的中国,一般所谓作家也者,都怀着好感。可是,我们是人,我们应该有自己的人性,对于苏联的文学,尤其是对于那些由日本的浅薄的知识贩卖者所得来的一知半解的苏联的文学理论家与批评家的话,我们所取的态度决不该是应声虫式的;我们所需要的介绍的和模仿的(其实是只有抄袭和盲目的应声)方式也决不该是完全出于热情的。主观是对于事物的选择,客观才是对于事物的方法。我们有了一般奴隶性极深的作家,于是我们便有无数的空虚的标语和口号。

然而我们没有几个懂得苏联的文学的人,只有一堆盲目的赞美者和零碎的翻译者,而赞美者往往是牛头不对马嘴的胡说,翻译者又不配合于他们的工作,不得不草率,不得不"硬译",不得不说文不对题的话,一言以蔽之,他们的能力永远是对不起他们的思想;他们的"意识"虽然正确了,可是他们的工作却永远是不正确的。

从苏联到中国是很近的,可是为什么就非经过日本人的手不可?我们在日本人的群中并没有发现几个真正了解苏联文学的新精神的人,为什么偏从浅薄的日本知识阶级中去寻我们的食粮?这真是一件可耻的事实。我们为什么不直接的了解?为什么不取一种纯粹客观的工作的态度?为什么人家唱"新写实主义",我们跟着喊,人家换了"社会主义的写实主义",我们又跟着喊;人家介绍纪德,我们才叫;人家介绍巴尔扎克,我们也号;然而我敢预言,在一千年以内:绝不会见到那些介绍纪德,巴尔扎克的人们会给中国的读者译出一两本纪德,巴尔扎克的重要著作来,全集更不必说。

我们再退一步,对于那些所谓"文学遗产",我们并不要求那些跟着人家对喊"文学遗产"的人们担负把那些"文学遗产"送给中国的"大众"的责任。可是我们却要求那些人们有承受那些"遗产"的义务,这自然又是谈不起来的。我们还记得在庆祝高尔基的四十年的创作生活的时候,中国也有鲁迅,丁玲一般人发了庆祝的电文;这自然是冠冕堂皇的事情。然而那一群签名者中有几个读过高尔基的十分之一的作品？有几个是知道高尔基的伟大在那儿的？……中国的知识阶级就是如此浅薄,做应声虫有余,做一个忠实的,不苟且的,有理性的文学创作者和研究者便不成了。

五月廿九日天津《益世报》。

我并不想因此来研究"奴隶性是最'意识正确'的东西","主观是对于事物的选择,客观才是对于事物的方法"这些难问题;我只要说,诚如张露薇先生所言,就是在文艺上,我们中国也的确太落后。法国有纪德和巴尔扎克,苏联有高尔基,我们没有;日本叫喊起来了,我们才跟着叫喊,这也许真是"追随"而且"永远",也就是"奴隶性",而且是"最'意识正确'的东西"。但是,并不"追随"的叫喊其实是也有一些的,林语堂先生说过:"……其在文学,今日绍介波兰诗人,明日绍介捷克文豪,而对于已经闻名之英美法德文人,反厌为陈腐,不欲深察,求一究竟。……此种流风,其弊在浮,救之之道,在于学。"(《人间世》二十八期《今文八弊》中)南北两公,眼睛都有些斜视,只看了一面,各骂了一面,独跳犹可,并排跳舞起来,那"勇敢"就未免化为有趣了。

不过林先生主张"求一究竟",张先生要求"直接了解",这"实事求是"之心,两位是大抵一致的,不过张先生比较的悲观,因为他是"豫言"家,断定了"在一千年以内,绝不会见到那些绍介纪德,巴尔扎克的人们会给中国的读者译出一两本纪德,巴尔扎克的重要著作来,全集更不必说"的缘故。照这"豫言"看起来,"直接了解"的张露薇先生自己,当然是一定不译的了;别人呢,我还想存疑,但可惜我活不到一千年,决没有目睹的希望。

豫言颇有点难。说得近一些,容易露破绽。还记得我们的批评家成仿吾先生手抡双斧,从《创造》的大旗下,一跃而出的时候,曾经说,他不屑看流行的作品,要从冷落堆里提出作家来。这是好的,虽然勃兰兑斯曾从冷落中提出过伊孛生和尼采,但我们似乎也难以斥他为追随或奴性。不大好的是他的这一张支票,到十多年后的现在还没有兑现。说得远一些罢,又容易成笑柄。江浙人相信风水,富翁往往豫先寻葬地;乡下人知道一个故事：有风水先生给人寻好了坟穴，起誓道："您百年之后，安葬下去，如果到第三代不发，请打我的嘴巴！"然而他的期限，比张露薇先生的期限还要少到约十分之九的样子。

然而讲已往的琐事也不易。张露薇先生说庆祝高尔基四十年创作的时候，"中国也有鲁迅，丁玲一般人发了庆祝的电文，……然而那一群签名者中有几个读过高尔基的十分之一的作品？"这质问是极不错的。我只得招供：读得很少，而且连高尔基十分之一的作品究竟是几本也不知道。不过高尔基的全集，却连他本国也还未出全，所以其实也无从计算。至于祝电，我以为打一个是应该的，似乎也并非中国人的耻辱，或者便失了人性，然而我实在却并没有发，也没有在任何电报底稿上签名。这也并非怕有"奴性"，只因没有人来邀，自己也想不到，过去了。发不妨，不发也不要紧，我想：发，高尔基大约不至于说我是"日本人的追随者的作家"，不发，也未必说我是"张露薇的追随者的作家"的。但对于绥拉菲摩维支的祝贺日，我却发过一个祝电，因为我校印过中译的《铁流》。这是在情理之中的，但也较难于想到，还不如测定为对于高尔基发电的容易。当然，随便说说也不要紧，然而，"中国的知识阶级就是如此浅薄，做应声虫有余，做一个忠实的，不苟且的，有理性的文学创作者和研究者便不成了"的话，对于有一些人却大概是真的了。

张露薇先生自然也是知识阶级，他在同阶级中发见了这许多奴隶，拿鞭子来抽，我是了解他的心情的。但他和他所谓的奴隶们，也只隔了一张纸。如果有谁看过非洲的黑奴工头，傲然的拿鞭子乱抽着做苦工的黑奴的电影，拿来和这《略论中国文坛》的大文一比较，便会禁不住会心之笑。那一个和一群，有这么相近，却又有这么不同，这一张纸真隔得利害：分清了奴隶和奴才。

我在这里，自以为总算又钩下了一种新的伟大人物——一九三五年度文艺"豫言"家——的嘴脸的轮廓了。

八月十六日。

逃 名[①]

就在这几天的上海报纸上,有一条广告,题目是四个一寸见方的大字——

"看救命去!"

如果只看题目,恐怕会猜想到这是展览着外科医生对重病人施行大手术,或对淹死的人用人工呼吸,救助触礁船上的人员,挖掘崩坏的矿穴里面的工人的。但其实并不是。还是照例的"筹赈水灾游艺大会",看陈皮梅沈一呆的独脚戏,月光歌舞团的歌舞之类。诚如广告所说,"化洋五角,救人一命,……一举两得,何乐不为",钱是要拿去救命的,不过所"看"的却其实还是游艺,并不是"救命"。

有人说中国是"文字国",有些像,却还不充足,中国倒该说是最不看重文字的"文字游戏国",一切总爱玩些实际以上花样,把字和词的界说,闹得一团糟,弄到暂时非把"解放"解作"孥戮","跳舞"解作"救命"不可。捣一场小乱子,就是伟人,编一本教科书,就是学者,造几条文坛消息,就是作家。于是比较自爱的人,一听到这些冠冕堂皇的名目就骇怕了,竭力逃避。逃名,其实是爱名的,逃的是这一团糟的名,不愿意酱在那里面。

天津《大公报》的副刊《小公园》,近来是标榜了重文不重名的。这见识很确当。不过也偶有"老作家"的作品,那当然为了作品好,不是为了名。然而八月十六日那一张上,却发表了很有意思的"许多前辈作家附在

[①] 本篇最初发表于一九三五年九月五日《太白》半月刊第二卷第十二期,署名杜德机。

来稿后面的叮嘱":

> 把我这文章放在平日,我愿意那样,我骄傲那样。我和熟人的名字并列得厌倦了,我愿着挤在虎生生的新人群里,因为许多时候他们的东西来得还更新鲜。

这些"前辈作家"们好像都撒了一点谎。"熟",是不至于招致"厌倦"的。我们一离乳就吃饭或面,直到现在,可谓熟极了,却还没有厌倦。这一点叮嘱,如果不是编辑先生玩的双簧的花样,也不是前辈作家玩的借此"返老还童"的花样,那么,这所证明的是:所谓"前辈作家"也者,有一批是盗名的,因此使别一批羞与为伍,觉得和"熟人的名字并列得厌倦",决计逃走了。

从此以后,他们只要"挤在虎生生的新人群里"就舒舒服服,还是作品也就"来得还更新鲜"了呢,现在很难测定。逃名,固然也不能说是豁达,但有去就,有爱憎,究竟总不失为洁身自好之士。《小公园》里,已经有人在现身说法子,而上海滩上,却依然有人在"掏腰包",造消息,或自称"言行一致",或大呼"冤哉枉也",或拖明朝死尸搭台,或请现存古人喝道,或自收自己的大名入辞典中,定为"中国作家",或自编自己的作品入画集里,名曰"现代杰作"——忙忙碌碌,鬼鬼祟祟,煞是好看。

作家一排一排的坐着,将来使人笑,使人怕,还是使人"厌倦"呢?——现在也很难测定。但若据"前车之鉴",则"后之视今,亦犹今之视昔",大约也还不免于"悲夫"的了!

八月二十三日。

杂谈小品文[1]

自从"小品文"这一个名目流行以来,看看书店广告,连信札,论文,都排在小品文里了,这自然只是生意经,不足为据。一般的意见,第一是在篇幅短。

但篇幅短并不是小品文的特征。一条几何定理不过数十字,一部《老子》只有五千言,都不能说是小品。这该像佛经的小乘似的,先看内容,然后讲篇幅。讲小道理,或没道理,而又不是长篇的,才可谓之小品。至于有骨力的文章,恐不如谓之"短文",短当然不及长,寥寥几句,也说不尽森罗万象,然而它并不"小"。

《史记》里的《伯夷列传》和《屈原贾谊列传》除去了引用的骚赋,其实也不过是小品,只因为他是"太史公"之作,又常见,所以没有人来选出,翻印。由晋至唐,也很有几个作家;宋文我不知道,但"江湖派"诗,却确是我所谓的小品。现在大家所提倡的,是明清,据说"抒写性灵"是它的特色。那时有一些人,确也只能够抒写性灵的,风气和环境,加上作者的出身和生活,也只能有这样的意思,写这样的文章。虽说抒写性灵,其实后来仍落了窠臼,不过是"赋得性灵",照例写出那么一套来。当然也有人豫感到危难,后来是身历了危难的,所以小品文中,有时也夹着感愤,但在文字狱时,都被销毁,劈板了,于是我们所见,就只剩了"天马行空"似的超然的性灵。

这经过清朝检选的"性灵",到得现在,却刚刚相宜,有明末的洒脱,无

---

[1] 本篇最初发表于一九三五年十二月七日上海《时事新报·每周文学》,署名旅隼。

清初的所谓"悖谬",有国时是高人,没国时还不失为逸士。逸士也得有资格,首先即在"超然","士"所以超庸奴,"逸"所以超责任:现在的特重明清小品,其实是大有理由,毫不足怪的。

不过"高人兼逸士梦"恐怕也不长久。近一年来,就露了大破绽,自以为高一点的,已经满纸空言,甚而至于胡说八道,下流的却成为打诨,和猥鄙丑角,并无不同,主意只在挖公子哥儿们的跳舞之资,和舞女们争生意,可怜之状,已经下于五四运动前后的鸳鸯蝴蝶派数等了。

为了这小品文的盛行,今年就又有翻印所谓"珍本"的事。有些论者,也以为可虑。我却觉得这是并非无用的。原本价贵,大抵无力购买,现在只用了一元或数角,就可以看见现代名人的祖师,以及先前的性灵,怎样叠床架屋,现在的性灵,怎样看人学样,啃过一堆牛骨头,即使是牛骨头,不也有了识见,可以不再被生炒牛角尖骗去了吗?

不过"珍本"并不就是"善本",有些是正因为它无聊,没有人要看,这才日就灭亡,少下去;因为少,所以"珍"起来。就是旧书店里必讨大价的所谓"禁书",也并非都是慷慨激昂,令人奋起的作品,清初,单为了作者也会禁,往往和内容简直不相干。这一层,却要读者有选择的眼光,也希望识者给相当的指点的。

十二月二日。

拿破仑与隋那[1]

我认识一个医生,忙的,但也常受病家的攻击,有一回,自解自叹道:要得称赞,最好是杀人,你把拿破仑和隋那(Edward Jenner,1749—1823)去比比看……

我想,这是真的。拿破仑的战绩,和我们什么相干呢,我们却总敬服他的英雄。甚而至于自己的祖宗做了蒙古人的奴隶,我们却还恭维成吉思汗;从现在的卐字眼睛看来,黄人已经是劣种了,我们却还夸耀希特拉。

因为他们三个,都是杀人不眨眼的大灾星。

但我们看看自己的臂膊,大抵总有几个疤,这就是种过牛痘的痕迹,是使我们脱离了天花的危症的。自从有这种牛痘法以来,在世界上真不知救活了多少孩子,——虽然有些人大起来也还是去给英雄们做炮灰,但我们有谁记得这发明者隋那的名字呢?

杀人者在毁坏世界,救人者在修补它,而炮灰资格的诸公,却总在恭维杀人者。

这看法倘不改变,我想,世界是还要毁坏,人们也还要吃苦的。

十一月六日。

---

[1] 本篇最初印入一九三五年上海生活书店编辑出版的《文艺日记》。

白莽作《孩儿塔》序[①]

春天去了一大半了,还是冷;加上整天的下雨,淅淅沥沥,深夜独坐,听得令人有些凄凉,也因为午后得到一封远道寄来的信,要我给白莽的遗诗写一点序文之类;那信的开首说道:"我的亡友白莽,恐怕你是知道的罢。……"——这就使我更加惆怅。

说起白莽来,——不错,我知道的。四年之前,我曾经写过一篇《为忘却的记念》,要将他们忘却。他们就义了已经足有五个年头了,我的记忆上,早又蒙上许多新鲜的血迹;这一提,他的年青的相貌就又在我的眼前出现,像活着一样,热天穿着大棉袍,满脸油汗,笑笑的对我说道:"这是第三回了。自己出来的。前两回都是哥哥保出,他一保就要干涉我,这回我不去通知他了。……"——我前一回的文章上是猜错的,这哥哥才是徐培根,航空署长,终于和他成了殊途同归的兄弟;他却叫徐白,较普通的笔名是殷夫。

一个人如果还有友情,那么,收存亡友的遗文真如捏着一团火,常要觉得寝食不安,给它企图流布的。这心情我很了然,也知道有做序文之类的义务。我所惆怅的是我简直不懂诗,也没有诗人的朋友,偶尔一有,也终至于闹开,不过和白莽没有闹,也许是他死得太快了罢。现在,对于他的诗,我一句也不说——因为我不能。

这《孩儿塔》的出世并非要和现在一般的诗人争一日之长,是有别一

---

① 本篇最初发表于一九三六年四月《文学丛报》月刊第一期,发表时题为《白莽遗诗序》。

种意义在。这是东方的微光,是林中的响箭,是冬末的萌芽,是进军的第一步,是对于前驱者的爱的大纛,也是对于摧残者的憎的丰碑。一切所谓圆熟简练,静穆幽远之作,都无须来作比方,因为这诗属于别一世界。

那一世界里有许多许多人,白莽也是他们的亡友。单是这一点,我想,就足够保证这本集子的存在了,又何需我的序文之类。

一九三六年三月十一夜,鲁迅记于上海之且介亭。

"这也是生活"……[①]

这也是病中的事情。

有一些事,健康者或病人是不觉得的,也许遇不到,也许太微细。到得大病初愈,就会经验到;在我,则疲劳之可怕和休息之舒适,就是两个好例子。我先前往往自负,从来不知道所谓疲劳。书桌面前有一把圆椅,坐着写字或用心的看书,是工作;旁边有一把藤躺椅,靠着谈天或随意的看报,便是休息;觉得两者并无很大的不同,而且往往以此自负。现在才知道是不对的,所以并无大不同者,乃是因为并未疲劳,也就是并未出力工作的缘故。

我有一个亲戚的孩子,高中毕了业,却只好到袜厂里去做学徒,心情已经很不快活的了,而工作又很繁重,几乎一年到头,并无休息。他是好高的,不肯偷懒,支持了一年多。有一天,忽然坐倒了,对他的哥哥道:"我一点力气也没有了。"

他从此就站不起来,送回家里,躺着,不想饮食,不想动弹,不想言语,请了耶稣教堂的医生来看,说是全体什么病也没有,然而全体都疲乏了。也没有什么法子治。自然,连接而来的是静静的死。我也曾经有过两天这样的情形,但原因不同,他是做乏,我是病乏的。我的确什么欲望也没有,似乎一切都和我不相干,所有举动都是多事,我没有想到死,但也没有觉得生;这就是所谓"无欲望状态",是死亡的第一步。曾有爱我者因此暗中下

[①] 本篇最初发表于一九三六年九月五日上海《中流》半月刊第一卷第一期。

泪;然而我有转机了,我要喝一点汤水,我有时也看看四近的东西,如墙壁,苍蝇之类,此后才能觉得疲劳,才需要休息。

象心纵意的躺倒,四肢一伸,大声打一个呵欠,又将全体放在适宜的位置上,然后弛懈了一切用力之点,这真是一种大享乐。在我是从来未曾享受过的。我想,强壮的,或者有福的人,恐怕也未曾享受过。

记得前年,也在病后,做了一篇《病后杂谈》,共五节,投给《文学》,但后四节无法发表,印出来只剩了头一节了。虽然文章前面明明有一个"一"字,此后突然而止,并无"二""三",仔细一想是就会觉得古怪的,但这不能要求于每一位读者,甚而至于不能希望于批评家。于是有人据这一节,下我断语道:"鲁迅是赞成生病的。"现在也许暂免这种灾难了,但我还不如先在这里声明一下:"我的话到这里还没有完。"

有了转机之后四五天的夜里,我醒来了,喊醒了广平。

"给我喝一点水。并且去开开电灯,给我看来看去的看一下。"

"为什么?……"她的声音有些惊慌,大约是以为我在讲昏话。

"因为我要过活。你懂得么?这也是生活呀。我要看来看去的看一下。"

"哦……"她走起来,给我喝了几口茶,徘徊了一下,又轻轻的躺下了,不去开电灯。

我知道她没有懂得我的话。

街灯的光穿窗而入,屋子里显出微明,我大略一看,熟识的墙壁,壁端的棱线,熟识的书堆,堆边的未订的画集,外面的进行着的夜,无穷的远方,无数的人们,都和我有关。我存在着,我在生活,我将生活下去,我开始觉得自己更切实了,我有动作的欲望——但不久我又坠入了睡眠。

第二天早晨在日光中一看,果然,熟识的墙壁,熟识的书堆……这些,在平时,我也时常看它们的,其实是算作一种休息。但我们一向轻视这等事,纵使也是生活中的一片,却排在喝茶搔痒之下,或者简直不算一回事。我们所注意的是特别的精华,毫不在枝叶。给名人作传的人,也大抵一味铺张其特点,李白怎样做诗,怎样耍颠,拿破仑怎样打仗,怎样不睡觉,却不说他们怎样不耍颠,要睡觉。其实,一生中专门耍颠或不睡觉,是一定活不下去的,人之有时能耍颠和不睡觉,就因为倒是有时不耍颠和也睡觉的缘故。然而人们以为这些平凡的都是生活的渣滓,一看也不看。

于是所见的人或事,就如盲人摸象,摸着了脚,即以为象的样子像柱子。中国古人,常欲得其"全",就是制妇女用的"乌鸡白凤丸",也将全鸡连毛血都收在丸药里,方法固然可笑,主意却是不错的。

删夷枝叶的人,决定得不到花果。

为了不给我开电灯,我对于广平很不满,见人即加以攻击;到得自己能走动了,就去一翻她所看的刊物,果然,在我卧病期中,全是精华的刊物已经出得不少了,有些东西,后面虽然仍旧是"美容妙法","古木发光",或者"尼姑之秘密",但第一面却总有一点激昂慷慨的文章。作文已经有了"最中心之主题":连义和拳时代和德国统帅瓦德西睡了一些时候的赛金花,也早已封为九天护国娘娘了。

尤可惊服的是先前用《御香缥缈录》,把清朝的宫廷讲得津津有味的《申报》上的《春秋》,也已经时而大有不同,有一天竟在卷端的《点滴》里,教人当吃西瓜时,也该想到我们土地的被割碎,像这西瓜一样。自然,这是无时无地无事而不爱国,无可訾议的。但倘使我一面这样想,一面吃西瓜,我恐怕一定咽不下去,即使用劲咽下,也难免不能消化,在肚子里咕咚的响它好半天。这也未必是因为我病后神经衰弱的缘故。我想,倘若用西瓜作比,讲过国耻讲义,却立刻又会高高兴兴的把这西瓜吃下,成为血肉的营养的人,这人恐怕是有些麻木。对他无论讲什么讲义,都是毫无功效的。

我没有当过义勇军,说不确切。但自己问:战士如吃西瓜,是否大抵有一面吃,一面想的仪式的呢?我想:未必有的。他大概只觉得口渴,要吃,味道好,却并不想到此外任何好听的大道理。吃过西瓜,精神一振,战斗起来就和喉干舌敝时候不同,所以吃西瓜和抗敌的确有关系,但和应该怎样想的上海设定的战略,却是不相干。这样整天哭丧着脸去吃喝,不多久,胃口就倒了,还抗什么敌。

然而人往往喜欢说得稀奇古怪,连一个西瓜也不肯主张平平常常的吃下去。其实,战士的日常生活,是并不全部可歌可泣的,然而又无不和可歌可泣之部相关联,这才是实际上的战士。

八月二十三日。

关于太炎先生二三事[①]

前一些时,上海的官绅为太炎先生开追悼会,赴会者不满百人,遂在寂寞中闭幕,于是有人慨叹,以为青年们对于本国的学者,竟不如对于外国的高尔基的热诚。这慨叹其实是不得当的。官绅集会,一向为小民所不敢到;况且高尔基是战斗的作家,太炎先生虽先前也以革命家现身,后来却退居于宁静的学者,用自己所手造的和别人所帮造的墙,和时代隔绝了。纪念者自然有人,但也许将为大多数所忘却。

我以为先生的业绩,留在革命史上的,实在比在学术史上还要大。回忆三十余年之前,木板的《訄书》已经出版了,我读不断,当然也看不懂,恐怕那时的青年,这样的多得很。我的知道中国有太炎先生,并非因为他的经学和小学,是为了他驳斥康有为和作邹容的《革命军》序,竟被监禁于上海的西牢。那时留学日本的浙籍学生,正办杂志《浙江潮》,其中即载有先生狱中所作诗,却并不难懂。这使我感动,也至今并没有忘记,现在抄两首在下面——

狱中赠邹容

邹容吾小弟,被发下瀛洲。快剪刀除辫,干牛肉作餱。
英雄一入狱,天地亦悲秋。临命须掺手,乾坤只两头。

[①] 本篇最初印入一九三七年三月十日在上海出版的《工作与学习丛刊》之一《二三事》一书。

狱中闻沈禹希见杀

不见沈生久，江湖知隐沦，萧萧悲壮士，今在易京门。

螭魅羞争焰，文章总断魂。中阴当待我，南北几新坟。

一九〇六年六月出狱，即日东渡，到了东京，不久就主持《民报》。我爱看这《民报》，但并非为了先生的文笔古奥，索解为难，或说佛法，谈"俱分进化"，是为了他和主张保皇的梁启超斗争，和"××"的×××斗争，和"以《红楼梦》为成佛之要道"的×××斗争，真是所向披靡，令人神旺。前去听讲也在这时候，但又并非因为他是学者，却为了他是有学问的革命家，所以直到现在，先生的音容笑貌，还在目前，而所讲的《说文解字》，却一句也不记得了。

民国元年革命后，先生的所志已达，该可以大有作为了，然而还是不得志。这也是和高尔基的生受崇敬，死备哀荣，截然两样的。我以为两人遭遇的所以不同，其原因乃在高尔基先前的理想，后来都成为事实，他的一身，就是大众的一体，喜怒哀乐，无不相通；而先生则排满之志虽伸，但视为最紧要的"第一是用宗教发起信心，增进国民的道德；第二是用国粹激动种性，增进爱国的热肠"（见《民报》第六本），却仅止于高妙的幻想；不久而袁世凯又攘夺国柄，以遂私图，就更使先生失却实地，仅垂空文，至于今，惟我们的"中华民国"之称，尚系发源于先生的《中华民国解》（最先亦见《民报》），为巨大的记念而已，然而知道这一重公案者，恐怕也已经不多了。既离民众，渐入颓唐，后来的参与投壶，接收馈赠，遂每为论者所不满，但这也不过白圭之玷，并非晚节不终。考其生平，以大勋章作扇坠，临总统府之门，大诟袁世凯的包藏祸心者，并世无第二人；七被追捕，三入牢狱，而革命之志，终不屈挠者，并世亦无第二人：这才是先哲的精神，后生的楷范。近有文侩，勾结小报，竟也作文奚落先生以自鸣得意，真可谓"小人不欲成人之美"，而且"蚍蜉撼大树，可笑不自量"了！

但革命之后，先生亦渐为昭示后世计，自藏其锋铓。浙江所刻的《章氏丛书》，是出于手定的，大约以为驳难攻讦，至于忿詈，有违古之儒风，足以贻讥多士的罢，先前的见于期刊的斗争的文章，竟多被刊落，上文所引的诗两首，亦不见于《诗录》中。一九三三年刻《章氏丛书续编》于北平，所收不多，而更纯谨，且不取旧作，当然也无斗争之作，先生遂身衣学术的华衮，粹然成为儒宗，执贽愿为弟子者綦众，至于仓皇制《同门录》成册。近阅日报，有保护版权的广告，有三续丛书的记事，可见又将有遗著出版了，但补入先前战斗的文章与否，却无从知道。战斗的文章，乃是先生一生中最大，最久的业绩，假使未备，我以为是应该一一辑录，校印，使先生和后生相印，活在战斗者的心中的。然而此时此际，恐怕也未必能如所望罢，呜呼！

十月九日。

图书在版编目(CIP)数据

鲁迅杂文选 / 鲁迅著.
- 北京:北京燕山出版社,2004.1(2018.2重印)
ISBN 978-7-5402-1582-8

Ⅰ.鲁… Ⅱ.鲁… Ⅲ.鲁迅杂文-选集 Ⅳ.I210.4

中国版本图书馆CIP数据核字(2003)第122320号

鲁迅杂文选

鲁　迅　著
责任编辑／张红梅　张　芸
装帧设计／小　贾

北京燕山出版社出版发行
北京市西城区陶然亭路53号　邮编100054
全国新华书店经销
三河市北燕印装有限公司印刷

开本 915×1220　1/32　印张 13　字数 390,000
2014年7月第4版　2018年2月第7次印刷

定价:32.00元

版权所有　盗版必究